作家榜®经典名著
★ ★ ★ ★ ★ ★ ★ ★ ★ ★
读 经 典 名 著 ， 认 准 作 家 榜

THE SOUND AND THE FURY

喧哗与骚动

[美] 威廉·福克纳 著　李寂荡 译

浙江文艺出版社
Zhejiang Literature & Art Publishing House

即使你没注意到它，下一秒的滴答声也会让你进入到时间
不可消除而又漫长、日渐式微的行进中去。

她的头发像火焰，她的眼睛里有小小的火星。

河流闪烁的光时不时地会从那边猛扑过来，穿过正午和午后。

凯蒂闻起来像雨中的树木。

有一只时钟高高地挂在太阳里，不知怎么的，当你不想
做某件事时，你的身体会在你不知情的情况下诱骗你去做。

战场只彰显出人类的愚昧和绝望；胜利是哲人和傻子的幻觉。

父亲说，一个人是他不幸的总和。

任何一个活着的人都比任何一个死去的人强。

福克纳肖像 李寂荡绘

编辑说明

一、福克纳在写作本书时，用斜体和正常字体的区分，以示时间转换，本书用宋体和仿宋体字进行区分。叙述中经常穿插不同时期的事，文中一一加注说明。

二、有关时间点的注释用星号作为标识。

三、本书中有大量无标点段落，是作者刻意为之。为方便阅读，编者对这些段落进行了断句处理。

四、本书第一部分中，叙事者班吉在感知到特定事物时会触发相关记忆，关键词句用特殊字体作为标识。

五、本书第一部分中，不同时间节点的时间和回忆交织，福克纳曾考虑使用不同颜色印刷内文，但受限于二十世纪初的印刷条件，未能实现。本书用 12 种颜色标注出 12 条被打乱的时间线。编者对此部分中的时间点进行了梳理，具体参见伴读卡片。

六、本书第二部分中，叙事者昆丁通过钟声和影子来判断时间，为凸显其特殊的时间观念，具体钟点用小时钟符号来标明。

七、本书注释由译者与作家榜编辑共同完成。

人物关系表

杰森·康普森三世

夫妻

卡洛琳·巴斯康

大儿子

昆丁

二女儿

凯蒂丝（凯蒂）

三儿子

杰森

四儿子

班吉明（毛莱，班吉）

情人

达尔顿·艾密斯

丈夫

赫伯特·海德

私生女

小昆丁

大姆娣

母亲

哥哥

毛莱·巴斯康

迪尔西

夫妻

罗斯库斯

大儿子

二女儿

三儿子

T.P.

弗洛妮

威尔希

儿子

拉斯特

张千言 绘

1898 年 ● 班吉、凯蒂、昆丁和杰森在河沟里玩水；
同天，外婆大姆娣去世

1900 年 11 月 ● 班吉改名

1906 年 ● 凯蒂第一次抹香水；同年，凯蒂与情人在大宅
附近幽会，后被班吉发现

1908 年夏天 ● 毛莱舅舅让班吉独自送信给邻居帕特森太太

1908 年 12 月 23 日 ● 凯蒂与班吉帮毛莱舅舅送信给邻居帕特森太太

1909 年 ○ 凯蒂与情人达尔顿·艾密斯幽会，第一次发生
性关系；昆丁与达尔顿在桥上对峙；康普森家
卖掉了最后一片牧场；昆丁去哈佛念书

1910 年 4 月 25 日 ○ 凯蒂与赫伯特·海德在康普森大宅举办
婚礼，此时凯蒂已怀有身孕，随后两人
离开密西西比州

1910 年 5—6 月　班吉从未上锁的大门逃走，抓住了在放学回家路上的女孩。他被女孩家人敲晕后，哥哥杰森带其做阉割手术

1910 年 6 月 2 日　昆汀在波士顿查尔斯河溺水自杀

1910 年—1911 年　凯蒂生下私生女小昆丁，与赫伯特·海德离婚；康普森先生（杰森·康普森三世）将小昆丁带回了康普森家；卡洛琳禁止凯蒂回到康普森家继续生活

1912 年　康普森先生（杰森·康普森三世）去世；母亲带着班吉去给昆丁和父亲上坟

1912 年后　罗斯库斯去世

1928 年 4 月 7 日　班吉 33 岁生日；拉斯特与班吉找硬币；班吉发现小昆丁与情人幽会；小昆丁偷走舅舅杰森的七千多美元，从家中逃走

1928 年 4 月 8 日　杰森发现财物被盗，随后报警；班吉与迪尔西一行人前往教堂；拉斯特赶马车带班吉去墓地

1933 年　卡洛琳·巴斯康去世；杰森将班吉送去杰克逊精神病院；杰森卖掉康普森大宅

目 录
CONTENTS

导读

我反复地讲述着同一个故事,那就是我自己和这个世界。

——福克纳

一、"拙劣的伶人"

《喧哗与骚动》是福克纳第一部赢得世界声誉的杰作,是他的代表作之一。小说英文原名为 *The Sound and the Fury*,源自莎士比亚的戏剧《麦克白》:

> 我们所有的昨天,不过替傻子们照亮了到死亡的土壤中去的路。熄灭了吧,熄灭了吧,短促的烛光!人生不过是一个行走的影子,一个在舞台上指手画脚的拙劣的伶人,登场片刻就在无声无息中悄然退下;它是愚人所讲的故事,

充满喧哗与骚动，却找不到一点意义。[1]

起初福克纳给这部小说取名为《黄昏》。看了小说，其寓意不言而喻。该小说分为四章，后来又增补了一个附录。福克纳说：

> 我先从一个白痴孩子的角度来讲这个故事，因为我觉得这个故事由一个只知其然，而不知其所以然的人说出来，可以更加动人。可是写完以后，我觉得我还是没有把故事讲清楚。于是我又写了一遍，从另一个兄弟（即昆丁）的角度来讲，讲的还是同一个故事，还是不能满意。我就写第三遍，从第三个兄弟（即杰森）的角度来写，还是不能满意。我就把这三部分串在一起，还有什么欠缺之处就索性用我自己的口吻加以补充。我还把这个故事最后写了一遍，作为附录附在一本书的后边，这样才算了却一件心事，不再搁在心上。[2]

因此，《喧哗与骚动》有两个版本，一个是没有附录的，一个是有附录的。后者分四章和一个附录，第一章是班吉的视角，第二章是昆丁的视角，第三章是杰森的视角，第四章则是一个全

1. 莎士比亚著，朱生豪译：《莎士比亚悲剧喜剧全集：麦克白》，作家榜经典名著出品，浙江文艺出版社，2017 年版，第五幕。

2. 威廉·福克纳著，李文俊译：《喧哗与骚动》，上海译文出版社，1984 年版，第 11 页。

知的视角，主要写迪尔西和杰森，而附录将康普森家族的历史及小说中的人物介绍了一遍，每个人物多则数千字，少则一句话。介绍最多的是凯蒂，以此弥补她在前面的"缺席"。康普森家本来是四兄妹，三位兄弟都分别以专章来书写，恰恰就没有凯蒂的一章。这并不是说凯蒂不重要，恰恰相反，她是小说中的核心人物，她的命运在不同程度上改变了康普森家族三兄弟的命运。她是三兄弟的关切所在，甚至是依赖——有物质上的，更有精神上的。她是神秘的存在，是犹如命运、犹如时间的神秘存在。

各章不同的视角所讲述的人与事是有交集的，但并不完全是同一故事的不同讲述，每章侧重的是对不同人物命运和形象的塑造：

第一章是班吉部分。班吉的叙述大约分为三个部分：童年、十岁之后及现在，也就是威尔希、T.P. 和拉斯特先后照看他的时间。而三部分的叙述都是以凯蒂为中心。班吉是一个白痴，到了三十三岁还像一个婴儿。一方面他是弱智，不会说话，只会不停地嚎叫哭闹。另一方面，他却有异常的、本能似的感知能力，异常的嗅觉和听觉。他能嗅到死亡和美好的气息，听见暮色降临，像一个通灵者。作者拿他与杰森这样所谓的正常人相比，让我们多角度看到什么是聪慧，什么是愚蠢。

班吉对凯蒂百般依赖，而凯蒂对他也百般呵护，不离不弃——从中可见凯蒂不仅有美丽的外表，还富有同情心，善良，正直。班吉的这种依赖有对母性之爱的渴望和依赖，更有对漂亮异性的本能依恋。他总依靠在大门边等着凯蒂回来，在放学的女孩子中追寻凯蒂的身影，能闻到凯蒂身上散发出的树木的气味。

当凯蒂出嫁之后，她留下的一只拖鞋也能带给他安慰。凯蒂就是他的一切。与凯蒂形成对比的是他人对班吉的嫌弃，这更显出凯蒂的爱心之纯粹与深厚。对于这个世界，班吉能感知却无能为力，他和世界之间隔着一道栅栏——他只能透过栅栏观望，沿着栅栏奔跑——所以小说中的"栅栏"无疑是有象征性的。

第二章是昆丁部分。这是四章中篇幅最长的部分，也是最为重要、最为复杂的部分——包括在艺术形式方面。福克纳说自己是《喧哗与骚动》里的昆丁。这么说可能是因为昆丁最能体现出福克纳的性情、人生观和世界观。在四兄妹中，昆丁的性格是最为复杂的。他是哈佛的学生，是位知识分子，他思考的问题更多是精神上的、形而上的，涉及普遍性的人生意义。他是一个内心极为纠结的人，反复思考"贞操""荣誉""时间""死亡"这些问题。他在思考中不仅没有释然，反而是作茧自缚，难以自拔，最后以自杀来解脱。

他有两个"自我"——一个生活在现实生活中，另一个如影随形，时刻打量着现实中的"我"，对其言行进行考量。昆丁像一个诗人（不要忘了福克纳最早是一位诗人），特别敏感——而人的脆弱往往来自敏感，正如有时人的坚强来自麻木。两个"我"难以协调时，矛盾剧增，便会产生撕裂，严重时也许可以称之为精神分裂。

他对妹妹凯蒂的爱恋是乱伦之恋，所以从一开始他便沉浸于矛盾之中，爱不能割弃，却又不可获得，同时还深怀罪恶感，并受内心道德的谴责。当他挑战凯蒂的情人达尔顿时，对方的粗犷和武力又让他自惭形秽，倍感羞辱和自卑（小个子福克纳也是一个自卑感很强的人），而又无可奈何。凯蒂的失贞更让他感到家族受辱，荣誉扫地。即使他离开家乡进入哈佛后，仍然无法忘怀这一切，仍然纠结于"贞操"和"荣誉"。他甚至幻想与凯蒂同归于尽，焚于地狱的烈焰，既洗清了罪恶，又能永远在一起。

昆丁所处的环境正是美国南北战争之后一个断裂的时代，南方社会正处于一个历史的拐点，过去的种植园经济正在瓦解，而工商业资本主义正在兴起。过去的社会是一种"农耕社会"，正如费孝通在《乡土中国》中所说，这是一种"熟人社会"。人们依赖土地生存，世代长期生活在一起，彼此熟悉，靠道德伦理等维持秩序。而兴起的社会中，人是不断流动和迁徙的，生活是机械化的，价值观是唯利是图的。在过去，白人庄园主雇佣黑人奴隶，生活养尊处优，过着唯我独尊的绅士生活。而这种生活正在瓦解，白人——尤其是白人绅士的优越感正在消失，过去的伦理道德，包括作为清教徒的信仰也受到动摇。

用现在的话说，昆丁是"一根筋"，没有与时俱进，还沉湎于过去的生活。小说中写到他在回乡的火车上看到黑人大叔会觉得亲切，某种意义上讲，这源自他在黑人身上找到的优越感。即使哈佛，贵族显摆的市侩风气也同样存在。他选择自杀，和中国五四运动之后王国维的沉湖有相似之处，正如陈寅恪所评价："凡一种文化值衰落之时，为此文化所化之人，必感痛苦。其表现此文化之程量愈宏，则其受之苦痛亦愈甚；迨既达极深之度，殂非出于自杀无以求一己之心安而义尽也。"[1]

第三章是杰森部分。作为昆丁的兄弟，杰森像是作者特意设计的昆丁的"反义词"。昆丁的追求是精神上的，苦恼也是精神上的；而杰森的追求是物质上的，苦恼也是物质上的。如果说昆丁是仰望"月亮"的人，那么杰森则是盯着"六便士"的人，他身上充满了邪恶。福克纳说"杰森是我塑造的最丑恶的人物"，尖酸刻薄，喜欢花言巧语，喜欢告密，喜欢欺骗。他因为嫌弃自己的兄弟班吉，竟然阉割了他，最后将他送去了疯人院。他欺哄自己的母亲，嫉妒自己的兄弟昆丁，更是欺诈妹妹凯蒂，将其寄给女儿小昆丁的钱长期据为己有。妹妹想看女儿一眼，他也要借机敲上一笔。他宁愿将演出票烧毁了也不给用人拉斯特，只因为拉斯特掏不出五分钱。他自以为聪明，机关算尽，最后却竹篮打水一场空——多年挪占的钱被小昆丁洗劫一空，在生意上也功亏一篑。

如果说凯蒂是活在"爱"之中，那么杰森则是生活在"恨"之中——几乎无所不恨。凯蒂的悲剧可能是"爱"带来的，而杰森的悲剧则是"恨"带来的，他最终也是一个失败者，一个可怜虫。从某种意义上讲，他是工商业资产阶级的一个符号，小说中说他"心智健全"无疑是一种反讽。

凯蒂没有专章来叙述，但她一直是小说的"中心"。福克纳说："对我来说，凯蒂太美，太动人，故不能把她降格来讲述那

---

1. 陈寅恪著：《陈寅恪诗集》，三联书店，2001年版，第13页。

些正在发生的事情，从别人眼里来观看她更激动人心。"[1]她忽隐忽现，左右着小说中其他人物的喜怒哀乐甚至命运。有论者说她是逐渐走向"堕落"的——最后给纳粹军官做情妇，过上奢靡的生活。但我认为她并没有"堕落"，一直没有，她是不断地"沦落"，为生活、为女儿、为家族。她的悲剧不断地深化，而我对她的同情也随之不断深化。她有爱心，体现在对班吉的同情呵护上及对昆丁的爱上。她性情率真，敢作敢为，敢爱敢恨，敢一个人承担命运的苦果。作为一个女孩子，她敢于爬上树丫，衣服被打湿，不顾会遭父亲责罚。但命运多舛，造化弄人，她的悲剧在某种意义上是其率真的天性带来的。她的"沦落"从某种意义上讲，也是南方传统"沦落"的一个隐喻。

四兄妹的父母也各显个性。父亲杰森先生是一个酒鬼，他能看清家族的命运却无能为力，爱阅读的他也在思考一些人生的终极问题，但终日颓废，死在酒上。而母亲康普森夫人自视清高，长期卧榻，喋喋不休，像过去的贵族一样颐指气使，尽管她的阶级、她的家族，甚至她的生命已经日薄西山。这对夫妻代表着庄园主正渐行渐远的身影。

康普森家的黑人女仆迪尔西是作者敬畏的人物，福克纳这样评价迪尔西："她是我所喜爱的人物之一，因为她勇敢、大胆、慷慨、

---

1. 弗雷德里克·格温、约瑟夫·布洛特纳合著：《福克纳在大学》，兰登书屋，第61页。

温柔和诚实；她永远比我勇敢、诚实和慷慨。"[1] 迪尔西代表着未来。她有仆人忠诚的品质，任劳任怨，尽自己的本分。她竭力保护弱者——班吉和小昆丁。不同于一般的仆人，她敢于和杰森顶撞，杰森也惧她三分。她是人性善的化身，无论面对什么变化，她似乎都处变不惊，泰然处之。她的内心是平静的，因为她是一个虔诚的信徒，具有笃定的信仰。她的坚韧正是源自这种信仰：经受一切所要经受的。这个人物形象让我们看到另一种值得赞许的生活。

福克纳写人物，写人物的命运——包括厄运，往往带着一丝诙谐，笔端有点儿调侃，对人物的命运既同情又无奈，只能"听之任之"，报以一笑，可能这也是他对人类处境的理解和看待方式。

二、时间的哲学

关于《喧哗与骚动》的主题，有论者认为是"贞操"和"死亡"。对爱、对畸形之爱的书写，对"贞操"纠结的表达，这些自然是小说的一个方面。"贞操"是一种重要的文化现象，神学家圣奥古斯丁就认为贞操乃道义之最。而昆丁对"死亡"的思考与自杀也自然是小说的重点。

"死亡"也可列入时间主题。我以为文学有两个必要的向

---

1. 肖明翰著：《威廉·福克纳研究》，外语与教学出版社，1997 年版，第 222 页。

度：生命向度和审美向度。生命向度涉及"死亡"，涉及"流逝"。小说中有许多关于时间的叙写，比如钟表、影子、钟声和流水等。萨特说："福克纳的哲学是时间的哲学。"[1] 授予福克纳的诺贝尔文学奖颁奖辞中说："福克纳的作品是在哀悼一种生活方式。"作为福克纳代表作的《喧哗与骚动》也不例外。他书写的是南方种植园经济的逐步瓦解，传统社会秩序正在改变。过去南方的生活虽有值得批判的地方，但对于在这种文化中成长起来的人，尤其是白人种植园主来说，这种生活却是令人怀念的。所以对南方传统消逝的失落与哀悼的书写应是此小说的主题之一。美国文艺理论家芬克尔斯坦说："不仅是他对愚昧虚弱、正在消失的显贵的描绘，还有对旧日的南方本身的描绘，都带上了阴森森的安魂曲的调子。"[2] 宏观地看，南方的衰落，社会的变迁，关涉的其实就是一个时间主题。

福克纳一生都在写一个"邮票般大小的故土"，他创作的小说被称为"约克纳帕塔法"系列，包括十几部长篇和几十个短篇，都是以约克纳帕塔法县，尤其是以它的县城杰弗逊镇为中心的。约克纳帕塔法县和杰弗逊镇是以他的家乡拉法叶县[3]和奥克斯福[4]为蓝本虚构的。《喧哗与骚动》是这个系列作品之一。

福克纳的创作具有强烈的"地方性"，其实很多伟大的作家莫

---

1. 李文俊编选：《福克纳评论集》，中国社会科学出版社，1980年版，第159页。
2. 李文俊编选：《福克纳评论集》，中国社会科学出版社，1980年版，第125页。
3. 美国密西西比州北部的一个县。
4. 拉法叶县的一个城市，也是县的首府。

不如此。福克纳的"地方性"在很大程度上是美国的"南方性"，他描绘了南北战争结束后南方的生活和人们内心的冲突。作品中的风土人情、人物的语言都具有浓郁的地域色彩。我以为"地方性"和"时代性"可以让作品获得独特性，形成作品的血肉、外貌，但这显然不是文学的终极目的。伟大的作品往往通过特殊的"地方性"和"时代性"来表达有关生命存在的、更普遍性的东西。如果仅有"地方性"和"时代性"，就是"就事论事"的写作，伟大的作品应该在"地方性"中表现出"世界性"，在"时代性"中表现出"划时代性"。"时代性"和"地方性"只是"宇宙的基石"。《喧哗与骚动》不仅表现了南方生活，更是对复杂幽暗的人性的深入揭示，对生命困境的探询，对存在与时间的思索。

三、复调交响曲

美国诗人、小说家康拉德·艾肯曾评价：

这部小说有结实的四个乐章的交响乐结构，也许是（福克纳）整个体系中制作最精美的一本，是一本詹姆斯[1]喜欢称作"创作艺术"的毋庸置疑的杰作。错综复杂的结构

---

1. 亨利·詹姆斯（Henry James，1843—1916）：英籍美裔小说家，文学评论家。代表作有《一个美国人》《贵妇人画像》《鸽翼》等。

衔接得天衣无缝，是小说家奉为圭臬的小说——它本身就是一部完整的创作技巧的教科书。[1]

《喧哗与骚动》的确如此。对相似故事的不同视角、不同情感、不同价值判断的讲述形成了"对话"状态，让我们对同一人物、同一事件有不同的了解，避免传统小说"一面之辞"的单一与片面。这样做自然使作家的主体精神更加隐蔽，但隐蔽不等于不存在。各个人物的叙述形成不同的声音，从而形成多声部，使小说成为所谓的复调小说。在小说中，尤其在昆丁一章，福克纳大量运用蒙太奇[2]、意识流[3]的手法，将过去与现在来回穿插交叠，以此表达人物复杂的心理活动，和对过去人与事的纠结达到近乎迷乱的精神状态。

《喧哗与骚动》中存在大量的暗示和象征。福克纳在创作之始做过诗人，但他认为自己是一个"失败的诗人"。我认为诗歌写作的经历对他日后的小说写作是大有裨益的——譬如象征、暗示手法的运用，对景物诗意的描写。他运用象征、暗示来表达思想感情，以此深化主题，同时也对应着生命莫测的神秘性。

他还以此为线索来发展小说中的情景和故事。第二章中忍冬花出现了三十多次。忍冬花暗示了人物的心理变化，它不仅代表昆丁

---

1. 李文俊编选:《福克纳评论集》，中国社会科学出版社，1980年版，第78页。

2. 电影艺术的重要表现方法之一，为表现影片的主题，将一连串相对独立的镜头组织起来，构成一个完整的意境。

3. 现代文学创作中的一种广泛应用的文字表现技巧，采用自由联想、内心独白等手法再现人的深层思想意识活动和自然心理的流动。

乱伦的欲望，而且也是性欲的象征，是凯蒂性成熟的象征。无论昆丁置身何处，忍冬花的气息无所不在。同时，它还象征着昆丁的怯懦，对童年、对故土的怀念，以及内心的纠结和苦闷。小说中还多次出现时间的意象，如钟表、教堂的钟声、太阳和影子等。这些意向象征着时间的无法逃避和不可战胜，时间是"所有希望和绝望的陵墓"。这样的象征使得小说的主题得到了极大的升华。"一屋顶的风""阳光与花朵窃窃私语"这种诗一般的句子俯拾皆是。

福克纳在写作手法上的精湛技艺还表现在作品中采用的"对位式结构"。"对位式结构"借用了古典音乐中赋格曲的对位手法[1]。有学者评论道，福克纳的对位既有时间上的，也有空间上的；既有人与人之间、物与物之间的，又有观点与观点之间、传统与现实之间以及形式与主题之间的。"《喧哗与骚动》可以说是'对位结构'的典范。小说的四个部分完全建立在对位结构之上，取得了一种'客观部分——主观部分——主观部分——客观部分'的对位式结构的巧妙平衡与对称。它们互相映衬，合力共建了美国南方社会的生活图景。这种'对位式结构'还从其他一些角度在小说四个部分的布局上表现出来。如第一部分是班吉生日这一天的意识流，它与第二部分昆丁的死日——他自杀的那一天的意识流相对应；而第三部分耶稣受难节——耶稣被钉死在十字架上的纪念日那天杰森的意识流又与第四部分复活节——耶稣从墓穴中复活的纪念日那天迪尔西周

---

1. 音乐创作中使两条或多条相互独立的旋律同时发声并彼此融洽的技法。

围所发生之事的记叙相对应，因而组成'生——死——死——生'这样的象征性的'对位式结构'。"[1]

福克纳在作品中大量使用《圣经》中的典故和古希腊神话传说。《喧哗与骚动》也不例外。小说故事就是以耶稣受难的那一周[2]为时间背景，即受难日、圣礼拜六和复活节。班吉一章时间设定在圣礼拜六，这天是班吉三十三岁生日，也是耶稣死时的年龄。典故与当下人物的故事形成一种互文性，让典故遥远的神性与当下世俗形成一种对照，从而生发出诸多意味，一方面让我们想到"神性"似乎沦落，另一方面又让我们觉得人类的遭遇似乎是一种宿命。这种关联充满了象征意味。

《喧哗与骚动》在语言表达方面也堪称丰富多样。班吉一章中短句甚多，这和班吉是白痴有关。他还像个孩子，所以对话、描述都很简洁。昆丁一章中，因为昆丁是一位苦苦思索的知识分子，而且精神处于紧张状态，所以多长句，尤其是其内心独白，有时是从句里面包含从句，修饰里面还有修饰，语言形态极为繁杂、晦涩，甚至有炫技、词藻堆砌之嫌。而杰森一章中，因为杰森是一位理智的、满腹怨气的生意人，所以语言变得平实、尖酸。第四章回到传统小说模式，语调较客观冷峻。小说中还用了大量南方的口语来表现黑人英文的不规范。而小说中关于各种

---

1. 傅俊：《痴人说梦：〈喧哗与骚动〉中的意识流主体》，《外国文学评论》1988 年，第 2 期，第 45 页。
2. 在基督教传统中，复活节之前的一周为圣周，用来纪念耶稣受难。

各样的"说话"，都用了"说"，即 say 或 said；人们、他们、别人，几乎一律用 they。这是福克纳有意为之，有意将"说"和他者模糊化。

四、"作家中的作家"

福克纳创作的十九部长篇小说中有三分之二是"家庭小说"，这是他对美国南方文学的继承和发展。以家庭或家族来写社会是福克纳的又一个特色。这种写法包括多角度的叙事、意识流，对后来的作家产生了很大的影响。博尔赫斯[1]被认为是"作家中的作家"，我以为福克纳也可被如此评价。他们在写作形式、主题、题材等方面多是有所开拓的，都对作家——全世界的、各种语种的——产生了深远影响，是许多作家的导师。

大家一直都以为福克纳是一位前卫的作家，而在我看来，他既前卫又传统。说"前卫"，大家自然会想到他小说写作中的"复调结构""意识流"，他对美国南方社会生活"家庭式"的、"世系式"的书写，还有他对"地方性"的强调。但我要说他还是一位传统的作家，因为他仍然强调并且也显露出传统作家的功

---

1. 博尔赫斯：即豪尔赫·路易斯·博尔赫斯（Jorge Luis Borges，1899—1986），阿根廷诗人、小说家、散文家和翻译家。代表作有《交叉小径的花园》《老虎的金黄》等。

力和追求。正如一位现代派的画家，尽管开创了抽象、变形、夸张的手法，但同时也具备扎实的写实能力。

福克纳仍然重视人物形象的塑造，而且也擅长于此。他对世俗人心、三教九流的人物德性了然于心。往往几句对话、对人物外貌寥寥数笔的勾勒，一个人物形象便跃然纸上；几句描写，一幅景物便浮现于眼前。其笔下人物众多，却都个性鲜明，甚至一些极次要的人物亦如此：譬如小说中那个意大利小女孩，她的饥渴和那双又大又黑、忧郁的眼睛；钓鱼、洗澡的那几个少年的顽皮和自负；黑人小子的狡猾、阳奉阴违；牧师布道时的激情澎湃。这些都让人印象深刻。

总之，福克纳是一位极具激情和想象力的作家，其塑造的人物形象众多，但又别具个性。他的作品对他所熟悉的、正在逝去的乡土社会饱含深情。无论写什么都贯穿着深刻的时间意识。时间是生命最大的主题，也是文学最大的主题。他的作品问世至今在世界各地产生了巨大的影响，相信这种影响也将持续下去。他的作品是人类永远的精神财富。

感谢周公度先生的信任与鼓励，让我斗胆翻译了这部名著。感谢责编曹晓婕女士付出的辛劳。同时，也要感谢我的同事崔姗姗女士，以及其他同事的帮助。

李寂荡

2021 年 1 月 25 日
译毕于贵阳望城坡

15

第一部分

1928年4月7日

凯蒂的头靠在父亲的肩膀上。

她的头发像火焰，她的眼睛里有小小的火星。

1928.4.7透过栅栏，在缠绕着的花枝间的空隙，我能看见他们在打球。他们朝插着旗子的地方走来，我沿着栅栏走。拉斯特在靠着花树的草丛中寻找着什么。他们将旗子拔出来，继续打球。然后他们又将旗子插回去。他们走到发球台，其中一个打了一下，另一个也打了一下。然后他们继续走，我也沿着栅栏走。拉斯特离开了花树，然后我们一起沿着栅栏走，他们停下来，我们也停下来。当拉斯特在草丛中寻找的时候，我则透过栅栏观望。

"这儿，球童[1]。"他击打了一下。他们穿过草场。我抓着栅

---

1. 英文为 caddie，与班吉姐姐的小名凯蒂同音，因此班吉听到这个词就会想到他喜欢的姐姐。

栏看着他们走开。

"听听你，"拉斯特说，"你是什么人啊，三十三岁了，还那个样子。我大老远去镇上给你买那蛋糕。不要哼哼唧唧的。你就不能帮我找找那枚二十五分 [1] 硬币，好让我今晚去看演出。" [2]

草场那头，他们不怎么打了。我沿着栅栏回到旗子所在的地方。旗子在明亮的绿草和树木间飘动。

"过来，"拉斯特说，"那儿看过了。他们不会马上过来。我们下到河沟去找找那枚二十五分硬币，晚了就会让那些黑佬拾走了。"

旗子是红色的，在草场上飘动。一只小鸟斜飞下来，歪斜地停在它上面。拉斯特扔了块东西过去。旗子在明亮的绿草和树木间飘动。我紧紧抓着栅栏。

"快别哼哼了，"拉斯特说，"他们不走过来，我不能硬让他们过来，是吧。你再不住口，姥姥不会给你过生日的。你再不安静下来，你知道我要做什么。我要将蛋糕全部吃掉。还有蛋糕上的蜡烛，我会把三十三根蜡烛都吃掉。过来，我们下到河沟去找。我一定要找到我的硬币。说不定我们还会找到他们打的球呢。那儿。他们在那儿。好远的。看。"

他回到栅栏边，伸出手臂指着。

---

1. 指美分，后同。

2. 本部分的对话中没有问号和感叹号，因为叙事者班吉听不出疑问和感叹语气。

"看到他们了吧。他们不会回这儿了。走。"

我们沿着栅栏走，来到花园的篱笆旁，我们的影子投在篱笆上。篱笆上我的影子比拉斯特的高。我们走到篱笆的缺口，钻了过去。

"等等，"拉斯特说，"你又挂着钉子了。你不挂着钉子就钻不过去吗。"

1928.4.7
1908.12.23

凯蒂帮我解开，我们爬了过去。[1] 她说，毛莱舅舅嘱咐说别让任何人看到我们，所以我们最好弯着腰。班吉，弯着腰。看着，像这样。

我们弯着腰穿过花园，花朵刮着我们，沙沙地发出刺耳的声响。地是坚硬的。我们又翻过篱笆，几头猪在哼着吸着鼻子。凯蒂说，我估计它们很悲痛，因为它们中有一头今天刚被宰了。地是坚硬的，被翻过，隆起一块块的。

凯蒂说，将你的手放到口袋里，否则会被冻坏的。你不想过圣诞节时你的手是冻坏的吧，对吗。

"外面太冷了，"威尔希说，"你别出门了吧。"[2]

"又怎么了。"母亲说。

"他想出门去。"威尔希说。

"让他去吧。"毛莱舅舅说。

---

1. 1908 年 12 月 23 日，圣诞节前两天。凯蒂与班吉帮毛莱舅舅给隔壁的帕特森太太送信（可能是情书）。班吉联想到那日他与凯蒂也越过了篱笆。*
2. 日期同上，稍早时发生的事。*

"天气太冷了，"母亲说，"他最好待在家里。班吉明[1]。好了，别哼哼了。"

"不会冻着他的。"毛莱舅舅说。

"你，班吉明，"母亲说，"你要是不乖，就得去厨房待着了。"

"妈妈说今天不让他去厨房，"威尔希说，"她说她得把全部饭菜做好。"

"让他去，卡洛琳，"毛莱舅舅说，"再这么为他操心，你会生病的。"

"我知道，"母亲说，"这是老天对我的惩罚。有时我会这么想。"

"我知道，我知道，"毛莱舅舅说，"你必须保持体力。我去给你弄一杯热甜酒。"

"热甜酒只会使我更难受，"母亲说，"这你不知道吗。"

"你会感到好受一些的，"毛莱舅舅说，"小伙子，将他包裹严实，带他出去一会儿。"

毛莱舅舅走了。威尔希也走了。

"安静，"母亲说，"我们倒希望快点把你带出去呢。我是不想你生病。"

威尔希将鞋套[2]和外套给我穿上。我们拿上我的帽子走了出

---

1. 班吉的全名。
2. 指套在鞋子外面的橡胶靴，防止鞋子被弄脏或弄湿。

去。饭厅里，毛莱舅舅正将酒瓶放进壁柜。

"小子，让他在外面待半个小时，"毛莱舅舅说，"就让他待在院子里，去吧。"

"好的，先生，"威尔希说，"我们绝不会让他离开院子。"

我们走出门。太阳明亮而寒冷。

"你去哪儿，"威尔希说，"你不要想着去镇上，明白吗。"我们穿过飒飒作响的树叶。大门是冰冷的。

"你最好将手放进口袋里，"威尔希说，"你这样会把手冻在大门上的，到时你怎么办。你为什么不在屋子里等他们。"他将我的两只手塞进口袋里。我听见他在树叶中发出的沙沙声响。我能闻到寒冷的气味。大门是冰冷的。

"这儿有山核桃。哇。蹿到树上了。班吉，瞧这儿有一只松鼠。"

我根本感觉不到大门的存在，但是我能闻到明晃晃的寒冷。

"你最好将手放回口袋里。"

凯蒂在行走。然后是奔跑，她的书包在她身后晃动着，一颠一颠的。

"你好，班吉。"凯蒂说。她打开大门走了进来，弯下了腰。凯蒂闻起来像树叶。

"你是来接我的吗，"她说，"你是来接凯蒂的吗。威尔希，你为什么让他的手变得如此冰凉。"

"我告诉过他要将手放进口袋里，"威尔希说，"但他喜欢抓着那铁门。"

"你是来接凯蒂的吗。"她一边说，一边搓着我的手，"想说什么。你想告诉凯蒂什么呀。"

凯蒂闻起来像树木。当她说我们睡着了时，她也是这气味。

你哼哼什么，拉斯特说，等我们下到河沟边还能看到他们的。[1]

给。给你曼陀罗[2]。他递给我那花。我们穿过篱笆来到空地上。

1908.12.23
1928.4.7

1928.4.7
1908.12.23

"想说什么，"凯蒂说，"你想告诉凯蒂什么呀。威尔希，他们让他出来的吗。"[3]

"屋里关不住他，"威尔希说，"不让他出来他就一直闹腾，他一出来就径直冲到这儿，一直朝大门外张望。"

"想说什么，"凯蒂说，"你以为我从学校回家来就该是圣诞节了吗。你是这样想的吧。后天才是圣诞节啊。圣诞老公公，班吉。圣诞老公公。走，让咱们跑回屋里暖和暖和。"

她牵着我的手，我们跑着穿过耀眼的、沙沙作响的树叶。我们跑上台阶，跑出这明亮的寒冷，跑进那黑暗的寒冷。毛莱舅舅正在将酒瓶放回壁柜。他喊凯蒂。

凯蒂说："威尔希，带他进去烤火。和威尔希进去。"

她说："我一会儿就来。"

我们来到火边。母亲说："威尔希，他冷吗。"

"他不冷，太太。"威尔希说。

---

1. 回到当前，1928 年 4 月 7 日。*
2. 一年生草本植物，叶子卵形，花白色，花冠像喇叭，表面多刺。
3. 回到 1908 年 12 月 23 日，圣诞节前两天，凯蒂与班吉去送信前。*

"脱下他的外套和鞋套，"母亲说，"我说过多少次了，不要让他穿着鞋套进屋。"

"好的，太太，"威尔希说，"就这样不要动。"他脱下我的鞋套，解开我外套的纽扣。

凯蒂说："等等，威尔希。妈妈，他不能再出去一趟吗。我想让他跟我一块儿出去。"

"你最好让他待在这儿，"毛莱舅舅说，"他今天在外面已待够了。"

"我觉得你俩最好待在屋里，"母亲说，"迪尔西说天气是越来越冷了。"

"哦，妈妈。"凯蒂说。

"胡说，"毛莱舅舅说，"她在学校待了一整天。她需要新鲜空气。凯蒂丝[1]，快出去吧。"

"让他去吧，妈妈，"凯蒂说，"好吗。你知道他不去会哭的。"

"既然这样，你为什么还在他面前提这个，"妈妈说，"为什么你要进来。就是为了给他出去找借口，让我心烦。你今天在外面都待够了。我看你最好坐下，就在这儿和他玩。"

"让他们去吧，卡洛琳，"毛莱舅舅说，"一点冷伤不了他们。记住，你必须保持你的体力。"

"我知道，"母亲说，"没有人知道我有多么恐惧圣诞节。没

---

1. 凯蒂的全名。源自希腊语，指美丽无瑕的女子。

有人知道。我不是能扛事的女人。为了杰森[1]和孩子们，我希望自己更坚强一点。"

"你必须尽力而为做到最好，不要为他们操心，"毛莱舅舅说，"你俩出去玩吧。但不要在外面待久了，听到没。否则你们妈妈会担心的。"

"好的，先生，"凯蒂说，"班吉，走吧。我们又要出门去啰。"她系上我外套的纽扣。我们朝门口走去。

"你带小宝贝出去不给他穿鞋套吗，"母亲说，"这满屋子的客人，你想让他害病吗。"

"我忘了，"凯蒂说，"我以为他穿上了哩。"

我们又走了回来。"你一定要动脑子。"母亲说。就这样，别动，威尔希说。他给我穿上**鞋套**。"有一天我走了，你一定要为他着想。"快踩踩脚[2]，威尔希说。"班吉明，过来亲亲妈妈。"

凯蒂将我带到母亲坐着的椅子旁边，母亲双手捧着我的脸，然后将我搂到怀里。

"我可怜的宝贝。"她说，她放开我，"亲爱的，你和威尔希要照看好他。"

"好的，妈妈。"凯蒂说。我们走了出去。

凯蒂说："你没必要出去，威尔希。我来照管他一会儿。"

"好的，"威尔希说，"外面那么冷，不好玩，我才不出去

---

1. 指杰森·康普森三世，昆丁、凯蒂、杰森、班吉的父亲。
2. "就这样，别动""快踩踩脚"让班吉联想到过往穿鞋套的场景。★

呢。"威尔希走开了。我们在门厅里停了下来，凯蒂跪了下来，伸出双臂抱住我，她冰凉的、明亮的脸贴着我的脸。她闻起来像树木。

"你不是可怜的小宝贝。是不是。你有你的凯蒂。难道你没有你的凯蒂吗。"

1908.12.23
1928.4.7

你能不能别再哭了，别再流口水了，拉斯特说，一直吵吵嚷嚷的，你难道不为自己感到羞愧吗。[1] 我们经过马车库，里面停着马车。**马车**换了一个新轮胎。

1928.4.7
1912

"听着，你上车吧，安静地坐着，等着你妈妈来。"迪尔西说。[2] 她将我推进**马车**车厢里。T.P. 拿着缰绳。

"我说，我真不明白杰森[3] 为啥不买一辆新马车，"迪尔西说，"有一天这东西会在你们身下散成碎片的。瞧瞧这轮子。"

母亲走了出来，边走边将面纱拉下来。她拿着花。

"罗斯库斯在哪儿。"她说。

"罗斯库斯今天胳膊举不起来了，"迪尔西说，"T.P. 能赶车的。"

"我有点担心，"母亲说，"我看，你们大伙儿每周都可以给我配一个新的赶车人。老天爷知道，我想要的可不多。"

"卡洛琳小姐，你我都知道，罗斯库斯得了风湿病，严重得

---

1. 回到当前，1928 年 4 月 7 日。*
2. 1912 年，班吉乘马车随康普森太太去给康普森先生（杰森·康普森三世）和昆丁上坟。前文中班吉看到马车，于是联想到此场景。*
3. 指班吉的哥哥杰森。

啥也干不了，"迪尔西说，"你过来上车吧，快点。T.P.赶马车和罗斯库斯一样好。"

"我真担心呢，"母亲说，"因为带着小宝贝。"

迪尔西走上台阶。"你叫他小宝贝。"她说，她扶着母亲的胳膊，"他是跟 T.P. 一般大的小伙子了。快走吧，如果你真想去的话。"

"我真担心呢。"母亲说。他们走下了台阶，迪尔西扶母亲上了车。

"对于我们大伙儿来说，翻车可能最好不过。"母亲说。

"你那样说话，不感到羞耻吗，"迪尔西说，"你不知道吗，一个十八岁的黑人小伙子是不会让小王后失控的。她年纪比 T.P. 和班吉加起来还大。T.P.，可别惹火了小王后，你听到我说话没有。假如你让卡洛琳小姐坐着不舒服了，我会让罗斯库斯抽你。他还没有病到不能抽你的程度。"

"知道了，妈妈。"T.P. 说。

"我只觉得有什么事情要发生，"母亲说，"别哭了，班吉明。"

"给他一枝花拿着，"迪尔西说，"他想要呢。"她伸手将花递了进来。

"不要，不要，"母亲说，"你会把花扯得到处都是的。"

"您拿住了，"迪尔西说，"我抽一枝给他。"她递给我一枝花后，手收了回去。

"快走吧，不然小昆丁[1]看见了也要去的。"迪尔西说。

"她在哪儿。"母亲说。

"她在屋里和拉斯特玩呢，"迪尔西说，"走吧，T.P.，就按罗斯库斯教你的去赶那马车。"

"好的，妈妈，"T.P.说，"走呀，小王后。"

"小昆丁，"母亲说，"不要让她出来。"

"我当然不会。"迪尔西说。

马车颠簸着，嘎嘎地碾压着车道前行。"留小昆丁在家里我真有点担心，"母亲说，"我还是不去了，T.P.。"

我们驶出大门，马车就不再颠簸了。T.P.抽了小王后一鞭子。

"听见没有，T.P.。"母亲说。

"让她走她的，"T.P.说，"得让她保持冷静，直到我们返回车库。"

"掉头，"母亲说，"留下小昆丁出去，我有点担心。"

"这儿不能掉头啊。"T.P.说。随后路面变宽了。

"你在这儿不能掉头吗。"母亲说。

"好的，马上。"T.P.说。我们开始掉头。

"慢点，T.P.。"母亲说着抱紧我。

"我得想办法掉头，"T.P.说，"吁，小王后。"我们停了下来。

---

1. 指凯蒂的私生女，此时已交由康普森一家抚养。

"你这样会翻车的。"母亲说。

"那你要我怎么做。"T.P. 说。

"你那样掉头，让我很担心。"母亲说。

"走，小王后。"T.P. 说。我们继续往前走。

"我总感到我一离开，迪尔西就会让小昆丁出事的，"母亲说，"我们必须快点回去。"

"走起来，驾。"T.P. 说。他用鞭子打了一下小王后。

"慢点，T.P.。"母亲说。

她紧紧抱住我。我能听见小王后的蹄声，两侧明亮的形体在平稳地前进，它们的影子从小王后身后流过。它们流过的样子就像轮子明亮的顶端。到了站着士兵的[1]、高高的白色岗亭，一侧的明亮形体及其影子停住了。而另一侧的继续平稳前行，只是慢了一点。

"你们要干什么。"杰森说。他的双手插在口袋里，耳朵上夹着一支铅笔。

"去公墓。"母亲说。

"好啊，"杰森说，"我并不打算阻拦您，对吧。让我知道一下，这就是您要我干的全部事情吗。"

"我知道你不想去，"母亲说，"不过你去的话我会感到更安全呢。"

"咋不安全了。"杰森说，"父亲和昆丁又不能伤害您。"

---

1. 指小镇广场上南方军队士兵的塑像。

母亲将手绢伸到面纱下。

"别这样，妈妈，"杰森说，"您想让这个该死的傻子在大庭广众下又吼又叫吗。走吧，T.P.。"

"走，小王后。"T.P. 说。

"我这是造了什么孽呀。"母亲说，"反正我很快也会走了的。"

"等等。"杰森说。

"吁。"T.P. 说。

杰森又说："毛莱舅舅给您开了五十元[1]的支票。您想咋用。"

"为什么问我，"母亲说，"我没什么可说的。我只是不想给你和迪尔西添麻烦。我很快就要走了，然后轮到的就是你。"

"继续赶路吧，T.P.。"杰森说。

"走，小王后。"T.P. 说。车旁的形体又继续流动。停了的另一侧也开始了，发着光，平滑且快速，就像当凯蒂说我们要睡觉时的情景。

哭叫的小宝贝，拉斯特说，你不感到害臊吗。[2] 我们穿过牲口棚。马厩的门都敞开着。你现在骑不了花斑点的小马驹，拉斯特说。地面是干燥的，铺满灰尘。屋顶是倾斜的。歪斜的洞孔充满了缠绕着的黄色。你干吗从那走。你想让他们的球砸掉你的脑袋吗。

"把你的手放进口袋里，"凯蒂说，"否则会冻坏的。你不想

----

1. 指美元，后同。
2. 回到当前，1928 年 4 月 7 日。*

过圣诞节时手是冻坏的吧，对吗。"[1]

我们绕过牲口棚。大奶牛和小奶牛站在门口，我们能听见王子、小王后和幻想者在牲口棚里跺脚。"如果天不是这么冷，我们就骑幻想者玩了，"凯蒂说，"今天太冷了，在马上坐不住。"随后我们看见了河沟，那儿在冒烟。"他们在杀猪，"凯蒂说，"我们回家时会经过他们那儿，到时再看看他们。"我们往山下走。

"你想送信。"凯蒂说，"你能送的。"她将信从她的口袋里取出来，放进我口袋里。"这是圣诞节礼物，"凯蒂说，"毛莱舅舅送给帕特森太太的惊喜。我们将信带给她，不要让其他任何人看见。将你的手放进口袋里，放好了，听见没。"我们来到河沟边。

"结冰了，"凯蒂说，"瞧。"她砸碎了水面的冰，取了一块贴着我的脸。"结冰了。可见天多冷。"她帮着我穿过河沟，我们向小山上爬去。"这事我们连爸爸妈妈都不能说。你知道我怎么想的吗。爸爸妈妈和帕特森先生都想不到这事会发生，因为帕特森先生给你送过糖。你记得吗，去年夏天帕特森先生给过你糖。"

前面是一道栅栏。上面的藤蔓干枯了，风在其间呼呼地吹着。

"我就不明白为什么毛莱舅舅不派威尔希送，"凯蒂说，

---

1. 回到 1908 年 12 月 23 日，圣诞节前两天，凯蒂与班吉去送信前。前文中班吉看到牲口棚，于是联想到送信那天曾和凯蒂经过此处。*

"威尔希又不会乱说。"帕特森太太正在向窗外张望。"你在这儿等着,"凯蒂说,"就在这儿等,知道吗。我一会儿就回来了。把信给我。"她从我的口袋里取出信,拿在手里,穿过枯黄的、沙沙作响的花丛。**帕特森太太**走到门边打开了门,然后站在那。

1908.12.23
1908夏

帕特森先生在绿色的花丛中砍东西。他停了下来,看着我。[1]帕特森太太奔跑着穿过花园。我一看到她的眼睛就开始哭。你这个白痴,帕特森太太说,我告诉过他绝对不要再单独派你来送信。拿给我。快点儿。帕特森先生带着锄头快速走过来。帕特森太太将上身越过栅栏,伸出手。她试图爬过栅栏。拿给我,她说,拿给我。帕特森先生翻过了栅栏。他拿走了信。帕特森太太的衣服被栅栏挂住了。我再次看了看她的眼睛,然后向山下跑去。

1908夏
1928.4.7

"他们那边除了房子什么也没有,"拉斯特说,"我们到河沟边去。"[2]

他们在河沟边洗衣服。他们中的一位在唱歌。我能闻到捣衣服的啪啪声以及吹过河沟的烟雾。

"你待在这儿,"拉斯特说,"你不要没事就溜到那边去。那些家伙会打你的,真的。"

---

1. 前文中班吉来到帕特森家的屋前,于是联想到同年夏天毛莱舅舅让他独自给帕特森太太送信的场景。*
2. 回到当前,1928 年 4 月 7 日。*

"他想干什么。"

"他并不知道他想干什么，"拉斯特说，"他想到他们打球的那边去。你坐下来玩你的吉姆森草。如果你想看什么，就看那些在河沟里玩耍的孩子们。你怎么不能表现得正常一点。"我坐在河岸上，他们在洗衣服，烟雾正飘出蓝色。

"你们大伙儿在这儿看到一枚二十五分的硬币了吗。"拉斯特说。

"什么二十五分硬币。"

"我今早在这儿的时候都还在的，"拉斯特说，"我不知在哪儿弄丢了。它是从我这个口袋洞掉了的。我找不到就不能去看今晚的演出了。"

"小伙子，你去哪儿弄到这枚硬币的。是从白人的口袋里吧，趁他们不注意的时候。"

"在该得到它的地方得到的，"拉斯特说，"可以从很多地方得到的。但我只想找到我的那一枚。大伙儿可捡到没有。"

"我才不会为一枚硬币费神呢。我有自己的事情要照看。"

"过来，"拉斯特说，"帮我找找。"

"即使他看到也不认识，是吧。"

"那也一样可以帮着我找找，"拉斯特说，"你们大伙儿今晚都要去看演出吧。"

"甭跟我谈什么演出了。等我洗完这一桶，我会累得举不起手臂，啥事也做不了的。"

"我赌你会去，"拉斯特说，"我赌你昨晚去看了。我赌你当大帐篷一打开时就已经在那儿了。"

"昨晚是有很多黑佬去了，但我没去。"

"我猜黑佬和白人一样有钱。"

"白人给黑佬钱，因为白人一开始就明白带来的乐队会将钱挣回来的，然后黑佬不得不干活去赚更多的钱。"

"又没人逼你去看演出。"

"是还没有。他们想都别想。"

"你为啥跟白人过不去。"

"我没有跟白人过不去。我走我的独木桥，白人走他们的阳关道。我对演出没什么兴趣。"

"演出中有一个男子竟然能用锯片演奏曲子呢。像演奏班卓琴[1]一样。"

"你昨晚去了。"拉斯特说，"我今晚去。如果我能找到在哪儿丢的硬币。"

"我估计你会带他去吧。"

"我一个人去，"拉斯特说，"你以为只要他一叫喊我就得在那儿吗。"

"他叫喊时你怎么办。"

"我会拿鞭子抽他。"拉斯特说。他坐下来卷工装裤的裤脚。他们在河沟里玩耍。

"你们大伙儿找到球了吗。"拉斯特说。

"你说话别这么自以为是。我敢说，你最好不要让你姥姥听

---

1. 拨奏弦鸣乐器。17 世纪流行于西非黑人奴隶中。后在美国广泛流传。

到你这样说话。"

拉斯特走到河沟里，他们正在河沟里玩耍。他沿着河岸在水里搜寻。

"今早我下到这儿来时硬币还在的啊。"拉斯特说。

"你大概在哪儿弄丢的。"

"就是从我口袋的这个洞掉的。"拉斯特说。他们在水里搜寻。随后他们都迅速地站起来，停住不找了。然后他们在水里拍打着水花，争抢起来。拉斯特得到了它。他们蹲在水里，透过灌木丛向山冈上望去。

"他们在哪儿。"拉斯特说。

"还没看见。"

拉斯特将那东西放进口袋。

他们从山冈上走下来。

"看到一只球落到这儿了吗。"

"应该掉到水里了。小伙子们有谁看到或听到什么动静没有。"

"没有听到有什么东西落到这儿呀，"拉斯特说，"倒是听到有什么东西打在那边的树上。不知道它滚到哪儿去了。"

他们朝河沟里看去。

"见鬼。顺着沟边找找。它落到这儿了，我看见的。"

他们沿着沟边寻找。然后走回山冈上。

"你捡到那只球了吧。"男孩说。

"我要它干吗。"拉斯特说，"我没有看到什么球。"

男孩走进水里。他继续走。他掉头又看了一眼拉斯特。他在河沟里继续往下走。

男子在山上叫喊"球童"。于是男孩从水里走出来，向山上走去。

"瞧，你自己听听，"拉斯特说，"别吵了。"

"他在哼哼什么呀。"

"上帝知道。"拉斯特说，"他突然就哼起来了。已经哼一早上了。可能因为今天是他的生日吧，我猜。"

"他多大了。"

"他三十三了，"拉斯特说，"今早刚满三十三。"

"你意思是，他这副三岁的样子保持三十年了。"

"我是听姥姥说的，"拉斯特说，"我也不明白。不管怎样，我们要在蛋糕上插上三十三根蜡烛。蛋糕小，几乎插不下。住口。到这儿来。"他过来抓住我的手臂。

"你这个老傻子，"他说，"你想让我用鞭子抽你吗。"

"我赌你不会抽。"

"我就敢抽。快住口，"拉斯特说，"难道我没有告诉你不要去那边吗。他们打的球会将你的脑袋整个儿砸下来。过来，这儿。"他拽我回去。"坐下。"我坐下，他脱掉我的鞋，卷起我的裤脚。"走吧，下到水里去玩，看你能不能不再流口水，不再哼哼了。"

我住了口，**走进水里**。罗斯库斯来了，说去吃晚饭。[1] 凯蒂

1928.4.7
1898

---

1. 1898 年，班吉、凯蒂、昆丁和杰森在河沟里玩水。也是在这一天他们的外婆大姆娣去世了。前文中班吉走进水里，于是联想到幼时玩水的情景。*

说，还不到晚饭时间，我不去。

她湿透了。我们在河沟里玩耍，凯蒂蹲了下去，将衣服浸湿了。

威尔希说："你把衣服弄湿了，你妈妈会拿鞭子抽你的。"

"她绝不会这样做的。"凯蒂说。

"你怎么知道。"昆丁说。

"我当然知道，"凯蒂说，"你又怎么知道她会抽我呢。"

"她说过她会这样做，"昆丁说，"另外，我比你大。"

"我七岁了。"凯蒂说，"我觉得我是懂的。"

"我七岁多了。"昆丁说，"我就要上学了。是不是，威尔希。"

"我明年也要上学了，"凯蒂说，"到时候我也要上学的。是不是，威尔希。"

"你知道你弄湿了衣服她会拿鞭子抽你的。"威尔希说。

"没弄湿。"凯蒂说。她站在水里，瞧着她的衣服。"我会脱下衣服，"她说，"衣服很快就会晾干的。"

"我赌你不会脱。"昆丁说。

"我就脱。"凯蒂说。

"我劝你最好不要脱。"昆丁说。

凯蒂走到威尔希和我的身边，然后转过身。

"帮我解开，威尔希。"她说。

"你不能解，威尔希。"昆丁说。

"又不是我的衣服。"威尔希说。

"解开，威尔希，"凯蒂说，"你不解开我就告诉迪尔西你昨天做的好事。"于是威尔希解开了她的衣服。

"你居然脱掉了衣服。"昆丁说。凯蒂脱掉了衣物，将它扔到了岸上。这样她就除了胸衣和内裤什么也没穿了。昆丁扇了她一耳光，她滑了一跤，跌进了水里。她站起来后开始朝昆丁泼水。昆丁也向凯蒂泼水。泼的水有些溅到威尔希和我的身上。威尔希将我抓起，放到岸上。他说他要告凯蒂和昆丁的状。昆丁和凯蒂立马开始向威尔希泼水。他躲到了灌木丛后。

"我要向妈妈告你们几个。"威尔希说。

昆丁爬上了岸，试图去逮威尔希，但威尔希跑开了，昆丁没抓着。当昆丁回来时，威尔希停下来叫喊说他要去告状。凯蒂说只要他不去告状，他们就让他回来。于是威尔希说他不去告状了。他们便放过了他。

"我猜你现在满意了吧，"昆丁说，"咱俩都要挨鞭子了。"

"我不在乎，"凯蒂说，"我会逃走的。"

"你会吗。"昆丁说。

"我会逃走的，永远不回来。"凯蒂说。我开始大哭。凯蒂转过身来说别哭了。于是我收住了声。然后他们在河沟里玩耍。杰森也在玩。他在下面一点的河沟自个儿玩。威尔希绕过灌木丛走过来，将我再一次抱到水里。凯蒂全身湿透，背后满是泥浆。我又开始大哭，她走过来，在水里蹲了下来。

"快别哭了，"她说，"我不会逃走的。"于是我收住了哭。凯蒂闻起来像雨中的树木。

1898
1928.4.7
　　你怎么回事，拉斯特说，你难道就不能不哼哼，像其他人一样在水里好好玩吗。[1]

为什么你不让他待在家里。他们难道没有告诉你不要带他离开那个地方吗。

他仍然认为这个牧场是他们家的呢，拉斯特说，反正从大房子里没人看得见这个牧场，没法看到。

我们看得见。谁愿意看到傻子啊。看到了会倒霉的。

罗斯库斯来了，说去吃晚饭。[2]凯蒂说还没到吃晚饭的时间。

1928.4.7
1898

"到点了，"罗斯库斯说，"迪尔西叫你们都快回屋里。威尔希，把他们带回去。"他向山上走去，山上有母牛在哞哞叫。

"等我们回到屋里时，也许衣服也干了。"昆丁说。

"都是你的错，"凯蒂说，"我倒希望我们真挨顿鞭子。"她穿上衣裙，威尔希给她系好。

"他们不会知道你弄湿衣服的，"威尔希说，"看不出来，只要我和杰森不说。"

"杰森，你会告状吗。"凯蒂说。

"告谁。"杰森说。

"他不会告的，"昆丁说，"对吗，杰森。"

"他肯定会告的，"凯蒂说，"他会向大姆娣[3]告状的。"

---

1. 回到当前，1928 年 4 月 7 日。*
2. 回到 1898 年玩水的场景。*
3. 指昆丁、凯蒂、杰森、班吉的外婆。

"他不会向她告状的，"昆丁说，"她生病了。如果我们走得慢，回到家天就黑了，他们就看不见我们衣服湿了。"

"我无所谓他们会不会发现，"凯蒂说，"我会自己说的。威尔希，背他上山。"

"杰森不会告状的，"昆丁说，"杰森，你还记得我给你做的弓箭吗？"

"早断了。"杰森说。

"让他去告得了，"凯蒂说，"我不会骂半句的。威尔希，将毛莱[1]背上山来。"威尔希蹲下，我爬到他的背上。

咱们晚上看演出时见，拉斯特说，快过来。[2]我们一定要找到那枚硬币。

"如果我们走得慢，回到家时刚好天黑。"昆丁说。[3]

"我就不慢慢走。"凯蒂说。

我们向山上走去，但昆丁没有跟上来。当我们走到了一个能嗅到猪的气味的地方，他还在下面的河沟那儿。几头猪在角落的饲料槽里一边哼哼，一边嗅着。杰森跟在我们身后，双手插在口袋里。罗斯库斯在牲口棚门边挤牛奶。

母牛从牲口棚里跳了出来。[4]

1898

1928.4.7

1928.4.7

1898

1898

1928.4.7

---

1. 班吉的曾用名。1900 年改名为班吉明。

2. 回到当前，1928 年 4 月 7 日。*

3. 回到 1898 年玩水的场景。*

4. 回到当前，1928 年 4 月 7 日，拉斯特和班吉经过牲口棚时看见的场景。*

"叫啊，" T.P. 说，"再叫一声。我自己都想叫了。哎哟。"[1] 昆丁踢了 T.P. 一脚，将 T.P. 踢到了猪的食槽里，T.P. 躺在了那儿。"好家伙，" T.P. 说，"以前他就这么欺负我的。你们看见那个白人踢我了吧。哎哟。"

我不想哭，但我止不住。我不想哭，但是地面并不静止，于是我哭了起来。[2] 地面向上倾斜，奶牛跑上了山冈。T.P. 竭力爬起来，又摔倒了。奶牛跑下了山冈。昆丁拽着我的胳膊，我俩向牲口棚走去。然而牲口棚不见了，我们不得不等着它回来。我没看见它回来。它是从我们的身后出现的。昆丁让我待在奶牛的食槽里。我紧紧贴着食槽。它在移走，我紧紧抓住它。奶牛越过门，又向山下跑去。那种感觉停不下来。昆丁和 T.P. 一边向山上走去，一边厮打着。T.P. 从山上滚落下来，昆丁又将他拖到山上。昆丁在打 T.P.。那种感觉停不下来。

"爬起来，" 昆丁说，"你就在这儿待着。你不要走开，等着我回来。"

"我和班吉要回去看婚礼，" T.P. 说，"哎哟。"

昆丁又开始打 T.P.。然后昆丁把 T.P. 按在墙上。T.P. 哈哈大笑。每次昆丁把他按在墙上，他就会拼命地喊 "哎哟"，但他笑的时候就喊不了了。我止住了哭，但那种感觉还没停止。T.P. 倒

---

1. 1910 年 4 月 25 日，凯蒂婚礼，T.P. 和班吉偷酒喝后醉酒。前文中班吉看到母牛跳出牲口棚，于是联想到凯蒂婚礼时在牲口棚发生的事。*
2. 此段为班吉醉酒后失去平衡感的感受。

在我身上，牲口棚的门不翼而飞。门落到了山下。T.P. 在和自己厮打，他再一次倒下。他仍然在笑，那种感觉停不下来，我竭力爬起来，却又倒下了，那种感觉停不下来。

威尔希说："你们闹够了吧。你们不说停我可得说了。不要叫喊了。"

T.P. 仍旧在笑。他一边笑着一边拍打着门。"哎哟，"他说，"我和班吉要回去看婚礼。哇，沙士汽水[1]。"T.P. 说。

"住口，"威尔希说，"你从哪儿弄到的。"

"从地窖里，"T.P. 说，"哇耶。"

"别闹了，"威尔希说，"在地窖的什么地方。"

"地窖里随处都是。"T.P. 说，他又笑了一阵，"还剩一百多瓶。不，是一百多万瓶。小心，黑小子，我要喊了。"

昆丁说："扶他起来。"

威尔希将我扶了起来。

"喝吧，班吉。"昆丁说。[2]玻璃杯是热的。

"快住口，"昆丁说，"喝了它。"

"沙士汽水。"T.P. 说，"昆丁先生，让我喝喝。"

"你闭嘴，"威尔希说，"昆丁先生会撕碎你的。"

"抱住他，威尔希。"昆丁说。

---

1. 指为凯蒂婚礼准备的、类似沙士汽水的酒精饮料，被 T.P. 误以为是普通的沙士汽水。沙士汽水是一种由墨西哥菝葜制成的碳酸饮料，深褐色，甜味，十九世纪开始在美国流行。
2. 可能为某种醒酒饮料。

他们抱住我。它淌到我的下颚、我的衬衣上，很热。"喝。"昆丁说。他们按住我的头。它流入我的体内，很热，我又开始哭了。我在哭着，我体内有什么东西在发作。我哭得更厉害了。他们按住我，直到那东西停止。然后我安静了。那东西仍然在四处奔突，然后形体开始形成了。[1]

"打开栅栏，威尔希。"他们走得很慢。"将这些空麻袋铺到地板上。"他们走得快了起来，算是够快的了。"听着。将他的脚抬起来。"他们走着，脚步流畅而欢快。我听见 T.P. 在笑。我跟着他们走，走到了明亮的山上。

到了山顶，威尔希将我放了下来。[2] "到这儿来，昆丁。"他喊，回头向山下看去。昆丁仍然一动不动地站在河沟边。他正朝着阴影笼罩的河沟砸块状的东西。

"就让这个老傻子留在那儿。"凯蒂说。她抓起我的手，我们经过牲口棚，穿过大门。有一只青蛙在砖块铺就的人行道上，蹲在路中央。凯蒂跨过它，又拉着我越过了它。

"走，毛莱。"她说。青蛙仍然蹲在那儿，直到杰森用脚尖戳它。

"它会让你身上长疣子的。"威尔希说。青蛙蹦跳着离开了。

"走，毛莱。"凯蒂说。

1910.4.25
1898

------

1. 指班吉喝下醒酒饮料后恢复了意识。
2. 回到 1898 年玩水后回家的场景。前文中班吉在回想上山的情景，于是联想到 1898 年他们玩水后也走在山上。*

"今晚他们有客人来。"威尔希说。

"你怎么知道。"凯蒂说。

"因为所有的灯都打开了，"威尔希说，"每扇窗户灯都亮着。"

"要我说，如果我们愿意的话，没有客人的时候我们也可以将所有的灯开着。"凯蒂说。

"我肯定是客人来了，"威尔希说，"你们几个最好从后门进去，悄悄地溜上楼。"

"我无所谓，"凯蒂说，"我直接从他们在的客厅走进去。"

"我打赌，如果那样，你爸爸会用鞭子抽你。"威尔希说。

"我无所谓，"凯蒂说，"我就要直接走门厅。我就要直接走进饭厅吃晚饭。"

"你坐哪儿。"威尔希说。

"我坐大姆娣的椅子，"凯蒂说，"她都在床上吃东西。"

"我饿了。"杰森说。他超过我们，在人行道上跑了起来。他把双手插在口袋里，然后他摔倒了。威尔希走过去将他扶了起来。

"你把手放在口袋外面就能稳住你的脚，"威尔希说，"你若想及时将手从口袋里抽出来支撑你的身子，那是绝对做不到的，因为你太胖了。"

父亲正站在厨房的台阶上。

"昆丁在哪。"他说。

"他走人行道上来。"威尔希说。昆丁正慢吞吞地走过来。他的衬衫是朦朦胧胧的一块白色。

"哦。"父亲说。灯光落在台阶上，落在他的身上。

"凯蒂和昆丁打水仗了。"杰森说。

我们等着下文。

"是吗。"父亲说。昆丁走了过来。父亲说："你们今晚在厨房里吃饭。"他俯身将我抱起来。灯光倾泻在台阶上，倾泻在我的身上，我朝下能看见凯蒂、杰森、昆丁和威尔希。父亲转身走向台阶。"你们必须保持安静，听见没。"他说。

"为什么我们必须保持安静，爸爸，"凯蒂说，"我们家来客人了吧。"

"是的。"父亲说。

"我给你说过，来客人了。"威尔希说。

"你没说，"凯蒂说，"是我说家里有客人的。我说我知道的。"

"住嘴。"父亲说。他们安静下来，父亲打开门，我们穿过后面的门廊，走进厨房。迪尔西在厨房里，父亲把我放到椅子上，给我系上围嘴，然后将椅子推到餐桌旁，餐桌上放着晚餐。饭菜热气腾腾的。

"你们从现在起都听迪尔西的。"父亲说，"迪尔西，尽量别让他们太吵。"

"知道了，先生。"迪尔西说。父亲走开了。

"记得听迪尔西的，听到没。"他在我们身后说。我将脸凑到饭菜上。饭菜的热气蒸腾到了我的脸上。

"今晚让他们听我的，爸爸。"凯蒂说。

"我才不，"杰森说，"我听迪尔西的。"

"如果父亲这样说了，你就得听。"凯蒂说，"爸爸，让他们听我的。"

"我不听，"杰森说，"我不会听你的。"

"行啦，"父亲说，"你们都要听凯蒂的，听到没。迪尔西，他们吃完饭就带他们回楼上去。"

"好的，先生。"迪尔西说。

"听见没。"凯蒂说，"我想现在你们都会听我的了吧。"

"听着，你们大伙儿都住口，"迪尔西说，"今晚你们都得安静。"

"为什么今晚我们都得安静。"凯蒂小声说道。

"别多问，"迪尔西说，"到时候¹你们就会明白的。"她拿来我的碗。碗里冒出的热气弄得我脸上痒痒的。

"威尔希，过来。"迪尔西说。

"到时候是什么时候，迪尔西。"凯蒂说。

"星期天²，"昆丁说，"你真不知道吗。"

"嘘，"迪尔西说，"杰森先生³不是说要大伙儿保持安静吗。快吃你们的饭。过来，威尔希。拿他勺子来。"威尔希的手拿着勺子，勺子伸入碗中。勺子又向上来到我的嘴边。热气挠痒痒般地进入我的嘴巴。

---

1. 原文为 in the Lawd's own time，即主的日子，在此处延伸为一个模糊的时间词。

2. 昆丁将 in the Lawd's own time 理解为字面意思，即星期天。在基督教中，教徒相信耶稣的复活发生在"七日的第一日"，遵守此日作为纪念。

3. 指父亲。

随后我们吃完东西，彼此望着，一声不吭。然后我们又听见了这个声音，我开始哭。

"那是什么声音。"凯蒂说。她将手放到我的手上。

"那是妈妈的声音。"昆丁说。勺子递了过来，我吃了一口，接着我又哭了。

"别哭了。"凯蒂说。但是我止不住哭。她走过来，伸出双臂抱住我。迪尔西过去将两道门都关上，然后我们就听不见那声音了。

"好了，别哭了。"凯蒂说。我静下来吃东西。昆丁不再吃东西，但杰森还在吃。

"那是妈妈的声音。"昆丁说。他站了起来。

"你好好坐着，"迪尔西说，"他们那儿有客人，你穿着沾满泥浆的衣服呢。凯蒂，你也坐下，把饭吃完。"

"她在哭。"昆丁说。

"那是在唱歌[1]，"凯蒂说，"是不是，迪尔西。"

"照杰森先生吩咐的，你们大伙儿吃你们的饭，"迪尔西说，"到时候你们就明白了。"

凯蒂回到她的椅子上。

"我告诉过你们的，那里在开舞会。"她说。

威尔希说："他全部吃完了。"

---

1. 指康普森太太因母亲离世而发出的哭泣声。因为凯蒂的这句话，班吉此后常将类似的哭声理解为唱歌。

"把他的碗拿过来。"迪尔西说。碗被拿开了。

"迪尔西，"凯蒂说，"昆丁不吃了。他不是也得听我的吗。"

"快吃你的饭，昆丁，"迪尔西说，"你们都快点吃完离开我的厨房。"

"我不想吃了。"昆丁说。

"我说你得吃完你就得吃完。"凯蒂说，"是不是，迪尔西。"

碗里的热气蒸腾到我的脸上，威尔希将勺子插到碗里，热气挠痒痒般进入我的嘴里。

"我不想再吃了。"昆丁说，"大姆娣生病了，他们怎么还要开舞会。"

"他们是在楼下开，"凯蒂说，"她可以到楼梯口看。我换了睡衣也要去看。"

"妈妈在哭。"昆丁说，"她不是在哭吗，迪尔西。"

"不要来烦我了，小家伙。"迪尔西说，"等你们吃完，我还得给他们准备晚饭。"

过了一会儿，连杰森也吃完了，他开始哭了起来。

"现在又轮到你演奏了。"迪尔西说。

"自从大姆娣生病，他就不能和她睡后，就每晚都这样，"凯蒂说，"一个哭娃娃。"

"我要告你的状。"杰森说。他还在哭着。

"你已经告过状了，"凯蒂说，"现在你再没其他什么可告的了。"

"你们大伙儿得去睡觉了。"迪尔西说。她走过来将我从椅子上抱下来，用热毛巾擦我的脸和手。"威尔希，你能将他们安安静静地从后面的楼梯带上楼吧。你，杰森，别哭了。"

"现在上床太早了，"凯蒂说，"我们从没有这么早上床过。"

"今晚你们就得这样。"迪尔西说，"你们爸爸对你们说了，吃完饭就马上上楼。你们听见他这么说的吧。"

"他说的是听我的。"凯蒂说。

"我不会听你的。"杰森说。

"你必须听。"凯蒂说，"听着，你必须按我说的去做。"

"叫他们保持安静，威尔希。"迪尔西说，"你们大伙儿都要保持安静，听到了吗。"

"为什么今天晚上我们要保持安静。"凯蒂说。

"你们妈妈身体不舒服。"迪尔西说，"现在，你们大伙儿都跟着威尔希走。"

"我给你说过，妈妈刚刚在哭。"昆丁说。

威尔希将我抱起来，打开了通往后廊的门。我们走了出去，威尔希关上了门，四周一片漆黑。我能嗅到威尔希的气味，能感觉到他。

现在，你们大伙儿都要保持安静，咱们还没上楼呢。杰森先生叫大伙儿直接上楼。他叫大伙儿听我的。我不会听你的。但他叫大伙儿听我的。他是不是这样说的，昆丁。

我能感觉到威尔希的脑袋。我能听到我们的声音。

他是不是这么说的，威尔希。是，那就对了。那么我就要对大伙儿说，我们出去玩一会儿。走吧。威尔希打开了门，我们走了出去。

我们走下台阶。

"我想我们最好到威尔希的小屋子里去，这样我们就吵不到他们了。"凯蒂说。威尔希将我放了下来，凯蒂拉着我的手，我们走向砖砌的步道。

"走吧，"凯蒂说，"那只青蛙跑了。它现在应该跳到花园里去了。也许我们会碰见另一只。"罗斯库斯带着奶桶走过来。他继续走着。昆丁并没有跟我们过来。他坐在厨房的台阶上。我们走到*威尔希*的*小屋子*。我喜欢闻威尔希屋子的气味。*屋子*里烧着火，T.P. 在火堆前蹲着，衬衣的后摆露了出来，拨弄着的火堆腾起了火焰。[1]

然后我站了起来，T.P. 帮我穿好衣服，我们走到厨房吃东西。迪尔西在唱歌[2]，我哭了起来，她便停了下来。

"带他离开这个大宅，快。"迪尔西说。

"我们不能往那儿走。"T.P. 说。

我们在河沟里玩耍。

"我们不能转到那边去，"T.P. 说，"你没听到妈妈这样说吗。"

迪尔西在厨房里唱歌，我开始哭。

"别哭了，"T.P. 说，"走，我们到牲口棚那儿去。"

---

1. 1910 年 6 月，昆丁自杀的消息传到家中，班吉住在用人的小屋里发生的事。前文中班吉走进威尔希的小屋（即用人的小屋），于是联想到得知昆丁自杀这几天用人小屋中发生的事。*
2. 哀悼死者的哭声，参考 31 页注释 1。后文中出现的"唱歌"同理。

1898
1910.6

罗斯库斯在牲口棚挤牛奶。他一边用一只手挤奶，一边哼哼。几只鸟站在牲口棚的门上打量着他。其中一只飞了下来，和母牛们一块儿吃饲料。T.P. 在喂小王后和王子时，我在看罗斯库斯挤奶。猪圈里有一只牛犊。它用鼻子蹭着铁丝网，大声叫唤着。

"T.P.。"罗斯库斯说。

T.P. 说："爹，我在牲口棚里。"

幻想者将脑袋倚在门上，因为 T.P. 还没喂她。

"干完那边的活，"罗斯库斯说，"你得过来挤奶。我这右手用不上了。"

T.P. 过来挤奶。

"你咋不去看医生。"T.P. 说。

"医生看了也没用，"罗斯库斯说，"这地方不行。"

"这地方有啥问题。"T.P. 说。

"这地方不吉利，"罗斯库斯说，"你挤完奶，把牛犊关起来。" 1910.6
1912

这地方不吉利，罗斯库斯说。 [1]

火焰在他和威尔希的身后蹿上又落下，火光在他和威尔希的脸上滑动。迪尔西将我安置到了床上。床闻起来和 T.P. 一个味道，我喜欢。 1912
1910.6

"你怎么知道的。"迪尔西说，"你被啥迷住了吧。" [2]

------

1. 1912 年，康普森先生去世。前文中班吉听到"这地方不吉利"，于是联想到父亲去世这天罗斯库斯也说过类似的话。★
2. 回到 1910 年 6 月，此时康普森一家及其用人收到昆丁自杀的消息。★

"没有，"罗斯库斯说，"那兆头不就躺在床上吗。人们看见那兆头在这儿已有十五年了。"

"算是吧，"迪尔西说，"反正它不会给你、给你的家人带来厄运的，对吧。威尔希能干活了，弗洛妮从你手中嫁出去了，等风湿病不再折磨你了，T.P. 也长很大了，可以替代你了。"

"到现在已经有两个了[1]，"罗斯库斯说，"还会有一个。我看到这个兆头，你也看见了吧。"

"那晚上我听见猫头鹰叫，"T.P. 说，"丹儿[2]也没有来吃它的晚饭，半步不离牲口棚，天一黑就汪汪地叫。威尔希听到它叫的。"

"是还不止一个，"迪尔西说，"你说人哪个不死，耶稣保佑。"

"并不是一死百了。"罗斯库斯说。

"我知道你在想什么，"迪尔西说，"说出那名字可要倒霉的，不然他哭起来你可要坐起来陪他。"[3]

"这个地方不吉利，"罗斯库斯说，"我一开始就看出来的。在他们给他改名字时我就知道了。"[4]

"闭嘴。"迪尔西说。她将被子拉上。被子闻起来像 T.P.。"你们都快闭嘴，让他睡觉。"

"我看到这兆头了。"罗斯库斯说。

----

1. 指大姆娣和昆丁的离世。

2. 指康普森家的狗。

3. 此时凯蒂已出嫁，班吉听到她的名字就会哭。

4. 指 1900 年康普森太太给班吉改名。

"这兆头就是 T.P. 得为你干所有的活。"迪尔西说。

把他和昆丁[1]带到屋里去，让他们和拉斯特玩，在那弗洛妮也可照看他们，T.P.，去帮你爸爸干活。[2]

我们吃完饭。T.P. 抱起昆丁[3]，我们来到 T.P. 的屋子。拉斯特正在泥地上玩。T.P. 放下昆丁，她也在泥地上玩。拉斯特拿着几个线轴，昆丁和他打起来，昆丁拿到了线轴。拉斯特哭了，弗洛妮走来，给他一只空罐头玩，然后我把线轴拿了过来，昆丁打我，我哭了。

"别哭了，"弗洛妮说，"你不害臊吗。抢小娃娃的小玩具。"她从我手里拿走线轴，将线轴还给了昆丁。

"别哭了，"弗洛妮说，"我说，你别哭了。"

"别哭了，"弗洛妮说，"你需要的是鞭子抽你，那就是你要的。"她将拉斯特和昆丁拉走。"到这儿来。"她说。我们走到牲口棚。T.P. 正在挤奶。罗斯库斯坐在箱子上。

"他怎么啦。"罗斯库斯说。

"你得让他待在这儿，"弗洛妮说，"他又打了这几个小娃娃，还抢他们的玩具。就和 T.P. 待在这儿，看你能不能安静一会儿。"

"一定要将奶牛的乳房清洗干净，"罗斯库斯说，"去年冬天你将那只年轻的奶牛挤干了。如果你将这只也挤干，他们都要没

---

1. 指小昆丁。
2. 回到 1912 年，康普森先生去世。前文中班吉听到 "T.P. 得为你干所有的活"，于是联想到父亲去世这天迪尔西也说过类似的话。*
3. 指凯蒂的私生女。

牛奶喝了。"

迪尔西在唱歌。

"不要到那边去，"T.P. 说，"你难道忘了妈妈说的不能去那边吗。"

他们在唱歌。

"走，"T.P. 说，"我们去找昆丁和拉斯特玩。走吧。"

昆丁和拉斯特正在 T.P. 屋前的泥地上玩。屋子里烧着火，火焰一起一落，罗斯库斯坐在火前，身影黑黑的一团。

"三个了。老天爷啊，"罗斯库斯说，"两年前我就告诉过你。他们在这儿要倒霉的。"

"那么你干吗不走呢。"迪尔西说，她在给我脱衣服，"你唠叨不吉利的话会让威尔希动去孟菲斯的念头。那样你就满意了吧。"

"如果威尔希的所有晦气就这么一点就好了。"罗斯库斯说。

弗洛妮走了进来。

"你们活儿都干完了吧。"迪尔西说。

"T.P. 快干完了，"弗洛妮说，"卡洛琳小姐想要你将昆丁弄上床。"

"我会尽快去的，"迪尔西说，"她应该知道我没长翅膀。"

"那就是我要给你说的，"罗斯库斯说，"他们连自己孩子的名字都不准提[1]，这样的人家肯定不会吉利的。"

––––––––––––––––––––

1. 指不准说出凯蒂的名字。因凯蒂生了私生女，又被丈夫抛弃，康普森太太不允许在家里提凯蒂的名字。

"住口，"迪尔西说，"你想让他又开始哭闹吗。"

"养一个孩子，连自己妈妈的名字都不知道。"罗斯库斯说。

"你就不要为她烦心了，"迪尔西说，"他们都是我带大的，我觉得再多带一个也没啥。快住口。如果他瞌睡来了就让他睡吧。"

"直接说名字得了，"弗洛妮说，"他不知道说的是谁的名字。"

"那你就说说看，看他知道不。"迪尔西说，"就是他睡着了，你对着他说，我赌他也能听见你说什么。"

"他知道的比大伙儿以为的多得多，"罗斯库斯说，"他知道大家的时辰什么时候到来，就像指针一样准确。如果他能说话的话，他会告诉你他的时辰、你的时辰、我的时辰。"

"你把拉斯特从那张床上抱出来，妈妈。"弗洛妮说，"那家伙会带给他噩运的。"

"闭上你的嘴，"迪尔西说，"你怎么这样糊涂。你竟然去听罗斯库斯的话。上床去，班吉。"

迪尔西推着我上了床，拉斯特已经躺在了床上。他睡着了。迪尔西把一块长木板放在我和拉斯特之间。"待在你这侧，知道吗。"迪尔西说，"拉斯特还小，你不要伤着他了。"

你还不能走，T.P. 说，等一下。[1]

我们从房屋的角落望过去，看到一辆辆马车驶过。

----

1. 1912 年康普森先生去世的第二天，T.P. 和班吉在窗边看驶往墓地的灵车。*

“走。”T.P. 说。他拉起昆丁，我们跑到栅栏的角落看他们经过。“他走了，”T.P. 说，“瞧。有玻璃窗的那辆。好好瞧瞧。他就躺在里面。看见他了吧。”

1912
1928.4.7

走吧，拉斯特说，我要将这只球带回家，放在家里不会丢。[1]不行，先生，这可不能给你。如果他们看到你拿着它，会说你是偷的。安静。不能给你。你拿它做什么。你又不会**玩球**。

1928.4.7
1898

弗洛妮和 T.P. 正在门口的泥地里**玩**。[2] T.P. 有只瓶子，里面放着萤火虫。

“你们怎么全都跑外面来了。”弗洛妮说。

“家里来客人了，”凯蒂说，“爸爸对大伙儿说今晚听我的。我希望你和 T.P. 也会听我的。”

“我不会听你的，”杰森说，“弗洛妮和 T.P. 也不会听的。”

“如果我这么说了，他们会听的，”凯蒂说，“也许我还没打算让他们听呢。”

“T.P. 是谁的话都不会听的，”弗洛妮说，“葬礼开始了吧。”

“葬礼是什么。”杰森说。

“妈妈不是跟你说不要告诉他们吗。”威尔希说。

“葬礼就是大家哭哭啼啼的，”弗洛妮说，“贝拉·克莱大姐[3]死的时候，他们就**哭**了两天。”

----

1. 回到当前，1928 年 4 月 7 日。*

2. 回到 1898 年玩完水回到家后的场景，他们的外婆大姆娣在这天去世。前文班吉听到“玩球”，于是联想到 1898 年这天弗洛妮和 T.P. 玩耍的场景。*

3. 指迪尔西的朋友，一个黑人妇女。

他们在迪尔西屋子里哭。[1] 迪尔西也在哭。当迪尔西哭的时候，拉斯特说，静一静，我们都静了下来，接着我又哭了起来，蓝毛犬也在厨房的台阶下嗥叫。后来迪尔西不哭了，我们也不哭了。

"哦，"凯蒂说，"那是黑人的事。白人没有葬礼。"[2]

"妈妈给我们说过不要告诉他们，弗洛妮。"威尔希说。

"别告诉他们什么呀。"凯蒂说。

迪尔西在哀号，声音传过来，我又哭起来，蓝毛犬在台阶下嗥叫。[3] 拉斯特和弗洛妮在窗口说，把他们带到牲口棚。这么闹哄哄的，我可做不了饭。还有那只臭狗。把它们都带走。

我才不去那儿，拉斯特说，在那儿我可能会碰见爸爸。我昨晚看见他在牲口棚挥着手臂。

"我想知道为什么白人没有葬礼，"弗洛妮说，"白人也会死。我猜你姥姥也和任何黑人一样会去世。"[4]

"狗才会死。"凯蒂说，"上回南希掉到沟里，罗斯库斯开枪打死了它，秃鹫飞来剥了它的皮。"

骨头散落在沟外边。阴暗的沟里满是骏黑的藤蔓，爬伸进月光里，像某些形体停顿下来。他们都停了下来，天黑了。当我醒来时，我听见了母亲的声音，听到了匆匆离开的脚步声，我能

---

1. 1915 年，罗斯库斯去世。前文中班吉听到"哭"这个词，于是联想到罗斯库斯去世那天的场景。*
2. 回到 1898 年玩完水回到家后的场景，他们的外婆大姆娣在这天去世。*
3. 回到 1915 年，罗斯库斯去世那天。*
4. 回到 1898 年玩完水回到家后的场景，他们的外婆大姆娣在这天去世。*

闻到它。[1] 那房间的样子显露出来，但我闭上了眼睛。我没睡着。我闻到它了。T.P. 解开了被子的别针。

"别闹，"他说，"嘘——"

但是我闻到它了。T.P. 将我拉了起来，快速地给我穿上衣服。

"安静，班吉，"他说，"到我们屋里去。你想到我们的屋子里去吧。弗洛妮在那儿。安静。嘘。"

他给我系上鞋带，戴上帽子，我们走了出去。大厅里有一盏灯亮着。我们能听到大厅那头母亲的声音。

"嘘——班吉，"T.P. 说，"我们马上就出去了。"

一扇门打开了，我闻到了它更多的气味。一只脑袋伸了出来。不是父亲，父亲生病躺在那儿。

"你将他带出这屋子好吗。"

"我们正要到外面去呢。"T.P. 说。迪尔西走上台阶。

"别吵，"她说，"安静。带他到咱们屋，T.P.。让弗洛妮给他铺好床。你们都照看好他，明白吗。别吵了，班吉。跟着T.P. 去吧。"

她走向母亲声音传来的地方。

"最好让他待在那儿。"说话的人不是父亲。他关上门，但是我仍然能闻到它的气味。

---

1. 前文中凯蒂和弗洛妮在聊白人会不会死，于是班吉联想到1912年父亲去世那晚他闻到了死亡的气味，当时他在自己的房间醒来，随后被带去了用人小屋。*

我们走下台阶。台阶向下延伸到黑暗中，T.P. 牵着我的手，我们走出了门，走出了黑暗。丹儿正在后院里坐着，嗥叫着。

"他闻到了它，"T.P. 说，"你也是这样闻到的吧。"

我们走下台阶，台阶上落下我们的影子。

"我忘了拿你的外套了。"T.P. 说，"你应该穿外套。但我不想返回去拿。"

丹儿在嗥叫。

"快闭嘴。"T.P. 说。我们的影子在移动，但是丹儿除了嗥叫之外，影子并没有动。

"你一直这样地叫嚷，我不会带你回家的。"T.P. 说，"你之前的声音已经够难听了，更何况现在变成了牛蛙的声音。快走。"

我们在砖砌的小路上走着，带着我们的影子。猪圈闻起来满是猪的气味。母牛站在空地上，对着我们咀嚼着。丹儿在嗥叫。

"你会将整个镇子吵醒的，"T.P. 说，"你不能静一静吗。"

我们看见了幻想者正在河沟边吃草。我们到达那儿时，月光照在水面上。

"听着，先生，"T.P. 说，"这儿太近了。我们不能在这儿停下来。继续走。瞧，快看看你。整条腿都打湿了。过来，上这边来。"丹儿在嗥叫。

河沟从沙沙响的草丛中露了出来。骨头在黑色的藤蔓间四处散落。

"现在，"T.P. 说，"你想怎么叫就怎么叫。你可以叫一整夜，在二十亩的牧场上随便叫。"

T.P. 在沟里躺了下来，我则坐了下来，看着那些骨头，秃鹫曾在那儿啄食南希，翅膀从沟里拍打出黑暗、迟缓和沉重。

1912
1928.4.7

之前我们下到这儿来时，它还在我身上，拉斯特说，我给你看过。[1] 你没看过它吗。我就是站在这儿从口袋里取出来给你看的。

1928.4.7
1898

"你觉得秃鹫会剥掉大姆娣的皮吗。"凯蒂说，"你真是疯了。"[2]

"你是一个大坏蛋。"杰森说。他哭了起来。

"你是一个大混账。"凯蒂说。杰森还在哭。他的双手插在口袋里。

"杰森会成为一个有钱人，"威尔希说，"他一直攒着他的钱。"

杰森还在哭。

"你又让他哭起来了。"凯蒂说，"别哭了，杰森。秃鹫咋能飞进大姆娣的房间呢。父亲不会让它们进去的。你愿意让秃鹫剥你的皮吗。好了，别哭了。"

杰森止住了声。"弗洛妮说在举行葬礼。"他说。

"真不是的，"凯蒂说。"是在举行舞会。弗洛妮知道什么。他想要你的萤火虫，T.P.。让他拿着玩一会儿。"

————————————

1. 回到当前，1928 年 4 月 7 日。*
2. 回到 1898 年玩完水回到家后的场景，他们的外婆大姆娣在这天去世。*

T.P. 将装萤火虫的瓶子递给了我。

"我打赌，如果我们绕到客厅窗口，就能够看见发生了什么。"凯蒂说，"到时你们就会相信我说的了。"

"我已经知道了，"弗洛妮说，"我不需要去看。"

"你最好闭上你的嘴，弗洛妮。"威尔希说，"妈妈会用鞭子抽你的。"

"那是什么呢。"凯蒂说。

"反正我知道。"弗洛妮说。

"走吧，"凯蒂说，"让我们绕到前面去。"

我们动身走。

"T.P. 想要他的萤火虫。"弗洛妮说。

"让他再多拿一会儿，T.P.，"凯蒂说，"我们会还回来的。"

"你们都不会捉萤火虫。"弗洛妮说。

"如果我说你和 T.P. 也可以一块儿去，你愿意让他拿着吗。"凯蒂说。

"就算你不这么说，我和 T.P. 不也听你的吗。"弗洛妮说。

"如果我说你俩可以不听，你愿意让他拿着吗。"凯蒂说。

"好吧，"弗洛妮说，"让他拿着吧，T.P.。我们看他们哭丧去。"

"他们不是哭丧，"凯蒂说，"我说了，那是在开舞会。他们是在哭丧吗，威尔希。"

"我们一直站在这儿，怎么会知道他们在干什么。"威尔希说。

"走吧，"凯蒂说，"弗洛妮和 T.P. 不用听我的，但其余人都得听。威尔希，你最好背着他。天黑下来了。"

威尔希抱着我，我们绕过**厨房**向前走。

1898
1910.4.25

当我们从**厨房**的角落里看过去时，我们看见马车道上有灯光在靠近。[1] T.P.走回到地窖门口，将地窖的门打开。

你知道下面有什么吗，T.P.说，苏打水。我看见杰森先生双手拿满了苏打水瓶走过来。在这儿等一等。

T.P.走过去向厨房门里瞧了瞧。迪尔西说，你在那儿偷看什么。班吉哪去了。

他就在外面，T.P.说。

快去看着他，迪尔西说，就让他在屋外待着。

好的，妈妈，T.P.说，他们开始了吗。

你快去，不要让那孩子被看见，迪尔西说，我要做的事太多了。

1910.4.25
1898

一条蛇从屋子底下爬了出来。[2] 杰森说他不怕蛇。凯蒂说他怕，但她不怕。威尔希说他俩都怕。凯蒂说静一静，就像父亲的语气似的。

1898
1910.4.25

你现在可不要嚷起来，T.P.说，你要来一些沙士汽水吗。[3]
汽水冲得我鼻子和眼睛痒痒的。

---

1. 回到1910年4月25日凯蒂婚礼，此段为T.P.和班吉偷酒喝之前发生的事。*
2. 回到1898年玩完水回到家后的场景，他们的外婆大姆娣在这天去世。*
3. 回到1910年4月25日凯蒂婚礼，T.P.和班吉偷喝含酒精的沙士汽水。*

如果你不想喝，拿给我得了，T.P. 说，好嘞，拿到了。趁现在没人管我们，我们不如再拿一瓶。你静一静，听见没。

我们在客厅窗户边的树下停了下来。[1] 威尔希让我坐在湿润的草地上，草地是冰冷的。所有窗户的灯都亮着。

"那间是大姆娣的房间，"凯蒂说，"她现在每天都病恹恹的。等她病好了，我们去野餐。"

"我知道是怎么一回事。"弗洛妮说。

树木在沙沙地响，草也是。

"隔壁是我们得麻疹时睡的那间。"凯蒂说，"你和 T.P. 得麻疹时睡的哪间，弗洛妮。"

"好像就是我们现在睡的地方。"弗洛妮说。

"他们还没开始。"凯蒂说。

他们准备开始了，T.P. 说，你就站在这儿，我去搬箱子来，我们就可以在窗子里看了。[2] 快，我们在这儿喝完这沙士汽水。"咕咚咕咚"喝汽水让我感觉身体里有一只猫头鹰。

我们喝完沙士汽水，T.P. 将空瓶子从屋子下面的格栅递出去，然后走开。我能听见他们在客厅里的声音，我用手抓着墙。T.P. 拖着箱子。他摔倒了，他笑了起来。他躺着，笑声钻入了草丛。他站了起来，将箱子拖到了窗口下，强忍着不笑。

"我想我要叫喊了。"T.P. 说，"站到箱子上，看他们开始

----

1. 回到 1898 年玩完水回到家后的场景，他们的外婆大姆娣在这天去世。*
2. 回到 1910 年 4 月 25 日凯蒂婚礼，T.P. 和班吉偷酒喝。*

了没有。"

"他们还没有开始，因为乐队还没有来。"凯蒂说。[1]

"他们根本就没请乐队。"弗洛妮说。

"你怎么知道。"凯蒂说。

"反正我知道。"弗洛妮说。

"你啥也不知道，"凯蒂说，她朝那棵树走去，"推我上去，威尔希。"

"你爸爸叫你不要靠近那棵树。"威尔希说。

"那是好早前说的，"凯蒂说，"我想他已忘了。还有，他说了今天晚上听我的。他没有说今晚听我的吗。"

"我不会听你的，"杰森说，"弗洛妮和 T.P. 也不会的。"

"推我上去，威尔希。"凯蒂说。

"好吧，"威尔希说，"要挨鞭子的是你不是我。"他走过去将凯蒂推到了树的第一根枝干上。

我们看到了她沾满泥巴的内裤。然后我们就看不到她了。我们能听见树在剧烈地摇晃。

"杰森先生说过，如果你弄断了树枝，他会用鞭子抽你的。"威尔希说。

"我也会告发她的。"杰森说。

树停止了摇晃。我们抬头朝静止的枝条看去。

———————————

1. 回到 1898 年玩完水回到家后的场景，他们的外婆大姆娣在这天去世。班吉从 T.P. 所说的"开始"联想到凯蒂所说的"开始"。★

"你看到了什么。"弗洛妮低声说。

我看见了他们。[1] 随后我看见了凯蒂，她的头发上插着花朵，戴的面纱像闪亮的风。凯蒂，凯蒂。

"别出声，"T.P. 说，"他们会听见你的。快下来。"他拽我。凯蒂。我用双手抓墙壁。凯蒂。T.P. 拉我下来。

"别闹了，"T.P. 说，"别闹了，快下来。"他将我拉了下来。凯蒂。"快住口，班吉。你想他们听见你吗。走，我们去再喝一些沙士汽水，如果你不闹了我们会回来的。我们最好再喝一瓶，否则咱俩一起叫嚷。我们可以说是丹儿喝的。昆丁先生总是说它很聪明，我们也可以叫它沙士狗。"

月光倾泻在地窖的梯子上。我们又喝了一些沙士汽水。

"你知道我在期盼什么吗。"T.P. 说，"我在期盼有一只熊从地窖门口走进来。你知道我想做什么吗。我要径直走向它，向它眼睛吐口水。给我那瓶汽水堵上我的嘴，免得我叫嚷。"

T.P. 摔倒了。他笑了起来，地窖的门和月光跳着走开了，有什么东西击中了我。

"快住声。"T.P. 说，竭力不笑出来。"天哪，他们会听见我们的。起来。"T.P. 说，"起来，班吉，快点。"他摇晃着，笑着。我努力地站起来。地窖的台阶在月光下向山上延伸。T.P. 摔倒在山上，摔进月光里，我跑出去一头撞着了栅栏，T.P. 跟在我身后一边跑一边说"快住口，快住口"，然后他倒进了花丛中，哈哈

---

1. 回到 1910 年 4 月 25 日凯蒂婚礼。*

地笑着，我撞到了箱子上。

但是当我竭力地爬到箱子上面时，箱子蹦跳着离开了，还撞着了我的后脑，我的喉咙发出了声响。[1] 我的喉咙再一次发出了声响，我放弃爬起来了，它又发出声响，我便哭了起来。当 T.P. 拽我的时候，我的喉咙一直在发出声响。它一直在发出声响，我搞不清楚我是不是在哭。T.P. 倒下来压在我的身上，哈哈笑着，我的喉咙继续发出声响，昆丁踢了一下 T.P.，凯蒂伸出双臂抱我，她那闪亮的面纱啊，*我闻不到树木的味道了*，我开始哭了。

1910.4.25
1906

班吉，凯蒂说，班吉。[2] 她再次伸出双臂抱我，但我走开了。"怎么回事，班吉。"她说，"是因为这顶帽子吗。"她摘下她的帽子再次走过来，我走开了。

"班吉，"她说，"怎么回事，班吉。凯蒂做啥了。"

"他不喜欢你这身臭美的穿着。"杰森[3]说，"你觉得你长大了吗，是吗。你觉得你比其他人好吗，是吗。神经病。"

"你闭上你的嘴，"凯蒂说，"你是一头肮脏的小野兽。班吉。"

"就因为你十四岁了，你就觉得你长大了，是吗。"杰森说，"你认为你是个人物了，对吗。"

---

1. 此段为班吉醉酒后失去方向感的感受。
2. 前文中班吉闻不到凯蒂身上树木的气味了，于是联想到凯蒂 14 岁那年（1906 年），身上树木的气味也曾消失过，那是凯蒂第一次穿大人的衣服、抹香水。*
3. 指班吉的哥哥杰森。

"嘘，班吉，"凯蒂说，"你会吵到母亲的。住口。"

但我并没住口，她走开时我紧跟其后，她在楼梯上停下来等我，我也在楼梯上停下来。

"你想要什么，班吉。"凯蒂说，"告诉凯蒂。她会给你办到。说吧。"

"凯蒂丝。"母亲说。

"哎，妈妈。"凯蒂说。

"你逗他干什么。"母亲说，"带他过来。"

我们走到母亲的房间，她带病躺着，头上搭着一块布。

"到底怎么回事，"母亲说，"班吉明。"

"班吉。"凯蒂说。她走了过来，但我走开了。

"你一定对他做了什么，"母亲说，"为什么不让他自个儿待着，让我有片刻安宁。给他箱子，让他自个儿玩。"

凯蒂拿来了箱子，将它放在地板上，然后打开了它。[1] 里面都是星星。我静，它们就静。我动，它们就亮晶晶地闪耀着。我不出声了。

然后我听到了凯蒂的脚步声，我又开始哭了。

"班吉明，"母亲说，"到这儿来。"我走到门边。

"叫你呢，班吉明。"母亲说。

"你怎么回事啊。"父亲说，"你要去哪儿。"

---

1. 一个珠宝箱。

"带他到楼下，叫谁看着他，杰森[1]。"母亲说，"你是知道我生病了的，你还这样。"

父亲在我们身后关上了门。

"T.P.。"他喊道。

"先生。"T.P.在楼下应答。

"班吉下楼来了。"父亲说，"去和T.P.一块儿。"

我走到浴室门边。我能听见水声。

"班吉。"T.P.在楼下说。

我能听见水声，我倾听着水声。

"班吉。"T.P.在楼下说。

我倾听着水声。

我听不到水声了，凯蒂打开了门。

"你为什么在这儿，班吉。"她说。她看着我，我走过去，她伸出双臂抱我。"你又找到凯蒂了对吗。"她说，"你以为凯蒂跑了吗。"凯蒂闻起来像树木。

我们走到凯蒂的房间。她在镜子前坐下来。她的手停了下来，她看着我。

"怎么啦，班吉。怎么回事啊。"她说，"你千万别哭。凯蒂不会走的。瞧这个。"她取出一只瓶子，拔掉塞子，将它凑到我鼻子下。"香的。闻一闻。好闻吧。"

我走开了，我没法停止哭泣。她手里拿着瓶子，看着我。

---

1. 指父亲。

"哦。"她说。她放下瓶子走了过来，伸开双臂抱我："这就是原因吧。你想告诉凯蒂，但你又不能说。你想说，但又不能说，是吗。凯蒂不用它了。凯蒂不用它了，你就在这儿等着，让我穿好衣服。"

凯蒂穿好了衣服，又拿起那只瓶子，我们下到厨房里。

"迪尔西，"凯蒂说，"班吉带了一件礼物给你。"她弯下腰，将瓶子塞进我手里。"将它拿出来给迪尔西，快。"凯蒂抓着我的手伸出去，迪尔西接下了这只瓶子。

"哇，我要宣布，"迪尔西说，"我的宝贝儿送了迪尔西一瓶香水。瞧瞧这儿，罗斯库斯。"

凯蒂闻起来像树木。

"我们自个儿不喜欢香水。"凯蒂说。

她闻起来像树木。

1906
1908夏

"跟我来，快，"迪尔西说，"你已很大了，不能和别人一块儿睡了。你现在是一个大男孩。十三岁了。已经够大了，可以自己一个人睡毛莱舅舅的房间了。"[1]

毛莱舅舅生病了。他的眼睛生病了。还有他的嘴巴也是。[2]威尔希用托盘将晚饭端了上来。

"毛莱说他要枪杀了那个流氓，"父亲说，"我事先告诉过他不要对帕特森提这事。"他喝着酒。

---

1. 回到1908年毛莱舅舅让他独自给帕特森太太送信后的场景。*
2. 帕特森先生发现了毛莱舅舅和妻子的私情后动手打了毛莱舅舅。

"杰森。"母亲说。

"枪杀谁，父亲。"昆丁说，"毛莱舅舅为什么要枪杀他。"

"因为他一点玩笑也开不得。"父亲说。

"杰森，"母亲说，"你怎么这样说。要是毛莱遭埋伏被射倒在地，你还会坐在一旁笑吗。"

"那毛莱最好不要遭埋伏。"父亲说。

"枪杀谁，父亲。"昆丁说，"毛莱舅舅要枪杀谁。"

"不枪杀谁，"父亲说，"我这儿连手枪都没有。"

母亲哭了起来。"如果你嫌弃毛莱白吃白喝，你是个大男人，怎么不当着他的面说。只会在他背后，在孩子面前嘲笑他。"

"我当然没有嘲笑他，"父亲说，"我钦佩毛莱还来不及呢。对我自己的种族优越感来说，他的存在是无价之宝。一对好马换毛莱我都不肯呢。你知道为什么吗，昆丁。"

"不知道，父亲。"昆丁说。

"Et ego in arcadia[1]，我忘了拉丁语干草怎么说了。"父亲说，"算了，算了。"他说："我只是开个玩笑而已。"他喝了一口酒，放下玻璃杯，走过来将手搭在母亲的肩膀上。

"这不是开玩笑。"母亲说，"我娘家的人不比你们家的人出

------

1. 拉丁语，意为"我在，阿卡迪亚"。田园诗中著名的一句话。后文中的干草象征着毛莱舅舅在康普森家的白吃白喝。父亲暗讽毛莱的行为如畜生一般，给自己带来了巨大的优越感。

身差。毛莱只是健康欠佳。"

"当然，"父亲说，"健康欠佳是所有生命的首要的因素。被疾病创造，逐渐腐败，以至朽烂。威尔希。"

"在，先生。"威尔希在我椅子背后应答道。

"将醒酒器加满。"

"去叫迪尔西过来，将班吉明带上床。"母亲说。

"你是一个大男孩了，"迪尔西说，"凯蒂已经厌倦和你睡了。快住口，你要睡觉了。"房间不见了，但我并没有安静，房间又出现了，迪尔西走过来坐到床上看着我。

"你不是要做一个乖男孩儿吗，别嚷了。"迪尔西说，"你不肯吗。那你等一会儿。"

她走开了。门口空荡荡的。随后凯蒂在门口出现了。

"嘘，"凯蒂说，"我来了。"

我安静下来，迪尔西掀开被子，凯蒂钻到了被子和毯子之间。她没有脱下浴袍。

"好了吧，"她说，"我不是在这儿了吗。"迪尔西拿来一张毯子，把它铺在她身上，并将它掖好。

"他一会儿就睡着了，"迪尔西说，"我把你房间的灯留着。"

"好的。"凯蒂说。枕头上，她的脑袋紧靠着我的脑袋。"晚安，迪尔西。"

"晚安，宝贝儿。"迪尔西说。房间变黑了。凯蒂闻起来像树木。

我们朝上看向**她所在的树**。[1]

"她在看什么，威尔希。"弗洛妮低声道。

"嘘。"凯蒂在树上说。

"你们在这儿啊。"迪尔西说，她绕过屋角走了过来，"你们大伙儿为什么不按你们爸爸说的上楼去，而是在我身后溜了。凯蒂和昆丁在哪儿。"

"我告诉过她不要爬树，"杰森说，"我要告她的状。"

"谁在哪棵树上。"迪尔西说。她走过来，抬头向树上望去。"凯蒂。"迪尔西说。树枝又开始摇晃起来。

"你这个撒旦，"迪尔西说，"快下来。"

"嘘，"凯蒂说，"你不知道父亲说要安静吗。"她的双腿现了出来，迪尔西上前伸出手，将她从树上抱了下来。

"让他们来这儿玩，你感觉很好吗。"迪尔西说。

"我拿她没办法啊。"威尔希说。

"你们都来这儿干什么。"迪尔西说，"谁叫你们上大屋子这儿来的。"

"她叫的，"弗洛妮说，"她叫我们来的。"

"谁告诉你们要按她说的去做的。"迪尔西说，"回家去，快。"弗洛妮和 T.P. 走了。他们还在路上走，但我们看不见他

---

1. 回到 1898 年玩完水回到家后的场景，他们的外婆大姆娣在这天去世。前文中提到班吉闻到凯蒂身上的树木气息，于是联想到凯蒂在 1898 年这天爬上树的场景。*

们了。

"大半夜的跑到这儿来。"迪尔西说。她抱起我，我们向厨房走去。

"竟然背着我溜出来玩。"迪尔西说，"你们明明知道已经过了你们上床睡觉的时间。"

"嘘，迪尔西，"凯蒂说，"说话小声点。我们必须要安静。"

"那你就闭上你的嘴，保持安静。"迪尔西说，"昆丁在哪儿。"

"昆丁简直要疯了，因为他今晚上不得不听我的。"凯蒂说，"他还拿着 T.P. 装萤火虫的瓶子。"

"我看 T.P. 没有这个瓶子也没啥。"迪尔西说，"威尔希，你去找找昆丁。罗斯库斯说他看见他朝牲口棚去了。"威尔希走了。我们看不见他了。

"他们在那儿什么也没干，"凯蒂说，"就坐在椅子上张望着。"

"他们做他们的事，并不需要你的帮忙。"迪尔西说。我们绕过了厨房。

1898
1928.4.7

你现在想去哪儿，拉斯特说，你又想回去看他们打球吗。[1] 我们在那边找过了。对了。等一会儿。你就在**这儿**等，我把球拿回来。我有主意了。

1928.4.7
1906

厨房一片黢黑。[2] 树木在天空的映衬下也是黑魆魆的。丹儿

---

1. 回到当前，1928 年 4 月 7 日。*
2. 1906 年的一个晚上，班吉独自出屋经过厨房，发现凯蒂正与男子幽会。前文中班吉独自经过厨房，于是他联想到 1906 年那晚独自经过厨房后看到的场景。*

从台阶下摇摇摆摆地走过来，啃着我的脚踝。我绕过了厨房，这儿有月光。丹儿拖着步子走过来，来到了月光下。

"班吉。"T.P. 在屋子里说。

靠近客厅窗户的花树并不黑，但茂密的树林是黢黑的。我的身影在草地上走动，草丛在月光里沙沙地响。

"是你吗，班吉。"T.P. 在屋子里说，"你躲在哪儿。你溜掉了吗。我知道的。"

拉斯特回来了。[1] 等等，他说，过来。不要去那边。昆丁小姐和她的情人坐在那边的秋千上。你到这里来。回到这儿来，班吉。

树下一片漆黑。[2] 丹儿不愿过来。它待在月光里。随后我看见了秋千，我开始哭。

班吉，过来，拉斯特说，你要知道你过去昆丁小姐会发飙的。[3]

秋千上是两人，随后变成一人。[4]凯蒂快步走过来，黑暗中一簇白色。

"班吉，"她说，"你怎么溜出来了。威尔希哪去了。"

她伸出双臂拥抱我，我止住了哭，紧紧抓住她的衣服，想将她拽走。

"班吉，怎么啦。"她说。"怎么回事。T.P.。"她喊道。

----

1. 回到当前，1928 年 4 月 7 日，班吉发现小昆丁与男子幽会。*
2. 回到 1906 年班吉独自出屋，发现凯蒂与男子幽会。*
3. 回到当前，1928 年 4 月 7 日，班吉发现小昆丁与男子幽会。*
4. 回到 1906 年班吉独自出屋，发现凯蒂与男子幽会。*

在秋千上的那个人站起身，向这边走来，我大哭起来，拽着凯蒂的衣服。

"班吉，"凯蒂说，"那就是查理呀。你不认识查理吗。"

"管他的黑小子去哪了。"查理说，"他们怎么让他到处乱跑。"

"别哭了，班吉。"凯蒂说，"走开，查理。他不喜欢你。"查理走开了，我安静下来。我拽住凯蒂的衣服。

"怎么啦，班吉。"凯蒂说，"你不想让我和查理待着说一会儿话吗。"

"去叫那个黑小子。"查理说。他走了过来。我哭得更大声了，拽着凯蒂的衣服。

"走开，查理。"凯蒂说。查理走过来将双手搭在凯蒂身上，我又哭了起来。我哭得很大声。

"别，别，"凯蒂说，"别，别。"

"他又不会说话，"查理说，"凯蒂。"

"你疯了吗。"凯蒂说，她呼吸急促起来，"他看得见的。不要拉我，不要。"凯蒂挣扎着。他俩呼吸都急促起来。"求求你，求求你。"凯蒂低声道。

"打发他走。"查理说。

"我会的，"凯蒂说，"放开我。"

"你会打发他走吧。"查理说。

"我会的，"凯蒂说，"放开我。"查理走开了。"别哭了，"凯蒂说，"他走啦。"我不哭了。我能听到，能感觉到她怦怦的心跳。

"我得将他带到屋里。"她说。她拉着我的手。"我会回来的。”她低声道。

“等一等，”查理说，“叫黑小子送他。”

“不用，”凯蒂说，“我会回来的。班吉，走吧。”

“凯蒂。”查理低声道，但在我听起来很大声。我们继续走。“你最好是会回来。你要回来的吧。”凯蒂和我跑了起来。“凯蒂。”查理说。我们跑进了月光里，向厨房跑去。

“凯蒂。”查理说。

凯蒂和我跑着。我们跑到了厨房的台阶上，到达门厅，在黑暗中，凯蒂跪下来搂着我。我能听见她的心跳，能感觉到她胸脯的起伏。“我不会了，”她说，“我永远不会再那样了。班吉，班吉。”接着她哭起来，我也哭了，我们相互拥抱着。“别哭了，”她说，“别哭。我再也不会了。”于是我住了声，凯蒂站起身，我们走到厨房里，将灯拉亮，凯蒂取出厨房的肥皂在盥洗池里使劲地清洗她的嘴巴。凯蒂闻起来像树木。

1906
1928.4.7

我一直叫你不要去那儿，拉斯特说。[1] 他们在秋千上迅速坐了起来，昆丁伸出双手去理头发。他系着红领带。

你这个又老又疯的傻瓜，昆丁说。我要去告诉迪尔西，我去哪你就让他跟到哪儿。我要让她用鞭子好好地抽你。

“我拦不住他。”拉斯特说，“班吉，到这儿来。”

“你可以的，”昆丁说，“但你就没打算拦他。你俩侦探似的跟踪我。外婆派你们出来监视我的吗。”她从秋千上跳了下来。

---

1. 回到当前，1928 年 4 月 7 日，班吉发现小昆丁与男子幽会。*

"如果你不马上将他带走，让他远离这儿，我会让杰森用鞭子抽你的。"

"我拿他没办法。"拉斯特说，"如果你觉得你能，你就试试。"

"闭上你的嘴，"昆丁说，"你到底带不带走他。"

"呵，就让他在这儿待着。"他说。他戴着一条红领带。太阳照在领带上红红的。"杰克[1]，瞧。"他划燃一根火柴，将它放到嘴里。接着他将火柴从嘴里取出。取出的火柴还在燃烧。"想试一下吗。"他说。我走了过去。"张开你的嘴。"他说。我张开了嘴。昆丁用手拍火柴，火柴熄灭了。

"该死的你。"昆丁说，"你想惹他哭吗。你不知道他会哭喊一整天的吗。我要向迪尔西告你。"她跑着离开了。

"回来，小妞。"他说，"嗨。快回来。我不捉弄他了。"

昆丁向大屋子跑去。她绕着厨房走。

"杰克，你在捣乱，"他说，"是吗。"

"他不知道你在说什么，"拉斯特说，"他又聋又哑。"

"是吗。"他说，"他这样有多久了。"

"到今天已经三十三年了。"拉斯特说，"天生的傻子。你是那些搞表演里的其中一位吗？"

"你为什么这么认为。"他说。

"此前我在这里从没看到过你。"拉斯特说。

"哦，那又怎么样。"他说。

----

1. 对班吉随意的称呼。

"没怎么。"拉斯特说,"我今晚要去看他们演出。"

他看着我。

"你不是用锯片演奏曲子的那位,对吧。"拉斯特说。

"花一枚二十五分硬币你就知道了。"他说。他看着我。"他们为什么不将他锁起来,"他说,"你带他出来干什么。"

"别跟我说,"拉斯特说,"我拿他没办法。我到这儿来只是为了找我丢失的那枚二十五分硬币,找到了我才能去看今晚的演出。看样子我是去不成了。"拉斯特盯着地面。"你没带多余的硬币,对吧。"拉斯特说。

"是的,"他说,"我没有。"

"那我只好想办法找到那枚硬币了。"拉斯特说。他将一只手伸入衣兜里。"你也不想买一只高尔夫球,是吧。"拉斯特说。

"什么球。"他说。

"高尔夫球,"拉斯特说,"我只要二十五分钱。"

"为啥。"他说,"我要来做什么。"

"我就知道你不会给。"拉斯特说。"到这儿来,驴头。"他说,"到这儿来,看他们打球。给你。给你这个,你可以拿来和曼陀罗草玩。"拉斯特把那东西拾起来。那东西亮闪闪的。

"你在哪儿找到的。"他说。他的领带在阳光下是红红的,正逐步靠近我们。

"就在这灌木丛下找到的,"拉斯特说,"我一时还以为这就是我丢的那枚二十五分硬币呢。"

他走过来将那东西拿过去。

"别吵，"拉斯特说，"他看完会还回来的。"

"艾格尼丝、梅布尔、贝姬[1]。"他说。他朝屋子望去。

"别闹，"拉斯特说，"他肯定会还的。"

他将那东西递给我，我安静下来。

"昨晚谁过来看她了。"他说。

"我不知道。"拉斯特说，"每晚都有人过来，她可以从树上爬下来。我可不会跟踪他们。"

"见鬼了，他们中就没有一个人留下踪迹。"他说。他看着大屋子。然后他走开去，躺在秋千上。"滚开，"他说，"不要烦我。"

"过来，"拉斯特说，"你还在捣乱。昆丁小姐已经去告你状了。"

我们走到栅栏旁，透过栅栏上缠绕的花枝的空隙看过去。拉斯特在草丛中找东西。

"我在这儿时它都还在的。"他说。我看见旗帜在飘动，阳光斜射在宽阔的草叶上。

"她们会过来的，"拉斯特说，"来了几个，但又走了。过来帮我找找。"

我们沿着栅栏走。

"别闹了，"拉斯特说，"如果她们不是朝这边来，我也没法让她们到这边来。等一等，过一会儿会有人过来的，瞧那边，她

---

1. 二十世纪初流行的安全套品牌，每盒装三只，盒上写着"三个快乐寡妇：艾格尼丝、梅布尔、贝姬"。

们过来了。"

我们沿着栅栏走，到了大门边，女孩子们正背着书包经过。"你，班吉，"拉斯特说，"回这儿来呀。"

你朝门外怎么看也没用的，T.P. 说，凯蒂小姐已经远走高飞了。[1]她抛下你嫁人了。你抓着铁门哭也没有用。她听不见的。

他想要什么，T.P.。母亲说，你能不能陪他玩，让他安静些。

他想去门口，透过大门往外看。T.P. 说。

哦，他不能去，母亲说，天在下雨。你得陪他玩，让他安静。你别哭了，班吉明。

没法让他安静，T.P. 说，他以为只要他下来到大门口，凯蒂小姐就回来了。

胡说，母亲说。

我能听见她们在谈话。我走出门就听不见她们说话了。我走到大门口，门口有背着书包的女孩子经过。她们看见我，走得很快，头扭向一边。我想对她们说话，但她们走了。我沿着栅栏走，拼命地想说话，她们走得更快了。随后她们跑了起来，我到了栅栏的角落，我不能再往前走了。我抓着栅栏，目光追寻着她们，拼命地想说话。

"你呀，班吉，"T.P. 说，"你悄悄溜出来，你要干什么。你

---

1. 1910 年 5 月至 6 月，凯蒂已出嫁，班吉仍扒着铁门等凯蒂回来。前文中班吉扒着铁门，于是他联想到 1910 年在铁门边等凯蒂。★

不知道迪尔西会拿鞭子抽你吗。"

"你朝着栅栏外嚎叫哭泣都没什么用的。你吓着那些孩子了。瞧她们，只敢在街的那边走。"

他怎么跑出去的，父亲说，杰森，你进来的时候没有闩上大门吗。[1]

当然不是，杰森说，您以为我那样马虎吗。您以为我希望这样的事情发生吗。上帝都知道，咱们家已经够糟了。我一直想告诉您的。我想您现在会送他去杰克逊[2]那儿了吧。趁布吉斯先生[3]还没开枪打死他。

住口，父亲说。

我一直想告诉您的，杰森说。

我碰到门，门是开着的，我在暮色里抓着大门。[4]我没有哭，我竭力不哭，我在暮色里看着女孩子们走来。我没有哭。

"他在那儿。"

她们停下脚步。

"他不会出来的。他绝不会伤人的。走吧。"

"我害怕。我怕。我到街那边去。"

"他不会出来的。"

---

1. 1910年班吉扒着铁门那天晚些发生的对话。*
2. 指将班吉送去位于杰克逊市的州立疯人院。
3. 康普森家的邻居，他的女儿在放学路上被班吉抱住。布吉斯先生认为班吉企图强奸他的女儿。
4. 回到班吉抓着铁门的时刻。*

我不哭了。

"不要像一只胆小的猫。走呀。"

她们在暮色里走来。我不哭了，我抓着大门。她们走得很慢。

"我害怕。"

"他不会伤害你的。我每天都从这儿经过。他只是沿着栅栏跑。"

她们走了过来。我打开大门，她们停住，纷纷转过身来。我竭力地想说话，我抱住她，竭力地想说话。她尖叫起来，我竭力地想说话，很想说，光亮的形体停了下来，我竭力想出去。我竭力想将它从我脸上弄掉，然而这光亮的形体又走动起来。它们向山上走去，形体在山上倒下溃散了，我想哭。但是当我吸气后，我没法再呼出气，没法大哭。我竭力避免从山上掉落，但我还是从山上掉进了明亮的、旋转的形体。[1]

1910.5-6
1928.4.7

过来，傻瓜，拉斯特说，来了几个人。[2] 不要叫不要哭了，听见没有。

他们来到旗子边。他们将旗子拔了出来，他们打了一下球，然后他将旗子插了回去。

"先生。"拉斯特说。

他四处张望。"什么事。"他说。

---

1. 班吉抱住路过的女孩后被布吉斯先生敲晕，随后被他的二哥杰森送去做了阉割手术。此段为班吉晕倒后的感受。
2. 回到当前，1928 年 4 月 7 日。*

"您想买一只高尔夫球吗。"拉斯特说。

"让我瞧瞧。"他说。他来到栅栏旁，拉斯特将球从栅栏缝隙中递了过去。

"你在哪儿得来的。"他说。

"捡的。"拉斯特说。

"我知道是你捡的，"他说，"在哪儿捡的。是在谁的高尔夫球口袋里捡的吧。"

"我就在院子这里找到的。"拉斯特说，"我卖您只要二十五分。"

"你凭什么说它是你的。"他说。

"是我捡的。"拉斯特说。

"那么你就去给自己再捡一只。"他说。他将球放进口袋走开了。

"我要去看今晚的演出啊。"拉斯特说。

"就这样啦。"他说。他走到发球台。"躲开，球童。"他说。他将球击打出去。

"我得说，"拉斯特说，"你看不见他们会大呼小叫，看见他们也会大呼小叫。你为什么不能静一静。你没想过大家已经厌烦你整天哭叫了吗。给。你的曼陀罗草掉了。"他将花捡起来递还给我。"你需要一枝新的。你刚才发作将那枝扯碎了。"我们站在栅栏边观望着他们。

"那个白人很难对付，"拉斯特说，"你看见他拿走了我的球吧。"他们继续走着。我们沿着栅栏走。我们来到花园，我们不能再往前走了。我抓着栅栏，透过花枝间的空隙望过去。他们已经走了。

"现在你没什么可哼哼的了吧，"拉斯特说，"住口。我是有东西抱怨的，你没有。给。为什么你不拿着这枝曼陀罗草。你一会儿找不着它又要叫嚷。"他将花递给我。"你现在去哪儿。"

我们的影子投在草地上。影子赶在我们之前抵达树林。我的影子最先抵达。我们到了那儿，接着影子不见了。瓶子里有一枝花。我将另一枝也插了进去。

"你不是成年了吗。"拉斯特说，"还插两枝花在一只瓶子里玩。等卡洛琳小姐死了你知道他们将怎样对你吗。他们会送你去杰克逊，那是你该去的地方。杰森先生是这么说的。在那里你就能成天抓着栅栏，和其他的傻子和懒汉们在一起了。你喜欢过那种日子吗。"

拉斯特用手打掉了花朵。"在杰克逊，当你开始叫嚷的时候，他们就会这样对你。"

我试图将花枝捡起来。它被拉斯特捡走了，然后不见了。我哭了起来。

"叫吧，"拉斯特说，"叫吧，你想叫什么，那就叫出来吧。凯蒂。"他低声说："凯蒂。快叫出来。凯蒂。"

"拉斯特。"迪尔西在厨房里喊。

花朵又出现了。

"住口，"拉斯特说，"它们在这儿。瞧。完好无损。快住口。"

"是你吗，拉斯特。"迪尔西说。

"是的，"拉斯特说，"我们回来了。你别捣鬼了。站起来。"他猛地拉了一下我的胳膊，我站了起来。我们走出了树丛。我们的影子不见了。

"别哭了，"拉斯特说，"瞧他们都在看着你呢。安静。"

"你带他到这儿来。"迪尔西说。她走下台阶。

"你对他做了什么。"她说。

"没对他做啥呀，"拉斯特说，"他莫名就开始哭喊了。"

"不会的，你一定做了什么。"迪尔西说，"你肯定对他做了什么。你们刚才在哪儿。"

"就在那边那些雪松下面。"拉斯特说。

"你们惹火小昆丁了。"迪尔西说，"你为啥不让他离她远点。你不知道她不喜欢被他跟着吗。"

"我耗费太多时间在他身上了，"拉斯特说，"他又不是我的叔叔。"

"不要和我顶嘴，黑小子。"迪尔西说。

"我没对他做什么，"拉斯特说，"他在那儿玩着，突然就哭喊起来了。"

"你碰了他的墓地 [1] 没有。"迪尔西说。

"我没有碰他的墓地。"拉斯特说。

"不要对我撒谎，小子。"迪尔西说。我们走上台阶，走到厨

---

1. 指班吉的玩具，是放在后院树丛下的一只瓶子，里面一般插着两枝花。

房里。迪尔西打开了炉门，拖了一把椅子到火炉前，让我坐下。
我安静下来。

1928.4.7
1900.11

你去惹她做什么，迪尔西说，你为什么不带他离开那儿。[1]

他只是在看着炉火，凯蒂说，母亲刚才在告诉他给他取的
新名字。我们并不想惹她生气啊。

我知道你不想，迪尔西说。他在屋子的这一端，而她在另一

1900.11
1928.4.7

头。我的东西你们不要动，听到没。我回来前你什么也不要碰啊。

"你不为自己感到害臊吗，"迪尔西说，"一直在捉弄他。"[2] 她
将蛋糕放到桌上。

"我没有一直在捉弄他，"拉斯特说，"他一直在玩那只装着
狗茴香的瓶子，突然就开始叫嚷起来。您听到的。"

"你没弄他的花吗。"迪尔西说。

"我没有碰他的墓地，"拉斯特说，"我要他那些破烂干什么。
我只是在寻找那枚硬币。"

"你弄丢了，是吗。"迪尔西说。她将蛋糕上的蜡烛点燃。蜡
烛有些很细，有些大的被截成了几根小的。"我告诉过你要将它
收好。我看你现在是想让我从弗洛妮那里再给你弄一枚吧。"

"我一定要去看演出，不管有没有班吉。"拉斯特说，"我不
想白天跟了他一天，晚上还要跟。"

---

1. 1900 年 11 月，康普森太太把小儿子的名字从毛莱改为班吉明，当天班
吉总是盯着炉火看。前文中班吉正看着炉火，这让他联想到改名那天他
也看着炉火，以及相关的回忆。★
2. 回到当前，1928 年 4 月 7 日，迪尔西给班吉做了生日蛋糕。★

"只要他需要，你就要去做，黑小子。"迪尔西说，"你听到我说的了吗。"

"我不就是这样做的吗。"拉斯特说，"我一直按他的需要去做的。是不是，班吉。"

"那你就继续这么做。"迪尔西说，"你把他带到这儿，他一直大喊大叫，她也大喊大叫。趁杰森还没来，你们都快先去吃蛋糕。我不想用自己的钱买蛋糕还被他念叨。我在这儿烤个蛋糕，用的厨房的每一只鸡蛋他都要清点。看你能不能让他单独待着，否则今晚你不要想去看演出。"

迪尔西走了。

"你不会吹蜡烛，"拉斯特说，"看我吹灭它们。"他俯下身来，鼓着腮帮。蜡烛灭了。我开始哭了。"别哭，"拉斯特说，"过来。我切蛋糕时，*你看着火*。"

1928.4.7
1900.11

我能听到时钟的滴答声，能听见凯蒂站在我的身后，能听见屋顶的声响。[1] 还在下雨，凯蒂说，我讨厌下雨。我讨厌一切。接着她的脑袋靠在我两膝间，她哭泣着，搂着我，我开始哭了。然后我再*看着火*，那明亮的、光滑的形体又不见了。我能听见时钟的滴答声、屋顶的声响和凯蒂的声音。

1900.11
1928.4.7

我吃了一些蛋糕。[2] 拉斯特的手伸过来取走了另一块蛋糕。我能听见他吃东西的声音。*我看着炉火*。

----

1. 回到 1900 年 11 月班吉改名那天。*
2. 回到当前，1928 年 4 月 7 日。*

长长的铁丝掠过我的肩膀。它延伸到门上，然后炉火不见了。我开始哭了。[1]

"你到底在嚎叫什么。"拉斯特说，"瞧那儿。"炉火在那边。我不哭了。[2]"你能不能安静，看着炉火，像姥姥对你说的那样去做，"拉斯特说，"你应该为自己感到害臊。给。再给你些蛋糕。"

"你又对他做了什么。"迪尔西说，"你就不能不惹他吗。"

"我只是尽力让他安静下来，不要打扰卡洛琳小姐。"拉斯特说，"是有什么东西又惹他哭的。"

"我可知道那是什么东西。"迪尔西说，"当威尔希回家，我要让他拿棍子抽你。你再这样试吧。你一整天都在惹麻烦。你是不是带他去了河沟边。"

"我没有。"拉斯特说，"按你说的，我们整天都待在院子里。"

他的手又去拿另一块蛋糕。迪尔西打了他的手。"再伸手，我会拿这把宰刀剁了它。"迪尔西说，"我肯定他还没拿过一块。"

"他拿了的，"拉斯特说，"他拿的已经是我的两倍了。你问他是不是。"

"再拿就再打一次手，"迪尔西说，"只要伸出来。"

不错，迪尔西说，我看下一个就该轮到我哭了。[3]我看毛莱

1. 拉斯特牵动铁丝，关上炉门，故意捉弄班吉，因为班吉看不到火光会哭。
2. 拉斯特牵动铁丝，打开炉门，班吉看到了火光。
3. 回到1900年11月班吉改名那天。*

1900.11

也会让我为他哭一会儿的。

他现在的名字叫班吉了，凯蒂说。

这名字怎么来的，迪尔西说，他生下来就有的名字都还没用烦啊，对吧。

班吉明这个名字来自《圣经》[1]，凯蒂说，作为名字，它比毛莱好。

怎么就好了，迪尔西说。

母亲是这么说的，凯蒂说。

哦，迪尔西说，名字对他来说，既帮不了他，也害不了他。人们改名字并不能带来好运。自从我记事起我的名字就叫迪尔西，等到他们都不记得我这个人了，我还叫迪尔西。

迪尔西，既然你已被忘记了，他们怎么会知道你的名字呢，凯蒂说。

亲爱的，要把它记在生命册[2]上。白纸黑字写着。

你识字吗，凯蒂说。

不，迪尔西说，他们会帮我念出来的。我所要做的是说"我来了"。

长长的铁丝从我的肩膀上穿过，炉火熄灭不见了。[3]我开始

1900.11
1928.4.7

---

1. 据《圣经·创世记》载，班吉明是雅各的小儿子。西方常将最宠爱的小儿子称为"班吉明"。
2.《圣经·启示录》第20章第12节提到"生命册"："……死了的人都凭借着这些案卷所记载的，照他们所作的受审判。"
3. 回到当前，1928年4月7日。拉斯特又一次牵动铁丝，关上了炉门。*

哭了。

迪尔西和拉斯特打了起来。

"我逮着你了，"迪尔西说，"哦嗬，我逮着你了。"她将拉斯特从角落里拖出来，摇晃着他。"没招惹他，是吗。你就等着你爸爸回家来吧。我要是像过去那么年轻，几年前就会将你脑袋扯下来。我一定将你锁在地窖里，不让你去看今晚的演出，我说到做到。"

"噢，姥姥。"拉斯特说，"噢，姥姥。"

我将手伸到刚才还有火的地方。

"抓住他，"迪尔西说，"抓他回来。"

我的手猛地抽回来放到嘴里，迪尔西抱住了我。在我的哭叫间隙，我仍能听见时钟的滴答声。迪尔西将手向后伸，打在拉斯特的头上。我的哭叫声一次比一次大。

"拿那个苏打粉来。"迪尔西说。她将我的手从嘴巴里扯出来。接着我的哭声更大了，我竭力将手放回嘴巴里，但是迪尔西抓住了我的手。我的声音变得更大了。她将苏打粉撒在我的手上。

"去贮藏室里找那钉子上挂着的布，扯一块来。"她说，"快住声。你不想让你妈妈再生病，对吧。这儿，看这炉火。迪尔西只要一分钟就让你不疼了。看这炉火。"她将火炉的门打开。我看着炉火，但我的手还疼，我不停地哭叫。我竭力将手塞到嘴巴里，但被迪尔西抓住了。她用布将我的手包裹起来。

母亲说："又怎么啦。我病着呢，能让我安宁一下吗。要我起床下楼到他身边来吗，家里两个成年的黑人都照看不了他吗。"

"他现在没事了，"迪尔西说，"他会安静的。他的手只烧伤了一点点。"

"家里有两个成年黑人，你们还将他带到屋子里来，大喊大叫。"母亲说，"你们是故意让他闹的，因为你们知道我生病了。"她走过来，站在我身边。"别闹了，"她说，"马上停住。你们给他吃蛋糕了吗。"

"我买来了。"迪尔西说，"可别想拿杰森储藏室的东西做蛋糕。我给他安排过的生日。"

"你想用廉价店的蛋糕毒害他吗。"母亲说，"这就是你打算做的吗。我简直不得片刻安宁。"

"您回楼上躺着吧。"迪尔西说，"我马上让他止住痛，他就不哭了。好啦，走吧。"

"让他留在这儿，好让你们大伙儿又想其他法子折磨他是吧。"母亲说，"他在这儿嚎叫，我在那儿躺得住吗。班吉明，立马住口。"

"他们没有其他地方可以带他去，"迪尔西说，"我们可没有过去那么多地了。他也不能待在外面的院子里，在那儿哭，所有的邻居都会看见。"

"我知道，我知道，"母亲说，"都是我的错。我很快就离开人世了，你和杰森就好过了。"她哭了起来。

"您就别哭了，"迪尔西说，"您会让自己再病倒的。您回楼上去吧。晚饭前拉斯特会带他到书房和他玩的。"

迪尔西和母亲走了出去。

"住口，"拉斯特说，"你住口。你想我烧你的另一只手吗。你没有怎么烧伤。别哭了。"

"给。"迪尔西说，"快，别哭了。"她递给我那只拖鞋[1]，我止住了哭。"带他去书房。"她说，"如果让我听到他又哭了，我会亲自用鞭子抽你。"

我们走到了书房，拉斯特打开灯。窗户变黑了，墙上出现又黑又高的地方，我走过去触摸它。它像一扇门，只不过它不是一扇门。

炉火在我身后升了起来，我走到火边，坐在地板上，抓着那只拖鞋。火焰腾起老高。它跃上了母亲椅子上的坐垫。

"静一静，"拉斯特说，"你真的不能静一静吗。瞧，我给你生起了火，你怎么连看都不看一眼。"

1928.4.7
1900.11

你的名字叫班吉。[2]凯蒂说，听见了吗。班吉，班吉。

不要这样叫他[3]，母亲说，带他过来。

凯蒂双臂穿过我的腋下将我抱起。

起来，毛——我该叫班吉了，她说。

不要尝试去抱他，母亲说，你就不能领他过来吗。他太重了，你抱不动的。

1900.11
1898

我能抱动他，凯蒂说，让我把他抱上去，迪尔西。

---

1. 指凯蒂穿过的拖鞋。
2. 回到 1900 年 11 月班吉改名那天。*
3. 母亲觉得叫小名不吉利。

"走吧，小不点。"迪尔西说，"你小得还不够承受一只跳蚤的重量呢。你走开，保持安静，像杰森先生吩咐的那样。"[1]

楼梯的顶端有一盏灯亮着。父亲站在那儿，穿着长袖衬衫。他看起来像在说"嘘"。

凯蒂低声说："*母亲生病了吗。*"

1898
1900.11

威尔希将我放下，我们走进母亲的房间。[2] 房间里有火。火光在墙上忽起忽落。镜子里也有火。我能闻到**疾病**的气味。母亲的头上搭着一块折叠的布。她的头发铺在枕头上。火抵达不了那里，但在她的手上闪耀着，戒指在她手上跳跃。

"过来跟母亲道晚安。"凯蒂说。我们走到床边。镜子里的火消失了。父亲从床上起来，将我抱起，母亲将她的手按在我的头上。

"几点了。"母亲说。她双眼闭着。

"七点差十分。"父亲说。

"对他来说上床太早了。"母亲说，"天一亮他就会醒来，我简直不能再忍受另一个像今天这样的一天。"

"那是，那是。"父亲说。他抚摸着母亲的脸。

"我知道我对你来说就是一个负担，"母亲说，"但是我很快就会走了。到那时你就摆脱我这个包袱了。"

"别说了。"父亲说，"我带他下楼待一会儿。"他抱起我。

———————————

1. 回到 1898 年玩完水回到家后的场景，他们的外婆大姆娣在这天去世。*
2. 回到 1900 年 11 月班吉改名那天。*

"走啦，老伙计。我们下楼去待一会儿。昆丁在学习，我们一定要安静，知道吗。"

凯蒂走过去，将她的脸庞斜倚在床上，母亲的手伸到了火光里。她的戒指在凯蒂的背上跳跃着。

1900.11
1898

母亲病了，父亲说，迪尔西会将你抱到床上的。[1] 昆丁在哪儿。

威尔希去抱他了，迪尔西说。

父亲站着看我们走过去。我们能听见母亲在她房间里发出的声音。凯蒂说"嘘"，杰森正在爬楼梯。他的双手插在衣兜里。

"你们大伙儿今晚上千万要好好的，"父亲说，"保持安静，不要惊扰了母亲。"

"我们会保持安静的，"凯蒂说，"你现在必须保持安静，杰森。"她说。我们蹑手蹑脚地走。

1898
1900.11

我们能够听见屋顶的声响。[2] 我也能看见镜子里的火。凯蒂又将我抱起。

"快过来。"她说，"你回到火炉边来，别吵，听见没。"

"凯蒂丝。"母亲说。

"别闹，班吉。"凯蒂说，"母亲想你过去待一会儿。要像一个乖男孩。然后你再回来，班吉。"

----

1. 回到 1898 年玩完水回到家后的场景，他们的外婆大姆娣在这天去世。*
2. 回到 1900 年 11 月班吉改名那天。*

凯蒂放下我，我安静了。

"让他待在这儿吧，母亲。等他看够了炉火，您就可以告诉他了。"

"凯蒂丝。"母亲说。凯蒂躬下身子抱起我。我们跟跟跄跄地走着。"凯蒂丝。"母亲说。

"别闹，"凯蒂说，"你还能看到炉火的。嘘——"

"带他到这儿来。"母亲说，"他太大了你抱不动的。你必须放弃尝试。你会伤着你的背的。我们家所有的妇女都是为自己身板挺直感到骄傲的。你想让自己看起来像一个洗衣妇吗。"

"他没有那么重，"凯蒂说，"我抱得动他。"

"哦，但我不想别人抱他，"母亲说，"他已经是五岁的孩子了。不，不要，不要把他放在我的膝间。让他站直了。"

"只要您抱他，他就不闹，"凯蒂说，"别闹。"她说："你一会儿就可以回去的。给。给你垫子。瞧。"

"不要这样，凯蒂丝。"母亲说。

"让他看着垫子，他就安静了。"凯蒂说，"您抬一下身子，我将垫子抽出来。喏，班吉。瞧。"

我看着垫子，我住了声。

"你太迁就他了，"母亲说，"你和你父亲俩都是。你没意识到我是为此付出代价的那个人吗。大姆娣也是那样溺爱杰森，我用了两年才将他的坏习惯纠正过来。我精力不济，对班吉明不可能那样做了。"

"你不必操心他，"凯蒂说，"我乐意照顾他。是不是，班吉。"

"凯蒂丝，"母亲说，"我告诉过你不要那样叫他。你父亲一直坚持用那愚蠢的小名叫你已经够糟糕的了，我不允许谁叫他小名。小名是粗俗的。只有下等人才叫小名。班吉明。"

"看着我。"母亲说。

"班吉明。"她说，她双手捧着我的脸，将我的脸扭过去对着她的脸。

"班吉明。"她说，"凯蒂丝，把那个垫子拿开。"

"他要哭了。"凯蒂说。

"拿走那个垫子，照我吩咐的做。"母亲说，"他必须学会听话。"

垫子不见了。

"别哭，班吉。"凯蒂说。

"你去那边坐下来，"母亲说，"班吉明。"她将我的脸捧着对着她的脸。

"别哭，"她说，"别哭。"

但是我没有止住，母亲双臂搂着我哭了起来，我也在哭。然后垫子又回来了，凯蒂将它举在母亲的头上。她将母亲扶回椅子上，母亲躺在红黄两色的垫子上哭着。

"别哭了，母亲。"凯蒂说，"您上楼去躺着，不然又要害病了。我去找迪尔西。"她领着我到炉火边，我看着那些明亮的、光滑的形体。我能听见炉火和屋顶的声音。

父亲将我抱起。他闻起来像雨水。[1]

"嗨，班吉，"他说，"你今天乖不乖。"

镜子里凯蒂和杰森正在打架。

"喂，凯蒂。"父亲说。

他们还在打。杰森哭了起来。

"凯蒂。"父亲说。杰森在哭。他停手了，但我们看见凯蒂还在镜子里打杰森。父亲将我放下来，走进镜子里，也打了起来。他举起凯蒂。她挣扎着。杰森躺在地板上，哭着。他手里拿着剪刀。父亲拉住了凯蒂。

"他铰烂了班吉所有的玩偶，"凯蒂说，"我要剪断他的脖子。"

"凯蒂丝。"父亲说。

"我会的，"凯蒂说，"我会的。"她挣扎着。父亲抱着她。她用脚踢杰森。他滚到了角落里，滚出了镜子。父亲将凯蒂拉到炉火边。他们全都出了镜子。只有炉火在镜子里。就像炉火在门洞里一样。

"别打了，"父亲说，"你想让你母亲在房间里害病吗。"

凯蒂停了下来。

"他铰烂了所有玩偶，毛——班吉和我做的玩具。"凯蒂说，"他恶意破坏。"

"我没有。"杰森说，他坐了起来，哭着，"我不知道那些玩

---

1. 改名当天晚些时候。*

偶是他的。我以为它们只是些旧纸张。"

"你肯定是知道的，"凯蒂说，"你故意的。"

"别哭了。"父亲说，"**杰森**。"

"明天我再给你做，"凯蒂说，"我们做一大堆。这儿，你还能看看这只垫子。"

杰森走了进来。[1]

我一直在告诉你，不要闹，拉斯特说。

又怎么啦，杰森说。

"他这是故意捣鬼，"拉斯特说，"他整天都那样。"

"你不去惹他不就行了，"杰森说，"如果你不能让他静下来，就将他带出去，带到厨房去。我们其他几个人不可能像母亲那样把自己关在一个屋子里。"

"姥姥说她做好晚饭前不要带他去厨房。"拉斯特说。

"那么就陪他玩，让他保持安静。"杰森说，"我工作了一整天回到家，不是回到一个疯人院吧。"他打开报纸读了起来。

你又能够看到炉火，看到镜子，看到垫子了，凯蒂说，现在你不用等到晚饭时才看到垫子了。[2]我们能听到屋顶的声音。我们也能听到杰森的声音，他在墙那边哭得很大声。

迪尔西说："杰森，你回来啦。你别惹他，听见了吗。"[3]

1900.11
1928.4.7

1928.4.7
1900.11

1900.11
1928.4.7

----

1. 回到当前，1928 年 4 月 7 日晚些时候，班吉的二哥杰森下班回到家。*
2. 回到 1900 年 11 月班吉改名那天。*
3. 回到当前，1928 年 4 月 7 日。这里的昆丁为凯蒂的私生女。*

"好的，姥姥。"拉斯特说。

"昆丁小姐在哪儿。"迪尔西说，"晚饭差不多做好了。"

"我不知道，姥姥，"拉斯特说，"我没看见她。"

迪尔西走了。"昆丁，"她在大厅里说，"**昆丁**。晚饭做好啦。"

我们能够听见屋顶的声音。[1] **昆丁**[2] 闻起来也像雨水。

杰森干了什么，他说。

他铰烂了班吉所有的玩偶，凯蒂说。

母亲说了，不要叫他班吉，昆丁说。他坐在我们身旁的地毯上。我希望不要下雨了，他说，下雨了什么也做不了。

你打了一架，凯蒂说，是吗。

就打了几下，昆丁说。

一眼就看出来了，凯蒂说，父亲会看出来的。

我不怕，昆丁说，我希望不要下雨了。

昆丁说："迪尔西不是说晚饭做好了吗。"[3]

"是的。"拉斯特说。杰森看着昆丁。接着他继续看报纸。昆丁走了进来。"她说准备好了。"拉斯特说。昆丁跳到了母亲的椅子上重重地坐下。

拉斯特说："杰森先生。"

1928.4.7
1900.11

1900.11
1928.4.7

---

1. 回到 1900 年 11 月班吉改名那天。★
2. 指大昆丁，班吉的大哥。
3. 回到当前，1928 年 4 月 7 日。此处昆丁指小昆丁。★

"什么事。"杰森说。

"给我两毛五吧。"拉斯特说。

"要去干什么。"杰森说。

"去看今晚的演出。"拉斯特说。

"我以为迪尔西会为你从弗洛妮那里弄到一枚二十五分硬币的。"杰森说。

"她给我了，"拉斯特说，"但我弄丢了。我和班吉找了一整天。你可以问他。"

"那你向他借一枚得了。"杰森说，"我的钱是靠干活挣来的。"他读起了报纸。昆丁看着炉火。火光映在她眼里和唇上。她的嘴唇是红红的。

"我已经尽力让他不要去那儿了。"拉斯特说。

"闭上你的嘴。"昆丁说。杰森看着她。

"如果再让我看到你与那个演戏的家伙在一块儿，我告诉过你我会做什么。"他说。昆丁看着火。"你听到我说的话了吗。"杰森说。

"我听到了。"昆丁说，"那么为什么你不那么办呢。"

"这可不用你操心。"杰森说。

"我不操心。"昆丁说。杰森又开始读报纸。

1928.4.7
1900.11

我能听见屋顶的声音。父亲向前倾斜着身子，看着昆丁。[1]

你好，他说，谁赢了。

---

1. 回到 1900 年 11 月班吉改名那天。这里的昆丁为班吉的大哥。*

"谁也没赢。"昆丁说,"他们拉开了我们。那些老师。"

"是和谁打,"父亲说,"你能告诉我吗。"

"没什么好说的,"昆丁说,"他和我一般大。"

"好呀,"父亲说,"你能告诉我为什么要打架吗。"

"也没为什么。"昆丁说,"他说他要将一只青蛙放到她桌子的抽屉里,而她不敢用鞭子抽他。"

"哦,"父亲说,"她呀。然后呢。"

"是的,爸爸。"昆丁说,"然后我就不知怎么地打了他。"

我们能听见屋顶的声音,炉火的声音,还有门外呼哧呼哧的声音。

"十一月份了,他在哪儿弄到的青蛙。"父亲说。

"我不知道,爸爸。"昆丁说。

我们能听到他们的声音。

"杰森。"父亲说。我们听到了杰森的声音。

"杰森,"父亲说,"进来,不要哭了。"

我们能听到屋顶的声音,炉火的声音,还有杰森的声音。

"不要哭了。听见没。"父亲说,"你又想让我用鞭子抽你吗。"父亲将杰森抱起来,放到他身边的椅子上。杰森抽泣着。我们能听到炉火的声音和屋顶的声音。杰森的抽泣声更响了一点。

"再说一遍。"父亲说。我们能听见炉火的声音和屋顶的声音。

1900.11
1928.4.7

迪尔西说，好啦，你们大伙儿都来吃晚饭吧。[1]

威尔希闻起来像雨水。[2]他闻起来也像一只狗。我们能够听到炉火的声音和屋顶的声音。

我们能够听见凯蒂匆忙的脚步声。[3]父亲和母亲看着门。凯蒂从门口经过，步履匆匆，她没有看我们。她走得很快。

"凯蒂丝。"母亲说。凯蒂停下了脚步。

"哎，母亲。"她说。

"嘘，卡洛琳。"父亲说。

"到这儿来。"母亲说。

"嘘，卡洛琳，"父亲说，"别管她。"

凯蒂来到门口站着，看着父亲和母亲。她的目光扫向我又移开了。我哭了起来。哭声越来越大，我站了起来。凯蒂走了进来，背靠着墙站着，盯着我。我走向她，哭着，她往墙上退缩。我看着她的眼睛，我哭得更大声了，我拽着她的衣服。她伸出双手，但我还是拽着她衣服。她的泪水流了下来。

威尔希说，从现在起你的名字叫班吉明。[4]你知道你的名字怎么来的吧。他们是要将你变成一个蓝牙龈的黑小子[5]。妈妈说，

---

1. 回到当前，1928 年 4 月 7 日。＊
2. 回到 1900 年 11 月班吉改名那天。＊
3. 1909 年，凯蒂与男友达尔顿·艾密斯私会，第一次发生性关系。＊
4. 回到 1900 年 11 月班吉改名那天。＊
5. 在美国南方黑人民间传说中，长蓝牙龈的孩子咬人能使人中毒死去，黑人常用此说来吓唬孩子。

你的爷爷从前给黑人小子改名，他后来当了牧师。当他们看着他时，他也变成了蓝牙龈。他之前可不是蓝牙龈。当怀孕的妇女在满月的月光中看到了他，孩子生出来就变成了蓝牙龈的。有一天晚上，有十来个蓝牙龈的孩子在他家门口跑来跑去，他出门后就再也没有回来。打鼠貂的猎人在森林里发现了他时，他已被吃得精光。你知道谁吃了他吗。是那帮蓝牙龈的孩子。

1900.11
1909

我们在门厅里。[1]凯蒂仍然凝视着我。她的手背挡着嘴，我看着她的眼睛哭着。我们爬上楼梯。她又停下了，靠着墙，凝视着我，我还在哭。她走，我边跟着走边哭着。她蜷缩着靠着墙，凝视着我。她打开她卧室的门，但是我拽着她的衣服，我们向浴室走去，她靠着门站着，凝视着我。然后她用一只胳膊掩住脸，我一边拉她，一边哭着。

1909
1928.4.7

你惹他干什么，杰森说，你能不能不惹他。[2]

我碰都没碰他，拉斯特说，他一整天都这样。他欠抽。

需要送他到杰克逊去，昆丁说，谁能生活在这样的家里。

如果你不乐意，小姐，你最好搬出去，杰森说。

我会的，昆丁说，你不要担心。

1928.4.7
1900.11

威尔希说："你后退一点，好让我将腿烤干。"[3]他将我向后推了一点。"现在，你可别又开始嚎叫。你还可以看到的。你所

---

1. 回到 1909 年凯蒂与男友私会那天。班吉感受到了姐姐的变化，想把她推进浴室，像从前洗掉香水味那样洗掉她身上的气味。*

2. 回到当前，1928 年 4 月 7 日。晚餐桌上的对话。*

3. 回到 1900 年 11 月班吉改名那天。*

想要的不就是看到火吗。你不必像我一样在外面淋雨。你生下来是幸运的，不用懂得这些。"他在炉火前仰躺着。

"现在你知道你的名字班吉明是怎么来的了吧。"威尔希说，"你妈妈太为你感到骄傲了。这是我姥姥说的。"

"你就待在那儿，让我烤干我的腿，"威尔希说，"否则你知道我要干什么。我要剥你的皮。"

我们能够听到炉火的声音，屋顶的声音，还有威尔希的声音。

威尔希快速地站起来，把腿收回来。父亲说："好了，威尔希。"

"今晚我来喂他。"凯蒂说，"有时威尔希喂他，他会哭。"

"将托盘端上去，"迪尔西说，"快点下来喂班吉。"

"你不想凯蒂喂你吗。"凯蒂说。

1900.11
1928.4.7

他非得将那只又旧又脏的拖鞋放在桌子上吗，昆丁说，*为什么你不在厨房喂他。*[1]这就像和一头猪一起吃东西似的。

如果你不喜欢我们吃东西的样子，你最好不要到这桌来，杰森说。

1928.4.7
1900.11

热气从罗斯库斯的身上散发出来。[2]他正坐在火炉前。火炉的门是打开的，罗斯库斯将双脚放在里边。热气从碗里散发出来。凯蒂很轻松地将勺子放入我的口中。碗的内壁有一个黑点。

1900.11
1928.4.7

---

1. 回到当前，1928 年 4 月 7 日。晚餐桌上的对话。*
2. 回到 1900 年 11 月班吉改名那天。*

行了，行了，迪尔西说，他不会再给你添麻烦。[1]

碗里的东西已下降到黑点之下。[2]碗空了。碗不见了。"他今晚饿坏了。"凯蒂说。碗回来了。我看不到那个黑点。接着我又看见了。"今晚上他饿惨了，"凯蒂说，"瞧他吃了多少啊。"

不，他会的，昆丁说，你们大伙儿派他出来监视我。[3]我恨这个家。我要逃走。

罗斯库斯说："雨要下一整夜的。"[4]

你成天在外跑，就差饭点没回来了。杰森说。[5]

看我会不会。昆丁说。

"我真不知道该怎么办，"迪尔西说，"我整晚在楼梯上爬上爬下，腿关节疼得要命，几乎动弹不得。"[6]

哦，我不会感到奇怪，杰森说，你做任何事我都不会感到奇怪。[7]

昆丁将餐巾扔到了桌上。

闭上你的嘴，杰森，迪尔西说。她走过去伸出手臂抱住昆丁。坐下来，宝贝，迪尔西说。将与你无关的过错算在你的账

1928.4.7
1900.11

1900.11
1928.4.7

1928.4.7
1900.11
1900.11
1928.4.7

1928.4.7
1900.11

1900.11
1928.4.7

---

1. 回到当前，1928 年 4 月 7 日。晚餐桌上的对话。*
2. 回到 1900 年 11 月班吉改名那天。*
3. 回到当前，1928 年 4 月 7 日。晚餐桌上的对话。*
4. 回到 1900 年 11 月班吉改名那天。*
5. 回到当前，1928 年 4 月 7 日。晚餐桌上的对话。*
6. 回到 1900 年 11 月班吉改名那天。*
7. 回到当前，1928 年 4 月 7 日。晚餐桌上的对话。*

上，他应该为自己感到害臊。

"她又在生闷气了，是吗。"罗斯库斯说。[1]

"住嘴。"迪尔西说。

昆丁将迪尔西推开。[2]她看着杰森。她的嘴唇红红的。她拿起她装着水的玻璃杯，收回胳膊，盯着杰森。迪尔西抓住她的胳膊。她们打了起来。玻璃杯掉在桌上碎了，水泼在了桌上。昆丁跑了。

"母亲又生病了。"凯蒂说。[3]

"是的，"迪尔西说，"这样的天气谁都会生病。你什么时候吃完，孩子。"

你这天杀的，昆丁说，你这天杀的。[4]我们能听见她跑上楼的声音。我们向**书房**走去。

凯蒂给我垫子，我能够看见垫子、镜子和炉火了。[5]

"昆丁学习的时候，我们一定要安静。"父亲说，"你在做什么，杰森。"

"没做什么。"杰森说。

"那你还是到这边来玩。"父亲说。

杰森从角落里走过来。

---

1. 回到 1900 年 11 月班吉改名那天。*
2. 回到当前，1928 年 4 月 7 日。晚餐桌上。*
3. 回到 1900 年 11 月班吉改名那天。*
4. 回到当前，1928 年 4 月 7 日。晚餐桌上。*
5. 回到 1900 年 11 月班吉改名那天。康普森先生的书房。*

"你在嚼什么。"父亲说。

"没嚼什么。"杰森说。

"他又在嚼纸片了。"凯蒂说。

"过来，杰森。"父亲说。

杰森将那团东西扔进火里。它嗞嗞地响，松开来，逐渐变成了黑色。接着变成了灰色。然后不见了。凯蒂、父亲和杰森坐在母亲的椅子上。杰森肿胀的眼睛紧闭着，嘴巴在动着，像在品尝着什么。凯蒂的头靠在父亲的肩膀上。她的头发像火焰，她的眼睛里有小小的火星。我走过去，父亲将我也抱到椅子上，凯蒂搂着我。她闻起来像树木。

1900.11
1928.4.7

她闻起来像树木。[1]角落里一片漆黑，但我能看见窗户。我蹲在那儿，紧紧抱着那只拖鞋。我看不见拖鞋，但我的手看得见它。我能听得见夜晚的到来。我的双手看得见那只拖鞋，但我看不见自己，但是我的双手能够看见那只拖鞋。我蹲在那儿，听着天色在变暗。

你在这儿啊，拉斯特说，看我搞来了什么。他将那东西拿给我看。你知道我在哪儿搞来的吗。昆丁小姐送给我的，我知道他们不能阻挡我出去的。你在干什么，一个人待在这儿。我以为你又溜出门了。今天你还没有嚷够，没有哭够吗，不要独自躲在这个空房间里不停地哼哼，一副垂头丧气的样子。快上床睡吧，在

---

1. 回到当前，1928 年 4 月 7 日。班吉想到小时候在父亲书房里发生的事，于是来到了这间早已空了的房间。*

戏开场前我得赶到。今晚我不会拿你要一晚了。只要他们的号角吹奏出第一声嘟嘟声，我就得起身走了。

1928.4.7
1898

我们没有去我们的房间。[1]

"我们在这个房间得过麻疹，"凯蒂说，"今晚我们为什么要睡在这儿。"

"你干吗这么在乎睡哪儿。"迪尔西说。她关上了门坐了下来，开始给我脱衣服。杰森开始哭起来。"别哭。"迪尔西说。

"我要和大姆娣睡。"杰森说。

"她生病了，"凯蒂说，"等她病好了你就可以和她睡了。是吗。迪尔西。"

"住口，快。"迪尔西说。杰森止住了声。

"我们的睡衣在这儿，所有的东西都在这儿，"凯蒂说，"像搬家似的。"

"你们快换上睡衣吧。"迪尔西说，"你把杰森的衣服解开。"

凯蒂解开了杰森的衣服。他开始哭起来。

"你想挨鞭子吗。"迪尔西说。杰森不哭了。

1898
1928.4.7

昆丁，母亲在走廊里说。[2]

什么事，昆丁隔着墙说。我们听见母亲锁上门。她朝我们的门里看了看，然后走了过来。她向床上俯下身子，吻了吻我的前额。

----

1. 回到 1898 年玩完水回到家后的场景，他们的外婆大姆娣在这天去世。*
2. 回到当前，1928 年 4 月 7 日。一家人准备就寝。*

你将他弄上床后，去问问迪尔西她是否反对我用热水瓶，母亲说，告诉她，如果她反对，我不用热水瓶也能活。告诉她，我就只想知道她的想法。

好的，拉斯特说，过来。**把你裤子脱了。**

1928.4.7
1898

昆丁和威尔希走了进来。[1]昆丁将脸调到一边。"你哭什么呢。"凯蒂说。

"别哭了。"迪尔西说，"快，**你们都把衣服脱了**。威尔希，你可以回去了。"

1898
1928.4.7

我脱掉衣服，我瞧了瞧自己[2]，我哭了起来。[3]别哭了，拉斯特说，找它们没什么用了。它们早不在了。你再这样，我们就再也不给你过生日了。他帮我穿上睡袍。我不哭了，然后拉斯特停了下来，他的头朝向窗户。接着他走到窗边，向窗外看去。他退回来，拉着我的胳膊。她出去了，他说，快别吱声。我们走到窗边，向窗外看去。黑影从昆丁的窗户钻出去，爬上了树。我们看到树在颤抖。树的颤抖平息下来，黑影钻了出来，我们看见影子穿过了草地。然后我们就看不见了。走啦，拉斯特说，就在那边。听到他们的号角声了吗。你上床睡，我出去走走。

1928.4.7
1898

那儿有两张床。[4]昆丁上了另一张床。他将脸转向墙壁。迪尔西把杰森抱上床和昆丁一起睡。凯蒂脱下她的衣裙。

---

1. 回到1898年玩完水回到家后的场景，他们的外婆大姆娣在这天去世。*
2. 指班吉看到了自己被阉的下身。
3. 回到当前，1928年4月7日。一家人准备就寝。*
4. 回到1898年玩完水回到家后的场景，他们的外婆大姆娣在这天去世。*

“你看看你的内裤。”迪尔西说，“你真走运，你妈妈没看见。”

“我已经告过她的状了。”杰森说。

“我就知道你会告的。”迪尔西说。

“看你告密能得到什么好处，”凯蒂说，“告密者。”

“我得什么好处了。”杰森说。

“你为什么不穿睡衣。”迪尔西说。她走过去帮凯蒂将紧身胸衣和内裤脱掉。“你看看你。”迪尔西说。她将内裤揉做一团，用它在凯蒂的身后擦着。“全都湿透了，”她说，“但你今晚没法洗澡了。来。”她将睡衣给凯蒂穿上，然后凯蒂爬到了床上，迪尔西走到门边站住，将手放到灯的开关上。“你们几个现在都别出声了，听见没有。”她说。

“好的，”凯蒂说。“今晚母亲不会进来。”她说，“所以大伙儿还得听我的。”

“知道啦，”迪尔西说，“快睡吧。”

“母亲生病了。”凯蒂说，“她和大姆娣两个都生病了。”

“别吭声了，”迪尔西说，“快睡吧。”

除了门，房间一片漆黑。接着门也变黑了，凯蒂说：“别吵啊，毛莱。”她将手放到我身上。于是我就没吵了。我们能听见自己的声音。我们能听见黑暗。

黑暗又不见了，父亲看着我们。他看着昆丁和杰森，然后他走过来吻凯蒂，将手放到我的头上。

“母亲病得很重吗。”凯蒂说。

"不重，"父亲说，"你会照顾好毛莱的吧。"

"会的。"凯蒂说。

父亲走到门边，再次看着我们。然后黑暗又降临了，他站在门洞里，一团黑影，然后门又变成漆黑的了。凯蒂搂着我，我能听见我们所有人，听见黑暗，以及我能闻到的一切。我看见了窗户，窗外的树木在沙沙地响。然后这黑暗在光滑的、明亮的形体中开始移动，如它一直以来的样子，即使在凯蒂说我已睡着了的时候，我也能看到它。

第二部分

1910年6月2日

这是祖父的表，当父亲将它送给我时，父亲说：

　　"我送给你的是所有希望和绝望的陵墓。"

当窗框的影子在窗帘上显现时，是在七点到八点之间，听着表的滴答声，我再次置身于时间之中。这是祖父的表，当父亲将它送给我时，父亲说，我送给你的是所有希望和绝望的陵墓；用它你可以轻易地将归谬法 [1] 用于所有人类经验，这个过程是十分痛苦的。这种归谬法不适合你父亲以及你祖父的需要，也不见得适合你的个人需要。我将它给你，不是让你记住时间，而是让你时不时地忘记它，不要用你所有的力量去征服它。他说，不存

---

1. 一种论证方法。指不直接对对方的论点、论据及论证方式进行正面驳斥，而是按照对方的逻辑和思路推导出一个明显荒谬的结论，使其论点不攻自破。

在什么胜仗，甚至就没有过博弈。战场只彰显出人类的愚昧和绝望；胜利是哲人和傻子的幻觉。

它靠着衣领盒，我躺着听到它传来的滴答声，感觉到它的存在。我想没有谁会刻意地倾听一只表或一只时钟的声音。你没必要这样做。这个声音你已很久没有察觉了，然而即使你没注意到它，下一秒的滴答声也会让你进入到时间不可消除而又漫长、日渐式微的行进中去。就如父亲所言，你可能看到耶稣正在行走，在长长的、孤独的光线中。虔诚的圣弗兰西斯 [1] 称死亡为小妹妹，但他从没有小妹妹。

透过墙壁，我听到史瑞夫 [2] 的弹簧床的声响和他趿着拖鞋在地板上走动发出的嚓嚓声。我起身走到梳妆桌边，伸手去摸它，碰到表后，我把它面朝下放，然后又回到床上。但是窗格的影子仍然在那儿，我已经学会根据影子来判断时间，几乎能准确到分钟，于是我不得不转过身背对着那影子，我感到有双眼睛，就像过去的动物长在后脑勺上的眼睛，高高在上盯着我，让我感到发毛。这种你已养成的懒散习惯，你将来会为之后悔的，父亲如此说过。基督不是被钉死在十字架上的：他是被钟表齿轮的滴答作响毁掉的。他也没有妹妹。

我一旦知道我看不见它，我便开始想知道是几点了。父亲

---

1. 即圣方济各亚西西（San Francesco d'Assisi, 1182—1226），方济教创办人。他在临死前写下的诗歌中将死亡比作小妹妹："欢迎你，我的小妹妹，死亡。"
2. 昆丁在哈佛的室友和朋友，加拿大人。

说，不断猜测专横的钟表盘上机械指针所在的位置，这是一种心理病症。就像排泄物，就像排汗，父亲说。我不停地说好的。想知道。还是想知道。

如果是多云的天气，我就会一边看着窗户，一边想他说的关于懒散习惯的话。想着如果天气一直这样，对新伦敦[1]的人们来说也是不错的，难道不是吗？适合做新娘的那一个月，有一个声音说，她就是从镜子里跑出来的，从一堆香气中跑出来的。[2]玫瑰。玫瑰。杰森·雷切蒙特·康普森先生及其夫人宣布了玫瑰的婚礼。玫瑰。不是像山茱萸和奶草一样贞洁的花木。我说了我已犯下了乱伦罪，父亲，我说。玫瑰。狡猾而又平静。如果你去哈佛读了一年书，却还没看到划船比赛的话，就应该要求退还学费。让杰森去读吧。让杰森在哈佛待一年。[3]

史瑞夫站在门口，正将他的领子立起来，他戴的眼镜闪烁着玫瑰色，就好像他用他的脸抹过镜片。"今早你要逃课？"

"迟到了吗？"

他看了一眼他的手表。"还有两分钟打铃。"

"我不知道这么晚了。"他还在看着他的手表，嘴巴嗫嚅道，"我得抓紧啦。我不能再逃课了。上周系主任已警告过我。"他将手表放回他的衣兜里。然后我就不说话了。

---

1. 美国康涅狄格州新伦敦县的一个城市，东临泰晤士河。拥有美国第一个潜艇基地。
2. 昆丁联想到 1910 年 4 月 25 日凯蒂的婚礼。*
3. 昆丁在发现凯蒂怀孕后与父亲的对话。*

"你快点穿好裤子，开跑。"他说。他走了出去。

我起床走动，透过墙壁听他的动静。他走进了起居室，向门口走去。

"你还没准备好吗？"

"还没有。你快走吧。我来得及。"

他走了出去。门关上了。他沿着走廊离开了。然后我又能听见表的声音了。我不再四处走动，我走到窗边将窗帘向两边拉开，看着他们向小教堂跑去，同样的一群人甩动着起伏的外套衣袖，同样的书本和拍打着的衣领涌动着经过，就像洪水水面上的残骸。

斯波特[1]就在其中。他称史瑞夫是我的丈夫。呵呵，别管他，史瑞夫说，就算他蠢到去追逐那些肮脏的小荡妇[2]，那又碍谁的事啊。在南方，你会为自己是一个处男感到羞耻。男孩子们，男人们，他们为此撒谎。因为这对女人来说没多大意义，父亲说。他说是男人发明了"童贞"，而不是女人。父亲说，正如死亡，只是一种其他人最后也会置身其中的一种状态。我说，但是知道会这样也无济于事。他说，一切都是如此悲哀，不仅仅是童贞问题。我说，为什么失去童贞的不能是我而是她。他说，为什么令人悲哀也在于此；甚至可以说没有什么事情是值得改变的。史瑞夫说，就算他真蠢到去追逐那些肮脏的小荡妇。我说，你有过

---

1. 昆丁在哈佛的同学。

2. 史瑞夫谈论斯波特的风流行径。

妹妹吗？你有没有？你有没有？

　　斯波特在他们中间就像一只乌龟处在枯叶翻飞的街头，他的领子竖立在耳朵旁，迈着与往常一样不慌不忙的步子。他来自南卡罗来纳，是一名大四学生。他在俱乐部吹牛：他从不会跑着去小教堂，他从不会准时赶到那儿，但四年来从不缺席；不管是去小教堂还是上第一节课，他从来不会身上穿着衬衫，脚上套着袜子。大约在十点钟，他会到汤普森咖啡馆要上两杯咖啡，坐下来，在等咖啡凉的时候，从衣兜里取出袜子，脱掉鞋子，将袜子穿上。大概在中午的时候，你就会看见他穿上了衬衫和硬领了，就像其他人一样。其他人从他身旁跑着经过，但是他绝不会加快一点步伐。过了一会儿，四方院子便空空如也。

　　一只麻雀斜斜地穿过阳光，停在窗台上，朝我歪着脑袋。它的眼睛又圆又亮。它先用一只眼睛瞧我，接着头一扭，又用另一只眼睛瞧我，它的喉咙抽动着，比任何脉搏都快。钟声敲响了。麻雀不再交换着眼睛瞧我，而是用同一只眼睛一动不动地打量着我，直到钟声消停，好像它也在聆听似的。然后它倏地离开窗台，飞走了。

　　过了片刻，最后一声钟声才停止颤动。它在空中停留了很长时间，与其说是听到不如说是感觉到。正如所有曾响起并仍然在响着的钟声一样，在长长的、即将消失的光线中响起的钟声，在耶稣和圣弗兰西斯谈论他的妹妹时响起的钟声。因为如果仅仅是下地狱，如果事情仅仅如此，事情就到此为止。如果事情恰好能自行结束。地狱里除了她和我，没有其他人。[1]如果我们恰好干出如此可怕的事情，以致他们可以逃出地狱，我们却不能。

我犯了乱伦罪 我说 父亲啊 是我干的 不是达尔顿·艾密斯 当他将枪放在[2]达尔顿·艾密斯。达尔顿·艾密斯。达尔顿·艾密斯。当他将手枪放到我手里时我没有。我之所以没有是因为。他会下地狱，她也会，我也会。达尔顿·艾密斯。达尔顿·艾密斯。

如果我们恰好干出如此可怕的事情。于是父亲说，那也是悲哀的，人们不能做出任何可怕的事情，他们根本做不出非常可怕的事情，今天看来可怕的事情他们明天就都不记得了。于是我说，但你能够逃避一切。于是他说，啊，你能吗。于是我将向下看，就会看见我喃喃低诉的骨头，以及像风一样的深水，像屋顶上的风，很长时间之后，他们甚至无法在孤寂的未受侵犯的沙地上将骨头辨认出来。[3]直到这一天他说"起来吧"[4]。只有铁熨斗才会漂浮起来。[5]不是你意识到什么都帮不了你的时候——宗

---

1. 1909 年，凯蒂与男友达尔顿·艾密斯私会，第一次发生性关系。昆丁知道此事后，试图欺骗父亲是他与凯蒂发生了乱伦。下面一段文字为昆丁对与妹妹一同下地狱的想象。*

2. 昆丁联想到 1909 年自己与达尔顿·艾密斯的对峙，昆丁扬言要杀了达尔顿·艾密斯，达尔顿将手枪递给昆丁，但昆丁并没有动手。*

3. 昆丁幻想自己跳河自杀后的场景。

4. 指《圣经·约翰福音》第 11 章第 43 节，耶稣使人复活时说过类似的话。《启示录》第 20 章第 13 节说："于是海交出其中的死人。"昆丁想到自杀后沉入水底的情形。

5. 昆丁计划的自杀方式是带着铁熨斗沉河。

教、骄傲或其他任何东西——而是你意识到你不需要任何帮助的时候。达尔顿·艾密斯。达尔顿·艾密斯。达尔顿·艾密斯。如果我是他的母亲，躺着摊开手脚，笑着撑起身子，我会用我克制着的手搂着他的父亲，瞧着，打量着他在生命开始前就已死去。[1]一下子她站在了门口。[2]

我走向梳妆台拿起那只表面仍然朝下的表。我将玻璃的表面向梳妆台的一角敲去，然后抓起玻璃碎屑扔进烟灰缸，将表针扭下来也扔进烟灰缸。表还在滴答地走着。我将表面翻转朝上，这空空的表背面的小齿轮并不知发生了什么，还在滴滴答答地转动。耶稣走在加利利海面上[3]，华盛顿从来不撒谎[4]。父亲从圣路易博览会[5]给杰森带回一个挂在表上的小饰品：一副小小的观剧镜，你眯着一只眼睛往里瞧，会看见一座摩天大厦，轮辐细如蛛丝的摩天轮，针头上的尼亚加拉大瀑布。表盘上有处红色的污迹。当我看见它时，我的拇指才感到一阵痛楚。我放下表，走到史瑞夫的房间，取出碘酒涂在伤口上。我用毛巾将表壳内缘剩余的碎屑清除干净。

---

1. 昆丁幻想自己是达尔顿·艾密斯的母亲，在将达尔顿·艾密斯生下来之前就把他杀死。
2. 昆丁脑海中浮现出 1909 年凯蒂第一次发生性关系后回到家站在房间门口的形象。*
3. 见《圣经·马太福音》第 14 章第 25 节。
4. 美国民间流传乔治·华盛顿小时候从不说谎。
5. 于 1904 年举行，当时昆丁 14 岁，杰森 10 岁。*

我取出两套内衣、袜子、衬衫、硬领和领带放进我的皮箱。除了一套新的西服、一套旧的西服、两双皮鞋、两顶帽子还有我那些书之外，我放进了所有的东西。我将那些书搬到起居室，将它们堆在桌子上，这是从家里带来的书，还有一些 父亲说过去是通过一个人的藏书来判断他是不是绅士，现在是通过他不还的书来判断。我锁上皮箱，在上面写上地址。[1] 报刻的钟声响起。我停下来倾听这钟声，直到钟声消失。

我洗了澡并刮了胡子。水让我的手指有一点疼，于是我又抹了碘酒。我穿上新的西服，戴上手表，将另一套西服、配饰、剃刀和刷子装入我的手提包，将皮箱钥匙用一张纸包裹好，装入信封，写上父亲的邮寄地址，并写了两封简短的字条，将它们封进信封。

阴影还没有完全从台阶上消失。我站在门背后观望着阴影的移动。它的移动几乎察觉不到，一点点地爬回门内，将室外的阴影驱逐到门内。只不过我听到时她已经在奔跑了。[2] 在我弄明白之前她已在镜子里奔跑。跑得那么快，她的裙裾挽在手臂上，她像一朵云一样跑出了镜子，她的面纱旋舞着，曳着长长的白光，她的鞋跟发出清脆的声响，她用另一只手紧紧地将新娘礼服攥在肩膀上，正从镜子里跑出来 玫瑰 玫瑰的气味 那声音回响在伊甸园上方。她穿过走廊，我听不到她鞋跟的声音了，在月光下她

---

1. 昆丁打算自杀，把衣物和书打包寄回家。

2. 回想到 1910 年 4 月 25 日凯蒂婚礼时家中的场景。*

像一片云，面纱浮动的影子跑动着穿过了草地，跑进了吼叫声中。她跑着，裙子拖在身后，攥着新娘礼服，一直朝吼叫声跑去，在那里，T.P.在露水里大声说着沙士汽水好喝，班吉在木箱下吼叫。父亲剧烈起伏的胸前戴着一副银质护胸甲。[1]

史瑞夫说："咋了，你没有……你这是去参加婚礼还是去守灵啊？"[2]

"我没有去成教室。"我说。

"不要精心打扮了。怎么回事？你觉得今天是星期天吗？"

"我看警察不会因为我穿了一次新西服就把我抓了吧。"我说。

"你让我想到老在广场上溜达的学生。你不会也是骄傲得不屑于去上课吧？"

"我首先得去吃东西。"台阶上的影子不见了。我步入阳光，又看到了我的影子。我走下台阶，走到影子前头。半个小时过去了。报时的敲钟停止，钟声渐渐消失。

执事[3]也不在邮局。我在两个信封上贴上邮票，一封寄给父亲，将给史瑞夫的那封放入衣兜里，然后我记起了上次见到执事的地方。那是在阵亡将士纪念日[4]，他穿着共和国大军[5]的制服走在游行队伍中间。如果你等得足够久，在某个角落你会在这支或那

---

1. 指父亲穿着硬衬衣跑去找班吉。
2. 回到当前，史瑞夫从小教堂回到宿舍。*
3. 指一位老黑人，经常帮哈佛学生处理杂事，比如寄信件、拎行李等。
4. 每年五月最后一个星期一为美国纪念内战阵亡将士的法定节日。
5. 指美国内战后的退伍军人组织。

支游行队伍里看见他。前一次是在哥伦布日或是加里波第日或是某人的诞辰那天，他走在清道夫的队列，戴着一顶烟囱帽，在扫帚和铲子中，手执一面两英寸的意大利国旗，抽着雪茄烟。但是最近一次是穿着共和国大军的制服那次，因为史瑞夫说：

"瞧那老黑佬。瞧你爷爷是怎样对待那可怜的老黑奴的。"

"是的，"我说，"因此现在他能一天又一天地游行。要不是我爷爷，他还得像白人那样干活呢。"

我到处都没看见他。但是我知道，即使一个在干活的黑奴也绝不是你想找就能找到的，更不要说揩国家油的黑人了。一辆汽车驶了过来。我乘车来到了城里，在帕克餐厅美美地吃了一顿早餐。当我在吃东西时，我听见报时的钟声响起。我估计至少需要花一个小时才能忘掉时间，毕竟时间观念本身比机械计时的历史更悠久。

吃完早餐，我买了一支雪茄。店里的姑娘说最好的是五十分一支的，于是我买了一支点上，走出去到了大街上。我站在街头吸了两口烟，然后手捏着它继续向街角走去。我经过一家珠宝钟表店的橱窗，但是及时将目光移开了。到了街角，两个擦皮鞋的拉住了我，一边一个嚷嚷着，声音又尖锐又沙哑，像乌鸦似的。我将雪茄给了其中一位，一枚五分镍币给了另一位。然后他们就放开了我。得雪茄的这一位竭力想将雪茄卖给另一位，要他那枚镍币。

有一只时钟高高地挂在太阳里，不知怎么的，当你不想做某件事时，你的身体会在你不知情的情况下诱骗你去做。我能感觉

107

到后颈的肌肉在动，接着我听到衣兜里的表在滴答滴答地走动，片刻之后我将其他所有的声音屏蔽掉，只剩下衣兜里手表的滴答声。我转身回到街上，来到橱窗边。他正在窗子后边的桌边工作。他快秃了。他的一只眼睛上戴着一只放大镜——一只金属管拧进了他的脸。

屋子里满是钟表的滴答声，像秋天草丛中的蟋蟀，我听见他头顶上方的墙上有一只大钟在响。他抬起头，他的眼睛很大、浑浊，像要鼓出那只放大镜。我取出手表递给他。

"我弄碎了我的手表。"

他将手表拿在手中翻来覆去地看。

"应该说是这样的。你一定踩着它了。"

"是的，师傅。我把它从梳妆台上撞到了地上，在黑暗中踩到了它。但它还在走。"

他撬开手表的后盖，眯着眼睛往里瞧。

"好像是完好的，但是我要仔细检查后才能确定。下午我再仔细看。"

"我过些时候再拿来修，"我说，"请问橱窗里的这些表是否有准的？"

他将我的手表放到手掌上，抬头用他那只浑浊、暴突的眼睛瞧着我。

"我和一个家伙打了一个赌，"我说，"而且我今早忘记戴眼镜了。"

"为啥，好吧。"他说。他放下手表，从凳子上欠起半个身子，越过护栏朝橱窗看去。然后他瞥了一眼墙壁。"现在是二十——"

"不要告诉我，"我说，"师傅，请不要说出来。你只要告诉我是否有准的。"

他再次抬头瞅我。他坐回到凳子上，将放大镜推到额头上。放大镜在那只眼睛周围留下了一圈红印子，当红印子消失后，他的整张脸显得光秃秃的。"你今天有什么庆祝活动？"他说，"划船比赛要到下周，是吧？"

"不是的，师傅。只是个人的庆祝活动。生日。有准的吗？"

"没有。它们都还没有校正过，还没调好时间呢。如果你在考虑买一块的话——"

"不，师傅。我不需要表。我们起居室里有钟了。我需要表的时候会拿这只来修。"我伸出手来。

"现在放在这儿得了。"

"我过些时候再带来吧。"他将表递给我。我将表放入衣兜里。在其他钟表的滴答声中，我听不到它的滴答声了。

"非常感谢你。希望我没有占用你的时间。"

"没事的。你想好了再把它带来。最好等我们赢了划船比赛你再庆祝。"

"好的，先生。我会的。"

我走了出去，在滴答声中将门关上。我回头看了看橱窗。他越过护栏看着我。橱窗里大约有一打表，钟点各不相同，每一个钟点都有一样的、确定的，而又相互矛盾的自信，正如我的手表一样，尽管它已没有了指针。每一只表的钟点都是相互冲突的。我能听见表的声响，在我的衣兜里滴滴答答地走着，尽管没有人看到它，即使有人看到它，它也已经不能标示出什么。

所以我对自己说，就按那一只的时间来算吧。因为父亲说过钟表杀死时间。他说只要小齿轮滴答滴答地转动，时间便是死的；只有当钟表停下来时，时间才会活过来。两只指针张开着，形成一个角度，微微地偏离水平线，就像一只海鸥在风中侧飞。我所有的哀愁装满一肚子，正如新月盛着水一样，黑人都这么说。[1] 钟表匠又继续工作了，在他的工作台上躬着身，放大镜的圆筒深深地嵌进他的脸。他的头发是中分的。中间的那条发缝一直延伸至秃的部位，就像十二月干涸的沼泽。

我看见街对面有一家五金店。我还不知道熨斗是按磅买的呢。

"也许您想要个裁缝用的曲柄熨斗，"伙计说，"这些是十磅重的。"不过它们比我想的还大。于是我拿了两只小一点的，六磅重的，因为它们被包裹起来后像一双鞋。它们拿起来是沉甸甸的，但是我再次想到了父亲说过，将归谬法用于人类经验。父亲说进入哈佛似乎是我唯一的机会了。也许要到明年才行。想到也许要在学校待上两年才能学会稳妥地干成这件事。[2]

---

1. 黑人传说，新月如果是两角朝上的弯月，则是"装水"，次日有雨；如果两角朝下，则是"放水"，次日晴天。
2. 指自杀。

不过把它们托在空中是很重的。一辆有轨电车开了过来，我登了上去。我没有看见车头上的牌子。电车里坐满了人，大多数看起来是富人，正在读着报纸。唯一的一个空座位是在一个黑人旁。他戴着一顶圆顶礼帽，穿的皮鞋油光锃亮，手里拿着半截熄灭的雪茄。我过去认为南方人总是警惕黑佬的。我认为北方人会这么看南方人。当我第一次来到东部，我一直在提醒自己，你必须记住要把他们当作有色人种而不是黑佬，如果我不是碰巧和许多黑人一块儿长大，我要耗掉很多时间，遇到很多麻烦才能学会与所有人相处的最佳方式，无论是黑人还是白人，那方法就是按他们对自己的定位来对待他们，然后就别管其他的了。

这时我就意识到，与其说黑佬是一种人，不如说是一种行为方式，是他身边白人的一种对立的镜像。但我起初认为，我应该怀念被一大堆黑人簇拥的日子，因为我觉得北方人认为我有这样的想法，但直到在弗吉尼亚的那天早晨，我才知道我多么想念罗斯库斯、迪尔西以及我家其他的黑人。我醒来时火车停下了，我掀起遮阳布向外看去。[1] 我所在的车厢正堵在一个道口上，两条白色的栅栏从小山上延伸到这儿，然后又从这儿像牛角一样岔开，向下延展。在坚硬的车辙印中间，一个黑人骑着骡子，等待着火车开走。我不知道他在那儿有多久了，然而他跨坐在骡子上，脑袋上包裹着一块毯子，好像他们和栅栏、公路或者小山是一块儿被建造在那儿的，仿佛就是从这小山中被雕刻出来似的，

---

1. 昆丁回想到放寒假时乘火车回家的场景。*

就像立在那儿的一个标志，上面写着：你又回到老家了。他没有用鞍，悬着的双腿摇晃着，脚几乎触到了地面。骡子看起来像一只野兔。我向上推开了窗子。

"嗨，大叔，"我说，"你朝哪走呢？"

"什么？"他看着我，解开毯子，将它从耳朵上揭开。

"圣诞礼物！"我说。

"说来就来哩，老板。还真被您抢先了，是不？"[1]

"我这回饶了你。"我从卧铺上将裤子拉过来，取出了一枚二十五分的硬币，"但下次要小心哦。过完新年，再过两天，我会再经过这里，那时你可要小心了。"我将硬币扔到窗外。"给你自己买一些圣诞公公的礼物吧。"

"好呀。"他说。他爬下骡子，捡起硬币，将它在腿上擦了擦。"谢谢您，年轻的老爷。谢谢您。"然后火车开始移动了。我将身子探出窗外，伸进寒冷的空气中，向后望去。他站在兔子般枯瘦的骡子旁，他俩看着很寒酸，但一动不动，颇具耐心。火车在拐一个弯道，引擎喷着气，短促而沉重，他和骡子就那样在视线中平稳地消失了，带着寒酸的、无限耐心的、静穆的品质：他们既有幼稚的 随时可见的无能 又具备矛盾的可靠性 这种混合的品质照顾和保护着他们 不可理喻地爱着他们 持续地掠夺他们并逃避责任和义务 以一种赤裸裸的手段 甚至不能称之为诡计的

---

1. 美国南方习俗，圣诞节期间，谁先喊"圣诞礼物"，就算谁赢，输的人要给赢的人礼物，当然也未必真给。

手段 他们被掠夺 被侵占 却对胜利者怀着坦诚的由衷的钦佩 正如一位绅士在一场公平的竞赛中对任何赢了他的人所持的感情，而且对白人的怪癖给以宠爱和持续的容忍，就像祖父母对防不胜防的淘气的孩子一样，他们身上的这些品质我已忘却了。整整一天，当火车穿越迎面扑来的山口，沿着岩壁行进时，只听见精疲力竭的、呻吟的车轮发出的吃力声音，亘古屹立的群山正逐渐消失在阴霾的天空，我想到了家，想到了荒凉的车站，地上的泥泞，黑人们和乡下人，他们在广场上慢悠悠地挤来挤去，背着一袋袋玩具猴、玩具车和糖果，一支支罗马焰火筒从口袋里伸出来，这时我的肚子里就会蠕动起来，就像过去在学校听到铃声响起时那样。

直到钟敲了三下，我才开始数数。[1] 我开始数，数到六十便屈一根手指，同时想到还有十四根手指等着弯曲，然后是十三、十二，再就是八和七，直到突然间我意识到周围一片寂静，大家都全神贯注，我说："什么，老师？""你叫昆丁，是不是？"劳拉小姐说。然后周围还是一片寂静，以及那些使人难受的、全神贯注的脑袋，以及戳入这寂静的一只只手。"告诉昆丁是谁发现了密西西比河，亨利。""德索托。"然后大家的注意力会放松下来。过了一会儿，我担心自己数得太慢，于是我便数得快了起来，并屈下另一只手指。接着我又担心数得太快了，于是我又放慢速度。接着我又担心慢了，于是又数得快了起来。这样我从未

---

1. 昆丁联想到小时候上课时自己会弯手指来算下课时间。*

能在刚好下课铃声响起时数完，那几十双急不可耐的脚在移动，在磨损的地板上蹭来蹭去，这一天就像一块玻璃被轻轻地锋利一击，我的脏腑动了起来，我一动不动地坐着。坐着不动。我脏腑为你而动。[1] 她一下子站在门洞里。[2] 班吉。在吼叫。班吉明，我老年所生的儿子[3] 在吼叫。凯蒂，凯蒂！

我要逃走。[4] 他哭了起来，她走过去抚摸着他。别哭。我不逃走。别哭。他不哭了。迪尔西。

只要他想，你告诉他什么他都能闻出来。[5] 他不用听也不用讲。

他们给他取的新名字他能闻出来吗？他能闻出霉运吗？

他干吗去操心运气？运气并不会给他带来伤害。

如果不想让他转运他们又干吗给他改名字呢？

电车停下，启动，又停下。[6] 我看见车窗下人头攒动，人们头顶上戴着还未褪色的新草帽。电车上上来了一些妇女，她们带着去市场买东西的篮子，穿工装的男人开始多于穿着锃亮皮鞋、戴硬领的男人。

那个黑人碰了一下我的膝盖。"借光。"他说。我将腿向外移了

---

1. 昆丁回想起十几岁时和邻居家的女孩娜塔莉玩假装做爱的游戏，此处他在脑海里将这种性冲动转嫁到了凯蒂身上。*
2. 昆丁脑海中再次浮现出 1909 年凯蒂第一次发生性关系后回到家的场景。*
3. 这是康普森太太在 1900 年给班吉改名时说过的话。*
4. 回想到 1898 年，班吉、凯蒂、昆丁和杰森玩水的场景。*
5. 回想到 1900 年班吉改名那天迪尔西与罗斯库斯的对话。*
6. 回到当前。*

一下让他过去。我们正沿着一堵空白的墙行驶，咔嗒咔嗒的声响传回车厢里，落在将篮子搁在膝上的妇女身上，落在帽子上有污渍的那个男子身上，他的帽带上系着一支烟斗。我闻到了水的味道，透过墙壁的一道缺口，我看见了一片水光和两支桅杆，一只海鸥在半空中一动不动，像停栖在两支桅杆间看不见的线上，我抬起手伸进上衣口袋里摸了摸我写的两封信。电车停下，我下了车。

吊桥打开让一只帆船通过。这只帆船被一只拖船拖着，拖船在帆船舷下一侧推着它前进。拖船冒着烟，但帆船像自己在行进似的，并看不出在被什么东西推动。一个赤裸着上身的男子正在前甲板上圈绳子。他的身体被晒成了烟草色。另一个戴着没有帽顶的草帽的男子在掌舵。帆船穿过了吊桥，在光光的桅杆下移动，就像光天化日下的鬼影，三只海鸥在船尾上空盘旋，就像被无形的线牵住的玩具。

吊桥合拢后，我穿过桥到了河对岸，倚在船库上方的栏杆上。浮码头空荡荡的，几扇闸门都关着。船员现在只有傍晚才划船，此前都在休息。

吊桥的影子，层层栏杆的影子，以及我的影子斜铺在水面上，即使我轻易地欺骗它，它都不会离开我。我的影子至少有五十英尺[1]长，要是我能用某种东西将它吸进水里就好了，紧紧拽住它直到它被淹死，像是包裹着两只鞋的那东西[2]的影子也躺

1. 1 英尺 =0.3048 米。
2. 指昆丁装熨斗的包裹。昆丁计划带着熨斗沉河自杀。

在水面上。黑人说一个溺亡者的影子会一直在水里守候着他。影子眨着亮闪闪的眼睛,像在呼吸,浮子缓缓地动着,也像在呼吸。半浸在水中的残骸,正在聚集着漂向大海,漂向大海上的巨穴和岩洞。水体的排开量等于什么的什么。[1] 人类一切经验的归谬法,两只六磅重的熨斗比一只裁缝用的曲柄熨斗还重。这种浪费是造孽啊,迪尔西会这么说的。大姆娣死的时候班吉是知道的。他哭了。他闻到了。他闻到了。

　　拖船顺流返回,河水劈开处形成一条长长的、翻滚的圆柱,最终航道的回波晃动着浮子,浮子在翻滚的圆柱上倾斜着,发出砰砰的声响和长久的、刺耳的噪音。这时码头的门卷了回去,出现了两个男子,他们扛着一只赛艇。他们将赛艇放入水中,过了一会儿,布兰德[2]带着双桨出现了。他穿着法拉绒衣裤,披着一件灰夹克,戴着一顶硬草帽。不知是他还是他母亲在哪了解到牛津的学生穿的是法拉绒,戴的是硬草帽,于是在一个三月初,他们给吉拉德买了一只赛艇,他穿着法拉绒,戴着硬草帽下到河里。船库的人威胁说要叫警察[3],但他依旧我行我素。他的母亲坐着一辆租来的车来时穿着毛皮大衣,像一个北极探险者。她看到他在时速二十五英里[4]的风中划走,一路上推起的

---

1. 昆丁想到了阿基米德定律,即物体在流体中所受的浮力大小,等于物体所排开的那部分流体所受的重力。
2. 即吉拉德·布兰德,昆丁的同学,肯塔基人。
3. 三月份河上布满浮冰,不宜划船。
4. 1 英里 =1.609344 公里。

浮冰就像脏兮兮的绵羊。就是从那时起，我相信上帝不仅是一位绅士、一名运动员，他还是一个肯塔基人。当他划走之后，他母亲让车子调了个头，又下到河边，和他平行行驶着，车子压在低速挡。他们说你根本看不出他们相互认识，一个像国王，一个像王后，都不会相互瞧一眼，只是在马萨诸塞州沿着平行的轨道行进，如同一对行星。

他将船划走了。他现在划得相当好了。他必须得划得好。他们说他的母亲想让他放弃划船去干另外的事情，去干班上其他同学不能干或没法干的事情，但是这一次他倒很固执。如果你可以将这称之为固执的话，他坐在那儿，一副王公贵族百无聊赖的样子，鬈曲的金发，紫色的眼睛，长长的睫毛，身着纽约订制的服装，而他的妈妈在跟我们讲吉拉德的马、吉拉德的黑奴和吉拉德的情妇。当她将吉拉德带到剑桥，肯塔基的那些丈夫和父亲们一定很高兴。她在城里有一套公寓，吉拉德在那儿也有一套，此外他在大学还有宿舍。她同意吉拉德和我交往，因为我恰好生在梅森－迪克逊线[1]以南，这使我至少显露出一种贵族阶层所特有的浮躁感，还有少数几个人的"地理背景"也符合他们的要求（最低限度的），至少是被宽容或者是被赦免了。但是自从她在凌晨一点碰见斯波特从小教堂出来，斯波特便说她不可能是一位名门望族的太太，因为没有哪位名门望族的太太会在夜里那个点出来。而她绝不谅解他的姓名里有五个名字，其中包括一个当下英

1. 美国南北战争前，南方与北方的分界线。

117

国公爵的府邸的名字。我敢肯定她自我安慰的办法就是坚信蒙戈尔特或摩特马[1]家族的一个不合群的公子和一个守门人的女儿搞在了一起，这倒很可能，不管这故事是不是她杜撰的。斯波特在游手好闲上确实是世界冠军，他无所顾忌，什么也阻挡不了他。

小艇现在成了一个黑点，双桨在阳光下间歇性地闪烁着，仿佛小艇自身会眨眼睛似的。你有过妹妹吗？[2]没有，但她们全都是婊子。你有过妹妹吗？她一下子站在了门口。婊子。不是婊子，她一下子站在门口。达尔顿·艾密斯。达尔顿·艾密斯。达尔顿的衬衫。我一直以为它是卡其布做的，军用卡其，直到我见到那衬衫时才知道那是中国的厚丝绸或是最好的绒布做的，因为那衬衫把他的脸衬得那么黄，把他的眼睛衬得那么蓝。达尔顿·艾密斯。它有失文雅。像戏剧装置。就是纸浆做的，摸摸便知。啊。是石棉的。不是真正的铜。但不会在家里见他。[3]

凯蒂也是个女人，记住。她一定也会做女人要做的事。[4]

你为什么不带他到家里来，凯蒂？[5]为什么你一定要像黑人妇女一样在草场上，在沟渠里，在黑黝黝的树林里释放那隐藏着

---

1. 欧洲贵族的姓氏，布兰德太太以为斯波特是欧洲贵族的私生子。
2. 昆丁回想到1909年他与达尔顿·艾密斯的对话，这一句是他问的，下一句是达尔顿的回答。后又联想到凯蒂第一次发生性关系后回到家的场景。*
3. 联想到1909年凯蒂第一次发生性关系后回到家后发生的对话。此句为凯蒂说的话。*
4. 此段为母亲说的话。
5. 此段为昆丁说的话。

的、火热的激情，在黑黝黝的树林里。

过了一会儿，我听表的滴答声听了一些时候，透过上衣我能感觉到信封在咯吱咯吱地响，我靠着栏杆，斜靠着栏杆，打量着我的影子，我怎样骗过它的呢。我沿着栏杆走，但我的西装也是黑色的，我可以在衣服上揣手，继续打量我的影子，我是怎样欺骗它的呢。我走入了码头的阴影。接着我向东走去。

哈佛　我在哈佛的男孩　哈佛哈佛 [1] 她在运动会上遇到一个满脸疙瘩的小子，佩戴着彩色的绶带。[2] 偷偷地沿着栅栏走过来，吹着口哨，像叫唤小狗似的将她叫出去。因为他们不能将他哄到餐厅，母亲相信他会某种魔咒，只要他和她单独在一块儿，他就会将魔咒施加在她身上。可是任何一个恶棍 他躺在窗户下面的箱子旁叫嚷着 [3] 只要开着一辆豪车，纽扣眼插着一朵花就行了。哈佛。[4] 昆丁，这位是赫伯特。我的哈佛男孩。赫伯特将是你的大哥哥，他已经答应在银行给杰森安排一个职位。

像电影表演，推销员似的虚情假意。一脸的白牙却皮笑肉不笑。我在那边就听说过他了。满嘴牙齿却一脸假笑。[5] 你会开车吗？[6]

---

1. 昆丁联想到 1910 年 4 月 23 日，凯蒂结婚前两天，凯蒂的未婚夫赫伯特·海德带着凯蒂、昆丁、康普森夫人出去兜风。此句为康普森夫人向赫伯特介绍昆丁。*
2. 联想到 1906 年凯蒂和男孩私会的事。*
3. 想起凯蒂婚礼上班吉的行为。*
4. 继续 1910 年 4 月 23 日兜风时的对话。*
5. 昆丁对赫伯特的印象。
6. 继续 1910 年 4 月 23 日兜风时的对话。*

上车吧昆丁。

你来开。

这是她的车　你不为你的小妹拥有全镇第一辆汽车感到骄傲吗　这是赫伯特给她的礼物　路易斯每天早晨给她上课　你没有收到我的信吗[1]

杰森·里奇芒特·康普森先生和夫人兹订于1910年4月25日在密西西比河的杰斐逊，为小女凯蒂丝与希尼·赫伯特·海德先生举行婚礼。[2] 8月1日后在寒舍宴请，地址为印第安纳州南湾某某大街某某号。[3] 史瑞夫说，你连拆都不拆开吗？[4] 三天。三次。杰森·里奇芒特·康普森先生暨夫人

年轻的洛钦瓦尔骑马离开西部未免急了一点，是不是？[5]

我是南方人。你很幽默，不是吗？

哦，是的，我知道那是乡下的某个地方。

你很幽默，不是吗？你应该去参加马戏团。

我是参加了。我就是因为清洗大象身上的跳蚤才将眼睛弄坏

----

1. 此段为康普森太太说的话。路易斯是康普森家的老熟人，一个能干的黑人，擅长打猎。
2. 赫伯特与凯蒂婚礼请柬上的文字。
3. 赫伯特在请柬上加的附言，指蜜月后凯蒂将搬去他在印第安纳的家住。
4. 昆丁联想到在学校收到请柬时的场景，史瑞夫看昆丁一直不拆信故发出疑问。*
5. 此句为史瑞夫与昆丁说的玩笑话。英国诗人、小说家沃尔特·司各特（Walter Scott，1771—1832）在叙事诗《洛钦瓦尔》中描述了一个英雄带着情人逃婚，骑着马出走的故事。

的。三次 这些乡下姑娘。你甚至猜不透她们，是不？嗯，反正拜伦[1]从未实现他的愿望,感谢上帝。但是打人不要打在眼镜上。[2]你连拆都不拆吗？那封信躺在桌子上，每一个角上有一支点燃的蜡烛，两条弄脏的粉红色吊袜带系在花朵上。打人不要打在眼镜上。

乡下人真是可怜的东西[3] 他们以前从没见过汽车 他们中的很多人 按喇叭啊 凯蒂丝也是这样 她都不看我一眼[4] 他们会让路的 都不看我一眼 如果你伤着谁了 你父亲会不高兴的 我敢说你父亲现在只好去买一辆了 让你把汽车开来我真有点抱歉 赫伯特我很开心 当然我们家也有马车 但经常是我想出门时康普森先生会安排黑人们做这做那 我但凡干涉一下家里就要闹翻天的 他坚信罗斯库斯任我指使随喊随到 但是我明白这话是什么意思 我知道人们无论做出多少承诺也只是为了安慰他们的良知 你会那样对待我的乖乖女吗 赫伯特 但是我知道你不会的 赫伯特把我们大家都惯坏了 昆丁我给你写的信中不是说了吗 等杰森念完高中他将把杰森安排进他的银行 杰森将会成为一个杰出的银行家 在我的孩子中只有他有务实的头脑 你们得感谢我 是他继承了我娘家人的禀赋而其他孩子继承的都是康普森家的 杰森拿来了面粉。[5]

---

1. 据说英国诗人乔治·戈登·拜伦曾渴望与自己同母异父的妹妹发生乱伦。
2. 昆丁试图压抑怒火，不去打戴着眼镜的史瑞夫。
3. 继续 1910 年 4 月 23 日兜风时的对话，此段为母亲说的话。★
4. 联想到 1909 年凯蒂第一次发生性关系后回到家的场景。★
5. 从母亲谈论杰森的话联想到杰森小时候就爱做买卖。杰森与邻居帕特森家的男孩一起卖风筝，后因钱而闹掰。★

他们在后廊做风筝，卖五分钱一只，他和帕特森的男孩子们。杰森是财务主管。

电车里已没有黑人，还未褪色的草帽们从车窗下流过。[1] 流向哈佛。我们卖掉了班吉明的 [2] 他躺在窗户下的地上，不停地叫嚷。为了让昆丁可以去哈佛，我们卖掉了班吉明的牧场。你的兄弟。你的小兄弟。

你应该有一辆车 [3] 它会给你带来无穷的好处 你是这样认为的吧 昆丁 你瞧我立马叫他昆丁了 我从凯蒂丝那里听到了那么多关于他的事

那当然啦 我希望我家的男孩子们比朋友还亲密 凯蒂丝和昆丁就比朋友亲密 父亲我犯下了 多么可怜啊 你没有兄弟姐妹 不要有姐妹 不要有姐妹 别去问昆丁 当我身体稍微好些可以下楼到桌子上吃饭 他和康普森先生就会像被羞辱了似的 我现在很紧张 我要为此买单 一切结束了 你要将我的小女儿从我身边带走 我的小妹尚未。[4] 如果我能说母亲。母亲

除非我按我的兴趣行事 把你带走 否则康普森先生不会来追我们的车的

---

1. 回到当前。*
2. 昆丁从哈佛联想到家里为了供他去哈佛读书卖掉了班吉最爱的牧场，接着又联想到凯蒂婚礼上班吉叫嚷的样子。*
3. 继续 1910 年 4 月 23 日兜风时的对话。*
4. 据《圣经·雅歌》第 8 章第 8 节："我们有一小妹，她的两乳尚未长成。人来提亲的日子，我们当为她怎样办理。"

啊 赫伯特 凯蒂丝你听见了吗 她不愿温柔地看我 梗着脖子不肯往后看[1] 你不必嫉妒 他奉承的就是一个老女人 一个成年的已婚的女儿 我简直不相信呢

哪里的话呀 您看起来像一个小姑娘 您比凯蒂丝还要年轻呢您的脸颊像小姑娘似的红润 一张布满谴责泪水的脸 一股樟脑和泪水的味道 一阵又一阵的嘤嘤的哭泣声从夕光之门传来 还有暮色般的忍冬花的气味。[2] 把一只只空箱子从阁楼上搬下楼梯 它们发出棺材一样的声响 弗伦奇·里克。盐渍地没有死亡。[3]

有些戴着还未褪色的帽子，有些没戴帽子。[4] 之后三年里我不用戴帽子了。我也没法戴。是那样的。如果我不在了，哈佛不在了，那时这里还有帽子吗？父亲说，在哈佛最好的思想就像攀爬在朽砖上的枯死的常春藤。那时哈佛不在了。更不要说我了。再一次。更伤心了。再一次。没法更伤心了。再一次。

斯波特穿上了衬衫；看来一定是时间到了。当我又看见自己的影子时 如果不小心 我又会踩到我曾诱骗到水里的浸不坏的影子。但不是的妹妹。[5] 我不会做那事的。我不会让我的女儿被

---

1. 昆丁再次联想到1909年凯蒂第一次发生性关系后回到家的样子。*

2. 家人得知凯蒂失身后的反应，康普森先生让凯蒂去印第安纳州的弗伦奇·里克散心，以此摆脱与达尔顿·艾密斯的关系，凯蒂在里克遇到了她后来的未婚夫赫伯特。下一句中的空箱子指凯蒂的行李箱。*

3. 弗伦奇·里克是印第安纳南部的度假胜地，里克（lick）让昆丁想起了猎人用来引诱猎物的大盐块（salt lick）。

4. 回到当前。*

5. 昆丁联想到1909年凯蒂第一次发生性关系后他对凯蒂说的话。*

监视的。[1]我不会。

我怎么管束他们呢 你总是教他们不尊重我 不尊重我的意愿 我知道你看不起我娘家的人 但是这就是教我的孩子 我吃尽苦头生下来的孩子 不尊重我的理由吗 用坚硬的鞋跟将我影子的骨头踩进水泥里。我还是听见表的滴答声，我将手伸进上衣口袋里摸着那两封信。[2]

我不愿我的女儿被你或者昆丁以及其他任何人监视 无论你认为她干了什么

至少你也认为监视她是有缘由的吧。

我不会，我不会。[3]我知道你不会这么做 我不想说话难听 可是女人的确既不相互尊重也不自重[4]

可是她为什么要去做呢 当我踩着我影子的时候，钟声响起来了，不过那是报刻的钟声。哪儿也看不到执事的影子。[5]以为我会 以为我可以

她并不是故意的 这是女人做事的方式 是因为她爱凯蒂

---

1. 康普森太太让杰森去跟踪凯蒂。此句与下面段落中的仿宋体为康普森先生因此事与太太发生的争吵。*
2. 回到当前。*
3. 1909年凯蒂第一次发生性关系后昆丁对凯蒂说的话。*
4. 此句与下面段落中的仿宋体皆为昆丁与父亲的对话，他们在讨论母亲派人跟踪凯蒂这件事。*
5. 回到当前。*

街灯从小山上延伸下来，然后又向上延伸到镇上[1] 我踩着自己影子的腹部走着。[2] 我伸手便可以超过它。感觉父亲在我身后在令人焦躁的黑暗夏天之外，在八月的街灯之外 父亲和我保护着女人们不去互相伤害 也不伤害她们自己 我们家的女人 女人就是这样[3] 我们追求的关于人的知识 她们获得不了 她们生来就有一片好猜疑的沃土 并时不时地有所收获 通常还猜对了 她们对邪恶还有一种亲和力 邪恶自身缺什么她们就补什么 她们本能地将邪恶往自己身上拽 正如你在熟睡时不自觉地将被子往身上拉一样 给这种追求邪恶的脑子施肥 直到邪恶达到目的 不管邪恶本身存在与否 他夹在几名新生中走了过来。[4] 他还没完全从游行的状态中走出来，因为他向我敬了一个礼，十分有高级军官派头的那种礼。

"我想找你一下。"我说着停了下来。

"找我？好吧。再见，伙计们，"他说，停下并转过身来，"很高兴和你聊聊。"这就是执事，浑身的执事味。就好像你认识的那些天生的心理学家吧。他们说四十年来每逢学校开学他还没漏接过一趟火车呢，他只要瞥一眼就能辨别出谁是南方人。他从来不会搞错，他只要听你张口说一句话就知道你是哪个州的。他有一套专门接火车穿的制服，活脱脱《汤姆叔叔的小屋》里的行

1. 昆丁与父亲的对话发生在夏天的室外。
2. 回到当前。*
3. 继续昆丁与父亲的对话。*
4. 回到当前，"他"指执事。*

头，补丁什么的都有。

"是啊，喏。走这边，少爷，咱来啦，"说着接过你的行李，"嗨，小子，过来提包。"接着一座行李堆成的小山移动起来，露出了一个大约十五岁的白人男孩，执事不知怎的又往男孩身上挂了一只包，赶着他走。"好啦，小心点，不要将袋子撞着了。是啊，喏，少爷，只要给我这个老黑奴您的房间号，等您到房间，您的行李早在那儿纳凉等着您啦。"

从那以后他完全将你征服，他总是在你的房间进进出出，无处不在，喋喋不休，虽然他的言谈举止已逐渐北方化，他的衣着档次有所提升。直到最后，他对你已敲诈够了，你才开始回过神来，这时他正直呼昆丁或是其他什么。你下次看到他时，他正穿着一套别人扔掉的布鲁克斯西服，戴着一顶帽子，帽子上系着一条普林斯顿俱乐部还是我忘了哪家的饰带，那是别人给他的，他得意地坚定不移地相信这是从亚伯·林肯军用饰带上裁下来的。

多年以前，他刚从自己家乡来到大学里，有人便散布着这样的传言，说他毕业于神学院。当他最终明白这个传言意味着什么时，他很受用，他便开始重新讲述，直到最后连他自己都相信这是真的。总之，他讲述了他读大学时一些又长又毫无意义的轶事，他会亲热地、直呼其名地谈起已辞世或离职的教授，却经常搞错。然而对于一茬茬农作物似的、天真而又孤独的新生来说，他不失为一位导师和朋友。我还认为，即使他要一些小把戏并且性格伪善，在天堂的鼻孔里，他散发出的臭气也并不会比别人冲天。

"有三四天没有见到您了，"他说，盯着我看，仍然是一副军人的神情，"您生病了吗？"

"没有啊。我一直很好。应该说是在忙吧。不过，我倒是见到过你的。"

"是吗？"

"在前几天的游行队伍里。"

"哦，是那样啊。的确，我在队伍里的。我对那种事并不感兴趣，你明白的，但是那些小伙子们喜欢我和他们在一起，老战士嘛。女人们也都希望老战士出来露露脸，这您是知道的。因此我只好服从他们。"

"哥伦布日你也去了，"我说，"那么你还得服从基督教妇女禁酒会的要求吧，我猜。"

"那次吗？我是为我的女婿去的。他想在市政部门谋一份差事。环卫工。我告诉他他所想要的不过是一把靠着睡觉的扫帚。您看到了我，是吧？"

"是的。两次。"

"我的意思是，我当时穿着制服呢。我看起来如何？"

"你看起来很帅啊。你看起来比他们任何人都帅。他们应该让你成为将军，执事。"

他轻轻地碰了碰我的胳膊，他的手是黑人那种过度劳损的、柔软的手。"听着，这事不要对外说。我不忌讳告诉您是因为不管怎么说，您是自己人。"

他向我稍微倾斜，语速很快，眼睛并不看我。"眼下我已放出了长线呢。等到明年，等着瞧吧。到时看我在哪儿游行。我不必告诉您这事我是如何搞定的；我说，就等着瞧吧，我的孩子。"这时他才看着我，并且轻轻地拍了拍我的肩膀，踮起脚后跟晃动起来，同时朝我点头。"是这样的，先生。三年前我转入民主党不是白转的。我的女婿在市里面；我——是啊，先生。如果只要转入民主党就可以让那龟儿去上班……至于我，从两天前算起来再过一年，您就站在那街角，等着瞧吧。"

"希望如此。这是你应得的，执事。哦，我想起来了——"我从口袋里取出了一封信，"明天你抽个时间去我房间，拿它给史瑞夫。他会有东西给你的。但一定要等到明天，记住。"

他拿过信来检查。"封好了的。"

"是的。里面有字条，必须到明天才送。"

"嗯。"他说，他看着信封，噘着嘴，"给我什么东西，您说？"

"是的。我给您做的礼物。"

他这会儿瞧着我。阳光下，信封在他黑色的手里显得很白。他的眼睛是柔和的，似乎没有虹膜，呈棕褐色，突然，从那哗众取宠的白人制服、白人政治和哈佛做派的背后，我看见罗斯库斯打量着我，那个冷漠的、诡秘的、拙于表达的、忧郁的罗斯库斯。"您不会捉弄这个老黑吧，会吗？"

"你知道我不会的。有哪个南方人捉弄过你？"

"您说对了。他们是好人，但是不能和他们生活在一起。"

"你尝试过？"我说。可是罗斯库斯不见了。执事又恢复了他长期教自己在世人面前装出的老样子，洋洋得意、虚情假意，却又不显粗野。

"我会按您的想法去做的，我的孩子。"

"一定等到明天，记住了。"

"一定啦。"他说。他俯瞰着我，表情和蔼、深刻。突然我伸出手，和他握了握，他神情严肃，像从他虚妄的军政梦想里走出来似的。

"你是个好人，执事。我希望……你已帮助了很多年轻人，各处的年轻人。"

"我一直想对所有的人好，"他说，"我不会将人分成三六九等。人就是人，不管我在哪儿见到的。"

"我希望你总是能交上很多朋友，就像现在一样。"

"年轻人。我和他们处得很好。他们也不会忘记我。"他说，挥舞着信封。他将信放进他的口袋里并系上外套的扣子。"是的，先生，"他说，"我是有很多朋友。"

钟声又响起了，报着半点。我站在我影子的腹部，听着一声声宁静的钟声随着阳光从稀疏而细小的树叶间传来。一声一声，安宁的，清澈的。钟声里总是有秋天的味道，甚至在适合新婚出嫁的那个月份也有这种味道。躺在窗户下的地上叫嚷[1] 他瞅一眼

---

1. 联想到1910年凯蒂婚礼上班吉叫嚷的样子。*

她就明白了。[1] 从婴孩的口中。[2] 街灯 钟声停了。我又往回向邮局走去，将我的影子踏进人行道。从小山上延伸下来又上坡朝镇上延伸去就像墙上挂着的一盏比一盏高的灯笼。[3] 父亲说，因为她爱凯蒂，她是通过人们的缺点来爱他们的。毛莱舅舅在炉火前张开着双腿坐着，必须将一只手移开足够长的时间才能举杯庆祝圣诞。[4] 杰森跑着，他的双手放在口袋里，他摔倒在地上，像一只被捆着的家禽，直到威尔希过来将他扶起。你为啥不在跑的时候把手放到口袋外面 这样你就不会摔倒 在摇篮里不停地滚来滚去将后脑勺都滚平了。凯蒂告诉杰森，威尔希说毛莱舅舅不干活的原因是他小的时候常常在摇篮里滚脑袋。

史瑞夫在人行道上走过来，走得摇摇晃晃的，肥胖的脸上一副认真的表情，他的眼镜在翻飞着的树叶中闪烁着，像两口小小的水池。[5]

"我给执事留了一张字条，让他来拿东西。我今天下午可能不在，所以你让他明天来拿，好吗？"

"好的。"他看着我，"你说，你今天到底是要干什么？穿得

---

1. 凯蒂失身的那个夜晚的情景。"他"指班吉。*

2.《圣经·马太福音》第21章第16节，耶稣说："是的。经上说'你从婴孩和吃奶的口中，完了赞美的话。'你们没有念过吗？"

3. 昆丁与父亲的对话发生的场景，接下来一句为父亲的话，"她"指康普森太太。*

4. 前文说到康普森太太通过人们的缺点来爱他们，于是昆丁联想到母亲偏爱的两个人——毛莱舅舅和杰森，以及有关这两个人的回忆。*

5. 回到当前。*

一本正经地四处闲逛，像要去看寡妇殉夫似的。你今早去上心理学课了吗？"

"我没干什么。明天再给他，明白吗？"

"你拿的是什么？"

"没什么。一双鞋，去换了个鞋底。明天再给他，听见没？"

"听见了。好啦。哦，顺便问一下，今早你从桌上拿走了一封信没有？"

"没有啊。"

"放在桌子上的。塞弥拉弥斯[1]写来的。司机十点钟前送来的。"

"好吧。我会去拿的。不知现在她又想要干什么。"

"要你参加另一场乐队演出吧，我猜。咚咚踏踏吉拉德。'鼓敲得再响一点，昆丁。'上帝啊，我真高兴我不是什么绅士。"他继续朝前走，抱着一本书，身体有些走形，胖嘟嘟的脸上一副专注的神情。街灯 你认为是这样的吗 因为我们的先辈有一位是州长 有三位是将军 而母亲家那边没有。

任何一个活着的人都比任何一个死去的人强[2] 但是任何一个活着或死去的人并不比任何一个活着或死去的人强多少 然而母亲的头脑里已有了固定看法。完了。完了。那样说来我们都已中毒 你把罪恶与道德混为一谈了 女人们都不会这样 你母亲在思考道德问题但她压根没想过这件事罪恶与否。

---

1. 英国亚瑟王传说中聪明美丽的王后。这里指布兰德太太。
2. 此段为康普森先生发表的言论。*

杰森[1] 我得走了 你照顾好其他孩子 我要带着杰森去一个没有人知道我们的地方 好让他有健康成长的机会 忘掉这一切 其他的孩子并不爱我 他们遗传着康普森家的自私和虚妄 他们绝不会爱任何东西 杰森是唯一的我能真心相待的不用害怕的孩子

废话 杰森是很好 我在想一旦你身体好转了 你和凯蒂也许就可以上弗伦奇·里克去

把杰森留下来只能跟你和黑人在一块儿

她会把他忘掉的 那么所有的风言风语都会消失的 盐渍地没有死亡

也许我还可以给她找到一个丈夫 盐渍地没有死亡

电车开过来停住。[2] 报半点的钟声还在回响。我上了电车，电车又继续行驶，车声盖住了报半点的钟声。不对，应是报三刻的钟声。那么离十二点就只有十分钟了。离开哈佛 让你进哈佛是你母亲的梦想 为此卖掉了班吉的牧场

我造了什么孽啊[3] 给我这样一群孩子 班吉明对我的惩罚已够大了 现在又是她 她一点也不顾及我 我作为她的亲妈我为她吃了多少苦头 为她操心 为她做打算 为她牺牲 我都到了死荫的幽谷[4]

---

1. 下面的段落为康普森太太和先生的对话。此段中的第一个杰森指康普森先生，第二个杰森指昆丁的弟弟。*

2. 回到当前。*

3. 此段为康普森太太说的话。*

4.《圣经·诗篇》第23章第4节："我虽然行过死荫的幽谷，也不怕遭害，因为你与我同在；你的杖，你的竿，都安慰我。"

然而自从她睁开眼来到这世上就没有不存私心地为我着想过一次很多回我瞧着她心想她是不是我的孩子 杰森就不一样 从我第一次把他抱在手臂里起 杰森从没有带给我一时半会的伤心 我当时就知道他将是我的喜悦我的救赎[1] 我想班吉明是我犯下的罪恶所带来的惩罚 这已足够多了 我认为他是我放弃自己的尊严嫁给了一个高高在上的男人的惩罚 我没有抱怨 我爱他胜过其他所有的孩子 因为这是我的责任 虽然杰森总是揪着我的心

可是现在我明白我的罪还没受够 现在我明白我不但为自己也得为你赎罪 为你的所作所为赎罪 为你们这些高傲的大人物给我留下的罪孽赎罪 可是你们得为此承担责任 你总是为你亲骨肉的过错找借口 只有杰森会做错事 因为他相较于康普森家更像是巴斯康家的 当你家的女儿 我的小女儿 我的宝贝孩子 她也 她也不见得好多少 当我还是小姑娘的时候我就没那么好运 作为巴斯康家的人我被教导一个女人要么做一个淑女 要么就不做 没有什么中间道路 但是当我将她抱在手臂中时 我做梦也想不到我的女儿会这样放纵自己 我只要看着她的眼睛就能明白 你也许认为她会告诉你 可是她不会说的 她很诡秘 你不了解她 我知道她干了什么好事 我就是死也不会告诉你 就是这样

你继续批评杰森吧 责怪我安排他去监视她 好像犯下了什么罪 而你家的女儿做什么都行 我知道你不爱他 别人说他坏话你都愿意相信 你像以前嘲笑毛莱那样嘲笑他 你的孩子已经把我伤害

1.《圣经·诗篇》第51章第12节："求你使我仍得救恩之乐。"

得够厉害了 你不能再伤害我了 我就要走了杰森 将没有人疼爱他 没有人保护他不受这些伤害 我每天看着他 害怕看到康普森家的遗传基因终于开始在他身上显现 他的姐姐溜出去会那个你们叫什么来着 你见过那个人没有 你甚至让我去查明他是谁了吗 不是为我自己 我很不愿去看他 是为了保护你 但是谁能抵抗坏血统 你不让我去试试我们只好袖手旁观 而她不仅践踏了你的名声 而且 还败坏了孩子们呼吸的空气 杰森你一定得让我离开 我受不了 让我带杰森走 其他几个留在你身边 他们不是我的骨肉 不像杰森 他们是陌生人 与我没什么关系 我害怕他们 我可以带杰森去一个没有谁认识我们的地方 我要跪下来祈求宽恕我的罪孽 让杰森逃脱诅咒 忘掉其他孩子曾经遭受的

　　如果刚才报的是三刻钟,那现在离十二点就不到十分钟了。[1] 一辆电车刚刚离开,人们已经在等下一辆了。我问了他,可是他不知道在正午前是否还会开出一辆,因为你还以为城镇间的区间车比较多呢。所以下一班是另一辆无轨电车。我跳了上去。你能感觉到中午了。我不知道是不是甚至连地底下的矿工也感觉到了。那就是拉汽笛的原因。因为人们浑身是汗,要是离开这臭汗足够远你就不会听到汽笛声,只要八分钟你就会到达波士顿远离这汗臭。父亲说,一个人是他不幸的总和。若有一天你觉得不幸已令人厌倦了,那么时间就成了你的不幸,父亲还这样说过。一只海鸥被一根系在空中的天线拖着走。你将挫折

---

1. 回到当前。*

的象征带入永恒。然后翅膀长大了，父亲说，只有这样才能弹奏一只竖琴。[1]

只要电车一停，我就能听见我表的滴答声，可是车并不常停，人们已经在吃饭了 谁要弹奏一只 吃饭 关于吃饭这差事 你体内是空的 空间和时间迷惑了肚子说中午到了 头脑说吃饭的时间到了 好啦 我都不知是什么时间了 那又怎样。人们在陆续下车。这无轨电车停得不那么频繁了，因为人们下车吃饭，车已空了。

十二点肯定过了。我下了车，站在自己的影子里，过了一会儿来了一辆电车，我又上了车，返回区间车站。有一辆车准备离开，我找了一个靠窗的座位，车开动了，我看着电车疲倦地驶出去，驶入一排排退潮的沙洲，然后钻入树林。时不时地 我看着河流 我在想下游新伦敦的人们该多好啊 如果天气 吉拉德的小艇在午前闪亮的阳光中庄严地前行 我又在想早晨十点前送给我的一张字条，这个老女人又想干什么呢? 吉拉德的什么照片我是之中的 达尔顿·艾密斯 啊 石棉 昆丁开了一枪[2] 背景。其中有与女孩子有关的事。女人们的确有一种[3] 他的声音总是盖过急促不清的声音那声音响起[4] 与邪恶的亲和力，因为没有一个女人是值得信任的，但一些男人过于天真并不能保护他们自己。平凡的女

---

1. 长出翅膀，演奏竖琴，暗示天使的形象。
2. 昆丁看到吉拉德，联想到与达尔顿·艾密斯对峙的场景。＊
3. 下面一段宋体字是昆丁对布兰德夫人的看法以及布兰德夫人说过的话。＊
4. 联想到每次凯蒂与男人在一起时，班吉发出的声音。＊

孩。远方表亲和家族世交基本都不熟络，但贵族人家就好像对他们要尽某种义务似的。而她就坐在那儿 当着他们的面告诉我们 吉拉德的脸拥有他们家族的所有特征 这是多么令人遗憾啊 因为男人不需要这样，没有这脸更好，而女人没有好的相貌简直完了。她给我们讲吉拉德的情妇们时用的是 昆丁射中了赫伯特 他射中了 他的声音穿过凯蒂房间的地板[1]一种洋洋自得的赞许的语气。"是他十七岁的时候，有一天我对他说'多可惜啊，你长着一张应该长在女孩子脸上的嘴巴'，你猜他 窗帘飘了进来 倚着暮色 倚着苹果树的气味 她的脑袋靠着暮色 她的双臂放在她的脑后 穿着睡袍 那声音回响在伊甸园上空 床头上的衣服就放在鼻子旁 从苹果树上方探过去 说了什么？只有十七岁啊，注意。'母亲，'他说，'事情往往都是这样的。'"他坐在那儿摆出一副帝王般的姿态，透过他的眼睫毛打量着两三个姑娘，她们像燕子似的迅猛地扑入他的眼帘。史瑞夫说他总是

你会照顾班吉和父亲吗[2]

你最好少提班吉明和父亲 你什么时候考虑过他们 凯蒂

答应我

你不必担心他们 你已经准备好离开了

答应我 我生病了 你得答应我 纳闷[3]是谁发明了这个笑话啊

---

1. 此段与下一段仿宋体字为1910年凯蒂婚礼前一天昆丁与凯蒂在房间里的场景。*

2. 1910年凯蒂婚礼前一天昆丁与凯蒂的对话。*

3. 接上"史瑞夫说他总是"。

可是那时他总是认为布兰德夫人是一位保养得很好的女人 他说她正在调教吉拉德有朝一日去勾引一位公爵夫人呢。她把史瑞夫叫成"那个加拿大胖小伙子"两次 她根本不和我商量就给我安排了一个新室友，一次是为了让我搬出去，一次是为了：

他在暮色中打开门。[1] 他的脸看起来像一块南瓜饼。

"好啦，我要和你深情告别了。残忍的命运之神也许让我们分离，但是我绝不会爱上他人。绝不会。"

"你在说些什么啊？"

"我说的命运之神身上裹着八码长的杏黄色丝绸，戴着金属首饰，比战舰上划桨的奴隶戴的镣铐铁项圈还要重，她也是咱们前南方同盟禀性难移的逍遥大少爷的拥有者和经营者。"然后他告诉我她如何跑到舍监那儿去，要舍监将我赶出去，而舍监又是如何显示出底层人极端的倔强，坚持要先和史瑞夫商量的。接着她提出他立马派人叫史瑞夫，舍监并没那么做，所以这事之后她对史瑞夫很不待见。"我历来强调绝不要严厉批评女士，"史瑞夫说，"但这个女人比这些自治州、自治领土[2]里的任何一位女士更像一个婊子。"

现在她的亲笔信就在桌上，拥有兰花的香味和色泽 如果她知道我几乎就在我房间的窗户下经过 知道信就在那儿却不 我亲

---

1. 昆丁回忆起布兰德夫人曾试图将他赶出宿舍。*
2. 指美国和加拿大。

爱的夫人 [1] 我迄今尚未收到您的信函 但是先谨此乞谅今天昨天明天或任何时候 我所记得的下一个故事 [2] 是吉拉德如何将他的黑奴扔下楼去 以及这个黑奴如何恳求允许他进入神学院读书 以便留在他主人吉拉德的身边 以及当吉拉德主人驾车离开时 在去大车站的路上 他跟着他的马车眼里噙着泪水一路奔跑 我还会等到听这个故事的 这个故事说的是 在锯木厂干活的丈夫带着一把猎枪来到厨房的门口 吉拉德从楼上下来一把将枪夺过来折成两截然后把它还给他 他用丝绸手绢将双手擦了擦便把手绢扔进了炉子里 这个故事我只听过两回

　　射中他穿过这 [3] 我看见你进到这儿来 [4] 所以我瞅准这个机会走过来 心想我们也许可以认识一下 抽雪茄吗

　　谢谢 我不抽烟

　　不抽吗 我离开后那儿 [5] 一定有许多变化吧 介意我点上吗

　　自便吧

　　谢谢 我听说了许多关于你的事 我猜你母亲不会介意吧 我把火柴扔到屏风后面她会介意吗 我听到了许多关于你的事 凯蒂丝在里克的时候一直在谈论你 我都有些嫉妒了 我对自己说昆丁到底是

---

1. 昆丁幻想给布兰德夫人回信。
2. 昆丁联想到布兰德夫人讲述的吉拉德的另一个事迹。*
3. 昆丁由吉拉德联想到与达尔顿·艾密斯对峙的场景。*
4. 又由达尔顿·艾密斯联想到自己与赫伯特的对话，下面的对话发生在凯蒂婚礼前两天。*
5. 指哈佛。

谁啊 我一定要看看这个畜生长得什么样 因为我一看到这个小妞几乎是一见钟情 我不介意这么给你说 我绝对想不到她一直谈论的就是她的哥哥 她谈论你的次数不可能再多了 好像你在这个世界上是唯一的男人 丈夫不在其列 你不想改变主意抽一支吗

我不抽

既然这样 我就不勉强了 不过它是相当好的烟草 一百支花掉了我二十五元 还是靠哈瓦那的朋友拿的批发价 我猜那里一定有很大变化 我对自己承诺要回去看一看 但我一直没有去成 十年来我一直干得很顺利 我不能离开银行 在学校里校友的习惯[1]似乎是很重要的 对于一个在读学生来说 你明白吧 告诉我那儿的事吧

我不会告诉父亲和母亲的 如果这就是你想说的

不会告诉的 不会说 哦 那个 那个就是你想说的呀 是不是你是清楚的 我不在乎你说或不说 你是清楚的 发生那样的事是不幸的 但好在不是刑事案件 我不是第一个也不是最后一个 我只是没那么幸运罢了 你也许要幸运一些

你胡说八道

别激动 你不想说的我不会强迫你说 我没有冒犯的意思 像你这样的年轻人 会把那种事想得严重得多 五年后你将不会这样想

对于作弊 我不知道还有什么别的看法 我也不认为在哈佛我有可能学到什么不一样的看法

---

1. 赫伯特暗示自己在哈佛读书时的劣迹。

我们的对话比一台戏还精彩 你一定擅长编剧 你的确没必要告诉他们 我们就让过去的过去吧 呃 咱俩真没必要让如此区区小事梗在我们中间 我喜欢你昆丁 我喜欢你的外表 你看起来不像其他那些乡下人 我很高兴我们将像这样融洽相处 我答应过你母亲为杰森做点什么 但我也愿意拉你一把 杰森在这里也一样会混得好 但像你这样的年轻人置身于这样的困境是没有未来的

谢谢你 你还是盯住杰森吧 他比我更适合你

对于那件事我感到抱歉 可是我那时就是一个孩子 我从来没有像你们母亲一样的母亲教我为人处事的细节 她知道了会伤心的 这没必要说的 是的 你没必要说的 当然包括凯蒂丝

我说的是母亲和父亲

瞧这儿 看着我 你如果和我打架 你觉得你能坚持多久

如果你在学校里学过打架的话 我一定坚持不了多久 试试看 我能坚持多久

你这该死的小东西 你知道你在干什么吗

试试看

我的天哪 这雪茄 如果你母亲也及时发现了她的壁炉架上被烫起的孔 她会说什么 我们即将要干出咱俩都会后悔的事 我喜欢你 我一见到你就喜欢你 我跟自个儿说他一定是一个不错的小伙儿 无论他是什么人 否则凯蒂丝不会对他如此念念不忘 听着 我踏入社会至今已有十年 事情没有那么复杂 你自己也会发现的 让咱们在这一件事上达成共识吧 都是哈佛之子嘛 这个地方我现在不熟悉了 对于年轻人来说 这是世界上最好的地方 我将来要把我

的儿子送到那儿 让他们享有比我更好的机会 等等 先不要走 让咱们讨论一下这事 一个年轻人有这些思想我是赞同的 当他还在学校的时候这些思想对他是有好处的 可以培养他的性格 对学校的传统也有好处 可是当他走出校门踏入社会 他不得不尽其所能地选择利益最大化的法则 因为他会发现其他每个人都是这么做的 去见鬼吧 过来咱们握握手吧 让过去的都过去吧 为了你的母亲 要记住她的身体不太好 过来吧 伸出手 来瞧瞧它像刚从修道院出来似的 瞧瞧 没有一点污渍甚至还没有折痕 看看

快拿走你的臭钱

别这样 别这样 我现在也是你们家的一员 明白吗 我知道年轻人的情况 他有很多私事 要老人掏腰包总是相当难的 我是清楚的 我不是在那儿待过吗 而且是不久前 可是现在我要结婚了 所有的人都在上面 快过来 别傻了 听着 等我们有机会长谈时 我给你说说镇上的一个小寡妇

我早听过了 拿走你的臭钱

那么就当借给你的吧 你一眨眼就到五十岁了

把你的手拿开 你最好也把雪茄从壁炉架上拿开

该死的 要是说出去 那你就看看会有什么后果 如果你不是一个傻子的话 你应该已看出我跟他们多亲近了 哪怕有一个不懂事的加拉哈德[1]式的兄弟也不碍事 你母亲告诉过我 你是有点儿骄傲自大的 进来吧 哦 进来吧 亲爱的 我和昆丁刚刚认识 在聊哈佛的

---

1. 英国亚瑟王传说中高贵正直的骑士。

事情 你是找我吗 你看她一点都离不开她的老情郎呢 是不是

你出去一会儿 赫伯特 我想和昆丁聊聊 [1]

进来吧 进来 咱们一块儿聊聊 相互认识认识 我刚才在告诉昆丁

走吧 赫伯特 出去一会儿

那好吧 我想你和这个小家伙想再处处

你最好将雪茄从壁炉架上拿开

你永远是对的 我的小伙儿 那我就颠儿了 在还能使唤的时候让他们再使唤一下吧 昆丁后天就得乖乖地听我这老家伙的话了是不是亲爱的 吻我一下宝贝儿

哦 别这样 等到后天再说吧

那我要收利息的 不要让昆丁去做任何他完成不了的事儿 顺便问一下 我告诉过昆丁关于那个男人养鹦鹉的故事了吗 发生了什么呢 那是一个伤心的故事你让我想起了这个故事 你自己好好想想回头见 报纸漫画上见

嗨

嗨

你在忙什么

没忙什么

你又在干涉我的事了 去年夏天你还没有干涉够吗

凯蒂 你发烧了

---

1. 凯蒂进入房间，此句为凯蒂说的话。*

你生病了 你怎么生病了 [1]

我就是病了。我不想求人

他的声音穿过

不要嫁给那个恶棍凯蒂

河流闪烁的光时不时地会从那边猛扑过来，穿过正午和午后。[2]好了，现在过了正午了，但在我们经过的地方他还在那里逆流划船，他一脸庄严，如同上帝。对啊。像上帝。上帝在波士顿和马萨诸塞州也只是一个贱民。或者也许刚好还是一个丈夫。湿漉漉的桨如女人的手掌，明晃晃地闪烁，一路上对着他眨眼。马屁精。如果马屁精不是丈夫的话，他不会理会上帝的。那个恶棍 凯蒂 河流闪烁着在一个急弯处消失了。

我生病了 你要答应我 [3]

病了 你怎么病了

我就是病了 我还不能求任何人 你答应我你会关照的

如果他们的确需要照顾 那也是因为你 你怎么病了 在窗子下面我们能听到汽车开去火车站的声音，去接八点十分的火车。[4]会带回来一群表亲们。一片脑袋。一个又一个脑袋出现，就是不见理发师。不见修指甲的姑娘。我们曾有一匹纯种马。就在马厩

---

1. 昆丁又联想到后一天自己与凯蒂的对话。*

2. 回到当前，此段中的"他"指吉拉德。*

3. 又回到凯蒂婚礼前一天昆丁与凯蒂的对话。*

4. 回到当前。车站的场景让昆丁想起了小时候家中宾客盈门的情形，时常接待表亲、理发师、美甲师。*

里，可在马鞍下便变成了孬种。昆丁所有的声音穿透了凯蒂房间的地板

车停了。[1] 我下了车，走进我影子的中间。一条马路横穿过电车轨道。木头建的候车亭里，一个老头在从纸袋里取东西吃，然后电车的声音也听不见了。马路延伸进树林里，那儿应该是阴凉的，但是新英格兰六月的树叶并不比家乡密西西比四月的树叶浓密多少。我看见了一根烟囱。我转过身来背对着它，将自己的影子踩进尘里。我身上有一个可怕的东西[2] 有时在夜晚我会看见它 对我咧嘴笑着 我会看见它穿过他们 对我咧嘴笑着 穿过他们的脸 它现在不见了 而我病了

凯蒂

不要碰我 我只需要你答应

既然你生病了 你就不要

不行 我结婚后就好了 就没事了 不要让他们将他送去杰克逊 答应我

我答应你 凯蒂凯蒂

不要碰我 不要碰我

它看起来像什么 凯蒂

什么东西

那个咧嘴对着你笑的穿过他们的那个东西

----

1. 回到当前。*
2. 又回到凯蒂婚礼前一天昆丁与凯蒂的对话。*

我仍然能看到那根烟囱。[1] 那边应该就是河水了，河水流向大海，流向那宁静的洞穴。

它们会平静地滚落，而当他说升起时，只有两只熨斗会浮起来。从前我和威尔希出去打猎转悠了一整天，我们一点午餐也没的吃，十二点钟的时候，我感到饿了。我忍着饿到了大约一点，一下子我竟然忘了吃午餐这回事，于是我不再感觉饿了。街灯[2]从小山上延伸下来，然后有汽车从山上驶下来的声音。椅臂在我的额头下是平滑的 冰凉的 我能感觉到椅子的形状 伊甸园上空的苹果树斜倚在我的头发上 衣服在我的鼻子旁边 瞧 你发烧了我昨天就感觉到了 就像靠近火炉一样烫[3]

不要碰我

凯蒂 既然你病了就不能嫁人。那个恶棍。

我总归要嫁人。当时他们告诉我会再次骨折

最后我看不到那根烟囱了。[4]马路从墙边经过。几棵树木倾斜在墙的上方，阳光从树叶间洒下来。石头是冰凉的。走近它你能感觉到它的冰凉。只是我们那儿的乡村不像这里的乡村。只有在乡村里走走才会感觉到一种无声而又强劲的繁殖力，能永远餍足饥饿者的那种繁殖力。它流溢在你周围，不停地去哺

---

1. 回到当前。*
2. 昆丁又想到与父亲谈话的那个夏夜，那天晚上他还跟踪了凯蒂和达尔顿·艾密斯。*
3. 又回到凯蒂婚礼前一天昆丁与凯蒂的对话。*
4. 回到当前。*

育和照顾每一块吝啬鬼似的石头。它还权且为树林里每棵树提供充足的绿色，甚至照顾了远处的湛蓝，但对高贵的火龙奇美拉[1] 却不能如此。告诉我会再次骨折[2] 我身体里已开始喊啊啊啊了 我开始冒汗。我什么都不在乎 我知道腿断了是什么滋味 就那么回事 也没什么 我不过是再在家多待些时间 不过如此 我下颌肌肉变麻木了 而我的嘴巴在说等等就等一会儿 我冒着汗咬着牙在啊啊啊叫 父亲在说那匹该死的马那匹该死的马。等一等 那是我的错。他每天早晨提着篮子沿着栅栏朝厨房走去 每天早晨都沿着栅栏拖着一根棍子 我拖着身子走到窗边 身上打着石膏什么的 然后躺着等他带一块煤来 迪尔西说你会毁了你自己的 你是不是没脑子 你跌断腿才几天。等一等我就会习惯的 等一会儿我就会

　　甚至连空气中的声音也衰弱了，好像空气传输声音太久已精疲力竭了。[3] 一只狗的声音比火车的声音传得更远，尤其在黑暗里。还有一些人的声音也是。黑人就是。路易斯·哈彻尔带着号角和那只老马灯，可他从来不用他的号角。我说：

　　"路易斯，你最后一次擦那只马灯是什么时候了？"[4]

---

1. 希腊神话中的母兽，上半身像狮子，中段像山羊，下半身像毒蛇，口中喷吐着火苗。
2. 昆丁想起小时候有一次从马上跌落摔断腿的事，此段中的"他"指路易斯大叔，康普森家的黑人朋友，擅长打猎。*
3. 回到当前。*
4. 昆丁回想起和路易斯大叔的对话。*

"离上次擦它是有些时候了。你记得洪水将那些人冲走的那天吗？我就是那天擦它来着。我老婆子和我那晚上还坐在炉火前，她说'路易斯，洪水淹过来你咋办？'我说'倒也是。我看我最好把那只马灯擦干净。'于是我在那个晚上把它擦干净了。"

"洪水远在宾夕法尼亚那边，"我说，"不可能这么远淹到这儿。"

"那是你的说法，"路易斯说，"我看啊，大水不管在杰斐逊还是在宾夕法尼亚都一样淹得高、淹得湿。说大水不会淹到这么远的伙计，不也漂着出来爬上了梁木。"

"那天晚上你和玛莎逃出去了吗？"

"我们刚好出去了。我擦干净了马灯，我和她就在小山丘顶上的墓地后面待了一宿。我要是知道还有更高的地方，我们肯定跑去了。"

"你是从那个时候起就没擦过那只马灯了？"

"没必要，我擦它干啥？"

"你的意思是，要等下一次涨洪水再擦啰？"

"不就是它帮我们逃过上次的洪水的吗？"

"哦，真行，路易斯大叔。"我说。

"是啊，先生。你有你的办法，我有我的办法。如果我擦擦马灯就能逃脱洪水，我就不会和别人争吵了。"

"如果带着灯去捕猎，路易斯大叔就不会什么也逮不到了。"

"我在这一带捕猎负鼠[1]时，他们还在用煤油浸你爸爸脑袋上的虱子，孩子，"路易斯说，"还在捉虱子呢。"

"那是实话，"威尔希说，"我估计路易斯大叔在这一带抓的负鼠比谁都多。"

"是那样的，先生，"路易斯说，"我有充足的光让负鼠看见，这就够了。我没有听到它们抱怨过光线不足。嘘，别吱声。呜——喂。怎么不吱声了，臭狗。"我们坐在枯叶里，枯叶发出轻微的沙沙声，伴着我们等待时缓缓的呼气声，以及大地和无风的十月缓慢的呼吸声，马灯的臭味污染了清冽的空气，我们听着那些狗的叫声和路易斯的回声逐渐消失。他从不提高嗓门，可是在寂静的夜晚我们能听到他从前廊传来的声音。当他唤狗进屋时他的声音听起来就像从他斜挎在肩上从未用过的号角发出的，但更清晰，更醇厚，仿佛他的声音就是黑暗和寂静的一部分，从中扩散开来，又收缩回去。呜——噢。呜——噢。呜——噢——噢。

总得嫁人[2]

有过很多情人吗　凯蒂

我不知道　太多了　你照顾好班吉和父亲

你不知道是谁的　那他知道吗

---

1. 北美的一种袋鼠，夜间活动，外形如鼠。美国南方农民常带猎犬捕捉负鼠，先由猎犬嗅其踪迹，再用照明物照树，借负鼠眼睛反光，将其捕获。
2. 又回到凯蒂婚礼前一天昆丁与凯蒂的对话。*

别碰我 你会照顾班吉和父亲吗

我还没来到桥边便已经感觉到河水的存在了。[1] 桥是用灰色的石头砌成的，一些石头因为长年累月的潮湿菌类蔓延，斑斑点点地布满了地衣。桥下的河水在桥的影子里清澈而平静，河水绕着桥墩在不断消逝的漩涡中发出汩汩或哗哗的声音，漩涡里是旋转的天空。凯蒂那个 [2]

我总归要嫁人的

威尔希告诉我有个男人把自己弄残了。[3] 他走进树林，坐在水沟里，用一把剃刀弄残了自己。一把破剃刀越过他的肩膀向后一挥，一股鲜血随即向后喷溅，而不是形成一圈血。但应该不是这个问题。不是割了就没问题，是从一出生就没有它们才行。那么我就会说，哦，那个，那个是中国人的方式，我不认识中国人啊。父亲说，那是因为你还是童男，你不明白吗？女人从来都不是处女。纯洁是一种否定状态，因此与自然相反。伤害你的不是凯蒂而是自然。我说这都只是些说法而已。他说，童贞也是如此。我说，不，你不知道。你不可能知道。他说，我知道。此刻我们才终于意识到悲剧是二手货。

在桥的影子里俯瞰能看很深，但看不到水底。[4] 如果你将一片叶子丢到水里很长一段时间，叶肉一烂掉，纤细的叶纤维就

---

1. 回到当前。*

2. 继续婚礼前一天昆丁与凯蒂的对话。*

3. 昆丁回想起与威尔希和父亲的对话。*

4. 回到当前。*

会缓缓地浮动，如在睡梦中一般。纤维彼此不再接触，不管它们曾经是怎样交织在一起的，不管它们曾经与叶脉是多么的紧密相连。也许当他说升起，眼睛也就会浮起来，从深深的静谧的睡眠中浮起，仰望荣耀之主。一会儿后熨斗也会漂浮起来。我将熨斗藏在桥头底下[1]，然后走回去，靠在栏杆上。

我看不到河底，但在我眼睛疲乏前我能看到很深，看到水的流动，接着我看到空中有一道影子，像一支巨大的箭逆流而上。蜉蝣们贴着水面在桥影里掠进掠出。*如果在那边有一个地狱就好了*[2]，*干净的火焰让我们俩超越死亡。那时你将只拥有我只有我 那时只有我们俩置身于干净的火焰之外的勾缝和恐怖之中 那支箭*一动不动但越来越大，一条鳟鱼猛地从水里跃起打了一个旋，舔走了一只蜉蝣，就像大象卷起一粒花生似的，动作大而轻巧。日渐式微的漩涡漂移到了水流中，然后我又看见箭了，头部插入水流中，随着水流轻轻晃动，水面上的蜉蝣时而翻飞、时而静止。*那时只有你和我置身于勾缝和恐怖之中 被干净的火焰所包围*

一条鳟鱼在波动的影子里优雅地悬浮着，一动不动地。三个男孩拿着鱼竿来到桥上，我们都靠着栏杆，俯瞰着下面的鳟鱼。他们认识这条鱼。它是附近这一带的一个大角色。

---

1. 昆丁选定了自杀的地点。
2. 此段中的仿宋体字为昆丁的幻想，他幻想和凯蒂发生性关系的人是自己，这样两人就会因为乱伦一同下地狱。*

"他们想逮这条鳟鱼都有二十五年了。谁逮着它，波士顿一家店铺愿意给一根价值二十五元的鱼竿。"

"那你们为什么不去逮？你们就不想得一根二十五元的钓竿吗？"

"想啊。"他们说。他们靠着栏杆，俯瞰着那条鳟鱼。

"我肯定想。"其中一个说。

"我不想要那鱼竿，"第二个男孩说，"我宁愿要钱。"

"也许他们不愿给钱，"第一个男孩说，"我打赌他只会给鱼竿。"

"那我就把鱼竿卖了。"

"你卖不了二十五元。"

"那我能卖多少算多少。我用我这根鱼竿钓的鱼和二十五元的一样多。"然后他们讨论着怎么花这二十五元。他们同时在说，各持己见，针锋相对，毫无耐心。将不现实的说得有可能，然后是十拿九稳，最后是铁板钉钉，就像人们表达愿望时所用的言辞。

"我要买一匹马和一辆马车。"第二个男孩说。

"呵，你能买得到？"另两个男孩说。

"我当然能。我知道用二十五元在哪儿能买到。我认识那个人。"

"谁呀？"

"不管他是谁。反正我用二十五元能买到。"

"哼，"其他两个说，"这种事他知道啥。他就是吹牛。"

"你们是这样想的吗？"这个男孩说。其他两个继续讥笑他，不过他不再吭声了。他靠着栏杆，俯瞰着那条已被他"消费"的鳟鱼，突然间，另两个男孩话语中的尖刻和对抗消失了，仿佛他们也觉得他已逮到那条鱼并且买了马和马车，他们也做出成年人的样子，故作矜持，显示自己信以为真。我认为，那些经常靠言语来欺骗他人与欺骗自己的人至少在有一点上是一致的，那就是将智慧归功于沉默的舌头，我一时能感觉到另外两个男孩在急切地找办法对付另一个男孩，想把他的马儿和马车夺走。

"那根鱼竿你卖不了二十五元，"第一个男孩说，"赌什么都行，我敢打赌你卖不了。"

"他都还没有逮到那条鱼呢。"第三个男孩突然说，接着他俩叫嚷起来。

"我跟你说什么了？那个人叫什么名字？我赌你说不出来。根本就没这个人。"

"啊，闭嘴，"第二个男孩说，"瞧，那条鱼又过来了。"他们靠着栏杆，一动不动，姿势相同。他们细长的鱼竿在阳光里倾斜着，也是一模一样。鳟鱼不慌不忙地浮起来，在荡漾的水中影子越来越大，小小的漩涡又慢慢地消逝于水流中。

"哇。"第一个男孩轻声说。

"我们不要指望逮着它了，"他说，"我们就等着波士顿那个家伙来试试吧。"

"这个水潭里就只有这条鱼吗？"

"是啊，它把其他所有的鱼都赶跑了。附近最好的钓鱼去处是下面大漩涡那里。"

"不是，不是那儿，"第二个男孩说，"最好的地方在比奇洛磨坊，要比那儿好上一倍。"然后他们又争论哪儿才是最好的钓鱼去处，接着突然停止，观察起那条鳟鱼来。它又浮了起来，破碎的漩涡吞吸下一片小小的天空。我问到最近的镇离这儿有多远。他们告诉了我。

"不过最近的电车线在那边，"第二个男孩说，向身后指着下方那条公路，"你要去哪儿？"

"不去哪儿。随便走走。"

"你是从大学里出来的？"

"是的。镇上有工厂吗？"

"工厂？"他们看着我。

"没有，"第二个男孩说，"那儿没有。"他们打量着我的穿着。"你在找工作吗？"

"比奇洛磨坊算不算？"第二个男孩说，"那就是一个工厂。"

"那算什么工厂？他说的是地地道道的工厂。"

"有汽笛的工厂，"我说，"我都还没听到过报一点钟的汽笛声呢。"

"哦，"第二个男孩说，"一神教教堂的尖塔上就有一只钟，你看那只钟就知道时间了。你那表链上还没挂上表吗？"

"今天早上我把表弄碎了。"我将表拿给他们看。他们表情严肃地查看起来。

"还在走的，"第二个男孩说，"这样的一只表要花多少钱？"

"这是件礼物，"我说，"我高中毕业时我父亲送我的。"

"你是加拿大人吗？"男孩说。他长着一头红发。

"加拿大人？"

"他说话不像加拿大人，"男孩说，"我听过他们说话。他说话像演出中的那些艺人。"

"你这样说，"男孩说，"不怕他打你？"

"打我？"

"你说他说话像黑人。"

"好啦，住口。"第二个男孩说，"当你翻过那边那座小山你就会看到那尖塔了。"

我谢过他们。"祝你们好运。只是不要去逮下面那个老伙计。随它去。"

"谁也逮不着那条鱼。"第一个男孩说。他们靠着栏杆，俯瞰着水里，阳光里三根鱼竿像三条黄色火焰的斜线。我走在我的影子里，又将影子踩进斑驳的树荫。路转了一个弯，从河边向上爬升。越过小山，然后蜿蜒而下，将目光和思绪带向前方，带到寂静的绿色隧道下面，带到树丛上方的方形圆顶钟塔，带到远处圆眼睛似的钟上。我坐在路旁。草深及踝，这里有无数的草。路面上的影子静悄悄的，仿佛是用模板印在那儿的，由几束倾斜的阳光绘就。但那只是一列火车，它一会儿就会带着长长的声响消失在树林那边，接着我能听到表的滴答声了，听到火车逐渐消失的声响，好像它在奔驰着穿过某一个月份或者某处的某个夏天，在静止于空中的海鸥下面疾驰而过。一切都在疾驰而过，除了吉拉德。他仍然是一副趾高气扬的样子，孤独地划着船，越过了中午，将自己划出了中午，像神一样飘升到明亮的高空，上升到一个昏沉沉的、无穷大的境界。在那里只有他和海鸥，一个是可怖地一动不动，另一个则在平稳地有规律地划着桨，沉浸于慵懒之中，在阳光中他们的阴影下面的世界显得微不足道。凯蒂 那个恶棍 那个恶棍 凯蒂

他们的声音从小山那边传过来，那三根细细的鱼竿像三条平稳的线，线上火焰蔓延。他们从我身旁经过，看着我，并没有放慢步伐。

"喂，我没看见你们钓的鱼呀。"

"我们就没打算钓到它呀，"第一个男孩说，"你也逮不了那条鱼的。"

"钟在那儿，"第二个男孩一边说一边指着，"你再走近一点就能够看见上面的时间了。"

"是啊，"我说，"太好了。"我站起身。"你们都要去镇上吗？"

"我们要去大漩涡钓鲢子。"第一个男孩说。

"你在大漩涡什么也钓不到。"第二个男孩说。

"我估计你想去磨坊，一大堆人在那儿扑水，将所有的鱼都吓跑了。"

"你在大漩涡什么也钓不到。"

"如果我们不去尝试，无论在哪儿都钓不到的。"第三个男孩说。

"我不明白为什么你还在说大漩涡，"第二个男孩说，"你在

那儿什么也逮不着。"

"你可以不去，"第一个男孩说，"你又没有被我拴着。"

"我们去磨坊吧，去那儿游泳。"第三个男孩说。

"我要去大漩涡钓鱼，"第一个男孩说，"你高兴去哪儿就去哪儿吧。"

"你说，你听到有人在大漩涡逮到鱼有多久了？"第二个男孩对第三个说。

"我们去磨坊吧，去那儿游泳。"第三个男孩说。树丛那边钟楼慢慢地沉了下去，圆形的钟面也随之沉了下去，距离还很远。我们走在斑驳的树荫里。我们来到一座果园，满目粉红和雪白。果园里到处是蜜蜂，我们听到了它们嗡嗡的声音了。

"我们去磨坊吧，去那儿游泳。"第三个男孩说。果园旁有一条小道岔开。三个男孩放慢了步伐，最后停了下来。第一个男孩还在继续走，阳光的斑点沿着鱼竿，顺着他的肩膀滑到他衬衫的后面。"走呀。"第三个男孩说。第二个男孩也停下来。为什么你一定要嫁人 凯蒂[1]

你想让我说吗 你觉得我说了我就不会嫁人了吗

第一个男孩继续在走。[2]他光着脚没有声响，落脚的声音比树叶落在薄尘里还要轻柔。果园里蜜蜂的声音听起来像起风了似的，又像被施了咒似的，处于"渐强"而持续的状态。小道沿着

---

1. 又回到凯蒂婚礼前一天昆丁与凯蒂的对话。*
2. 回到当前。*

围墙延伸，其上树木如拱，落英缤纷，随后小道逐渐消失在树丛中。阳光斜斜地照进树丛，稀稀朗朗的，却又热切。黄色的蝴蝶沿着树荫翩舞，就像阳光的斑点。

"你想去大漩涡干什么？"第二个男孩说，"如果去磨坊你也可以钓鱼的。"

"唉，让他去吧。"第三个男孩说。他们看着第一个男孩走开。阳光洒落在他走动着的肩膀上，在鱼竿上闪烁着，斑斑点点的像黄色的蚂蚁。

"肯尼。"第二个男孩说。你去对父亲说吧[1] 你去吧 我会的 我的父辈们生殖力强盛 我发明了创造了他 去对他说吧 咋不去了 因为他们说不可能的 然后你和我 是因为爱子女的

"啊，走吧，"第三个男孩说，"他们已经在玩了。"他们看向第一个男孩。"呀，"他们突然说，"那你就去吧，妈妈的小宝贝。如果他去游泳会把头发弄湿的，那他回家就要挨鞭子喽。"他们拐上小道继续往前走，黄色的蝴蝶沿着树荫在他们耳边翻飞着。

因为我什么也不相信了 也许有可相信的 也许没有 那么我 你会发现不公都无法描绘你此时的境地了 他没注意到我，他用侧面对着我，下巴一动不动，破帽子下的脸稍稍转向一边。

"为什么你不跟他们一块儿去游泳？"我说。那个恶棍[2]凯蒂

---

1. 又回到凯蒂婚礼前一天昆丁与凯蒂的对话，此对话（仿宋体字）与当前发生的事（宋体字）穿插，到160页截止。*
2. 指赫伯特。

157

你说你想找他单挑是吗

他是一个骗子 一个无赖 凯蒂 他打牌作弊 被他的俱乐部开除 人们都拒绝和他往来 期末考试作弊又被学校开除

那又怎么样 我又不会和他打牌

"比起游泳你是更喜欢钓鱼吗？"我说。蜜蜂的声音消失了，却感到还在耳边，仿佛不是我们陷入寂静，只是寂静在我俩之间升起来了，像水涨起来一样。小道转了一个弯就变成了一条街道。街两旁是绿荫下的草坪和白色的房子。凯蒂 那个恶棍 你要为班吉和父亲着想 别嫁他 不是为了我

我还能想别的什么 我还能想别的什么呢 那个男孩转身离开了街道。他头也不回地爬过有尖桩的栅栏，穿过草坪，来到一棵树下，放好鱼竿，然后爬到树杈上坐下来，背对街道，斑驳的阳光终于一动不动地停留在他的白色衬衫上。我还能为什么着想呢 我甚至不能哭 我去年就死了 我告诉过你 我已死了 但那时我不知道 我说的是什么意思 我不知道自己在说什么 八月的一些日子中，家乡也像这里一样，空气像这里一样稀薄、热烈，带着某种忧伤的、怀旧的、亲切的东西。人是他的气候经验的总和，父亲说，人是自己拥有的东西的总和。人生的难题就是不纯粹的性质[1]会在冗长之中归为不可改变的零：欲望与尘土的一场僵局。

---

1. 哲学概念，与"纯粹的性质"相对，指一个性质的构造涉及任何特定的个体，比如"是一名妻子"为纯粹的性质，"是康普森先生的妻子"则为不纯粹的性质。

但是现在我知道我已死了 我敢这么说

那么为什么你非得嫁他呢 听着 我们可以离开这儿啊 你班吉明和我 到一个没有人认识我们的地方 到一个 一辆单座轻马车被一匹白马拉着，马蹄在薄薄的尘土里踏出嘚嘚的声音，在披肩一般飘拂的树叶下，轮毂像蜘蛛网似的车轮发出微弱的枯涩的吱嘎声，缓缓地向上爬去。榆树。不，是 ellum。Ellum[1]。

靠什么 靠你的学费吗 那钱是他们卖牧场得的 是为了让你去哈佛念书的 你不清楚吗 你必须完成学业 如果你不完成他就白搭了

卖掉了牧场 忽隐忽现的光影下，他的白衬衫是静止的。两只轮子像蜘蛛网。在沉重的马车下，马蹄轻快地叩击着路面就像女士绣花的动作，看不出它在前进就渐渐消失了，就像踩踏车的演员被迅速地拉到了后台。街道又拐了一个弯。我又能够看见白色的钟塔了，又能看见愚蠢而又执拗的圆形钟了。卖掉了牧场

他们说如果父亲不戒酒的话一年内就会死掉[2] 但他不会戒也戒不了 自从 自从去年夏天起他就停不下来了 接着他们就会将班吉送去杰克逊 我不能哭 我甚至不能哭 她刚站在门口 他立马拽着她的衣服吼叫 他的声音波浪似的在墙壁间来回撞击 她蜷缩着靠着墙变得越来越小 她的脸色苍白 眼睛如同被拇指抠了出来

---

1. 昆丁在纠正自己对榆树（elm）一词的发音。在新英格兰乡下，elm 的拼读为 ellum。
2. 又联想到 1909 年凯蒂第一次发生性行为后的对话和场景。*

直到他将她推出房间 他的声音来回撞击着 仿佛声音自身的运动 让声音停不下来 仿佛寂静没有容纳它的空间 在吼叫着

当你推开门时，铃铛响了起来。[1]不过只叮当地响了一声，声音不大，但很清脆，来自门上方某个幽暗而整洁的地方，仿佛它是设计且调试好的，以确保每一次发出清晰而又不大的声音，既不损耗门铃，又能轻易恢复寂静。门一推开，扑面而来的是热气腾腾的、新鲜烘焙食物的香味。迎面站着一个脏兮兮的小姑娘，长着玩具熊般的眼睛，扎着两根漆皮般黑亮的马尾辫。

"嗨，小妹妹。"在香甜的热气腾腾的空屋子里，她的脸色像一杯牛奶里冲入了咖啡。"这儿有人吗？"

但是她只是打量着我，直到门被打开，一位女士走了过来。柜台上和玻璃柜里是一排排新鲜的、形状各异的糕点。她灰白的脸是整洁的，她的脑壳也是灰色的、整洁的，头发紧贴头皮，稀稀疏疏的，镜片安在整洁的灰色的镜框里，挨得那么近，就像一根线上挂着的某种东西，又像商店里的现金盒[2]。她看起来像图书馆管理员。她就像落满灰尘的书架间的某种东西，远离现实，正安然地被风干，仿佛风干她的就是见证过不公的一缕空气。

"请给我两只，女士。"

她在柜台底下裁出一张方形的报纸，她把它铺在柜台上，然后取出两只圆形小面包。小女孩静静地盯着它们，眼睛眨也不眨，

---

1. 回到当前，昆丁走进一家面包店。*
2. 当时一些现金盒会悬在柜台上方的绳索上，收银员可以滑动它变换位置。

就像一杯淡咖啡里安静浮着的两只醋栗。犹太佬的国土，意大利佬的家乡[1]。看着面包，看着她整洁的灰白的双手，她的左手食指上戴着一枚宽面的金戒指，卡着它的是一节发青的指关节。

"这些是您亲自烘烤的吗，女士？"

"先生？"她说。就像那样的口气。先生？像在舞台上的口气。先生？"五分钱。还要别的什么吗？"

"不要了，女士。我不需要了。这位小姐需要些什么。"她个子不够高，不能越过面包柜往外看，因此她走到柜台末端来看着小女孩。

"是你带她进来的吗？"

"不是的，女士。我来的时候她就在这儿了。"

"你这个小坏蛋。"她说，她绕过柜台走了出来，但她没有去碰小女孩，"你放什么东西在口袋里了吗？"

"她的衣服没有口袋，"我说，"她没做啥，她就站在这儿等你。"

"那为什么门铃没有响？"她瞪着我。她大概需要一捆教鞭和一块黑板放在她那 $2 \times 2 = 5$[2] 的脑袋后面。"她会将东西藏在衣

---

1. 美国国歌中有"自由者的国土，勇士的家乡"一句，昆丁将其改动，因为面包店老板娘和小姑娘的脸分别有犹太人和意大利人的特色。

2. 在一些西方近现代文学作品中，2+2=5 被简洁生动地用于代表一种不合逻辑的阐述，比如在乔治·奥威尔的《1984》中，这种阐述与一般人们所认知的 2+2=4 形成强烈的真伪对比。$2 \times 2 = 5$ 在此处作用类似，形容面包店女店员的判断不符合逻辑。

服里面，谁也不知道。你，小屁孩。你是怎么进来的？"

小女孩什么也没说。她看着这个女人，阴郁的眼睛飞快地扫了我一眼，接着又盯着这个女人，"这些外国人，"这个女人说，"门铃没响，你是怎么走进来的？"

"我打开门时她进来的，"我说，"我俩进来时门铃就响了一下。她在这儿根本就够不着任何东西。另外，我不认为她会那么做。是不是，小妹妹？"小女孩诡秘地、若有所思地看着我。"你想要什么？面包？"

她打开拳头，手心里躺着一枚潮潮的、脏兮兮的五分镍币，湿润的脏污已嵌入她的肉里。硬币是潮湿的，还热乎乎的。我能闻到它的气味，是淡淡的金属味。

"拿一条五分钱的面包好吗，女士？"

她从柜台下面取出一块裁成方形的报纸，将它铺在柜台上，把面包包裹起来。我先后将两枚硬币放在柜台上。"再要一只圆形小面包，女士。"

她从玻璃柜里又取出一只圆形小面包。"给我那个包裹。"她说。我把那个包裹递给她，她打开来，将第三只圆形小面包放了进去，然后包起来。她捡起硬币，然后在她围裙里找出两枚铜币递给我。我将这两枚铜币递给了小女孩。她用手指紧紧地握着它们，手指又湿又烫，像蠕虫一般。

"你要拿那只圆面包给她？"这女人说。

"是的，女士，"我说，"我相信你烤的面包无论是她闻起来还是我闻起来都一样香。"

我拿起两只包裹，将面包递给小女孩。那女人站在柜台后面铁青着脸看着我们，一副冰冷的、自以为是的表情。"你们等下。"她说。她走向后间。后间的门打开又关上了。小女孩看着我，紧紧地抓着面包，手贴着她的脏衣服。

"你叫什么名字？"我说。她将看着我的目光移开，但是她仍然一动不动。她似乎屏住了呼吸。那个女人回来了，手里拿着一件模样滑稽的东西。她拿着它，像拿着一只死了的宠物老鼠。

"给。"她说。孩子看着她。"拿着。"女人说着将东西戳到小女孩身上。"它只是样子有点怪。我估计你吃的时候并不会感到有什么不一样。我不可能整天站在这儿。"孩子拿着它，仍旧看着她。女人用围裙擦着双手。"我得修好这门铃。"她说。她走到门边猛地将门打开。小门铃响了一回，铃声微弱、清晰，又让人不知被安在哪儿。我们向门边走去，女人回头窥视着。

"谢谢你的糕点。"我说。

"他们这些外国人。"她说着，并抬头注视门铃发出叮当声的那个幽暗的地方。"听我的建议，远离他们，年轻人。"

"好的，女士。"我说，"走吧，小妹妹。"我们走了出去。"谢谢你，女士。"

她将门关上，然后又猛地拉开，使门铃又发出一阵细微的响声。"外国人。"她说着，一边抬头打量着那只门铃。

我们往前走着。"哎，"我说，"来些冰激凌怎么样？"她正在吃着那只模样奇怪的糕点。"你喜欢冰激凌吗？"她静静地、阴郁地瞥了我一眼，一边咀嚼着食物。"说话呀。"

我们来到杂货店买了冰激凌。她没有放下长条面包。"为什么不把它放下？这样你更方便吃。"我说着，一边伸手去接那长条面包。但是她还是紧紧地拿着，咀嚼着冰激凌，好像咀嚼的是太妃糖。咬了几口的糕点放在桌子上。她专注地吃着冰激凌，然后又埋头去吃桌上的糕点，目光来来回回地打量着橱窗。我吃完了我的冰激凌，我们走了出去。

"你住在哪里？"我说。

一辆马车，白马拉的那种。只不过彼波迪大夫很胖，有三百磅重。你们随他的马车上山，要抓紧啊。[1] 孩子们。这么抓着上山还不如走路轻松。

还是去看大夫吧[2]　你去了吗　凯蒂

没必要　现在我不能看　以后就会好的　就没事了。

因为女人是如此的娇弱，如此的神秘，父亲说。[3] 两次月圆之间有一次平静的排泄，从而保持着微妙的平衡。月亮，他说是满满的、黄色的，她的臀部和大腿就像收获时节的满月。流出来 流出来 总是这样 但是。黄色的。像走路时的脚底。然后就知道有个男人将所有那些神秘和傲慢掩藏了起来。她们带着那样的内在的东西却摆出一副温柔可人的模样。腐败的液体像被淹死后又浮起来的东西 又像充了气却还是软塌塌的发白的橡胶 和忍冬花的气味

---

1. 昆丁看到街上的马车，想到儿时在彼波迪大夫的马车上玩耍的场景。接着又由彼波迪大夫联想到凯蒂婚礼前一天说自己生病了。*

2. 昆丁联想到婚礼前一天自己与凯蒂的对话。*

3. 昆丁联想到父亲对女人发表的一系列言论。*

完全混合在一起。

"你最好把面包带到家，好吗？"[1]

她看着我。她一声不响地，不停地咀嚼着，时不时地就有一小团东西滑下她的咽喉。我打开我的包裹，递给她一只小圆面包。"再见。"我说。

我继续朝前走。接着我回头看了一下。她跟在我的身后。"你住在这边吗？"她不说话。她一边吃着面包，一边走在我的身旁，差不多就在我的胳膊肘下面一点的位置。我们继续走着。一片寂静，四周几乎没有什么人　将忍冬花的气味完全混合在一起[2]她应该告诉我别坐在那台阶上　听到她在暮色里砰地关上门　听到班吉还在哭叫　晚餐　她应该下来吃饭　然后将忍冬花的气味完全混合在一起　我们到了街角。[3]

"好啦，我得朝这边走啦，"我说，"再见。"她也停下了。她吞下了最后一块糕点，接着她开始啃小圆面包，一边看着我横穿过马路。"再见。"我说。我转身步入街道，继续往前走，一直走到下一个街角才停下来。

"你住在哪儿？"我说，"这边吗？"我指着这条街。她只是看着我。"你住在那边？我敢说你就住在火车站附近，有火车的那个地方。对吧？"她只是平静地、诡秘地看着我，一边咀嚼

---

1. 回到当前。*
2. 昆丁由小女孩又联想到凯蒂，此段为 1909 年凯蒂第一次发生性行为后的场景，这段记忆与忍冬花的气味相伴相随。*
3. 回到当前。*

着面包。街道两旁空荡荡的，只有寂静的草坪和树丛中整洁的房屋，除了刚刚走过的地方，这里一个人也没有。我们掉头往回走。在一家商店门口有两个男人坐在椅子上。

"你们都认识这个小女孩吗？她不知怎么的黏上我了，我找不到她住的地方。"

他们将看着我的目光移向了她。

"一定是新来的意大利人家的孩子。"一个男人说，他穿着一件锈色的长礼服，"我以前从未见过她。你叫什么名字，小姑娘？"她阴郁地看了他俩一会儿，下颚不停地动着。她吞咽着，并没有停下咀嚼。

"也许她不会说英语。"另一个说。

"他们派她出来买面包，"我说，"她肯定能说一些。"

"你爸爸叫什么名字？"第一个男人说，"彼特？乔？还是叫约翰？"她又咬了一口圆面包。

"我该拿她怎么办呀？"我说，"她就跟着我。我还得赶回波士顿啊。"

"你是个大学生？"

"是的，先生。我得赶回去啊。"

"你也许可以朝街上面走，将她交给安斯。他肯定在车马出租所里。他是警长。"

"我看只能如此了，"我说，"我得帮她一下。多谢了。走吧，小妹妹。"

我们走到街道上，走在有树荫这一边，破烂房屋的阴影不急不徐地洒过街道。我们来到车马出租所。警长不在那儿。一个男子坐在椅子上，椅子放置在又宽又矮的门洞里，椅靠背是倾斜的，一排排马厩刮出一股带氨气的阴风。这个男子叫我去邮局查查。他也不认识她。

"他们这些外国佬。我分辨不出他们谁是谁。你也许可以带她穿过铁轨，他们住在那儿，也许会有人认得她。"

我们向邮局走去。邮局就在刚刚走过的街上。那个穿铁锈色长礼服的男子正翻开报纸。

"安斯刚刚驾车出城了，"他说，"我看你最好往下走，经过火车站，经过他们在河边的房屋。那儿会有人认得她。"

"我看只有这样了，"我说，"走吧，小妹妹。"她将圆面包的最后一块塞进嘴里吞了下去。"还要另一只吗？"我说。她一边看着我，一边咀嚼着，她的眼睛乌溜溜的，一眨也不眨，很友好。我取出另两只圆面包，给她一只，我啃上了另一只。我询问了一位男子火车站的位置，他指给我看。"走吧，小妹妹。"

我们到达了火车站，穿过铁轨就是河流所在的地方了。一座桥横跨河上，沿河是一排乱七八糟的木屋，背朝河流。这是一条破旧的街，但也还带着多样又生动的风格。一块未修整的空地被一道有缺口的栅栏围着，栅栏是由残破的尖桩构成的。空地中央有一辆年代久远的、歪歪斜斜的四轮马车和一栋饱经风霜的房屋，楼窗上悬挂着一件鲜艳的粉红色外套。

"这个像你家吗？"我说。她的目光越过圆面包看着我。"是这栋吗？"我说，一边指着那栋房屋。她只是咀嚼着，从她的神情里，我似乎察觉出某种肯定的、默许的东西，即使不是那么热切。"是这栋吗？"我说，"那么走吧。"我走进破损的大门。我回头看着她。"这儿？"我说，"这个像你家吗？"

她快速地点着头，一边看着我，同时咬着那潮湿的、半圆形的面包。我们继续朝前走。一条人行道通往破败的台阶，人行道是用破碎的、不规则的厚石板铺就的，石板缝隙间新长出的粗硬的草叶像矛一样。屋子周围毫无动静，那件粉红色的外套从上端的窗户垂下来，在无风的空中悬挂着。门铃上系着一条六尺长的电线，电线连着拉门铃的瓷制把手。我停止拉门铃，换成了敲门。小女孩将面包皮斜着放进不停咀嚼的嘴里。

一个妇人打开了门。她打量着我，接着对着小女孩用意大利语叽叽喳喳地说了一通，用的是逐步急转上升的语调，然后停了下来，语气充满质疑。她又开始对小女孩说了起来，小女孩从面包皮的后面瞧着她，同时用她脏兮兮的手将面包皮塞进嘴里。

"她说她住在这儿，"我说，"我在街上遇到她的。这是你要买的面包吗？"

"不会说英语。"妇人说。她又对小女孩说了起来。小女孩只是看着她。

"她不是住这儿的吗？"我说。我指着小女孩，接着指着她，然后指着门。妇人摇着头。她语速很快地说着话。她走到门廊边，指着马厩，不停地说着。

我也使劲地点着头。"您来指一下？"我说。我一只手抓着她的一只手臂，另一只手朝着马路挥动着。她一边快速地说着，一边指着前面。"您来指一下。"我说，试图将她拉到台阶下。

"Si，Si [1]。"她说，一边往回缩，一边给我指了指，也不知在指什么。我又点了点头。

"谢谢。谢谢。谢谢。"我走下台阶，朝大门走去，虽然没有跑，但是走得相当快，我走到大门那儿停了下来，盯着她看了一会儿。面包皮已不见了，她也看着我，用她那乌黑的眼睛友好地看着我。夫人站在台阶上看着我们。

"那就走吧，"我说，"我们迟早会找到你家的。"

她跟着我走着，脑袋就在我的胳膊肘下。我们继续朝前走。房屋几乎都是空的。看不到一个人。那空空的房屋像没有呼吸似的。然而它们不可能都是空的。如果你能将墙壁突然劈开，你就会看到各式各样的房间。太太，这是您的女儿，请您接回去。不。太太，看在上帝的分上，接您的女儿回去吧。她就在我的胳膊肘下走着，她那扎得紧紧的马尾辫油亮亮的，我们走过最后一栋房屋，马路在一堵沿河而建的墙边拐了个弯，然后就看不见了。妇人从破损的大门走出来，头巾将她整个脑袋裹得严严实实，并在下巴处收紧。马路弯弯曲曲的、空空荡荡的。我找了一枚硬币给小女孩。二十五分的硬币。"再见，小妹妹。"我说。说完我跑了起来。

我跑得很快，头也不回。一直跑到一个拐弯处我才回头看。她站在马路中间，小小的身影，紧紧地抓住长条面包贴在她那脏

---

1. 意大利语，意为"对""是"。

兮兮的小衣裙上，她那乌黑的眼睛静静地看着你，一眨也不眨。我又继续跑。

一条巷子出现在马路旁。我跑了进去，一会儿后，我将速度放慢，变成快走。巷子两旁是建筑的背面——这些房屋都没上漆，绳子上挂满了刺眼色彩的艳丽衣服，一个后墙破烂的牲口棚在排列着的果树中悄无声息地腐朽，未修剪的果树被疯长的杂草包围得几乎窒息，树开着粉色的、白色的花朵，与阳光和蜜蜂在窃窃私语。我回头看了看，巷子的入口处阒无一人。我进一步放慢速度，我的影子缓缓地跟着我，拖曳着它的脑袋穿过栅栏后的草丛。

巷子向后延伸到一道栅栏门前，消失在草丛中。一条小道钻入新长的草丛，在寂静中时隐时现。我爬过大门，走进一片小树林，穿过这片林子来到另一道墙下，沿着墙前行，我的影子现在落在身后了。墙上爬满了葡萄藤和其他藤蔓植物，在家乡爬的都是忍冬花。特别是在下雨的傍晚，一切都混合着忍冬花的气味不断袭来，仿佛没有忍冬花的气味是不够的，是难以忍受的。你干吗让他吻你 吻你[1]

我才没有让他吻我 我是让他看着我发疯 你觉得这样如何？我在她脸上留下了我的红手印 就像在你手下拧开了一盏灯 她的眼睛亮了起来

不是因为接吻我才扇你。十五岁的大姑娘了吃饭还用肘子

---

1. 昆丁联想到凯蒂十五岁时与男孩接吻的事。*

支在桌上 父亲说 你吞咽东西就像鱼骨卡在喉咙似的 这是咋回事啊 凯蒂坐在桌对面并不看我。我扇你是因为你让他吻你 他是镇上一个该死的小屁孩 你现在 你现在 我猜你要说"牛绳"[1]了。我发红的手掌离开了她的脸。你觉得如何 把她的头按到草丛里。她的头被按着 纵横交错的草梗扎进她的肉里 让她感到刺痛。说"牛绳"说呀

我绝没有吻娜塔莉[2]那样的脏女孩 那道墙没入阴影里，然后没入了我的影子，我又骗过了它一次。[3]我忘了这条河是沿着马路蜿蜒前行的。我爬到墙上。然后她看着我从墙上跳下来，一边将长面包紧紧攥住贴着衣裙。

我站在草丛中，我俩彼此对视了一下。

"你为啥不告诉我你就住在这儿，小妹妹？"长面包在慢慢地穿破报纸，需要换一张新的了。"好吧，那就过来给我指一下你家的房子。"没有吻娜塔莉那样的脏女孩。外面在下雨，我们能听见屋顶上的雨声，叹息一般穿过牲口棚高高的甜甜的空虚。[4]

这儿吗？抚摸着她

---

1. 说"牛绳"表示认输，源自西部牛仔竞技表演——牛仔抛绳套住牛犊，然后迅速将其放倒。
2. 康普森家邻居的小女孩，曾与青春期时的昆丁玩假装做爱的游戏。
3. 回到当前。*
4. 昆丁回想起年少时与娜塔莉玩假装做爱的游戏。此回忆（仿宋体字）与当前发生的事（宋体字）交叉进行，到174页为止。*

不是这儿

这儿吗？雨下得不大　但除了屋顶的雨声外什么也听不见　仿佛那是我的血液　她的血液

她将我推下梯子然后跑开了　抛下我　凯蒂跑开了

你是伤到这儿了吗　凯蒂跑开了　是这儿吗

哎哟　她又跟着我走，漆皮般油黑的脑袋就在我的胳膊肘下，长面包正在磨损着报纸。

"如果你不早点回家，包面包的报纸都要破了。到时你妈妈会怎么说你？"我敢说我能把你抱起来

你抱不动　我太重了

凯蒂走开了吗　她去屋子里了吗　从屋子里看不见牲口棚　你打算从屋子里看牲口棚吗

那是她的错　她推开我　她跑掉了

我能抱起你　看我怎么抱起

哦　她的血液或我的血液　哦　我们在薄薄的尘土里走着，我们的双足走在这薄薄的尘土里像橡胶似的悄无声息，一束光斜斜地穿过树丛照在尘土上。我又感到了河水在阴影中迅疾地、安静地奔流。

"你住得很远，是不是。你很聪明啊，一个人跑这么远到镇上。"那就像坐着跳舞，你坐着跳过舞吗？我们能听到雨声，马槽里有一只老鼠，空马厩没有马儿。你是怎么搂着跳舞的　你是这样搂着的吗

哦

我以前是像这样搂着的 你觉得我不够强壮 是不是

哦 哦 哦 哦

我以前是像这样搂着的 我的意思是你听到我说的话了吗 我说的话

哦 哦 哦 哦

马路继续延伸，静静的、空空的，阳光越来越斜。她硬硬的小马尾辫的末梢是用深红色的布头扎着的。她走着的时候，包裹的一角轻轻地拍打着，面包的尖端露了出来。我停了下来。

"看那儿，你家是住在这条路上吗？我们差不多走了一里路了，一栋房子也没遇到啊。"

她看着我，目光阴郁，诡秘而又友好。

"你住在哪儿啊，小妹妹？你不会是住在镇上吧？"

有一只鸟在林子某处鸣叫，在这断断续续的、时有时无的阳光斜照之外。

"你爸爸会担心你的。你买了面包没有直接回家难道不会被鞭子抽吗？"

那只鸟鸣叫起来，仍然看不见它在哪儿。它的叫声听不出在叫什么，却又饱含深意，一个劲地高声鸣叫着，突然又像遭刀子一劈似的停住了，又一次，感受到了河水在隐秘的地方迅疾而平静地奔流，那是看不到也听不到的。

"唉，撞鬼了，小妹妹啊。"大约半张的报纸软塌塌地垂着。"它已没什么用了。"我将它撕掉丢在路旁。"走吧。我们得回到镇上去。我们得沿着河边走回去。"

我们离开了马路。青苔上有一些苍白的小花在生长，又感觉到了那看不见的、静默的流水。我以前是像这样搂着的 我意思是以前是这样搂着的 她站在门洞里看着我们 她的双手搁在臀部上

你推我那是你的错 伤着我了

我们坐下来跳舞 我打赌凯蒂不会坐下来跳舞

别动 别动

我只是把你裙子后背上的脏东西掸掉

把你那肮脏的老手从我身上拿开 那是你的错 你将我推倒 我很生气

我不在乎她[1]看着我们 还在生气 她走开了 我们逐渐听见叫喊声和泼水声。我看见一个棕色的身体闪了一下。

还在生气。我的衬衫湿了 我的头发也湿了。屋顶很大的雨声穿过屋顶传来 现在我看见娜塔莉在雨中穿过花园。淋湿了 我希望你患上肺炎 回家去吧 你这个母牛脸。[2]我用尽力气朝猪打滚的水凼里跳 黄色的泥汤没过了我的腰部 我不停地蹦跳着 直到我摔倒在泥汤里打滚"听见他们在游泳了吗，小妹妹？我自己都想去游呢。"如果我有时间的话。等我有了时间。我听见我的表的滴答声。泥汤比雨水暖和 但闻起来臭烘烘的。她转过背去

---

1. 指凯蒂。
2. 此句为凯蒂对娜塔莉说的话。

我就绕到她的身前。你知道我在做什么吗？[1] 她转过背去 我就绕
到她身前 雨水漫进泥浆里透过她的外衣钻进去 使她的胸衣紧贴
着身子。我在抱她[2] 这就是我刚才在做的事情。她转过背去 我
又绕到她的身前。我在抱她 我告诉你。

我才不在乎 你做了什么

你不在乎 你不在乎 我要让你 我要让你在乎。她将我的双
手打开 我用一只手将泥浆抹在她的身上 她用湿漉漉的手掴了我
一巴掌 我都感觉不到 我将我双腿上的泥浆擦下来抹在她的湿透
的僵硬的转动不停的身子上 听见她的手指嵌入了我脸上的肉 但
我没有感觉 即使雨水落在我的双唇上开始变得甜滋滋的。

他们在水中首先看到了我们，水里都是些脑袋和肩膀。[3] 他
们喊叫着，其中一个身子直了起来，蹦跳着到了他们当中。他们
看起来像海狸，他们的下巴滴淌着水，他们在叫喊着。

"把那女孩带走！你带一个女孩来这里想干吗？走开！"

"她不会伤害你们的。我们只想看你们一会儿。"

他们蹲在水里。他们的脑袋凑成了一团，一边打量着我俩，
他们一下子散开向我们冲来，用手舀水泼向我们。我们迅速躲
开了。

"小心，孩子们。她不会伤害你们的。"

---

1. 接下来仿宋字的段落为凯蒂与昆丁的对话。
2. 指娜塔莉。
3. 回到当前。*

175

"走开，哈佛学生！"是那第二个男孩，就是刚才在桥上想要马和马车的那个。"泼他们，伙计们！"

"咱们上岸去将他们扔到水里，"另一个说，"什么女孩我都不怕！"

"泼什么？泼他们！"他们向我们冲来，朝我们猛泼水。我们向后躲。"走开！"他们叫喊着，"走开！"

我们走开了。他们在河岸下挨在一块儿，波光粼粼的河水上他们油光水滑的脑袋排成一列。我们继续走着。"那不是我们去的地方，是不是？"阳光从枝叶间斜照下来，照在到处生长着的青苔上，光线平行于地面了。"可怜的孩子，你只是一个小姑娘啊。"青苔上长着小小的花朵，比我曾见过的都还要小。"你只是一个小姑娘。可怜的孩子。"有一条小径沿着河水曲曲折折地延伸着。这时河水又变得平静了，黝黑、平静而迅疾。"仅仅是个女孩，可怜的小妹妹。"我们躺在湿漉漉的草地上喘着气 水像冰冷的子弹打在我的背上。现在你在乎了吗 你在乎了吗 你在乎了吗 [1]

我的老天 我们肯定是乱糟糟的 快起来吧。只要雨水一接触我的额头就开始疼 我的手是红色的 在雨水里变成一缕缕的粉红。疼吗

当然疼啦 你以为呢

我真想把你眼珠抠出来 我的老天 我们实在太臭了 我们最

---

1. 凯蒂发现昆丁和娜塔莉在玩之后，与昆丁吵闹了起来。*

好到小河沟里去洗干净"又到镇上了，小妹妹。你现在必须回家了。我也必须回学校了。你看天已晚。你现在就回家去，好吗？"但她只是看着我，用她那阴郁的、诡秘的、友好的目光，把那露出半截的长面包紧紧地抓在胸前。"面包湿了。我还以为我们向后跳开得及时，没让它淋着水呢。"我取出手绢想将长面包揩干，不料面包皮开始掉落，于是我停下了。"我们就让它自己干吧。像这样拿着。"她照我教的样子拿着。长面包现在看起来有点像被老鼠啃过似的。水涨着涨着涨到了蹲着的背上 蜕下的泥巴臭气熏天 雨水啪嗒啪嗒地打在皮肤上形成一个个小坑 就像油脂放在火炉上似的。我告诉过你 我要让你在乎的

你做什么我都不会在乎的

然后我们听到了跑动声，我们停了下来回头看去，看到他沿着小径向我们跑来，平行投射到他大腿上的阴影忽隐忽现。

"他跑得好急。我们还是——"接着我看到另一个男人，一个有点年迈的男人在吃力地跑着，手里抓着一根棍子，还有一个赤裸着上身的男孩，一边跑一边抓着他的裤子。

"那是朱利奥。"小女孩开口说话了，接着在他向我扑来时，我看清了他那张意大利人的脸和他的眼睛。我们摔倒在地。他的双手猛击着我的脸，一边在说着什么，我估计他是想咬我。接着他们将他拉开，抱着他，他的胸口剧烈地起伏着，一边挥手乱打，一边喊叫，他们紧紧抓住他的胳膊，他竭力地想踢我，直到他们将他往后拖，小女孩在吼叫，双臂抱着长面包。那个半裸的男孩一边抓着他的裤子，蹦蹦跳跳地向前冲，有人将我及时地拉

了起来，这时我看到另一个一丝不挂的身影绕进小径寂静的拐弯处向我们跑来，中途转向，跳进了林子里，林子后面是几件硬得像木板似的衣服。朱利奥还在挣扎。将我拉起来的那个男子说，"嚯，好啦。我们可算抓到你了。"他穿着一件马甲，没有穿外套。马甲上别着一枚金属盾形徽章。他另一只手握着一根满是节瘤的、打磨过的棍子。

"你是安斯，是吗？"我说，"我一直在找你呢。这是怎么回事？"

"我提醒你，你所说的一切都会成为对你不利的证词，"他说，"你被捕了。"

"我要杀了他。"朱利奥说，他挣扎着。两个男人正抱着他。小女孩不停地吼叫着，一边抱着面包。"你拐走了我的妹妹，"朱利奥说，"放手，先生。"

"拐他妹妹？"我说，"为什么这么说，我一直是在——"

"闭嘴，"安斯说，"你有什么要说的去对法官说好了。"

"拐他妹妹？"我说，朱利奥挣脱开那两个男人又向我扑来，但是这位警官上前拉住了他，他俩扭打起来，直到另外那两个男人重新将朱利奥的胳膊扭住。安斯气喘吁吁地放开了他。

"你这该死的外国佬，"他说，"我真想把你也抓起来，因为你袭击和殴打他人。"他又转向我。"你是乖乖地自己走呢，还是要我铐上你？"

"我会自己好好走的，"我说，"什么事啊，我就只是遇到了一个人——为她做点事——竟成了拐他妹妹——"

“我可提醒你了，”安斯说，“他说瞅准了要告你蓄意强奸罪。喂，你们俩，让那个女孩别吵了。”

“呵。”我说。接着我开始笑起来。另外两个男孩从灌木丛里钻了出来，他们的脑袋像塑料似的平滑，眼睛圆圆的，湿漉漉的衬衫紧贴着肩膀和胳膊，他们边走边系着衬衫纽扣，我竭力想控制住不笑，但是做不到。

“看他啊，安斯，我看他是疯了。”

“我得控制住，”我说，“一会儿会止住的。可是过后又会哈哈的了。”我说，一边笑着。“让我坐一会儿。”我坐了下来，他们打量着我，小女孩满面泪痕，抱着啃过的长面包，河水在小径下面迅疾而平静地流淌着。片刻之后笑声又迸发出来。我的喉咙止不住要笑，就像你的肠胃空了之后止不住干呕的感觉。

“喂，好啦，”安斯说，“你控制好自己。”

“好的。”我说，一边缩紧喉咙。又来了只黄蝴蝶，它像阳光的斑点一样懒洋洋地飞舞着。过了一会儿我不需要再将喉咙缩得那么紧了。我站起身来。“好啦。怎么走？”

我们沿着小径走，那两个照看朱利奥的人、小女孩和那几个男孩走在后面。小径沿着河流延伸到了桥那儿。我们过了桥，又过了铁轨，好多人来到家门口看我们，不知从哪儿一下子还冒出了那么多的男孩，当我们走到大街上时，已经是一支长长的队伍了。药店门口停着一辆汽车，很大的一辆，直到布兰德夫人叫我，我才认出那是谁的。

“怎么啦，昆丁！昆丁·康普森！”接着我看见了吉拉德，看见了坐在后座的斯波特，他的脑袋靠在椅背上，还有史瑞夫，以及两个我不认识的女孩。

"昆丁·康普森！"布兰德夫人说。

"下午好，"我说，一边举起帽子，"我被逮捕了。我很抱歉没收到您的字条。史瑞夫跟您说了吗？"

"被逮捕了？"史瑞夫说，"对不起。"他说。他费劲地站起身，跨过其他人的脚下了车。他穿着我的法兰绒裤子，紧绷绷的就像戴的手套。我不记得我把这条裤子落在哪儿了。我也不记得布兰德夫人有多少重下巴。那个最漂亮的女孩子坐在前排，和吉拉德坐在一起，女孩们透过面纱看着我，带着一种娇气的惊恐的神情。"谁被逮捕了？"史瑞夫说，"怎么回事啊，先生？"

"吉拉德，"布兰德夫人说，"把这些人打发走。你上车，昆丁。"

吉拉德下了车。斯波特没有动。

"他干了什么，警官？"他说，"他打劫鸡舍了？"

"我警告你别乱说，"安斯说，"你认识这个犯人？"

"认识，"史瑞夫说，"你听着——"

"那你得去法官那儿一趟。你妨碍了执法。走吧。"他摇了摇我的手臂。

"嗨，下午好，"我说，"我很高兴见到你们大伙儿。很遗憾我不能和你们在一起。"

"快，吉拉德。"布兰德夫人说。

"听着，警官。"吉拉德说。

"我警告你，你干扰了公务执法，"安斯说，"如果你有什么要说的，你可以到法官那儿去说，还可以指认这个犯人。"我们继续走。现在的队伍已经很长了，我和安斯领头。我能听见他们一些人对着另一些人说发生了什么，斯波特在提问题，然后是朱利奥情绪激动地在用意大利语说着什么，我回过头去看，看见小女孩站在路边，用她那友好的、神秘叵测的眼神凝视着我。

"回家去，"朱利奥对着她吼叫，"看我不打你个半死。"

我们走到街道上，转了个弯走到了一小块草坪上，离街有一点距离的地方矗立着一栋一层楼的砖砌建筑，边线是白色的。我们走上一条石子铺的小径，小径通向一道门，在门边安斯将我们之外的其他人都挡住了，让他们待在外边。我们走进了一间光秃秃的房间，房间里散发出陈旧的烟味。木头框子的中央是一个铁皮炉子，周围填满了沙子。墙壁上贴着一张褪色的地图，和一张晦暗的小镇平面图。在一张疤痕累累、布满废弃物的桌子后面是一位头发铁灰、呈拱形的男子，他的目光越过眼镜的钢边框审视着我们。

"抓住他了，是吗，安斯？"他说。

"抓住他了，法官。"

他打开一本巨大的满是灰尘的书，拉到面前，将一支脏兮兮的钢笔放入墨水瓶里，吸着像煤灰似的墨水。

"你听着，先生。"史瑞夫说。

"犯人的名字。"法官说。我告诉了他。他在本子上慢条斯理地写着我的名字，钢笔划在纸上发出刻意的、让人难受的声音。

"听着，先生，"史瑞夫说，"我们认识这个家伙。我们——"

"遵守法庭秩序。"安斯说。

"闭嘴，小屁孩，"斯波特说，"随他吧。他怎么做都可以。"

"年龄。"法官说。我告诉了他。他记着，他记的时候嘴巴在动着。"职业。"我告诉了他。"哈佛的学生，是吗？"他说。他抬头看着我，将脖颈弯曲了一点点，以便越过眼镜架来看。他的眼睛是清澈的、冷峻的，就像小羊的眼睛。"你是要干什么，到镇上来绑架孩子？"

"他们疯了，法官，"史瑞夫说，"谁说这男孩搞绑架了——"

朱利奥跳了起来。"疯了？"他说，"不是我抓到他的吗，嗯？不是我亲眼看到的吗——"

"你是一个骗子，"史瑞夫说，"你绝不会——"

"肃静，肃静。"安斯提高了嗓门说。

"你们都闭嘴。"法官说，"如果他们不保持安静，就将他们撵出去，安斯。"他们安静下来。法官看着史瑞夫，接着是斯波特，然后是吉拉德。"你们认识这个年轻人？"他对着斯波特说。

"认识，法官大人，"斯波特说，"他只是一个在那边学校念书的乡下孩子。他不会想到去伤害他人的。我以为警官会发现弄错了的。他父亲还是公理会的牧师呢。"

"嗯，"法官说，"你做了什么？准确地说。"我告诉了他，他看着我，用他那冷峻的、暗淡的眼睛。"怎么样，安斯？"

"可能是这样，"安斯说，"这些该死的外国佬。"

"我是美国人，"朱利奥说，"我有文件的。"

"女孩哪去了？"

"他叫她回家了。"安斯说。

"她被吓着了吧，还是怎么的？"

"她没有，直到朱利奥跳到这个犯人身上之前，他们都只是沿着河边的小道向镇上方向走。是几个游泳的男孩告诉我们他们走哪条路的。"

"这是个误判，法官。"斯波特说，"孩子和狗都喜欢那样跟着他，他也没办法。"

"嗯。"法官说。他朝窗外看了一会儿。我们瞅着他。我能听见朱利奥挠身子的声音。法官的目光收了回来。

"女孩没有受到任何伤害，你同意的吧？问你呢，说话。"

"是没受到伤害。"朱利奥阴沉地说。

"你是放下手边的活去找她的？"

"的确是放下活。我跑呀。我拼命地跑。这里找，那里找，后来有人告诉我看见过他给她吃的。她跟着他走了。"

"嗯，"法官说，"好吧，孩子，我认为你耽误了朱利奥的工作，你得对他有所赔偿。"

"好的，先生，"我说，"多少？"

"一元，我觉得。"

我给朱利奥一元。

"好啦，"斯波特说，"如果事情了结了——我认为可以释放他了，是吧法官大人？"

法官没有看他。"你为了追他跑了多远，安斯？"

"两里，至少。大约花了两个小时我们才抓到他。"

"嗯——"法官说。他沉吟片刻。我们都注视着他和他僵硬的头发，眼镜架滑到了他鼻子的下端。黄色窗户的形状在地板上缓缓地移动，抵达墙根，又爬上了墙壁。在斜光的照映下，可见细小的尘埃在旋舞。"六元。"

"六元？"史瑞夫说，"为什么？"

"六元。"法官说。他瞅了史瑞夫一会儿，接着又瞅我。

"你听着。"史瑞夫说。

"别说了，"斯波特说，"给他吧，小屁孩。让咱们离开这儿。女士们在等着咱们呢。你有六元吗？"

"有的。"我说。我给了他六元。

"案件驳回。"他说。

"你得要一张收据，"史瑞夫说，"你得要一张他收到钱的签名收据。"

法官温和地看着史瑞夫。"案件驳回。"他说，没有提高嗓门。

"我去你妈的——"史瑞夫说。

"走啦。"斯波特说，拍了一下他的胳膊，"午安，法官。多谢了。"当我们走出门时，朱利奥的声音又突然大了起来，很激动，接着又停止了。斯波特看着我，他褐色的眼睛带着嘲弄，还有一点冷漠。"喂，小屁孩，这件事之后我看你只能在波士顿追姑娘了。"

"你真是个蠢货，"史瑞夫说，"该死的，你跑到这儿来闲逛，和这些讨厌的意大利佬搅和在一起，到底想要干什么？"

"走吧，"斯波特说，"他们一定等得不耐烦了。"

布兰德夫人正在和她们说话。她们是霍尔姆斯小姐和丹吉菲尔德小姐。我们一出来，她们就不再听她说话了，又用那娇气、好奇而又惊恐的神情看着我，她们把面纱捋到了她们那又小又白的鼻子上面，她们的眼睛在面纱后面躲闪着，很是神秘。

"昆丁·康普森，"布兰德夫人说，"你母亲会说什么呢？一个年轻人遇到一点麻烦是正常的，但在走路时被乡村警察逮捕就丢人了。他们认为他做了什么，吉拉德？"

"没什么。"吉拉德说。

"胡说。到底做了什么？你说，斯波特。"

"他正想绑架那个脏兮兮的小女孩，但是他们及时把他抓住了。"斯波特说。

"胡扯。"布兰德夫人说，但她的声音在一定程度上减弱了，她瞅了我一会儿，两个女孩同时轻轻地吸了一口气。"胡扯，"布兰德夫人快速地说，"只有这些无知的、下等的北方佬才会干出这种事来。上车吧，昆丁。"

我和史瑞夫坐在两个可折叠的小座椅上。吉拉德用曲柄发动了车，等他上了车，我们便出发了。

"昆丁，现在你告诉我有关这桩蠢事的一切。"布兰德夫人说。我告诉了他们，史瑞夫坐在小座椅上蜷作一团，恼怒不已。斯波特坐在丹吉菲尔德小姐旁边，还是将脑袋靠在椅背上。

"可笑的是，一直以来昆丁把我们大伙儿都骗了。"斯波特说，"一直以来我们都认为他是模范青年，谁都会信任他，敢于把女儿托给他照看，直到今天他干不法勾当被警察抓了个现行。"

"闭嘴，斯波特。"布兰德夫人说。我们行驶到了大街上，过了桥，经过窗户上挂着粉红色衣服的那栋房子。"这就是你不看我的字条的结果。为什么你不回来取？麦肯齐先生说他告诉过你字条放在房间了。"

"是的，夫人。我准备去取的，但我根本就没机会回房间。"

"如果不是麦肯齐先生，我都不知道你会让我们坐那儿等多久，他说你不来，那就意味着多出了一个座位，于是我们把他叫上了。我们确实很高兴你能参与我们，麦肯齐先生。"史瑞夫没说什么。他双臂交叉抱着，目光越过吉拉德的帽子直直地瞪着前方。那是一顶在英格兰驾车戴的帽子，布兰德夫人如是说。我们经过那栋房子后，又经过了另外三栋，以及一个院子，那个小女孩站在大门口。她现在手里已没有面包了，她的脸看起来像被煤灰划了杠杠。我挥动着手，但她没有反应，她只是在汽车经过时慢吞吞地转过头来，眼睛一眨也不眨地追随着我们。

接着我们的车沿着墙边疾驰，我们的影子也沿着墙壁在疾驰，过了一会儿，我们经过一张躺在路边的破报纸，我又开始笑起来。我能感觉到我的喉咙在笑，我向树林看去，下午的阳光在林中斜斜地照着，我想到了这个下午的经历，想到了那只林中的鸟，和游泳的男孩。可是我仍然止不住笑，接着我清楚，如果竭力去止住笑我将会痛哭。我想到过去我以为自己不可能是一个处男的，那么多姑娘在阴影里散步，用她们女孩子的声音在喃喃低语，在有阴影的地方逗留，她们说出的话语、散发出来的香水味、她们的眼睛，你能感觉到，但看不到，但是如果事情真的那么简单，那就没什么大不了的，如果没什么大不了，那又是什么呢。接着布兰德夫人说："昆丁？他发病了吗，麦肯齐先生？"然后史瑞夫用那肥胖的手摸着我的膝盖，斯波特开始说话了，我放弃去控制笑了。

"如果这篮子挡了他的道，麦肯齐先生，就把它提到你这边来。我带了这一篮酒，是因为我觉得年轻的绅士应该喝点酒，虽然我的父亲，吉拉德的外祖父……"做过这样的事吗[1] 你做过这样的事吗 在晦暗中只有一小点光 她双手紧扣着

"年轻的绅士只要有酒都会喝的，"斯波特说，"喂，史瑞夫？"她的膝盖 她的脸看着天空 她的脸上 喉咙上有忍冬花的气味

"啤酒也喝。"史瑞夫说。他的手又摸着我的膝盖。我又将膝盖移开。像一层薄薄的紫丁香色的涂料 谈到他

"你不是绅士。"斯波特说。他到这来 直到她的身影从黑暗中隐隐浮现

"不。我是加拿大人。"史瑞夫说。说说他 两支船桨的叶片

---

1. 昆丁又联想到1909年凯蒂第一次发生性行为后两人的对话和当时的场景，这时已是夜晚，两人来到了室外。这段回忆（仿宋体字）和当前在车中发生的事（宋体字）交叉进行，到189页为止。*

眨着眼睛似的随他前行　眨着眼睛　那帽子在英格兰是驾车时戴的　下面一直在奔流着　他们俩彼此混淆[1]永远地　他曾在军队里杀过人

"我非常喜欢加拿大，"丹吉菲尔德小姐说，"我觉得加拿大很漂亮。"

"你曾喝过香水吗？"斯波特说。他一只手就能将她举到肩膀上，带着她奔跑

"没喝过。"史瑞夫说。　奔跑着　这"双背兽"[2]她在眨着眼睛的桨叶里变得面目模糊　优波流斯的猪奔跑着交媾着　凯蒂你有多少个

"我也从来没有喝过。"斯波特说。我不知道　太多了　我心里有件可怕的事　我心里有可怕的事　父亲我犯下罪了　你们做过那种事了吗　我们没有　我们没有做那种事　我们做了那种事了吗

"而吉拉德的外祖父总是在早饭前去采的薄荷，趁上面还带着露水。甚至连老威尔基他都不让去碰，你记得吗，吉拉德？他总是自己采集配制他那冰镇薄荷酒。他配制他的冰镇薄荷酒就像老女佣一样细心，整个过程都是按他脑子里的配方来进行的，只有一个人他曾给过那个配方，那是　我们做了你会不知道吗　只

---

1. 昆丁将风流的吉拉德和凯蒂的情人达尔顿·艾密斯混淆在一起了。
2. 莎士比亚《奥赛罗》中以"双背兽"喻指性交。优波流斯是古希腊神话中的牧猪人。当珀耳塞福涅被冥王普路托带走时，优波流斯的猪群一并消失在深渊里。在古希腊的祭祀仪式里，有时还把猪丢进得墨忒耳和珀耳塞福涅的深渊里，作为一种纪念。

要你等一等我会告诉你那是怎么回事 那是犯罪[1] 我们犯下了一桩可怕的罪 这罪是掩盖不了的 你认为可以 不过你等一等 可怜的昆丁 你从没有做过那事对吗 而我要告诉你那是怎么回事 我要告诉父亲 到时就会成为事实 因为你爱父亲 那么我们将不得不出走 置身于尖刺之中恐怖之中 那洁净的火焰 我会让你说是我们做了 我比你强壮 我要让你知道是我们做的 你原以为是他们做的 可那是我做的 听着 我一直欺哄你那是我 你认为我在屋子里 那儿弥漫着讨厌的忍冬花气味 尽量不要去 想那秋千 那雪松 那神秘的起伏 那种窒息不停吮吸着的狂野的喘息 那一声声我要我要我要

"他自己从来不喝酒，但是他总是说拿一篮子酒。你在读什么书？在吉拉德划船服里的那瓶酒是绅士野餐篮里必不可少的一部分。"你爱他们吗 凯蒂 你爱他们吗 当他们抚摸我时我已死去

她一下子站在那儿[2] 紧接着他[3] 吼叫起来并且拽着她的衣服 他们走进了大厅爬上了楼梯 还在吼叫 在推着她上楼 推着她到浴室门口然后停了下来 她背靠着门 她的一只手臂挡着脸 还在吼叫着竭力想将她推进浴室 当她进来吃晚饭时 T.P. 正在给他喂饭 他又开始了 只是在开始时是咕咕哝哝 当她抚摸他时他便吼

---

1. 昆丁回想起与凯蒂的对话，他试图说服凯蒂一同向父亲撒谎，骗父亲是他和凯蒂发生性关系，而不是凯蒂与达尔顿·艾密斯。*

2. 凯蒂失身那夜的回忆，此时凯蒂正准备去树林里和达尔顿·艾密斯约会，昆丁跟着凯蒂出了门。*

3. 指班吉。

叫起来 她站在那儿 她的眼神像角落里的老鼠 然后我在灰暗的夜色中奔跑起来 闻到了雨水的味道 各种花的味道 潮湿温暖的空气 以及蟋蟀在草丛中拉锯一般不停地鸣叫 寂静像一座移动的小岛缓缓地跟着我 "幻想者" 透过栅栏看着我 身上满是斑点 就像挂在绳上的被子 我想该死的黑小子一定是又忘了给它喂食了 我在蟋蟀的鸣叫所形成的真空中跑下小山 就像呼出的一口气穿过一面镜子 她躺在水里 她的头枕在沙子上 口里吐着水 水已淹到她的臀部 水里多了一点光 她的裙子有一半浸透了 在她的两侧沉甸甸地下坠着 在巨大的涟漪里流动着的水无处可去 不断重复着自己的流动 我站在岸上能闻到峡谷上忍冬花的气息 空气好像被浇上了忍冬花的气味 并充斥着蟋蟀刺耳的叫声 那是你能够切肤感受到的一种物质

班吉在哭吗

我不知道 是的 我不知道

可怜的班吉

我坐在岸上 草地有点潮湿 然后我发现我的鞋湿了

不要泡在水里了 你疯了吗

可是她还是一动不动 她的脸是模模糊糊的一团白色 靠她的头发才将其与模模糊糊的沙滩区分开来

快别泡了

她坐了起来 接着站起身 她的裙子贴着她的身子沉甸甸地下垂着 不断地滴水 她爬上了岸 她的衣服沉甸甸地下垂着 她坐了下来

你为什么不把衣服拧干 你想感冒吗

是啊

水被吞吸着 汩汩地流过沙滩 在黑暗里涌动着 漫过柳树林 穿过浅滩 水激起的涟漪就像一块布一样保持着安静 并有一点光 正如水那样

他穿越过所有的海洋 走遍了全世界

然后她谈起了他 她紧紧抱着双膝 她的脸在晦暗的光中向后仰着 又是忍冬花的气味 母亲的房间里有一盏灯亮着 班吉的房间也亮着 T.P. 正在将班吉弄上床

你爱他吗

她的手伸过来 我没有动 她顺着我的手臂摸下来 她抓住我的手 将它按在她的胸口 她的心怦怦地狂跳着

不 不

是他强迫你做的 是他强迫你做的吧 他比你强壮 所以他 明天 我要杀了他 我发誓 不必让父亲知道 事后再让他知道 这之后除了你和我没有人需要知道 我们可以先拿我的学费用着 我们可以注销我的入学申请 凯蒂你恨他吧 是不是 是不是

她紧紧地将我的手按在她的胸口上 她的心怦怦狂跳着 我转过身抓住她的胳膊

凯蒂 你恨他是不是

她将我的手移到她的喉咙那儿 她的心也在咚咚地跳

可怜的昆丁

她的脸看向天空 天空很低 低得夜晚所有的气味和声音似乎

都下坠拥挤在一块 就像在松垮垮的帐篷底下似的 特别是忍冬花的气味 它进入了我的呼吸 在她的脸上喉咙上都是忍冬花的气味 就像刷了一层涂料 她的血液在我的手下跳动着 我斜靠在我的另一只手臂上 手臂开始痉挛和抽搐起来 我不得不喘着气 从浓郁的灰色忍冬花气味中将空气吸入

是的 我恨他 我愿意为他去死 我已经为他死过了 我能为他死一次又一次 每次都是这样

当我抬起手 我仍然能感觉到横七竖八的树枝和草梗扎着手掌

可怜的昆丁

她向后仰着 用两只胳膊支撑着 双手紧紧地抱着膝盖

你没有干过那事是吗

什么 干过什么

就是我做的事啊

我做过 我做过 和许多女孩子干过很多次

然后我哭了 她用手抚摸着我 接着我靠着她潮湿的衬衫哭 她仰靠着越过我的头顶看向天空 我能看见她虹膜下面有一道白边 我打开我的小刀 你还记得大姆娣死的那天吗 你穿着内裤坐在水里

记得

我将刀尖对着她的喉咙[1]

只要一秒钟 就一秒钟 我就能实现我的想法 我就能实现我的

---

1. 昆丁想和凯蒂一同"殉情"。

想法

好的 你可以做你想要做的

是的 刀刃已足够长了 班吉正在睡觉

是的

只要一秒 我尽量不弄疼你

好

你闭上眼睛好吗

不是这样 你得用力扎

你用手摸摸它

但是她没有动 她的眼睛睁得大大的 正越过我的头顶看着天空

凯蒂 你还记得迪尔西对着你咋呼吗 就因为你的内裤沾上了泥水

不要哭

扎呀 你不是要

你是想要我

是的 扎吧

你用手摸摸它

别哭了 可怜的昆丁

可是我止不住哭 她抱着我的脑袋紧紧贴着她那潮湿的坚硬的胸脯 我能听到她的心脏坚定而缓慢地跳动 现在已不是咚咚地狂跳了 水在黑暗中的柳树林里汩汩地流淌 忍冬花的气味一波一波地升到空中 我的手臂和肩膀扭曲着压在我身下

怎么回事 你在做什么

她的肌肉在缩紧 我坐了起来

我的刀子 我弄掉了

她坐了起来

几点了

我不知道

她站起身 我在地上摸索着

我要走了 别管它了

回家吧

我能感觉到她站在那儿 我能闻到她潮湿衣服的气味 能感觉
到她在那儿

它就在这儿某个地方

让它去吧 你明天找吧 走啦

等一下我就找到了

你是怕

它在这儿 它一直就在这儿的

是吗 走吧

我站了起来跟随着她 我们走到了山上 蟋蟀在我们面前噤了声
太好笑了 你坐下来弄丢了东西又得四处搜寻它

灰色的 它是灰色的 带着露珠斜斜地伸向天空 伸向那边的树
讨厌的忍冬花 我希望它不要再散发出那气味了

你过去不是喜欢的吗

我们翻过山顶 我们继续向林子走去 她撞到了我 她让开了一

点 沟渠在灰色的草地上是一道黑色的疤 她又撞到了我 她看着我
又让开了 我们到达了沟渠边

我们朝这边走

干什么

看看你能不能看到南希[1]的骨骸 我是好久没有想起来看了
你呢

沟渠里藤蔓缠绕长着荆棘

黑黢黢的骨骸当初就在这儿 现在说不准了 你还能看到吗

别这样 昆丁

来吧

沟渠已窄得不能通过了 她转身走向林子

别这样 昆丁

凯蒂

我又到了她前面

凯蒂

别这样

我抱住她

我比你强壮

她一动不动僵硬着身子 一直不依从 却又一声不吭

我不会打你的 住手 你最好住手

---

1. 康普森家的狗，在昆丁和凯蒂还小时，南希掉进沟里受了伤，被罗斯
   库斯开枪打死。

凯蒂 别这样

这样做不会有什么好处 难道你不知道吗 不会有任何好处的 放开我

忍冬花的气味弥漫 弥漫着 我能听见蟋蟀围成圈打量着我们 她向后移开 绕开我向林子走去

你回屋去吧 你没必要跟着我

我继续跟着

为什么你不回屋去

讨厌的忍冬花

我们到了栅栏边 她爬了过去 我也爬了过去 当我从蹲着的姿势站起来时 他正从林子里走出来 走进灰色之中 朝我们走来 又高又大 即使在走动也是直挺的身子 朝我们走来但又好像没有动 她向他[1]走去

这是昆丁 我弄湿了 我全身都弄湿了 你不想的话可以不来

他俩的肩膀并成了一个肩膀 她的头抬了起来放在他的肩膀上 他俩的脑袋上方是天空

你不想的话可以不来

然后不是两个脑袋了 黑暗中能闻到潮湿树叶上和草叶上雨水的味道 灰暗的光就像蒙蒙细雨 忍冬花的气息一波接一波地袭来 我看到她的脸靠在他的肩膀上变得模糊一片 他用一只手臂抱着她 就好像她并不比一个孩子大多少 他伸开他另一只手

---

1. 指达尔顿·艾密斯。

很高兴见到你

我们握着手 接着我站在那儿 她的影子靠着他的影子要高一截 然后并成了一个影子

你要去做什么 昆丁

走一走 我想穿过这片林子到马路上 然后走回镇上

我转身走了

晚安

昆丁

我停下脚步

你想说什么

林子里的树蛙嗅到了空气中的雨意呱呱地叫着 声音就像难以转动的玩具音乐盒 还有忍冬花的气味

过来

你想说什么

过来昆丁

我走了过去 她抚摸我的肩膀 她的身影倾斜下来 她的脸模模糊糊的 从他高大的身影中倾斜过来 我向后退了退

小心

你回家去吧

我不困 我要去走走

在沟边等我

我要去走走

我一会儿过来 等着我 你等着

不了 我要穿过这片林子

我没有回头看 树蛙对我也毫不在乎 灰色的光像林子里的苔藓 蒙蒙细雨悄无声息地飘着但没有变成大一点的雨 我转身走回到林子边 我一到那儿又闻到了忍冬花的气味 我能看见法院钟表上的光 镇上耀眼的光 天幕映衬下的广场 沟边黑暗的柳树林 母亲房间窗户的灯光 班吉房间静静的灯光

我弯腰穿过栅栏 奔跑着穿过牧场 我在灰色的草地上 在蟋蟀的叫声中 在忍冬花的气味中奔跑 变得越来越强壮 越来越强壮 闻到水的味道了 我看到了水以及忍冬花的灰色 我躺在岸上 我的脸紧贴着地面以免闻到忍冬花的气味 然后我就闻不到了 我躺在那儿感到地气正穿透我的衣服 倾听着流水的声音 过了一会儿我感到呼吸没那么困难了 我躺在那儿 想着如果我不挪动我的脸我会很难呼吸 就不会闻到它了 然后我干脆什么也不想 她沿着岸边走了过来 站住了 我还是没动 天晚了 你回家去吧

你回家去吧 天晚了

好的

她的衣服窸窣作响 我没有动 他们窸窸窣窣的声响也停了

你听我的话回去 好吗

我什么也没听见

凯蒂

好吧 我会的 如果你想要我回去 我会的

我坐了起来 她坐在地上 她的双手抱着膝盖

听我的回屋去

好的 你要我干什么我就干什么 是吧

她甚至看都不看我 我抓着她的肩膀使劲地摇她

你闭嘴

我摇着她

你闭嘴 你闭嘴

好的

她抬起脸来 我看着她而她甚至看都不看我一眼 我又看见那虹膜的白边了

起来

我拉她起来 她有点趔 我拉她站了起来

现在走吧

你离开的时候班吉还在哭吗

走吧

我们跨过水沟 屋顶出现在视线里 接着出现的是楼上的窗户

他现在睡着了

我不得不停下来将大门锁紧 她走进灰色的光中 闻到了雨的气息但雨还没有下 忍冬花的气味开始从花园栅栏那边传过来 又开始了 她走进阴影里 我能听到她的脚步声

凯蒂

我站在台阶上 我听不到她的脚步声了

凯蒂

我又听到她的脚步声 接着我用手抚摸她

她既不热也不凉 她一动不动 她的衣服有点潮湿 她静静的

你现在是爱他的吗

她屏住气 只能缓慢地呼吸 像在远处呼吸

凯蒂你现在是爱他的吗

我不知道

在灰色的光线之外 那些东西的影子就像死水里死去的东西

我宁愿你死了

是吗 你快回屋去吧

你现在在想他吗

我不知道

告诉我 你现在在想他吗 告诉我

得了得了昆丁

你闭嘴 你闭嘴 你听我说 你闭嘴

你闭嘴好吗

好了 我闭嘴 我们太吵了

我要杀了你 你听见了吗

我们出去到秋千那儿 在这儿他们听得见你说话

我没有闹 你说我闹是吗

没有 静一静吧 我们会吵醒班吉的

你进屋去 快进去

我又没闹 我坏透了 你能拿我怎么办

我们背负着诅咒 那不是我们的错 那是我们的错吗

别说了 走吧 快去睡觉

你别赶我 我们背负着诅咒

我终于看到他了 他正好走进理发店 他朝店外看了看 [1]

我走了过去等着

我找你有两三天了

你想见我吗

我是要见你

他三两下快速地卷好了一支烟 他用大拇指划燃了火柴

我们不能在这儿说话 我想我们还是换个地方碰面吧

我去你的房间 你不是住在宾馆吗

不行 那不太好 你知道小溪上那座桥吗 就在那什么的后面

可以 好呀

一点钟行吗

可以

我转身离去

谢谢你

喂

我停下来回头看

她还好吧

他穿着卡其衬衫 他看上去像是青铜铸造的

她是不是有事需要我

我一点到那儿

---

1. 几天后，昆丁在理发店遇见达尔顿·艾密斯，两人随后在桥上见面。*

她听见我告诉 T.P. 在一点钟时给"王子"安上马鞍 她一直看着我 没怎么吃东西 她也跟着来了

你要干什么

不干什么 如果我想骑马出去遛遛 难道不行吗

你肯定有什么事 到底是什么

不关你事 你这婊子 婊子

T.P. 将"王子"牵到了侧门

我不想骑马了 我要走走

我沿着车道走出了大门 我转向一条巷子 然后我跑了起来 在到达桥头时我看见他斜靠着桥栏杆 马儿拴在林子里 他扭头看了看接着转过身 直到我来到桥上站住 他才抬头看我 他双手捏着一块树皮 他将树皮捏成碎片从栏杆上扔到河里

我是来叫你离开我们小镇的

他又故意掰下一块树皮 将它小心翼翼地扔进水里 看着它漂走

我说你必须离开小镇

他看着我

是她派你来找我的

我说你必须离开 不是我父亲 也不是其他任何人 是我说的

听着 先别说这些 我想知道她是否还好 你们家人是在跟她过不去 是吗

这事不劳你操心

然后我听见自己在说我限你在太阳落山之前离开小镇

他又掰了一块树皮将它丢到水里 接着又将一块树皮放在栏杆上 他还是三两下地卷了一支烟 将火柴旋了旋 扔过栏杆

如果我不离开 你要干什么

我会杀了你 别以为我看起来像个孩子就不会这么做

从他的鼻孔里喷出两股烟雾环绕着他的脸

你多大了

我开始颤抖 我的双手放在栏杆上 我想如果我把手藏起来 他会知道为什么的

我限你今夜之前离开

听着 小屁孩 你叫什么名字 班吉那个白痴是不是你呢

昆丁

从我嘴里冒了出来 其实我根本不想说

我限你太阳落山前离开

昆丁

他将烟灰小心翼翼地搁到栏杆上抹掉 他这个动作做得很慢很细心 像在削尖铅笔似的 我的手不再发抖

听着 没必要这样较真 这不是你的错小子 不是我也会是其他家伙

你有没有妹妹 你有吗

没有 她们都是些婊子

我张开的手掌打了他 我抑制住了将手掌捏成拳头打他脸的冲动 他的手的动作和我一样快 他将香烟扔过栏杆时我挥起另一只手 香烟还没落到水里他已经将我这只手抓住 他用一只手抓住

我的两只手腕 他的另一只手倏地伸到了外套里的胳肢窝 在他身后阳光斜斜地照着 有一只鸟在阳光之外鸣唱 我们彼此看着对方 鸟儿在鸣唱着 他松开了我的双手

你瞧

他从栏杆上掰下一块树皮将它扔到水里 树皮在湍流里上下跳动着然后漂走了 他搁在栏杆上的手松松地拿着一把手枪 我们等待着

你现在打不着了

打不着吗

那块树皮漂浮着 林子里静悄悄的 我又听见鸟叫和流水的声音了 他的手枪提了起来 根本瞄都不瞄 树皮瞬间消失了 然后是它的碎片浮了起来并散开来 他又击中了另外两块不超过银币大小的树皮碎片

看够了吧

他将手枪的转轮转开 朝枪管里吹了一口气 一缕轻烟飘散开来 他将三个弹膛装上子弹 然后关上转轮 他将枪柄朝着我 把手枪递给我

干什么 我不和你比枪法

听你刚说的话 你是用得上它的 我把它给你是因为你已看到它的作用了

拿走你的枪

我打了他 我仍然想打他 即使在他抓住我双腕好长时间后 我仍然想 接着我像透过一块有色玻璃在看他 我能听到血液的奔涌

然后我又能看到天空了 以及天空映衬下的树枝 和那斜斜地穿过树枝的阳光 他抱着我免得我摔倒

你打我了吗

我听不见

什么

喂 你感觉如何

还好 你放开我

他放开了我 我靠在栏杆上

你感觉还好吧

别管我 我没事的

你自己能回家吗

走吧 别管我

你最好不要走路 骑我的马吧

不用 你走吧

你到家后可以把缰绳放到鞍头让它自己走 它自己会回到马厩的

别管我 你走吧 别管我

我靠着栏杆看着河水 我听见他解开了系马的缰绳骑着马走了 一会儿后我什么也听不见了 除了流水声 然后我又听见鸟鸣 我离开了桥 我背靠着一棵树坐了下来 接着又将脑袋也靠在树上 我闭上眼睛 一片阳光穿过树枝落在我的眼睛上 我挨着树向前挪了挪 我又听见鸟鸣和流水的声音了 接着一切似乎慢慢离去 我什么也感觉不到了 在那些所有的日日夜夜之后 我几乎感

到了轻松 从黑暗中袭来的忍冬花气味 钻入我的房间 尽管我在竭力入睡 过了一会儿我意识到他并没有打我 他说他打了 撒谎也是因为她的缘故 我刚才晕了过去 像一个小姑娘似的 即使如此也没什么所谓 我靠着树坐着 斑斑点点的阳光从我的脸上掠过 就像树枝上的几片黄叶 我听着水声什么也不想 即使是听到马儿疾驰而来的蹄声 我坐在那儿紧闭双眼 听见马蹄嘚嘚地疾走 在沙地上发出的嚓嚓声 然后听见奔跑的脚步声 接着感到了她慌乱地摸着我的手

傻瓜 傻瓜 你受伤了没有

我睁开眼睛 她的双手在我的脸上慌乱地摸着

我不知道往哪走 直到我听到枪声 我不知道你们在哪儿

我没有想到你和他会偷偷跑出来 我不知道他会这么做

她双手抱着我的脸 推我的脑袋去撞树

别 别这样

我抓着她的两只手腕

别撞 别撞了

我知道他不会 我知道他不会

她又想推我的脑袋去撞树

我告诉他再也不要和我联系了 我告诉他了

她试图将她的手腕挣脱

放开我

松手 我比你力气大 快松手

放开我 我去逮住他 去问他 放开我吧 昆丁求你了 放开我 放

开我

突然她的手腕不挣扎了 松弛了下来

是的 我可以告诉他 我可以让他相信 任何时候我都可以让他相信

凯蒂

她没有拴住"王子"只要他有这个想法他是很容易跑回家的

任何时候他都会相信我

你爱他吗凯蒂

我什么

她看着我的眼睛里空空如也 看起来像雕塑的眼睛一样空洞视而不见 很平静的样子

将你的手放在我的喉咙上

她抓住我的一只手紧紧地贴着她的喉咙

现在说出他的名字

达尔顿·艾密斯

我感到了一股热血涌了上来 猛烈地加速跳动着

再说一遍

达尔顿·艾密斯

她扭过脸向林子望去 林子里太阳斜斜地照着 有鸟儿在鸣叫

再说一遍

达尔顿·艾密斯

她的血液不断涌动 在我的手底下一阵阵地搏动

血流了很长时间，我的脸感到冰凉，就跟死了似的，我的眼睛和手指上的伤口又感到了刺痛。[1] 我能听见史瑞夫在压水泵，然后他回来时端着一只盆，盆里有一团圆形的夕光在里面摇晃，带着黄色的边，就像一只色彩暗淡的气球，然后是我的倒影。我想从里面看清我的脸。

"血止住了吗？"史瑞夫说，"给我抹布。"他想从我手里拿走它。

"小心，"我说，"我自己来。是的，现在差不多止住了。"我用抹布蘸了蘸水，将水里的气球戳破了。抹布弄脏了盆里的水。"我希望换一块干净的。"

"你最好搞块牛肉贴眼睛上。"史瑞夫说，"该死的，你明天没有黑眼圈才怪。那个杂种。"他说。

"我打伤他没有？"我拧干手帕想将背心上的血迹擦掉。

"你擦不掉的，"史瑞夫说，"你得拿到洗衣店去洗。继续，将它敷在你的眼睛上，为什么不敷了？"

"我能擦掉一些。"我说，但我擦的效果不好，"我里面的硬领成什么形了？"

"我不知道。"史瑞夫说，"拿着敷在你的眼睛上。这儿。"

"小心，"我说，"我自己来。我打伤他没有？"

"你也许打到他了。当时我可能刚好看别处去了或者眨眼睛什么的。他可是把你暴揍了一顿。他把你浑身上下揍了个遍。你怎么想到拿拳头和他打的？你这个该死的傻瓜。你感觉

---

1. 回到当前。★

怎么样了？"

"我感觉还好，"我说，"我在想能不能弄到什么东西把背心擦干净。"

"哦，别操心你那该死的什么衣服了。你眼睛还疼不疼了？"

"我感觉还好。"我说。周围的一切仿佛成了紫色，一片寂静，房屋的山墙外天空由绿色转变为金色，一点儿风也没有，一缕烟从烟囱里直直地升起。我又听到压水泵的声音。一个男人正一边往桶里注水，一边扭头看我们。一个女人在屋里，她经过门口，但并没有朝外望一眼。我能听到一头牛在不远处哞哞地叫着。

"继续，"史瑞夫说，"别管你的衣服了，把抹布按在你眼睛上。明早一起来我就拿你的衣服出去洗。"

"好的。我很遗憾没弄一点血在他身上。"

"那个杂种。"史瑞夫说。斯波特走出屋子，我估计他是想找那个女人说话，他穿过院子。他看着我，目光冷峻，带着疑惑。

"哎，小屁孩，"他说，看着我，"你为了找乐子惹了一堆麻烦。拐骗，打架。你放假了要做什么？烧人家房子？"

"我没事，"我说，"布兰德夫人说什么了？"

"吉拉德将你打得头破血流，她将他臭骂了一顿。你让他打成这样，她见到你时也会臭骂你一顿。她不反对打架，但打架流血会让她感到厌恶。我猜因为你没能避免流血，你在她心目中的地位下降了一点。你感觉如何了？"

"当然，"史瑞夫说，"既然你成不了布兰德家族的人，退而求其次就是和他们家的人通奸或者喝醉了找他打架，视具体情况而定。"

"完全正确，"斯波特说，"但我不知道昆丁喝醉了。"

"他没醉。"史瑞夫说，"你得喝醉了才敢去打那个杂种？"

"唉，看到昆丁被打得这么惨，我明白我要喝得很醉才敢动手。他在哪儿学的拳击？"

"他每天都去迈克训练班上课，城里那个。"我说。

"他真学过？"斯波特说，"你打他时知道吗？"

"我不知道，"我说，"但我猜是这样的。是的。"

"再将抹布弄湿一遍，"史瑞夫说，"需要打一些干净的水来吗？"

"还可以用。"我说。我将抹布又蘸了蘸水，把它捂在我眼睛上。"我想拿什么洗一下我背心。"斯波特还在打量着我。

"说说，"他说，"你干吗打他？他说了什么？"

"我不知道。我不知道我为什么要那么做。"

"我只知道，你突然跳起来说，你有妹妹吗？你有吗？当他说没有时，你就打了他。我注意到你一直盯着他，可是你似乎对大家说什么一点也没注意，然后下一刻你就跳起来问他有没有妹妹。"

"哈，他跟以往一样傲气，"史瑞夫说，"吹嘘他如何情场得意。你知道的，在女孩子面前，他就是那样，说得她们一头雾水。见鬼了，说得若有其事而又似是而非的，大多是胡说八道。他告诉我们，他约了一个夫人在大西洋城舞厅见面，却让人家白等，自个儿去了宾馆床上躺着并深感愧疚，为他让她在码头等而愧疚，为他没能给她想要的东西而愧疚。他还大谈肉体之美，和因此而生的哀愁，以及女人的贪得无厌，说她们除了躺着就不会干其他任何事。他还说什么勒达¹隐藏在灌木丛里，哀怨着、悲叹着等着那只天鹅，明白吗？这个杂种。我自己都想打他。如果是我，我一定会抓起他母亲那一篮该死的酒瓶砸他。"

"哦，"斯波特说，"这个玩女人的冠军。小屁孩，你不仅激起了敬佩，还激起了恐惧。"他看着我，用他那冷峻又疑惑的目光。

"我很抱歉打了他，"我说，"我这样子看起来是不是太狼狈了，要不要回去跟他结一下？"

"去道歉？去你的吧，"史瑞夫说，"叫他们见鬼去。我们回城去吧。"

"他应该回去让他们知道他打架也像绅士，"斯波特说，"我的意思是说，像个绅士一样挨打。"

"像这个样子回去？"史瑞夫说，"带着这一身的血？"

"怎么啦，好吧，"斯波特说，"你知道怎样最好。"

"他不能穿着汗衫到处走，"史瑞夫说，"他还不是大四学生呢。走啦，咱们回城去。"

"你们不用回城去，"我说，"你们去参加野餐会吧。"

---

1. 希腊神话中的仙女。一次在河中洗澡，主神宙斯变成天鹅来与她幽会，使其受孕。

"去个鬼呀，"史瑞夫说，"别胡扯了。"

"我要给他们说什么？"斯波特说，"告诉他们你和昆丁也打了一架？"

"对他们啥也别说。"史瑞夫说，"告诉她太阳一落山她的安排就到期了。走吧，昆丁。我去问一下那个女人最近的城市区间车站——"

"没事，"我说，"我不回城里。"

史瑞夫停住看着我。转身时，他的眼镜片看起来像两个小小的黄月亮。

"你要干什么？"

"我还不想回城。你们回去参加野餐会吧。告诉他们我不愿参加是因为我的衣服弄脏了。"

"听着，"他说，"你到底想干什么？"

"没什么。我没事的。你和斯波特回去吧。我们明天见。"我穿过院子，朝大路走去。

"你知道车站在哪儿吗？"史瑞夫说。

"我会找到的。我们明天见。告诉布兰德夫人我很抱歉把她的聚会搞砸了。"他俩站着看着我。

我绕过屋子。一条石子小路通向公路。小路两侧长满了玫瑰花。我穿过大门，来到了公路上。公路向山下陡峭地延伸下去，延伸向一片树林，我能看清路边那辆汽车。我又向山上走去。随着我往山上走，光线越来越亮，在我快到达山顶前我听见了一辆汽车的声音。暮色之中它听起来很远，我站住侧身倾听。我已经看不清这辆车子了，但还能看见史瑞夫站在屋前的公路上，他在向山上望。在他身后，黄色的光辉像在屋顶上涂了一层漆。我一边举着手挥动，越过了山顶，一边聆听着汽车的声音。然后那屋子不见了，我站在绿色和黄色的光中。我听着汽车的声音越来越大，直到它逐渐减弱，然后突然消失。我站住不动，直到听到它重新启动，然后我继续朝前走。

随着我往山下走，光线在慢慢变弱，然而没有改变它的质地，仿佛是我而不是光线在改变、在变弱，尽管现在公路没入了森林，你仍然能借着光线看清报纸。很快我就走到了一个巷子口。我转身走了进去。巷子比公路更黑，更狭窄，即使它的末端是个无轨电车站——另一个木制亭子——光线还是没有改变。出了巷子，光线明亮多了，好像我在巷子里穿过了黑夜，出来后又进入了早晨。很快电车来了。我上了车，他们纷纷掉头看我的眼睛，我找了一个车厢左边的空座位坐下。

车厢里的灯开了，因此当我们穿过树林时，我除了自己的脸和过道对面的女人之外什么也看不见。女人头上端庄地立着一顶帽子，上面插着一支断了的羽毛，可是当我们驶出树林我又看见暮光了，光线的质地还是那样，仿佛时间真的停顿了一会儿，太阳正悬垂在地平线之下。然后我们经过了那个候车亭，之前那个老人拿着一口袋东西在吃的地方，公路在暮光下延伸，消失在暮色里，能感到河水在远处平静而迅疾地流淌。

电车继续行驶着，车门口的气流在稳步地增强，裹挟着夏天和黑夜的气息穿过车厢，只是没有忍冬花的气味。忍冬花的气味是所有气味中最令人伤心的，我想。我记得它们中的很多气味。紫藤是其中一种。每当下雨天母亲感到身子还不错的时候，她就坐到窗边，我们会在紫藤下玩。当妈妈躺在床上的时候，迪尔西就会将旧衣服披在我们身上让我们出去在雨中玩，因为她说雨水伤害不了年轻人。但是只要母亲一起身，我们总是在门廊上玩，直到她说我们太吵了，我们才会走出去到紫藤架下玩。

这就是我今天早上最后一次看到河流的地方，大概就是这儿。我能感觉到暮光外的流水，能闻到水的味道。春天花开的时候 如果下雨 花香无所不在 这花香是你在其他时候不会注意到的 下雨天这花香在暮晚时开始贯入屋内 要么是暮晚时雨会下得多 要么是暮光本身有什么东西 这时香气闻起来是最浓烈的 最终我躺倒在床上 想它什么时候才消失 什么时候才消失啊。吹进车门的风闻起来有河水的气味，一种持续的、潮湿的气味。有时候我会一遍又一遍地说那句话使自己入睡 当忍冬花的气味和其他所有气味掺和在一起 这一切就变成了夜晚和不安的象征 我躺着既非睡又非醒 俯看着长长的半明半暗的廊道 所有稳固的东西都变成了影子 都显得荒谬 我所做的一切都是影子 我受过的苦有了看得见的形状 滑稽的 一意孤行的 嘲笑着这些东西本身并没有相关性 带着对意义的否定 它们也许坚定地想 我是谁 我不是谁 谁不是 不是谁。

我能闻到暮色外河湾的气味，看见最后的光静静地躺在沙洲上，就像镜子的碎片。在它们之外，光线在苍白清澈的空气中开始微微颤动，就像蝴蝶在远处翩翩飞舞。班吉明那孩子。他过去常常坐在镜子前。经久不衰的避难所，在里面冲突得以平息和调停。班吉明 我老年所生的孩子 作为人质被带往埃及。啊，班吉明。迪尔西说是因为母亲太骄傲了所以不待见他。他们进入白人的生活就像突然涌出的一股敏锐的黑色细流，瞬间将白人的实际情况离析出来，如无可争辩的真理，就像放在显微镜下一般；剩余的时间里只是一片喧哗，笑是什么也没看见就笑，哭是无缘无故地哭。这些黑人为参加葬礼的人数是奇数或偶数打赌。他们挤满了孟菲斯的一家妓院，陷入宗教的迷糊中，赤身裸体地跑到大街上。每一个都得要三个警察费好大劲才能制服。是的耶稣啊好人耶稣啊那个好人。

电车停了。我下了车，下车时他们在盯着我看。来了一辆满是乘客的无轨电车。我在车厢的后平台停下来。

"前面有座位。"售票员说。我巡视了一遍车厢。左边没有座位。

"我乘得不远，"我说，"我就站这儿。"

我们越过河流。这座桥像弓一样由低往高升入空中，处于寂静和虚无之中的灯光——黄的、红的、绿的——摇曳在清澈的空气中，重复着闪烁。

"最好到前面去找个位子坐。"售票员说。

"我很快就下，"我说，"就两个街区。"

在电车到达邮局前我就下了车。他们现在应该在什么地方围成一圈坐着，接着我仔细听表发出的声音，我开始注意听敲钟声，我把手伸进外套去摸写给史瑞夫的信，榆树像被蚕食过的影子从我的手上掠过。当我转身进入宿舍区四方院时，钟响了起来，我继续往前走，那音符飘过来犹如池塘荡起的涟漪掠过我飘走了，说着几点差一刻？没错。是几点差一刻。

我们宿舍的窗户一片漆黑。入口空无一人。我进去时紧靠着左边的墙壁走，里面也是空荡荡的，只有楼梯在转弯进入影子之中，几代伤心人的脚步回声像覆在影子上的轻尘，我的脚步犹如尘埃一样弄醒了影子，然后又轻轻地落下来。

在我拉开灯之前，我看到了那封信，信被桌上的一本书支棱着，因此我看到了。称他[1]为我的丈夫。接着斯波特说他们将去什么地方，会回来很迟，布兰德夫人需要另一个骑士陪了。可是我本来会看到他的，六点钟之后他不可能在一个小时内乘上另一辆电车。我取出表聆听着它滴滴答答地走着，却不知道它是不会撒谎的。然后我将它面朝上平放在桌上，再拿起布兰德夫人的信横着撕碎，然后将碎片扔进废纸篓里，接着脱下我的外套、背心、硬领、领带和衬衫。领带脏了，但可以送给黑佬。也许这一款带血的领带会被他称作是耶稣戴过的呢。我在史瑞夫的房间找到了汽油，将背心铺在桌上，只有这儿才能把它摊平，然后我打开了汽油瓶。

镇上第一辆汽车　一位女孩　女孩　那正是杰森所不能忍受的汽油味使他恶心　接着就会发飙　因为一位女孩　女孩　没有妹妹

---

1. 指史瑞夫。

可是班吉明 班吉明 我可悲的孩子[1] 如果我还有母亲的话 我会说母亲母亲 洗背心费掉不少汽油，可是后来我也分辨不清那是血迹还是汽油的污渍。当我清洗的时候，我的伤口又开始感到刺痛了，我将背心晾在椅子上，并将灯线拉低好让灯泡将有污迹的地方烤干。我洗了脸和手。但即使那样，我仍能从肥皂味中闻到汽油味，鼻孔不由地收缩了一下。然后我打开袋子取出衬衫、硬领和领带，将有血迹的衣物放了进去并封好袋子，接着穿上衣服。当我梳头时，大钟敲了半点。但是还可以等到敲三刻呢，除了在疾驰而过的黑暗中只看见他[2]自己的脸 不见折断的羽毛 除非是两个女人 但不可能是两人在同一个晚上去波士顿的 然后我的脸他的脸在一瞬间的交错中相对 黑暗中两个亮着灯的窗口僵硬地交错而过 他的脸和我的脸 只有我看见 我看见了吗 不说再见 没有人吃东西的候车亭空空如也 马路在黑暗里 在寂静中 空空如也 那座桥弯弯地拱进寂静的黑暗里沉沉入睡 河水在平静地迅疾地流淌着 不说再见

　　我关了灯走进我的卧室，离开了汽油，但我还是能闻到它。我站在窗边，窗帘从黑暗中缓缓地吹拂过来抚摸着我的脸，就像睡着的人吸了一口气，又缓缓地朝黑暗呼气，不再抚摸我了。他们上楼之后，母亲躺在她的椅子上，将樟脑味的手绢放到嘴上。[3]

---

1. 1910 年康普森夫人见赫伯特时说的话。*
2. 昆丁又回想起刚才在电车上的场景。*
3. 1909 年家人得知凯蒂失身后的反应，"他们"指凯蒂和班吉。*

217

父亲没有移动，他仍然坐在她的身旁握着她的手，咆哮声一阵接着一阵，仿佛寂静中没有它的容身之处。记得小时候我们在一本书里看到一幅图，一缕微弱的光线斜斜地照进黑暗，两张脸庞从阴影中浮现出来。如果我是国王你知道我会干什么吗？[1] 她从来不做女王或仙女 她做的总是国王或者巨人或者将军 我要将那个地方砸开 将他们拖出来好好地抽一顿 那幅画被扯了下来，撕破了。我很开心。我得回去看 直到母亲自己成为地牢 她和父亲手拉手在微弱的光线中向上走 我们在下面迷失了 这里一点光线也没有。接着忍冬花的气息又钻了进来。我一关上灯准备睡觉 它就开始钻入房间 一波一波地越来越浓烈 我不得不大口喘气吸入空气 最后我不得不起来摸索着走 像我还是小男孩时那样 手能看见 触摸头脑里形成的看不见的门 现在手什么也看不见了[2]我的鼻子能看见汽油、桌子上的背心，还有门。走廊上空荡荡的，不再有几代伤心人寻找河流的脚步声 然而眼睛看不见 像咬紧的牙齿 不要不去相信 不要怀疑 即使疼痛不存在 胫骨 脚踝 膝盖那一道长长的看不见的楼梯栏杆 在充满睡梦的黑暗中的失足 母亲 父亲 凯蒂 杰森 毛莱 门[3] 我不害怕 只是母亲 父亲 凯蒂 杰森 毛莱 在早前就入睡了 我很快也要睡了 当我 门 门 门 这儿也是空的，管道、瓷砖，有污迹的、静静的墙壁，沉思的宝座[4]。

---

1. 此句与下一句仿宋字为凯蒂说的话。*
2. 昆丁想到自己小时候经常用手来感知黑暗。
3. 昆丁又想起小时候的某个夜晚，家人都睡着了，他却还醒着。*
4. 指抽水马桶。

我忘了拿玻璃杯，但是我能 手能看见冰凉的[1] 手指 那看不见的天鹅颈比摩西的权杖[2]还要细 那玻璃杯试探着摸着 不是敲击那纤细冰凉的颈项 而是敲击那冰凉的金属 那玻璃杯满溢了 让玻璃杯冷下来 手指发红 睡吧 留下潮湿的睡眠的味道 在颈项长长的沉默里 我又返回走廊，吵醒了寂静中在喃喃低语的、几代学生的失落的脚步声，又进入汽油味中，黑色桌子上的表在兴奋地撒着谎。窗帘从黑暗中吹拂到我的脸上，似将呼出的气留在我的脸上。还有一刻钟。然后我将不在了。最安详的话语。最安详的话语。Non fui. Sum. Fui. Non sum.[3]我曾听见钟声在什么地方敲响。密西西比或马萨诸塞。我过去是。我现在不是。马萨诸塞或密西西比。史瑞夫放了一瓶在箱子里。你真的不想拆开它吗[4] 杰森·里奇蒙特·康普森先生暨夫人宣布 三次。好几天了。你真的不想拆开它吗 他们女儿凯蒂丝的婚礼 那酒会教你将手段和目的混淆[5]在一起。我现在是。喝吧。我过去不是。咱们把班吉的牧场卖掉好让昆丁去哈佛读书，这样我也许就死而无憾了。我将死在哈佛里面。凯蒂说的是一年吗。史瑞夫放了一瓶在他箱子

---

1. 指水龙头中流出的水，昆丁忘拿玻璃杯，用手接水喝。
2. 《旧约·出埃及记》中以色列民因没水喝与摩西争闹，摩西没有遵从上帝的命令，用权杖打水。
3. 拉丁语的时态练习，意思是"我过去不是。我现在是。我过去是。我现在不是"。
4. 昆丁又联想到收到凯蒂婚礼请柬时的场景，史瑞夫看昆丁一直不拆信故发出疑问。*
5. 可能是康普森先生对昆丁说的话。*

里。先生 我不需要史瑞夫的 我已经卖掉了班吉的牧场 我能够死在哈佛了 凯蒂说 将流进窟窿 随着浪潮安详地翻腾进入大海的窟窿和洞穴 因为哈佛有如此好的名声 用四十亩换得这样的名声也不亏。一个美好的逝去的名声 我们将用班吉的牧场来换一个美好的逝去的名声。它会持续很长时间 因为他听不到除非闻到它 她一进门他便开始哭闹[1] 我一直以为那只是父亲拿来逗她的镇上的一个无赖而已直到。我还以为他就是一个陌生的旅行推销员或者就是一个穿军用衫的，直到我突然明白他[2]根本没有将我当作有潜在危害的人，但是当他看着我时，他是透过她看着我的，像透过一层有色玻璃 为什么你一定要来干涉我的事 你知道那样做没什么好处 我还以为你会放手让母亲和杰森来管呢[3]

是母亲派杰森来监视你的吗 我不会的。

女人只是利用人们的荣誉法则 因为她爱凯蒂[4] 即使是病着她也要待在楼下 以免父亲在杰森面前奚落毛莱舅舅 父亲说毛莱舅舅的古典文学功底太差了 竟然冒险让一个瞎眼的仙童去带私密的信 他应该选择杰森 因为至多他也只会犯毛莱舅舅自己所犯的同样愚蠢的错误

他就不会落得个黑眼圈 帕特森家的男孩也比杰森小 他们卖风

---

1. 昆丁想到班吉可以通过嗅觉感知一些事情的发生，比如 1909 年那天，班吉立刻察觉觉到凯蒂失身。*

2. 指达尔顿·艾密斯。

3. 凯蒂对昆丁说的话。*

4. 康普森先生对康普森夫人的评价。*

筝 一只挣五分钱 直到他们发生经济纠纷 杰森又找到了一个新的合伙人 这孩子很小 反正很小 因为 T.P. 说杰森仍然管账 但是父亲说为什么毛莱舅舅要去干活呢 既然他能够养活五六个黑人 他们根本不干活 只是坐着将脚放到火炉上 他肯定经常供毛莱舅舅的食宿 借点钱给他使他坚持他父亲的信念 在这样一个美好炎热的地方 他们自己是起源高贵的种族 母亲总是哭着说父亲相信他的家族就是比她娘家的优秀 还有他讽刺毛莱舅舅教给我们这样的东西 她看不惯父亲教导我们所有的人 只是一堆玩偶 被从垃圾堆扫来的锯木屑填满了 过去所有的玩偶都扔在垃圾堆 锯木屑是从哪一侧哪种伤口流出的呢 [1]

不是因我而死 不是的 过去我将死亡想象成像祖父那样的男人 他的私密朋友 特殊的朋友 我们过去认为祖父的桌子是不能碰的 甚至不能在摆有这张桌子的屋子里大声喧哗 我总是认为他们在什么地方一直在等待着老萨托里斯上校[2]的到来 他们坐在一起 在雪松林后面的一个高地上等 萨托里斯静静地站在一个更高的地方远眺着什么 他们等待着他看完后下来 祖父穿着他的制服 我们能听到雪松林背后传来的他们的低语声 他们一直在说话 祖父总是对的

三刻的钟声敲响。第一下钟声响起来。声音是谨慎的、宁静

---

1. 《圣经·约翰福音》第19章第34节："但是有一个士兵用枪刺他（耶稣）的肋旁，立刻有血和水流出来。"

2. 福克纳《坟墓的闯入者》《献给艾米丽的一朵玫瑰》中的人物，一位南方贵族世家的族长。

的，沉着而又断然，将慢悠悠的寂静清空，等待着第二下钟声。如果人们能够彼此改变 永远如此消融在一起 就像一朵火焰旋舞然后转瞬在冰冷的永恒的黑暗边上熄灭 而不是躺在那儿竭力不去想那秋千 直到所有的雪松散发出刺鼻的死亡的香气 这是班吉所厌恶的。只要想到那树丛 我就似乎听到了那喃喃的低语声[1] 神秘的涌动的气味 那狂野的已不神秘的肉体里热血的跳动 透过红色的眼睑可看见松绑的猪成双成对地奔向大海

于是他说 我们一定得保持清醒 要看到邪恶虽一时得势但不会总是如此[2] 于是我说 对于一个有勇气的人来讲甚至要不了那么久 于是他说 你认为那是勇气吗 我说 是的父亲 难道你不这么认为吗 于是他说 每个人是他自己品德的仲裁者 无论你是否这样认为 勇气比行动本身比任何行动更重要 否则你不可能如此真诚 于是我说 你不相信吗 我可是认真的 于是他说 我觉得你太过严肃了 以至于不会给我任何惊慌的理由 否则你不会感到不得已才告诉我你犯了乱伦之罪 还将此作为权宜之计 于是我说 我没有撒谎我没有撒谎 于是他说 你是想把一件小小的出于人性自然的蠢事升格为一件恐怖的事 然后用诚实去祛邪 于是我说 那是为了将她与喧哗的世界隔离 这样这事就必然离我们而去 接着它的声音就会仿佛从未存在过一般 于是他说 是你强迫她那样做的吗 我说 我是害怕 我是害怕她会愿意 如果那样不会有任何好处

---

1. 指凯蒂与男人的幽会。
2. 昆丁回想起凯蒂失身后自己与父亲的对话。*

但是如果我告诉你是我们做了 事情就会如此 如果是其他人做
了 事情就不会如此 然后世界就会呼啸而去 于是他说 现在是另
一种情况 你不撒谎 但是你还是无视你内心的东西 普遍的真理
的那一部分 亦即自然事件中的次序和它们的成因 这让每个人包
括班吉的额头上笼罩着阴影 你没有考虑到有限性 你思考的是一
种神化的境界 在这个境界里暂时的内心状态会与肉体实现对称
你会意识到自身和肉体的存在不会抛弃你 你甚至不会死 于是我
说 都是暂时的 于是他说 你无法忍受有一天这事不再像如今这
样伤害你 你正在接近这种状态 你似乎仅仅把它当作一种体验
让你一夜白了头又根本不会改变你的容颜 不妨这么说 在这样的
条件下你不会去做 它将是一场赌博 可奇怪的是人是偶然被怀上
的 他的每一次呼吸都是重新投掷骰子 而骰子被灌了铅 对他是
不利的 他不愿面对这最后的审判 而他事先已知道他必然要面对
的 不必试用这种权宜之计 包括从暴力到连小孩也骗不了的小把
戏 直到有一天在极端厌恶之中不惜一切代价盲目地翻开一张牌
在绝望的最初盛怒中 或者懊悔中 或者丧亲之痛中 也没有人会
那么做 除非当他意识到即使是绝望 或者懊悔 或者丧亲之痛 对
于一个阴郁的赌徒来说也不是特别重要 于是我说 暂时的 于是
他说 可能很难相信爱和痛是一种未计划就能购买的债券 不管喜
不喜欢 它都会到期 没有警告也会被召回 随时会被神发行的任
何东西所取代 不 你不会那样做的 直到你终于相信即使是她也
不值得你绝望 于是我说 我绝不会做那样的事 没有人懂我所知
道的 于是他说 我认为你最好立马就去剑桥 或者去缅因待一个

月 如果你精打细算 开支还是够的 那也许是件好事 看到几文小钱比耶稣还能治愈更多的伤口 于是我说 如果我能领悟到你所信仰的东西 我会在下周或下个月在那儿领悟到 于是他说 然后你要记住自从你出生以来 让你进入哈佛一直是你母亲的梦想 康普森家族的人从未让女士失望过 于是我说 暂时的 这样对我 对我们所有的人会更好 于是他说 每个人是他自己品德的仲裁者 但是不要让任何人去给别人开具幸福的处方 于是我说 暂时的 他说 那是世上最悲伤的一个词 绝无其他 那不是绝望 直到时间甚至不再是时间 直到成为过去

🕐　最后一下钟声响起。[1]最后它在颤动中停止，黑夜又恢复了寂静。我走进起居室将灯拉亮。我把背心穿上。现在汽油味已很淡了，几乎闻不到，镜子里背心上的血迹也已看不见，不像眼睛上还有。我把外套穿上。穿外套时给史瑞夫的信在口袋里嚓嚓作响，我取出来检查了一下地址，然后将它放在侧面口袋里。接着我将表拿到史瑞夫的房间，将它放入他的抽屉里，随后走到我的房间拿了一张干净的手帕，随后走到门边，将手放到电灯开关上。然后我想起自己还没有刷牙，于是我又将袋子打开。我找出我的牙刷，挤了一些史瑞夫的牙膏在上面，出去刷牙。我尽量将牙刷挤干水分，又将它放回口袋，将口袋盖上，又走到门边。我在关灯前环顾四周，看有什么东西落下没有，然后我发现我忘记戴帽子了。我不得不经过邮局，我肯定会碰

---

1. 回到当前。*

到那些人，他们会认为我明明是哈佛四方院子宿舍里的大一学生却装得像大四的学生一样。我也忘记刷它了，不过史瑞夫有一把刷子，所以我不必再打开袋子。

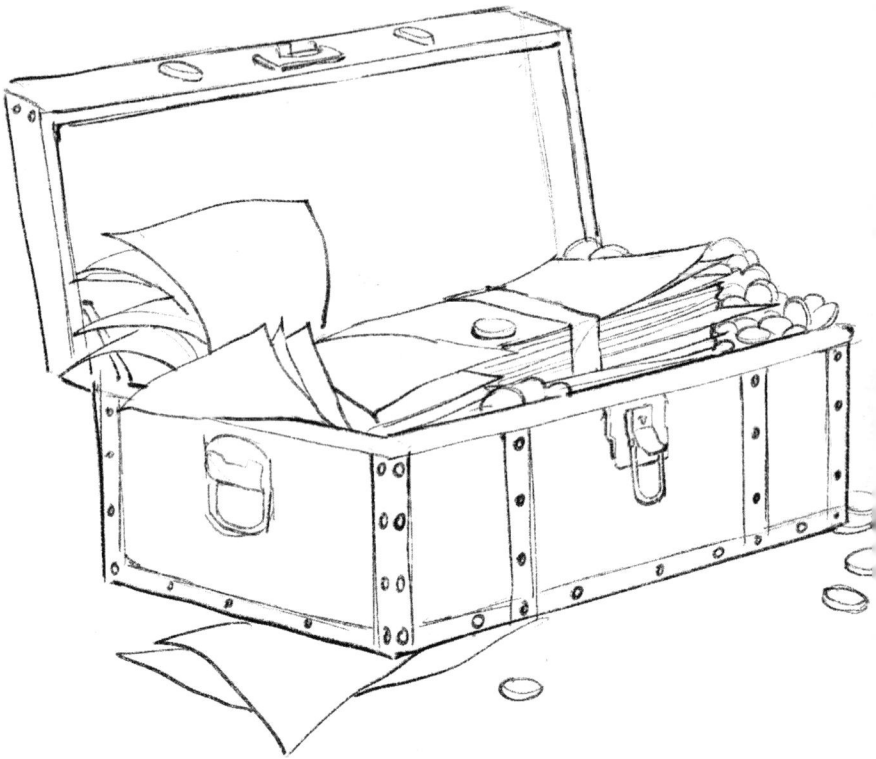

第三部分

1928年4月6日

他根本就没在想他的侄女，也没在想关于那笔钱武断的判断。对
于他来说，十年来，二者都非实体，也无个性；
二者相加仅仅象征着他那还未获得便被剥夺的银行差事。

我要说的是，一朝贱则终身贱。我说，如果您所担心的只是她[1]逃学的事，那您是幸运的。我说，她现在应该下楼到厨房里来，而不是待在她的房间里，往脸上不停地涂脂抹粉，等着那六个黑佬伺候她吃早餐，那六个黑佬不把一锅满满的面包和肉填进肚子是不会从椅子上站起来的。接着母亲开口说：

"但是让校方认为我没管她，以为我管不了——"

"就是，"我说，"您就是管不了了。您能吗？您从来就没管过她。"我说，"您怎么这么晚才开始想起管她？她都十七岁了。"

她琢磨了一会儿这句话。

"但是让他们认为……我甚至都不知道她那儿有成绩单。去

---

1. 指小昆丁，凯蒂的私生女。

年秋天她告诉我他们今年不再发成绩单了。可是现在琼金教授打电话来告诉我如果她再旷课一次，她就得退学。她怎么逃的课？她去哪儿了？你成天在镇上，如果她在街上溜达的话，你应该看得到她。"

"是的，"我说，"如果她在街上溜达的话，我是能看到她。我不认为她在学校外面玩只是为了做些能见得人的事。"

"什么意思？"她说。

"我没什么意思，"我说，"我只是回答您的问题。"接着她又开始哭起来，说她的亲骨肉是如何咒骂她的。

"是您问的我。"我说。

"我没有说你的意思，"她说，"你是他们中唯一一个不让我丢脸的。"

"那当然，"我说，"我永远没有时间成为那样的人。我永远不会像昆丁那样有时间去哈佛，或者像父亲那样将自己喝进土里。我不得不上班。不过，当然如果您想要我围着她转，看她做了什么，我只能辞掉店里的活，找一份晚上上班的差事。然后我就能在白天看着她，晚上您可让班[1]来轮班看着她。"

"我知道我对你们只是一个麻烦，一个负担。"她一边说，一边靠在枕头上哭着。

"我自然是知道的，"我说，"三十年来您一直这样对我说的。甚至班现在也应该明白了。您想要我跟她谈这事吗？"

---

1. 指班吉明。

"你认为谈了会有作用吗？"她说。

"如果我一开始跟她谈您就上来干涉，那就没什么作用。"我说，"如果您想要我管她，那您就直说，不要插手这件事。每次我想管她，您就插进来，结果我俩成了她嘲笑的对象。"

"记住她和你是血肉之亲。"她说。

"肯定的，"我说，"那正是我想到的——肉，还有一点血，如果要我说的话。如果有的人表现得像黑佬，不管他是什么人，唯一要做的就是像对待黑佬一样对待他。"

"我担心你对她会控制不住脾气。"她说。

"好啦，"我说，"您那一套并不怎么奏效。您到底是要我管还是不要我管？您就说管还是不管，我还得去上班呢。"

"我知道你为了我们做牛做马，"她说，"你是知道的，如果我有办法，你早就有自己的公司，像巴斯康家的人一样上下班了。因为你是巴斯康家的人，尽管你不是巴斯康家的姓。我知道，如果你父亲有先见之明的话——"

"是的，"我说，"我想他也有不时判断错误的资格，像其他人一样，甚至像那些无名小卒一样。"她又开始哭起来。

"瞧你这么挖苦你死去的父亲。"她说。

"好啦，"我说，"好啦。随您吧。但是我并没有什么公司，我不得不去做我要做的。您要不要我跟她说？"

"我担心你对她会控制不住脾气。"她说。

"好吧，"我说，"那我什么也不说。"

"但总得做点什么，"她说，"免得让别人以为我允许她逃学在街上乱跑，或者认为我管不住她……杰森，杰森，"她说，"你怎么能，你怎么能把这些负担扔给我不管？"

"好了，好了，"我说，"您会把自己弄生病的。为什么您不将她成天锁起来，或者将她交给我，这样您就不用去担心她了。"

"我的亲骨肉啊。"她一边说，一边哭。于是我说：

"得啦。我会照管她的。快别哭了。"

"不要对她发脾气啊，"她说，"记住，她只是一个孩子。"

"不会，"我说，"我不会的。"我走了出去，关上了门。

"杰森。"她说。我没有回答。我走到走廊上。"杰森。"她在门那边说。我从楼梯往下走。饭厅里一个人也没有，接着我听见她在厨房的声音。她正在叫迪尔西再给她弄一杯咖啡。我走了进去。

"我猜那是你的校服，是吗？"我说，"还是说今天放假？"

"只要半杯，迪尔西，"她说，"求你了。"

"不行，小姐，"迪尔西说，"我不能给了。你一个十七岁的姑娘，只能喝一杯，卡洛琳小姐叮嘱过。你去把衣服穿好去上学，这样可以搭杰森的车去。你又要迟到了。"

"不，她不会的，"我说，"我们马上做好安排。"她看着我，手里拿着杯子。她将脸上的头发往后捋，她的浴袍从肩膀滑落下来。"你把杯子放下，过来一下。"我说。

"干什么？"她说。

"快点，"我说，"把杯子放到水槽里，过来。"

"你要干吗，杰森？"迪尔西说。

"你也许认为你能凌驾于我之上，就像凌驾于你外婆和其他人之上一样，"我说，"但是你会发现这不是一回事。我给你十秒钟，照我说的将杯子放下。"

她不再看我，她看着迪尔西。"什么时间了，迪尔西？"她说，"过十秒钟，你吹一下口哨。只要半杯。迪尔西，请——"

我抓住她一只胳膊。她的杯子掉了，落在地上摔得粉碎。她猛地往后抽胳膊，盯着我，可胳膊被我抓得死死的。迪尔西从椅子上站了起来。

"你，杰森！"她说。

"你松开我，"昆丁说，"否则我会扇你的。"

"你会吗？"我说，"你会吗？"她向我扇来。我又抓住她另一只手，像紧紧抓住一只野猫似的。"你会，是吗？"我说，"你以为你行是吗？"

"你，杰森！"迪尔西说。

我将她拖到饭厅。她的浴袍没有系紧，松垮垮的，该死的接近于裸体。迪尔西蹒跚地跟着。我转过身迎着她的面踹了一脚门，门关上了。

"你不要过来。"我说。

昆丁倚靠着桌子，将她的浴袍系紧。我看着她。

"现在，"我说，"我想知道你想要干什么，逃学、对你外婆撒谎、在你的成绩单上冒充她的签名、让她操心生病，你究竟是什么意思？"

她不再吭声。她将浴袍在下巴下系紧，紧紧地裹着身子，看着我。她还没有来得及化好妆，脸像用擦枪布擦过似的。我走上前抓住她的腰。"你是什么意思？"我说。

"和你该死的没什么关系，"她说，"你松开我。"

迪尔西走进门来。"你，杰森。"她说。

"你出去，听见没有。"我说，甚至没有向后看。"我想知道你逃学去了哪儿，"我说，"你就没在街上，不然我会看到你。你在外头和谁在一块儿玩？你是躲在树林里和那些该死的油头粉面的花花公子在一块儿是吗？你去的就是那儿吗？"

"你——你这个老混蛋！"她说。她挣扎着，但我紧紧攥着她。"你个该死的老混蛋！"她说。

"我会给你好看的，"我说，"你也许能将老女人吓跑，可是我现在要让你看到是谁在收拾你。"我用一只手抓住她，然后她放弃了挣扎，看着我，眼睛睁得大大的，直直地看着我。

"你要干什么？"她说。

"你等我将皮带解下来，我会给你好看的。"我一边说，一边去抽皮带。然后迪尔西一把抓住我的胳膊。

"杰森，"她说，"你，杰森！你难道不为自己感到害臊吗？"

"迪尔西，"昆丁说，"迪尔西！"

"我不会让他打你的，"迪尔西说，"不要怕，宝贝。"她紧紧攥着我的胳膊。然后皮带被我抽了出来，我猛地挣脱开她的手，将她甩了出去。她趔趄着撞到了桌子上。她确实是老了，除了能走动一下几乎什么也做不了了。但那也好，我们需要有人在厨房里将年轻人没有消灭完的食物吃光。她蹒跚地走到我和昆丁之间，竭力想再次抓住我。"要打就打我吧，"她说，"你是除了打

233

人就不会做其他的了，是不是？打我吧。"

"你以为我不会？"我说。

"我知道没有什么坏事是你不敢做的。"她说。然后我听见母亲走在楼梯上的声音。我本应该知道她不会撒手不管的。我松开手。昆丁踉踉跄跄地撞到墙上，一边拉严浴袍。

"好啦，"我说，"我们暂时不扯这事。但是不要以为你能够凌驾于我之上。我不是老太婆，也不是半死不活的老黑。你这该死的小骚货。"

"迪尔西，"她说，"迪尔西，我要我妈妈。"

迪尔西走向她。"好啦，好啦，"她说，"只要我在这儿他就不敢对你动手的。"母亲从楼梯走下来。

"杰森，"她说，"迪尔西。"

"好啦，好啦，"迪尔西说，"我不会让他碰你的。"她将一只手放到昆丁身上。她将它拍开了。

"你这该死的老黑。"她说。她向门口跑去。

"迪尔西。"母亲在楼梯上说。昆丁向楼下跑去，从她身边经过。"昆丁，"母亲说，"叫你呢，昆丁。"昆丁还在跑。我能听到她跑到了楼顶，接着进了走廊。然后门砰的一声关上了。

母亲停住了。接着她往下走。"迪尔西。"她说。

"哎。"迪尔西说。

"我来了。你现在去把车发动等着，"她说，"你带她去学校。"

"不用您操心，"我说，"我会把她送到学校，我会盯着她让她待在那儿。我开始管这事了，就会管到底。"

"杰森。"母亲站在楼梯上说。

"快去吧。"迪尔西一边说，一边朝门口走去。"你又想她犯病吗？我来了，卡洛琳小姐。"

我走了出去。我能听见她们在楼梯上说话的声音。

"您快回到床上去，"迪尔西在说话，"难道您不知道您身体不好，还不能起来吗？快回去。我会催她抓紧去学校的。"

我走到屋后面将车倒了出来，接着我不得不绕到前面才看见他们。

"我想我告诉过你，将那只轮胎安在车后面。"我说。

"我没有时间啊，"拉斯特说，"要等姥姥忙完厨房里的活来替我照看他我才有空啊。"

"是啰，"我说，"我养活的该死的一厨房的黑奴都围着他转，可是如果我要换一只汽车轮胎，我还得自己动手。"

"我找不到人来照看他啊。"他说。这时班吉开始哼哼唧唧地淌着哈喇子。

"带他到后面去，"我说，"你究竟是咋想的带他到这儿来丢人现眼？"趁班吉还没有叫喊，我叫他们走开了。星期天糟糕透了，见鬼了，球场上到处是人，他们既没有家丑外扬也没有六个黑奴需要养活，他们满场跑动，打着该死的比樟脑丸大一点的球。每次看见他们走来，班吉会沿着栅栏一边跑上跑下一边吼叫。这样下去，他们非得向我收取高尔夫会员费不可。然后母亲和迪尔西将不得不拿出几只瓷做的门把手和一根拐杖来假装打球，或者我只能晚上打着灯带他到球场上玩，而做这一切就是为了哄好他。也许什么时候他们会把我们全部送到杰克逊疯人院去。天知道，要真等到那天他会举行"老家周"[1]来庆祝吧。

我走到后面的车库。车库里有一只轮胎斜靠着墙。可是我才不会去把它安上呢。我退了出去，掉过头。她正站在车道旁。

"我知道你什么课本也没有。我只想问你，你把那些课本弄到哪去了，如果这还关我的事的话。当然我没什么权利问，"我说，"我只是去年九月为这些课本付了十一块六毛五[2]的那个人。"

"是母亲给我买的课本，"她说，"你没有花过一分钱在我身上。指望你我肯定会饿死。"

"是吗？"我说，"你去对你外婆这样说，看她会说什么。你看起来并没有光着身子没衣服穿啊，虽说你脸上涂的东西所遮住的地方也比你穿的衣服遮住的地方多。"

"你以为这花过你和她的一分钱？"她说。

"问你外婆，"我说，"问她把那些支票怎么了。我记得你见过她烧了其中一张。"她听都不听，她脸上涂得像敷了一层胶，睁着一双杂种小狗狗的眼睛。

"如果这花了你和她的一分钱，你知道我会做什么吗？"她一边说，一边将一只手放在她的衣服上。

"你会做什么？"我说，"将一只桶罩在身上？"

---

1. 美国的习俗，遇到值得庆祝的事，会邀请原来住在一起的亲友欢聚一周。
2. 块指一美元，毛指十美分，后同。

"我会立马撕掉它，将它扔到街上，"她说，"你不相信？"

"你肯定会的，"我说，"你每次都是这样干的。"

"看我会不会。"她说。她双手抓住衣服的领子，做出要撕的样子。

"你要是撕了这衣服，"我说，"那我在这儿就会抽你一顿，让你记住一辈子。"

"看我撕不撕。"她说。然后我看见她真的要撕，要将衣服从身上撕下来。我停住车抓住她的手。这时已经有十几个人围拢过来看了。我一着急就懵了。

"你再那样做，我会让你后悔来到人世。"我说。

"我现在就后悔了。"她说。她平静下来，眼神变得有点奇怪。我心里想说，如果你在这大街上，在这车里哭闹，我会抽你，抽你个半死。幸好她没有，于是我松开她的手腕，继续开车。幸好我们离一条巷子近，我能转进去开到后街，从而避开了广场。人们已在比德家 [1] 的空地上搭起了帐篷。艾尔 [2] 给了我两张票。她坐在车上，脸转向一边，不停地咬着嘴唇。"我现在就后悔了，"她说，"我不明白我为什么要出生。"

"我知道至少还有一个人也不理解这是为什么。"我说。我在学校教学楼前停下车。上课铃声已响起，最后一批学生正走进教室。"你到底还是准时了一次，"我说，"你要自己进去好好待着

---

1. 镇上的一户人家，戏班子的帐篷就搭在附近。

2. 杂货店的老板，杰森在此店打工。

呢，还是要我陪你进去，让你好好待着？"她钻出车，砰的一声将车门关上。"记住我说的话，"我说，"如果我再听说你逃学跑回巷子里和该死的小混混鬼混的话，我会说到做到的。"

她听到这话回过头来。"我不会到处跑的，"她说，"我做什么我不怕别人知道。"

"他们早就知道了，"我说，"镇上每个人都知道你是什么东西。可是我不想再这样，你听见没有？就我自己来说，我又在乎你干什么，"我说，"可是我在这个镇上是有地位的，我不会让我家的任何人表现得像黑婆娘一样。你听见我说的话了吗？"

"我无所谓，"她说，"我很坏，我会下地狱的。我无所谓。我宁愿下地狱也不愿待在你在的地方。"

"如果我再听说你没有到学校，你就盼着自己下地狱吧。"我说。她转过身，跑着穿过了操场。"只要再有一次，记住。"我说。她并没有回头看我。

我到邮局取了邮件，开车到店里把车停好。当我走进店里时，艾尔看着我。我的迟到给了他念叨的机会，但他只是说：

"那批耕作机到货了。你最好帮约伯大叔[1]将它们安装好。"

我走到后面，老约伯正在拆卸包装箱，以每小时拧松三只螺帽的速度拆着。

"你应该去为我家干活，"我说，"镇上那些没用的黑人每两个中就有一个在我家厨房吃白食。"

---

1. 在杂货店做粗活儿的一个黑人。

"我只帮星期六晚上发工资给我的人干活。"他说,"我干了这活,就没有空去为其他人家服务了。"他拧开一个螺帽。"现在在这国家已经没有人攒劲干活了,除了象鼻虫[1]。"他说。

"你应该高兴你没有成为一只等着被耕作机收拾的象鼻虫,"我说,"不然不用等耕作机消灭你,你就已经累死了。"

"那倒也是,"他说,"象鼻虫日子不好过。一个星期每天都得在火辣辣的日头下忙活,日晒雨淋的。也不能坐在前廊观察西瓜的长势,星期六也没啥意思。"

"如果靠我给你发工资的话,"我说,"对你来说星期六也不会有意思的。快把箱子里的东西取出来,然后将它们拖到里面去。"

我先拆开她[2]的信,然后将支票取了出来。女人都一个德行,支票又晚了六天才到。她们还想让男人相信她们有能力做生意。如果一个男人将每个月的六号当作一号,那他的生意还能维持多久?这样的事还不止一桩,当他们将银行账单寄出来时,她[3]想知道我为什么要到了六号才将我的薪水存进去。像这样的事女人永远弄不明白。

关于昆丁复活节衣物的信,我还没收到回复。那封信

---

1. 一种农业害虫。

2. 指凯蒂。

3. 指杰森的母亲卡洛琳夫人。

收到了吗？最近两次写给她的信我也没有收到回复，不过装在第二封信里的支票和另一张支票都已兑出了。她是不是生病了？立马告诉我，否则我会过来亲眼看看。你答应过如果她需要什么东西你会告诉我。我希望在十号前收到你的回信。你最好立马给我发一个电报。你正在打开我写给她的信吧。我觉得就像亲眼看着你一样。关于她的情况你最好马上发一个电报给我，就按这个地址发。

就在这时艾尔开始对着约伯叫嚷起来，于是我把信和支票收了起来，走过去给他鼓劲。这个国家需要的是白人劳工。让这些微不足道的黑人饿上两年，他们就会明白自己曾过得有多轻松。

快到十点的时候我走到前台。那里来了一个旅行推销员。还差两分钟就到十点了，我邀他到街上喝可口可乐。我们谈起了农作物收成。

"那能有什么，"我说，"棉花是投机商的作物。他们对农民吹得热火朝天，让农民大面积种植，这样他们在市场上好打压和修理那些容易上当受骗的人。你认为这些农民除了晒红了脖子累驼了背还能从中得到什么？那些汗流浃背地里种棉花的人除了勉强糊口你认为他们还能多拿一分钱吗？"我说，"他们种多了，收价低，采摘不值得；他们种少了，请轧棉机来，棉花又不够。这都是为了什么？就为了那一群该死的东部犹太人，我说的不是信仰犹太教的人，"我说，"我认识的一些犹太人也是不错的公民。你可能就是其中一位。"

"不是，"他说，"我是美国人。"

"没有冒犯的意思，"我说，"我对人是公平的，不管信仰或其他什么因素。我个人并不排斥犹太人。那就是一个种族。你得承认他们什么也不生产。他们跟随拓荒者来到一个新的国度，然后卖衣服给他们。"

"你说的是亚美尼亚人吧，"他说，"是吗？新衣服对拓荒者来说也没有什么用处的。"

"没有冒犯的意思，"我说，"我不会因为一个人的宗教信仰去反对他。"

"那当然，"他说，"我是美国人。我的家族有一些法国血统，这就是为什么我会长这样的鼻子。可我确实是美国人。"

"我也是，"我说，"像我们这样的人也剩下不多了。我说的是那些在纽约坐享其成的家伙，专门套那些容易上当的赌徒。"

"那是，"他说，"穷人就不该赌博。应该出台法律禁止。"

"你不认为我说的是对的吗？"我说。

"说得没错，"他说，"我觉得你是对的。农民横竖都倒霉。"

"我知道我说的是对的，"我说，"那是骗人的把戏，除非能从一个真正懂行的人那里得到内部信息，我碰巧和在那里当差的几个人有联系。他们拥有纽约最大的一家咨询决策公司。我的方法是一次不要冒太大风险。那种认为他什么都知道，投三元钱就想大赚一笔的人，正是他们等着收拾的。那就是他们还在做这门生意的原因。"

十点的钟声敲响了。我走到电报局。门开了一条缝，正如他们说的。我走到角落里，再次取出电报，只是为了确认一下。当我正在看电报的时候来了一份商情报告。市价上涨了两个点。大家都在买进。我能从他们谈话的内容听出来。大家都在往船上挤，好像他们都不知道这条船是有去无回的。好像有法律或者什么规定只允许买进。是啊，我估摸那些东部犹太人也得生活。可是任何一个该死的外国人在上帝给他们安排的国家过不下去了，就能够跑到这儿来，从我们美国人的口袋里掏钱，如果这样的情况得不到解决，那真是该死。又涨了两点。四个点了。真见鬼，他们都整对了，都知道当下的行情。但也对，要是我不听他们的建议，我每月付他们十元钱干吗？我走了出去，接着我想起要发电报，于是又返回。"一切都好。Q[1]今日回信。"

"Q？"电报员说。

"是的，"我说，"Q。你不会写Q吗？"

"我只是确认一下。"他说。

"你照我写的发，我保证没错，"我说，"让收件人付款。"

"你在发什么呀，杰森？"赖特大夫[2]说，目光越过我的肩膀，"是不是关于买进的代码信息？"

"没什么，"我说，"你们几个兄弟自做判断。你们知道的可比纽约的那些家伙多啊。"

---

1. 指小昆丁。
2. 当地一个做棉花投机生意的人。

"啊，应该是，"大夫说，"要是今年棉花每磅涨两分钱，我将会赚一大笔。"

又一份商情报告来了。下跌了一个点。

"杰森是在抛出啊，"霍普金斯说，"看他的脸。"

"我做什么没什么好说的，"我说，"你们兄弟自己做出判断吧。那些有钱的纽约犹太人也要像其他人一样生活。"

我回到店里。艾尔在前面忙着。我回到桌旁读洛琳[1]的来信。

亲爱的爹爹，好想你就在我身边。你一离开，这个城市就没什么意思了，我想念我的宝贝爹爹。

我估摸她是想我了。上次我给了她四十元。给了她的。我从不对一个女人承诺什么，也不让她知道我会给她什么。这是管控她们的唯一办法。让她们总处于猜测之中。如果你想不出什么让她们惊喜的办法，就给她们下巴猛烈一击。

我将信撕了放到痰盂上烧。我的原则是绝不保留女人写的只言片语，绝不给她们写信。洛琳总是追着我给她写信，但我说，忘了告诉你的事等下次我到孟菲斯[2]后再告诉你。我说，我不在乎你时不时地用普通信封写信给我，但是假如你打电话给我，你

---

1. 孟菲斯的一名妓女，杰森的情人。
2. 美国田纳西州最大城市，南北战争时期最大的棉花和奴隶的交易市场之一。

可能会在孟菲斯待不下去。我说，我只是去那儿的公子哥儿中的一员，我不允许任何一个女人给我打电话。给，我说。我给了她四十元钱。如果你喝醉了冒出给我打电话的念头，请记住我说的话，在打电话前先数到十。

"那是什么时候？"她说。

"什么？"我说。

"你什么时候回来？"她说。

"我会通知你的。"我说。然后她想买一瓶啤酒，但是我不让她买。"钱留着，"我说，"给自己买一件衣服。"我也给了女侍者五元钱，毕竟，就像我说的，金钱本身没有价值，只是看你怎么花。它不属于任何人，所以为什么要想方设法贮存它呢。它只属于能够获取它和留住它的人。在杰弗逊就有这样一个人，靠卖破烂给黑佬赚了一大笔钱，他住在他的店铺楼上的一间猪舍大小的房间里，还在那儿做饭吃。大概是四五年前他得病了。他吓坏了，于是等他病好他参加了教堂的活动，为自己捐了一份对中国传教的资助，每年五千元。我经常想，如果他快死的时候发现并没有什么天堂，当他想到那每年的五千元钱，他会疯成什么样。像我说的，他最好想怎么过就怎么过，现在死掉还省了一笔钱。

信烧完了，我正要将其他的东西塞进外衣口袋，突然有什么东西在告诉我，在回到家之前打开昆丁的信，但是就在这时，艾尔在前面开始对着我大喊大叫，于是我将它们放下，走过去伺候这该死的乡巴佬看他要做什么。他花了十五分钟来决定是要一根二角的马颈绳还是三角五的。

"你最好买好的那种，"我说，"你们这些家伙要想领先，用便宜的装备来工作怎么能成？"

"如果这个并不好，"他说，"为什么还在卖呢？"

"我没有说它不好，"我说，"我说它没有另外那个好。"

"你又怎么知道它不如那个好，"他说，"你都用过？"

"因为他们没有要价三毛五，"我说，"凭这点我知道它没那么好。"

他两手拿着二角钱的马颈绳，将它从手指间抽了出来。"我看我还是买这种。"他说。我提出给它包好，但他把它卷好放进了工装口袋里。然后他取出了一个香烟盒子，好不容易将它打开，抖出几枚硬币。他递给我一枚二角五的。"这剩下的一角五够我买一份简单的午餐了。"他说。

"好吧，"我说，"你真高明。但等到明年你不得不来买一条新的时，你可不要抱怨。"

"明年种什么作物我还没底呢。"他说。我终于摆脱了他，可是每次我将信取出来时，总有事要处理。人们都涌到镇上来看演出，成群结队地大把花钱，但演出既没有给镇上带来什么，也没有给镇上留下什么，除了给镇长办公室的那些贪官提供了分赃的东西。艾尔跑前跑后，就像鸡笼里的母鸡，一边在说"好的，太太，康普森先生会来伺候您，给这位女士拿一只黄油搅拌筒还有一只五分钱的百叶窗钩子"。

是啊，杰森喜欢工作。我说不是的，我没有上过大学的优势。在哈佛他们不知道怎样游泳就教你在夜晚游泳，而在西沃恩[1]他们甚至都不会教你水是什么。我说也许您可以送我去州立大学，在那儿也许我会学会如何用鼻腔喷雾剂弄停钟表，然后您也可以将班送去海军或者骑兵部队，反正他们用的就是骟马。后来她把昆丁带来家里让我养，我说，我想这样也好，我还没去北方工作，他们倒把活儿给我带来了。然后母亲开始哭，我说，倒不是我反对抚养这个孩子，只要您满意，我可以辞掉工作亲自带孩子，只要您和迪尔西能保证家里的面粉桶随时装得满满的就行了。还有班，把他租给戏班子，总有人愿意花一角钱来看他。然后她哭得更厉害了，不断地说我可怜的残疾儿啊。我说，是啊，他会帮您大忙的，可是等他长足了也不会超过一个正常人，现在也只有我一半高。她说她很快就要死了，然后我们就会好过了。于是我说，没错，没错，您自行其便吧。她是您的外孙女，相较于她的其他祖辈，您的身份是最清楚的。只是，我说，那只是一个时间问题。如果您相信她照她说的去做，而不去看事实，那您就是自欺欺人，因为头一回母亲一直在说感谢上帝，你除了姓康普森外其他一点不像康普森家的人，因为你们是我仅有的全部了，你和毛莱。我说，不过我倒是不想毛莱舅舅也来受这罪。

接着他们走了过来说他们准备出发了。[2]然后母亲止住了哭。她把面纱拉了下来，我们从楼梯走下去。毛莱舅舅正从饭厅走出来，用手绢捂着嘴巴。他们好像夹道欢迎一般站成两排，我们走

---

1. 田纳西州的一所大学，杰森的父亲毕业于此校。
2. 回忆起父亲葬礼前家中的场景。*

出门，刚好看到角落里迪尔西在把班和 T.P. 往回赶。我们走下台阶，上了马车。毛莱舅舅一边不停地说"可怜的小姐姐，可怜的小姐姐"，一边拍着母亲的手。他漫无边际地说着话。

"你戴上黑纱没有？"她说，"他们为什么不早点出发，非要等到班吉明出来出洋相。可怜的小子。他不知道。他甚至都不能意识到。"

"好啦，好啦，"毛莱舅舅一边说，一边拍着她的手，嘴巴不停地动着，"好啦，好啦。先别让他知道丧亲之痛，等到他不得不知道的时候再说。"

"像这样的时候，其他的女人都有她们的孩子可以依靠。"母亲说。

"你有杰森和我啊。"他说。

"对我来说这太恐怖了，"她说，"两个都这样[1]，不到两年的时间啊。"

"好啦，好啦。"他说。过一会儿他偷偷地将手掩到了嘴边，然后将什么东西扔出窗外。这时我知道我闻到的是什么东西了。是丁香茎[2]。我估摸着这是他在父亲葬礼上唯一能做的事了，不然酒柜可能会把他当成父亲，在他走过的时候绊他一跤。就像我说的，如果他[3]为了将昆丁送去哈佛不得不卖掉一些东西，那卖掉

---

1. 指昆丁和康普森先生的先后死亡。
2. 可用于除酒味。
3. 指康普森先生。

酒柜我们的日子都会好过得多,他还能用其中的一部分钱给自己买一件一只袖筒的束身衣[1]。但我估计康普森家的所有财产早在还没有照母亲说的那样继承给我前就已败光了,因为都让他给喝光了。至少我从没有听到他提过卖什么东西送我去哈佛。

他还是一边不停地拍着她的手一边说"可怜的小姐姐",他拍她的手戴着黑手套,四天后我们收到了这副手套的账单,因为这天是二十六号,因为一个月前的这一天父亲去那儿将她[2]带回了家,而且只字不提她[3]在哪儿、情况如何。[4]于是母亲一边哭一边说:"那么你就没看到他[5]?你就没有打算让他给她[6]付一点抚养费?"父亲说:"没有啊,她不应该碰他的钱,一分也不行。"母亲说:"让法律去迫使他付。除非,他什么也证明不了——杰森·康普森啊。"她说,"你不会蠢到去告诉他——"

"别说了,卡洛琳。"父亲说,他叫我去帮迪尔西将阁楼那只旧摇篮拿下来。

我说:"好呀,他们今晚倒是将我的差事[7]带到家里来了。"因为我们一直希望他们能把事情处理好,希望他愿意抚养小昆

---

1. 指限制精神病人的衣服。
2. 指凯蒂的女儿小昆丁。
3. 指凯蒂。
4. 回忆起父亲葬礼的一个多月前,父亲将小昆丁接回家里。*
5. 指凯蒂的丈夫赫伯特·海德。
6. 指小昆丁。
7. 指赫伯特答应给杰森安排的工作。

丁。母亲一直说她对我们家至少还会有些尊重，不会在她和昆丁都自毁前程之后又将我给毁了。

"那小昆丁还能给谁养？"迪尔西说，"除了我还有谁会来带她？难道你们不都是我带大的吗？"

"你干得真棒，"我说，"无论如何她现在肯定又要操心了。"于是我们将摇篮搬了下来，迪尔西开始着手在她的旧房间将摇篮支起来。接着母亲果真又开始了。

"别哭了，卡洛琳小姐，"迪尔西说，"您会吵醒她的。"

"让她在那儿睡？"母亲说，"还要被那空气污染？拥有这样的命，现在很苦，将来也会很苦啊。"

"别说了，"父亲说，"别犯傻了。"

"为啥她不能在这睡，"迪尔西说，"就在这间屋子，我每天将她妈妈弄上床睡觉，直到她大了能够自己睡。"

"你不知道，"母亲说，"我的亲生女儿被她的丈夫抛弃了。可怜又无辜的小宝贝，"她一边说，一边看着小昆丁，"你将永远也不知道你给别人造成的痛苦。"

"别说了，卡洛琳。"父亲说。

"您护着杰森为了哪样？"迪尔西说。

"我想保护他，"母亲说，"我一直想保护他，免得他受连累。至少我要尽力庇护这个小娃娃的。"

"我想知道睡这间屋子怎么就会伤害她了？"迪尔西说。

"我也没办法，"母亲说，"我知道我只是一个讨嫌的老太婆。但是我知道人们无法蔑视上帝的法律同时还不受惩罚。"

"胡说八道，"父亲说，"那就将摇篮安在卡洛琳小姐的房间里，迪尔西。"

"你可以说我胡说八道，"母亲说，"但是她千万不能知道这些事。甚至连她母亲的名字她都不该知道。迪尔西，我不许你在她耳边提她的名字。如果她长大后根本不知道她有一个母亲，那我就要感谢上帝了。"

"别傻了。"父亲说。

"你怎么带大他们的，我从没有干涉过，"母亲说，"但是现在我再也不能忍了。我们现在必须做出决定，就今天晚上。要么在她耳边绝不提那个名字，要么她走，要么我走。你选择。"

"别说了，"父亲说，"你是太心烦了。安在这儿，迪尔西。"

"唉，您是又要发病了，"迪尔西说，"您看起来像一个鬼。您上床去吧，我会给您调一杯热甜酒，看能不能让您入睡。我敢说您自从离开家门后就没有睡过一个完整的觉。"

"是没有，"母亲说，"难道你不知道医生说的话吗？为什么你要支持他喝酒？那就是他的问题所在。瞧我，我也很痛苦，但是我还没有脆弱到用喝威士忌来自杀。"

"胡扯，"父亲说，"医生知道什么？他们就靠建议人们去做当时没有做的事情来谋生的，人人都知道退化的猿类就是这样做的。下一步你将请一位牧师来握我的手了[1]。"母亲哭了起来，他走了出去。他走下楼梯，然后我听到酒柜开关的声音。我醒

---

1. 指一种葬礼上的仪式。

来时又听到他走下楼。母亲是睡着了还是怎么的，因为屋子终于变得静悄悄的。他也在尽量不弄出声响，我听不到他的声响，只有在酒柜前他睡衣的下摆和他赤裸的大腿摩擦发出的窸窸窣窣的声音。

迪尔西安好了摇篮，给她脱了衣服将她放了进去。自从父亲把她带进屋来，她都没醒过。

"她大得快睡不下了。"迪尔西说，"有了，我在走廊那头给自己铺一张小床得了，这样您就不用起夜了。"

"我不会睡着的，"母亲说，"你回屋去睡吧。我不介意的。我很高兴将我的余生奉献给她，只要我能避免——"

"好啦，别说了，"迪尔西说，"我们会照顾好她的。唉，你也得休息了，"她对我说，"你明天还要上学呢。"

于是我走了出去，可是母亲又把我叫了回去，靠在我身上哭了片刻。

"你是我的唯一希望，"她说，"每个晚上我都因你而感谢上帝。"当我们在那儿站着等他们动身时，她说，如果有个人不得不被带走的话，感谢上帝留给我的是你而不是昆丁。感谢上帝你不是康普森家的德性，因为你和毛莱是我仅有的全部了。我说，得啦，别将毛莱舅舅和我扯到一块儿。

他还继续用他那戴着黑色手套的手一边拍打着她，一边漫无边际地说着话。[1] 轮到他铲土的时候，他把手套脱掉了。他走进

---

1. 回到父亲的葬礼。★

251

第一批铲土的人身边，他们撑着雨伞，时不时地跺脚想把鞋上的泥巴跺掉，铲子上也沾上了泥巴，因此他们也不得不将铲子上的泥巴敲掉，泥巴掉在棺材上发出空洞的声音。当我绕过出租马车走回来时，我看见他躲在一块墓碑的后面，正从酒瓶里又喝了一口酒。我想他要喝个没完呢。我穿着新西服，但是好在车轮上的泥巴还不多，只要母亲一看到我的新西服便会说我不知道你什么时候能再做一套新的了，毛莱舅舅说："得了，得了。你根本不用担心。你一直有我可以依靠啊。"

我们是依靠他。一直是。第四封信是他写来的，但是没有任何必要拆开。这封信我自己也能写，或者凭记忆背给母亲听，再添加个十元钱就更保险了。但我对另一封信有一种预感。我感到她又要要什么把戏了。自从那一次之后她已变得相当精明。她很快就发现我和父亲是不同类型的人。他们快要将墓穴的土填满时，母亲果然又大哭起来，因此毛莱舅舅将她拉上马车驱车离开了。他说，你可以和别人一起坐车，他们会很乐意捎上你，我不得不带你母亲先走。我想说，是啊，你应该带两瓶酒而不是只带一瓶。可是我考虑到我们所在的地方，于是我让他们走了。他们根本不在乎我被雨淋得有多湿，因为在乎的话母亲会非常担心我得了肺炎。

行啦，我一边想着这些，一边看他们将泥土铲进墓穴，拍打泥土的样子就像在和灰浆，又像在筑围墙，我开始感到有点儿滑稽，于是我到周边走了走。我想如果我朝镇上走，他们会赶上来让我搭他们的车，于是我返身向黑人墓地走去。我走到几棵雪松树下，这儿的雨下得不大，时不时落几颗，在这儿我能看见他们收工离开。一会儿他们都走光了，我等了一会儿后离开了树下。

我不得不沿着小道走以避开湿漉漉的草，因此直到离得很近了我才看到她，她站在那儿披着黑色的斗篷，看着地上的花。在她还没有转过身来看着我之前，在她还没有撩开面纱之前，我立马认出了她。

"你好，杰森。"她一边说，一边伸出手来。我们握了握手。

"你在这干什么？"我说，"我以为你答应过母亲不会回来的。我以为你能想明白这事的。"

"是吗？"她说。她又在看那束花。那束花卉应该值五十块钱。曾经有人放了一束在昆丁墓前。"你是这样想的吗？"她说。

"不过我一点也不奇怪，"我说，"你是什么人我记得清楚得很。你是谁也不关心的，谁也不在乎的。"

"哦，"她说，"那个工作。"她看着坟墓："这事我很抱歉，杰森。"

"你是该抱歉，"我说，"你现在说话倒是非常温顺。但是你没必要回来。父亲没留下什么东西。如果你不相信我说的话，可去问问毛莱舅舅。"

"我什么也不想要，"她说，她看着坟墓。"为什么他们不让我知道？"她说，"我碰巧在报纸上看到。在最后一页。碰巧。"

我什么也没说。我们站在那儿，凝视着坟墓，然后我不禁想起我们小时候这样那样的事来，我又感到了滑稽好笑，像要疯了似的，又想到现在有一个毛莱舅舅整天在家里转悠，管事的方式就像他让我淋着雨自个儿回家一样。

"你可真有心眼，他一死你就偷偷溜到这儿来。但你不会得到任何好处的。不要以为你能利用这个机会偷偷跑回来。如果你不会骑你的马，你就不得不步行，"我说，"我们在家里甚至连你的名字都忘了。"

"你知道吗？家里人连你的名字都忘了。你最好和他，和昆丁一起待在下面。"我说，"你知道吗？"

"我知道，杰森，"她看着坟墓说，"如果你能安排我见她[1]一小会儿，我会给你五十块钱。"

"你没有五十块钱的。"我说。

"行吗？"她说，没有看我。

"让我想想，"我说，"我不相信你身上有五十块钱。"

我能看见她的双手在斗篷下动，接着她伸出一只手来。见鬼了，满手的钱啊。我能分辨出有两三张黄颜色的钞票。[2]

"他还给你钱吗？"我说，"他给你多少钱？"

"我给你一百块，"她说，"行吗？"

"就一小会儿，"我说，"就照我说的做。你就算给一千块钱我也不会让她知道你的名字的。"

"好吧，"她说，"就照你说的去做。我就见她一小会儿。我不会乞求你什么，也不会惹出什么事来的。我看完了立马就离开。"

---

1. 指小昆丁。
2. 指大面额的钞票。

"把钱给我吧。"我说。

"我看了再给。"她说。

"你不信任我？"我说。

"不是，"她说，"我了解你。我和你一块儿长大的。"

"你还好意思谈对别人的信任，"我说，"好吧，我得赶路了，免得淋雨。再见。"我做出走开的样子。

"杰森。"她说。我停了下来。

"怎么啦？"我说，"快说。我要淋湿了。"

"好吧，"她说，"给。"视野里没有任何人出现。我走过去拿钱。她仍然攥着。"你会做到的吧？"她说，她从面纱下面看着我，"你承诺？"

"松开，"我说，"你想有人走过来看见我们吗？"

她松开了手。我把钱塞进了口袋里。"你会做到的，是吧，杰森？"她说，"要是有别的办法，我也不会来求你了。"

"你太正确了，的确没有其他法子，"我说，"我肯定做到。我是说到做到的，不是吗？只是你得按我说的去做，明白吗？"

"明白，"她说，"我会的。"于是我告诉她到哪儿碰头，说完我朝马车出租行走去。我走得很快，到达那儿时他们正好在将马车从马匹身上卸下来。我问他们付过租金没有，他说没有。于是我说康普森太太落下了东西，想再用一下马车，于是他们让我用了。明克赶的车。我买给他一支雪茄，于是我们驾着车在后街他们看不见的地方绕圈子，直到天色开始黑下来。明克说他得把马车赶回去，于是我说我再给他买一支雪茄。我们钻进了巷子，我下了马车穿过院子到了大房子里。我在大厅里停了下来，直到我听见母亲和毛莱舅舅在楼上说话，于是我返身走进厨房。小昆丁正与班和迪尔西在一起。我说母亲想她，于是我将她抱到大房子里。我看到了毛莱舅舅的雨衣，用它将她裹住，然后我抱起她走回到巷子里，然后上了车。我告诉明克赶去火车站。他怕经过租车行，于是我们从后面的路走，我看见她站在街角的灯光下，我告诉明克将马车赶到靠近人行道的地方，当我说走啦，他便给拉车的两匹马一鞭子。我将她身上裹着的雨衣取下来，把她抱到车窗口，凯蒂看到她几乎扑了过来。

"抽鞭子啊，明克！"我说，明克给了它们一鞭子，于是我们像救火车一样从她身边驰过。"快去坐火车，你答应过的。"我说。我从马车的后窗能够看见她在追着我们跑。"继续抽它们，"我说，"我们回家。"当我们转过街角时她还在跑。

所以那天晚上当我数着钱并把钱收起来时，我感觉是如此不错。我心想，估摸着这回让你看明白了吧。我估摸你现在应该知道了，你不能弄丢了我的工作就完事吧。我绝没有想到她没有像承诺的那样去坐火车。但是当时我对女人了解得不够，我太容易相信她们说的话，因为第二天早上她竟然来到店里，只是她还保持足够的理智，戴着面纱没有跟任何人说话。那是星期六的早晨，因为我在店里，她径直快步走到我的办公桌前。

"骗子，"她说，"骗子。"

"你疯了吗？"我说，"你什么意思？你到这儿来干吗？"她正要开口，但被我打断了。我说："你已经害我弄丢了一个工作，你是想让我又失去这份工作？如果你有什么要对我说，天黑后我可以找个地方见你。你想对我说什么？"我说，"难道我没有照我说的去做？我说让你见她一小会儿，我没做到吗？你没见到吗？"她只是站在那儿盯着我，像发疟疾一样发抖，她的双手紧紧攥着像在抽搐。"我只是照我说的去做，"我说，"撒谎的是你。你答应去坐火车的。难道你没有，难道你没有答应过吗？如果你以为能把那钱要回去，那就试试。"我说，"就算那是一千块，你也还欠我呢，我为此冒了多大险。如果17号火车开走后我看见或者听说你还在镇上的话，"我说，"我会告诉母亲和毛莱舅舅。然后你就是等到死也别想见到她了。"她还是站在那儿，盯着我，两只手在一起搓动着。

"该死的你，"她说，"该死的你。"

"当然，"我说，"那也行。记住我说的话。如果17号开走后你还在，我会告诉他们的。"

她走之后我感觉好多了。我心想，在你夺走承诺给我的工作之前就应该三思。那时我还是个孩子，当别人说他们要做什么时我是相信的。从那时起我学到了许多，另外，就像我说的，我想我不需要任何人的帮助也能活下来，我能够自力更生，一直如此。然后我突然想到了迪尔西和毛莱舅舅。我想她会如何忽悠迪尔西，而给毛莱舅舅十元钱他什么事都干得出来。可是我在那儿，竟不能离开店去保护自己的母亲。就像她说的，如果你们中有一个必须被带走，感谢上帝将你留给我，让我依靠。我说，好啦，我觉得我不能离开这个店远远的让您找不着。我想，我们家留下来的东西很少，但也要有人去掌管啊。

我一到家就去做迪尔西的工作。我告诉迪尔西凯蒂得了麻风病，我拿出《圣经》给她读，一个人的肉在烂掉那段。我告诉她只要凯蒂看一眼她、班或者小昆丁，他们也都会感染上麻风病。因此我以为我一切安排妥当，直到那天我回家看见班在叫喊，还越叫越凶，没有人能够让他安静下来。母亲说，好啦，那就给他那只拖鞋[1]吧。迪尔西装作听不见。母亲又说了一遍。我说，我去吧，我忍受不了这讨厌的噪音。就像我说的，我能忍受很多东西，我对他们并不抱多大期望，但是如果我不得不在一个讨厌的店里工作一整天，那么我认为我回家吃晚餐时应该享有一点安宁和安静。所以我说还是我去吧。迪尔西急切地喊"杰森！"。

我心里一闪，我知道发生了什么事，但是为了确认一下，我走过去将那只拖鞋拿来，正如我所想的，当他看到它时你会以为我们在杀他。于是我逼着迪尔西坦白，然后我告诉了母亲。我不得不将她带上床去睡，事态平息了一点后，我向迪尔西灌输了对上帝的敬畏。你能给一个黑人灌输多少就灌输多少，对迪尔西也一样。黑用人就是麻烦，当他们和你待很久后，他们便会自我膨胀以致变得一文不值，认为是他们在打理整个家。

"我想知道让那个可怜的孩子看一下她的宝贝有什么害处，"迪尔西说，"如果杰森先生还在的话情况就不一样了。"

"杰森先生就是不在了啊，"我说，"我知道你没把我的话放

---

1. 指凯蒂的旧拖鞋。

在心上，但是母亲的话你得听吧。你一直这样折磨她，你也会把她送进坟墓的，然后你就可以将这个家塞满贱人。可是你让那个该死的白痴看到她是为了啥？"

"你是个冷酷的人，杰森，如果你还是个人的话，"她说，"我感谢老天爷让我比你心好，即使那是黑人的心。"

"我至少作为一个男人是够格的，我能确保面粉桶总是满满的。"我说，"如果你再做那种事，你就不要吃这个面粉桶里的东西了。"

因此第二次见面时我告诉她，如果她又做迪尔西的工作，母亲会将迪尔西解雇，会将班送去杰克逊疯人院，会带小昆丁离开。她注视了我一会儿。附近没有街灯，我看不太清她的脸。但是我能够感觉到她在看我。我们小的时候，当她要发飙又对此无能为力时，她的上嘴唇就会开始跳动。每跳动一下她的牙齿就会露出多一些，她一直静静地站着像一根柱子，除了她的嘴唇在牙齿上端越跳越高之外，她的面部肌肉纹丝不动。但是她什么也不说。

最后她只是说："好吧。要多少钱？"

"嗯，如果从马车的窗户看一眼要一百块钱。"我说。从那以后她表现得相当好，只有一次她要求看银行账目的对账单。

"我知道账单背面都有母亲的签名，"她说，"但是我想看银行对账单。我想亲自看看那些支票都到哪儿去了。"

"那是母亲的私事啊，"我说，"如果你认为你有权窥探她的隐私，我会告诉她你觉得那些支票被挪用了，你想审核一下，因为你不信任她。"

她什么也不说也不动。我能听见她在嘀咕"你去死吧，哦，你去死吧，哦，你去死吧"。

"大声说出来，"我说，"我觉得我和你之间是没有秘密的。也许你想把钱要回去。"我说。

"听着，杰森，"她说，"不要对我撒谎了。关于她，我不要求看什么了。如果钱还不够，我每个月再多寄些。只要答应她会——她——你能做到的。给她买东西，对她好点。小事情我都做不了，他们不让……可是你不会的。你身上从来没有一滴热血。听着，"她说，"如果你能让母亲答应让我带走她，我会给你一千块。"

"你没有一千块，"我说，"我知道你在撒谎。"

"我有。我会有的。我能弄到。"

"我知道你是怎么弄钱的，"我说，"你会像怀上她一样弄到这钱。当她长得足够大了——"然后我想她真的要打我了，接着我不知道她要干什么，她表现得像某种发条拧得太紧即将崩成碎片的玩具。

"哦，我疯了。"她说。"我精神错乱了。我不能带她走，不能拥有她。我在想什么啊，杰森。"她紧紧地抓住我的胳膊。她的两只手热得像在发烧。"你得答应我照顾好她，对你而言——她是你的亲人；是你的血亲。答应我，杰森。你和父亲是同一个名字，如果是他，你认为我得求他两次吗？一次都不用吧？"

"是这样，"我说，"他是遗传了某些东西给我。你想要我做什么，"我说，"买一条围裙还是一辆婴儿学步车？我从没有让你掺和这件事，"我说，"我冒的风险比你大，因为你没有什么东西可以失去了。因此如果你希望——"

"是没有，"她说，然后她笑了起来同时又竭力抑制，"是没有。我是没什么可以失去的了。"她说，一面发出咻咻的噪音，一面用双手捂住嘴巴，"没有——没有——没有什么东西了。"她说。

"好了，"我说，"别笑了！"

"我在尽力，"她说，双手紧紧地捂着嘴巴，"噢，上帝，噢，上帝。"

"我要走了，"我说，"我不能让别人看见我在这儿。你现在就得离开镇里，你听见没有？"

"等等。"她说，紧紧地拽着我的胳膊。"我停住了。我不笑了。你答应了，杰森？"她说，我感到她的目光几乎是在拍打着我的脸，"你答应了？母亲——那个钱——如果有时她需要买东西——如果我将给她的支票寄给你，除了那些之外的，你会把钱给她吗？你不会告诉母亲吧？你会让她得到其他女孩子都有的东西吧？"

"当然，"我说，"只要你听我的，照我说的去做。"

当艾尔戴着帽子走到前面来时，他说："我要到罗杰斯店里弄一份简餐。我估计我们没时间回家吃午饭了。"[1]

"我们怎么就没有时间了？"我说。

---

1. 回到当前。*

"因为镇上有演出，"他说，"他们下午也有演出，大伙儿都想快点买好东西好去看呀。所以我们最好跑去罗杰斯店里随便吃一点。"

"好吧，"我说，"那是你的胃。如果你想成为你生意的奴隶，我也奉陪。"

"我估计你永远不会为任何生意当奴隶的。"他说。

"是不会，除非那是杰森·康普森的生意。"我说。

所以当我走回去打开信封时，唯一让我感到惊讶的是那竟是一张汇款单，而不是支票。是的，先生。你不能相信她们中的任何一个。在我冒了这么多险之后，冒着被母亲发现她有时一年回来一两次的风险，以及我不得不为此向母亲撒谎的风险后，这就是对我的感激。我简直不能相信她会做出这样的事——她通知了邮局，除了昆丁，其他人都无法提取汇款。给一个孩子五十块那么多。我直到二十一岁都没见过五十块钱，其他男孩在下午和星期六全天都在玩，而我还得在店里干活。就像我说的，她[1]背着我们给她[2]钱，还怎么指望有谁能管住她。我说了，她[3]和你有一样的家，接受一样的抚养方式。我估计对于她需要什么，比起你来说，母亲应该更清楚，毕竟你现在是连家都没有的。"如果你想拿钱给她，"我说，"你把钱寄给母亲得了，不要直接给她。如

---

1. 指凯蒂。
2. 指小昆丁。
3. 同上。

果每隔几个月我都不得不冒这个险的话，你就得按我说的去做，否则就没戏。"

就在我准备动手填写时，因为按艾尔的说法，如果他以为我会冲到街上对那难以消化的食物狼吞虎咽的话，那他就太蠢了。我也许不能坐着将双脚搭在红木办公桌上，但是在这房子里做的事应该物有所值，如果离开这房子我也不能过上一种得体的生活，那我就去我能够去的地方。我能自力更生的，我不需要任何人的红木办公桌来抬举我。所以就在我准备开始填表时，我不得不放下手中的活，跑去将价值一毛的什么钉子卖给某个乡巴佬，艾尔大口地啃着三明治，吃了差不多一半，然后我发现空白支票用光了。我记得那时我是打算多拿一些的，但是现在来不及了，我抬头看见小昆丁了。就在后门。我听见她在问老约伯我在不在。我赶紧将东西塞进抽屉关紧。

她绕到办公桌前。我看了一下表。

"你吃午饭了？"我说，"才十二点，我刚听到报时。你一定是飞回家又飞到了这儿。"

"我没有回家吃午饭，"她说，"今天有我的信？"

"你在等信？"我说，"你有了一个能写信的情人了？"

"母亲写的。"她说，"有母亲给我的信吧？"她看着我。

"倒有一封她写给母亲的，"我说，"我没有打开。你必须等她打开。我想她会让你看的。"

"请问，杰森，"她说，并不管我说什么，"有我的信吗？"

"怎么啦？"我说，"我从没见过你对谁如此上心。你一定在期待她给你寄钱吧。"

"她说她——"她说，"请告诉我，杰森，"她说，"有我的信吗？"

"你今天一定是去过学校了，终于啊，"我说，"那可是教你说'请'的地方。等一下，我去接待一下顾客。"

我走过去接待顾客。当我返身时就不见她了。她已跑到桌子后面。我跑了过去。我跑着绕过桌子。当她将手从抽屉里抽出来时，我捉住了她。我按着她的关节在桌上敲着，直到她松手，我将信从她手中夺了过来。

"你干什么，你要干什么？"我说。

"把它给我，"她说，"你已经拆开了。把它给我。求你了，杰森。信是我的。我看到名字了。"

"我要拿条马鞍绳来抽你，"我说，"这才是我要给你的。竟然敢翻我的文件。"

"信封里面有钱吧？"她一边说，一边伸手来夺，"她说她会给我寄些钱来的。她承诺她会的。把信给我。"

"你想要钱来做什么？"我说。

"她说她要寄的，"她说，"给我。求你了，杰森。如果这回你把它给我了，我真的再也不求你任何事了。"

"我会的，如果你给我时间。"我说。我拿出信，取出汇款单，将信递给她。她几乎瞄都不瞄一眼信，直接伸手来拿汇款单。"你得先在上面签字。"我说。

"多少钱？"她说。

"读信，"我说，"我估计上面说了。"

她快速地把信看完，就扫了两眼。

"信上没说。"她说，抬眼望我，她将信扔到地板上，"是多少钱？"

"十块钱。"我说。

"十块钱？"她说，盯着我。

"能得十块钱你应该很高兴啊，"我说，"像你这样的一个孩子。你突然间这么想要钱是为了什么？"

"十块钱？"她说，像在睡梦中说话似的，"就十块钱？"她一把抓住汇款单。"你在撒谎，"她说，"盗贼！"她说，"盗贼！"

"你干什么，你想干什么？"我说，将她抱开。

"把它给我！"她说，"它是我的。她寄给我的。我要看一下。我要。"

"你要？"我说，紧紧抱住她，"你要拿它怎么办？"

"就让我看一眼，杰森，"她说，"求你了。我不会再求你任何事的。"

"你认为我在撒谎，是吗？"我说，"就因为你没有看到它。"

"但就十块钱，"她说，"她告诉我——她告诉我——杰森，求你了求你了求你了。我得有些钱。我得有。把它给我，杰森。只要你愿意我什么事都可以做。"

"告诉我你要钱干什么？"

"我必须得要。"她说。她看着我。然后她突然移开目光，眼睛一动不动。我知道她要撒谎了。"我欠了别人一些钱,"她说,"我必须得还。我今天必须得还。"

"欠谁的?"我说。她的双手在搓动。我能察觉到她在编造谎言。"你又在商店里赊了东西?"我说,"这种话你就不必说了。我给他们打过招呼了,你要是在镇上还能找到人赊东西给你,那我就认了。"

"是个女孩,"她说,"是个女孩。我借了一个女孩子的钱。我得还她。杰森,把它给我。求你了。我什么都可以做。我必须得拿些钱。我母亲会给你钱的。我会写信给她让她给你钱,而且会说我再也不问她要什么东西了。信写好了会给你看的。求你了,杰森。我必须得到它。"

"告诉我你要钱做什么,我再看怎么办。"我说,"告诉我。"她就站在那儿,她的双手在衣服上动来动去。"好吧,"我说,"如果十块钱对你太少的话,我就把汇款单带回家给母亲,那么你就知道它会被怎么处理。当然,如果你富得不需要这十块钱——"

她站在那儿,盯着地板,像在窃窃自语:"她说她会给我寄些钱的。她说她会把钱寄到这儿,可是你说她根本没寄。她说她寄了很多钱到这儿。她说是寄给我的。那是寄给我的,我可以用其中一些。可是你却说我们什么钱也没收到。"

"你和我知道的一样多,"我说,"你已经清楚那些支票是怎么回事了。"

"是的,"她说,盯着地板看。"十块钱,"她说,"十块钱。"

"你应该感谢老天能有十块钱，"我说，"给。"我将汇款单的正面拍在桌上，一只手紧紧地按住它说："签字。"

"你可以让我看看吗？"她说，"我就想看一眼。无论它是多少钱，我只要十块。剩下的归你。我只想看一眼。"

"不行，就你这种表现，"我说，"你得学会一样事情，那就是我要你做什么，你就得做什么。把你的名字签在这纸上。"

她拿过笔，并没有签字，只是垂着脑袋站在那儿，手中的笔在颤抖着。就像她母亲一样。"哦，上帝，"她说，"哦，上帝。"

"是的，"我说，"如果你从来没有学会别的，但这件事你必须得学会。快签，签完离开这儿。"

她签了。"钱在哪儿？"她说。我拿起汇款单将墨渍吸干放进衣袋里。然后我给了她十块钱。

"下午你就回学校去，听到没有？"我说。她没有吭声。她一只手里揉着钱好像揉一块抹布，刚好在艾尔进来的时候她从前门走了出去，一位顾客跟着艾尔，他们在前面停了下来。我把东西收好，戴上帽子来到前面。

"很忙吗？"艾尔说。

"不是很忙。"我说。他朝门外看去。

"你的车停在那边？"他说，"就不要回家吃午饭了。在演出开始前我们可能还要忙一阵子，你午饭就到罗杰斯家吃吧，把发票放进抽屉里。"

"非常感谢，"我说，"我想我能够解决好肚子问题的。"

他就站在原地，像鹰一样看着那道门，看我何时从那道门返回。好吧，他不得不看着那道门一会儿了；在我说"这是最后一次为你干活"之前，我会尽量做到最好。现在必须马上去再弄一些空白支票来。可是在忙乱中谁又能记住事呢。现在这该死的戏班子又来到这儿，而这一天我不得不跑遍全镇寻找一张空白支票，除了忙其他的事情，我还得维持这个家的运转，而艾尔像一只鹰一样盯着那道门。

我去到印刷店告诉店主我想跟一个家伙开个玩笑，但是他什么支票也没有。他告诉我去老歌剧院看一看，那里有人囤积了很多纸张和废品，那些东西来自垮掉的商农银行，于是我绕了几条巷子，以免艾尔看到我，最后我找到了老人西蒙斯，从他那儿拿到了钥匙，进到里面四处翻找起来。最终我找到了一本圣路易银行的空白支票。自然这回她会拿起细看的。不过，也只能如此了。现在我不能再浪费时间了。

我又回到店里。"忘了拿单据了，母亲要我去银行办点事。"我说。我回到办公桌旁填好支票。尽量写得潦潦草草的，我对自己说，她的视力衰退了是件好事，家里有一个小婊子，像母亲这样一个女基督徒只能忍辱负重。我说，您和我一样清楚她长大后将变成什么样的人，不过如果只是因为父亲的缘故，您才将她留在家里抚养的话，那是您的事。她就会开始哭起来，然后说她和你血脉相连啊。于是我只好说，行啦，您怎么做都行，您能忍受的我也能忍受。

我重新将信装好，粘上封口，然后走了出去。
"尽量不要出去太久了。"艾尔说。

"好的。"我说。我走到电报局。那帮机灵鬼都在那儿。

"你们谁赚了一百万吗？"我说。

"这样的行情，谁还能赚啊？"大夫说。

"行情怎么样了？"我说。我走进去看。比开盘低了三个点。"你们这些小伙子不会被棉花行情这点小事给击垮的吧，是吗？"我说，"你们这么聪明我觉得不至于如此吧。"

"聪明，见鬼去吧，"大夫说，"十二点的时候已下跌了十二个点。我赔了个精光。"

"十二个点？"我说，"为什么没有人告诉我？你为什么不告诉我？"我对电报员说。

"来什么我就报什么，"他说，"我又不是经营地下交易所的。"

"你很聪明，是不是？"我说，"在我看来，我在你身上花了钱，你就该抽个时间给我打电话吧。或许是你该死的公司与那些可恶的东部的大骗子沆瀣一气。"

他一声不吭，做出很忙的样子。

"你是有点不得了啦，"我说，"谋生计才是你首要的事情。"

"你怎么啦？"大夫说，"你不还是赚了三个点。"

"是啊，"我说，"如果我早上碰巧抛出的话。我还没有跟你们提到这个事吧。你们哥几个都赔光了吗？"

"我遭了两回了，"大夫说，"幸好我调整得及时。"

"好吧，"艾·奥·斯诺普斯说，"我是走运了，我估摸着好运总得偶尔光顾我一下吧，这才算公平。"

我走了，他们在以五分一个点的价格买来卖去。我找到一个黑佬，叫他去取我的车，我站在街角等。我看不见艾尔的目光在街上睃来睃去，看不见他还用一只眼睛盯着钟，因为从这儿我看不到那道门。好像过了一周黑佬才将车开来。

"你去哪儿了？"我说，"在那些乡下妞能瞅见你的地方转来转去是吗？"

"我是直接开来的，"他说，"我不得不绕开广场，那儿都是些该死的马车。"

我还从没有发现哪一个黑人做事会不准备好一个滴水不漏的托词的。只要给他捞到机会去开车，他肯定会去显摆一番的。我上了车，绕过广场。我瞥见了广场对面门洞里的艾尔。

我径直来到厨房，告诉迪尔西抓紧准备午餐。

"昆丁还没回来啊。"她说。

"那又怎样？"我说，"你接着是不是要告诉我拉斯特还不想吃呢。昆丁知道家里什么时候开饭的。快准备吧。"

母亲在她的房间里。我把信给了她。她拆开信封取出支票，坐着紧紧地握着支票。我走过去从屋角取出铲子，递给她一根火柴。"来吧，"我说，"把它烧了。你一会儿又要哭了。"

她拿着火柴，但并没有去划燃。她坐在那儿，盯着支票看。如我所说那样。

"我不想这样做，"她说，"添了一个昆丁，给你增加负担了……"

"我想我们能对付过下去的，"我说，"来吧。把它烧了。"

但她只是坐在那儿，拿着支票。

"这张的银行不同，"她说，"以前都是印第安纳波利斯银行。"

"是的，"我说，"女人也被允许那样做。"

"做什么？"她说。

"在两家不同的银行存款。"我说。

"哦。"她说。她对着支票看了一会儿。"我很高兴知道她有这么……她有这么多……上帝知道我做的是对的。"她说。

"来吧，"我说，"烧掉它。结束这有趣的事。"

"有趣？"她说，"每当我想起……"

"我认为您每个月烧掉这两百元是为了寻开心，"我说，"来吧，快。要我划火柴吗？"

"我能勉强自己接受这些支票，"她说，"为了我的孩子们。我没有什么傲气了。"

"您从来不会知足，"我说，"您知道您不会的。一旦您决定了的事，就该按那样做，我们日子能对付着过的。"

"我一切听你的，"她说，"但是有时我又担心这么做我会剥夺了所有你理应得到的东西。可能我将为此受到惩罚。如果你要我接受，我将会抑制住我的骄傲去收下这些支票。"

"您毁掉它们都有十五年了，现在又想收下，这有什么好处？假如您继续烧毁它们，您也没什么损失，但是如果您现在开始收下它们，您已损失了五万块钱。我们已对付着到了现在，不是吗？"我说，"我还没见您进贫民院。"

"是的，"她说，"我们巴斯康家人不需要任何人的施舍。更不要说是一个堕落女人的施舍。"

她划燃了火柴，点燃了支票，将它放到铲子里，然后又点燃了信封，看着它们燃烧。

"你不知那是什么滋味，"她说，"感谢上帝你将永远不知道一个母亲的感受。"

"这世上很多女人还没有她好。"我说。

"但她们不是我女儿，"她说，"不是为了我自个儿，"她说，"我乐意让她回来，不管有罪还是什么的，因为她是我的亲骨肉。我这么做是为了昆丁。"

哎，我本来可以说谁都没办法给昆丁带来多少伤害。但是像我说的，我期望不高，我只想在屋里吃饭睡觉时不要有两个女人又吵又哭。

"至于你，"她说，"我清楚你对她是怎样的态度。"

"那就让她回来吧，"我说，"就我而言。"

"不行，"她说，"那样做我会对不起你父亲。"

"赫伯特抛弃她的时候，他不是一直竭力劝您让她回家来吗？"

"你不理解，"她说，"我知道你不想给我添麻烦。为自己的孩子受苦是应该的，"她说，"我能忍受的。"

"在我看来，您这样做给自己带来了很多不必要的麻烦。"我说。那纸烧完了。我将纸灰端到壁炉前，倒进壁炉里。"烧掉这么多钱对我来说似乎有些可惜。"

"永远不要让我看到有这么一天，我的孩子们不得不接受这些钱。这罪恶的资金，"她说，"如果有这么一天，我宁愿看到你先躺在棺材里。"

"随您的便，"我说，"我们马上就吃午饭了吧？"我说，"因为如果不现在吃，我必须得赶回去。我们今天相当的忙。"她站起身。"我和她讲过了，"我说，"她似乎是在等昆丁或者拉斯特或者其他什么人。行了，我去叫她。你等着。"但她还是走到了楼梯口，喊了声迪尔西。

"昆丁还没回来。"迪尔西说。

"好啦，我得赶回去了，"我说，"我到街上买一份三明治得了。我不想打乱迪尔西的安排。"我说得啦，这又让她开始了，又让迪尔西一边一瘸一拐地来回走动，一边叽叽咕咕地念叨。

"行了，行了，我尽快端上来得了。"

"我想让你们大伙儿都高兴的，"母亲说，"我想尽力为你们把事情弄得简单些。"

"我没有埋怨，我埋怨了吗？"我说，"我除了说我得赶回去上班我还说什么啦？"

"我知道，"她说，"我知道你没有别人有的机会，你将自己埋没在一个乡镇小店里。我觉得你有前途。我知道你父亲从来没有意识到你是唯一一个有商业头脑的孩子，然后当其他一切都失败后，我以为她结婚后，赫伯特……他承诺……"

"得啦，他可能也在撒谎，"我说，"他也许根本就没有什么银行。就算他有，我估计他不也会为招一个人大老远地跑到密西西比来。"

我们吃了一会儿。我能听见班在厨房里，拉斯特正在喂他饭。像我说的，如果我们不得不多喂一张嘴，而她又不愿要那钱，为什么不送他去杰克逊。他在那儿和与他一样的人在一块儿，他会更幸福。我说，上帝应该知道在这个家里几乎没有可以容纳骄傲的地方了，每当别人在那儿打高尔夫时，再怎么没有傲气的人也不喜欢看到一个三十岁的男人和一个小黑在院子里玩耍，沿着栅栏跑上跑下，像牛一样发出哞哞的叫声。我说，如果他们一开始就送他去杰克逊，我们今天会过得很好。我说，您对他已尽到责任了，别人希望您做到的，您都做到了，超过了大多数人所能做到的，因此为什么不送他去那儿，我们缴了那么多税也该得到些福利了。然后她说我很快就要走了，我知道我对你就是一个负担。于是我说，长时间以来您一直这么说，我都开始相信您了。不过我又说，您最好确定了，不要让我知道您走了，因为如果让我知道了，我会立刻送他上当晚的 17 号车。我又说，我还知道有个愿意收留她的地方，那地方既不叫牛奶街也不叫蜂蜜大道 [1]。她哭了起来，于是我说，好啦，好啦，我跟普通人一样对我的亲人感到骄傲，即使我并不知道他们从何而来。

　　我们又吃了一会儿。母亲又叫迪尔西到门口去等昆丁。

　　"我一直告诉您，她不回来吃午饭的。"我说。

　　"她知道她不该那样的，"母亲说，"她知道我不允许她在街

1.《圣经·出埃及记》第 3 章典故，上帝要摩西把以色列人带到一块"流奶与蜜之地"去。

上乱跑，不允许她在吃饭时间不归家的。你要盯好，听到没有迪尔西？”

“那么就不要由着她。”我说。

“我能做什么？”她说，“你们都当我不存在。一直如此。”

“如果您不干涉，我会让她回心转意的，”我说，“我大概只要一天就能让她服服帖帖的。”

“你会很野蛮地对待她的，”她说，“你有你毛莱舅舅的脾气。”

这话让我想到了那封信。我将信拿了出来递给她。“您不需要拆开它，”我说，“银行也会通知您这次要支付多少。”

“信是写给你的。”她说。

“拆开吧。”我说。她拆开信读了然后递给我。

“我亲爱的小外甥，”信上写道：

你将会高兴地悉知我有望获得一个机会，有关缘由我会明确告诉你，但不涉及具体细节，直到有了更安全的方式我才会向你透露。我的经商经验教我，用具体的媒介陈述具有保密性质的事情时，一定要比当面交谈更加谨慎，我在这件事情上的严谨态度应该让你感到了它的价值。不消说，我对它的各个方面已完成最详尽的调查，我毫不犹豫地告诉你这是千载难逢的机会，一生只有一次，我现在清楚地看见摆在我面前的目标正是我多年不屈不挠所追求的：也就是说，通过它巩固我最终的事业，我有幸作为家族唯一还活着的男性后裔，也许可以借此恢复在家族中理应有的地位；这个家族，我是把你的淑女母亲和她的孩子们都包括进去的。

　　碰巧的是，我自己并不能充分利用好这个机会，可是为了不求家族外的人去做此事，我今天从你母亲的银行账户上取了一小笔必需的资金以完成原始投资，我谨此随函附上我手写的凭据，以使手续完备，年息是百分之八。不消说，这仅仅是一种形式，在永远把人当作玩物和消遣的社会中，这能让你母亲受到保护。自然我会当作自己的资金一样使用这笔钱，这样就可以使你母亲也获得这个机会，我通过详尽的调查证明这是个能大发横财的机会——如果你允许我用这种粗俗语言的话——滚滚财源的机会啊。

　　你一定能明白，商人间是要严守秘密的，我们将会收获我们自己的果园，对不？鉴于你母亲纤弱的身体和娇生惯养的南方小姐对商业之类的事情本能的胆怯，以及她们在谈话中会不经意地泄露这种事情的可爱性情，我建议你根本不要对她提及此事。考虑再三，我还是劝你不要提及。在将来某个时日，我会将这笔款连同我从她那借的其他几小笔款汇总后一道存入她的银行账户，此前最好对此只字不提。尽可能地避免让她介入这样的俗务是我们的义务。

深爱你的舅舅
毛莱 L. 巴斯康

"对这事您打算怎么办？"我说，将信扬过桌子。

"我知道你不愿我给他钱。"她说。

"那是您的钱，"我说，"即使您想将它扔给鸟儿，那也是您的事。"

"他是我的亲兄弟，"母亲说，"是巴斯康家最后一个男人。我们走了这个家族就不再存在了。"

"我估计这对谁都是残忍的，"我说，"好啦，好啦，"我说，"那是您的钱。您高兴咋花就咋花。您需要我去银行支付这钱吗？"

"我知道你舍得给他。"她说，"我意识得到你肩上的负担。等我走了你就轻松了。"

"我现在就可以轻松一点，"我说，"好啦，好啦，我不再提了。如果您想的话可以将整个疯人院搬进这儿来。"

"他是你的亲兄弟啊，"她说，"尽管他有残疾。"

"我得拿您的存折，"我说，"我今天要取支票。"

"他总要你等六天，"她说，"你确定他这生意靠谱？我觉得挺奇怪的，一个有偿付能力的店家为什么不能及时给员工付工资。"

"他没事的，"我说，"像银行一样安全。我告诉他每个月在所有的账结清前别为我的那点工资烦心。这就是工资有时迟发的原因。"

"我只是不能忍受让你失去我早先为你投资的那一小笔钱。"她说，"我经常想到艾尔并不是一个好的生意人。我知道他对你

277

还不够信任，以致你在他的生意中的投资并没有让你获得股权。我要去找他谈谈。"

"别去，您别管他，"我说，"那是他的生意。"

"你有一千块钱在里面。"

"您别管他，"我说，"我静观其变。我有您的委托书呢。没事的。"

"你不知道你对我而言是多么大的安慰啊，"她说，"你一直是我的骄傲和快乐，而当你自愿提出要坚持以我的名义把你的工资存入银行时，我感谢上帝，虽然带走了他们但把你留给了我。"

"他们都不错的，"我说，"我觉得他们已尽力做到最好了。"

"当你用这种语气说话时，我知道你在痛苦地想着你父亲的种种做法。"她说，"我认为你有权利这样。但听你这样说，我的心都碎了。"

我站起身。"如果你又要哭一场的话，"我说，"你自己哭好啦，因为我得赶回去。我得去拿存折。"

"我去拿。"她说。

"别动，"我说，"我去拿。"我走上楼去，从抽屉里取出存折，然后走到街上。我来到银行，将支票、汇款和另外的十块钱统统存了起来，然后在电报局停下脚步。现在又比开盘时涨了一个点。我已经输了十三个点，全都是因为她十二点时跑到那儿来闹，使我为那封信心烦。

"那报告是什么时间来的？"我说。

"大概一个小时前。"他说。

"一个小时前？"我说，"我们付你钱是干什么的？"我说，"只是写写周报？你希望别人怎么做？整个该死的屋顶都掀掉了，我们还不知道发生了什么。"

"我不知道你们能做什么，"他说，"他们修改了法律要人们都去炒作棉花市场。"

"他们改了？"我说，"我没有听说。他们一定是通过西部联合公司[1]来发布这条消息的。"

我回到店里。十三个点。我相信绝没有人知道这该死的事，除了在纽约办公室里坐着的那些大佬，他们瞧着乡巴佬们跑来求自己把他们的钱收下。瞧，一个刚才在打电话的男子一副对自己丧失了信心的样子，就像我说的，如果你不听参考建议，你买它又有什么用呢。另外，这些就在现场的人，他们知道发生的一切。我能摸到我口袋里的电报。我得证明他们是在利用电报公司搞诈骗。这将坐实这是一家投机公司。我也不会犹豫太久的。见鬼了，它即使看起来不像西部联合公司那样强大和富有，也要及时地发布行情报告呀。就算用打电报给你说"你的账户已清空了"的一半快的速度也好啊。他们根本是漠不关心的。他们和纽约那帮家伙是穿一条裤子的。谁都看得出来。

我走进店里，艾尔看了一下表。他什么也没说，直到顾客走了，他说。

――――――――――

1. 美国的一家电报公司。

"你回家吃午饭了？"

"我得去看一下牙医。"我这样说是因为我在哪儿吃饭不关他事，可是我还得和他在店里待一整个下午啊。毕竟我受够了他的唠叨。就像我说的，你要是把一个乡村小店主的话听进去了，那就像一个人只有五百块钱却要去操心五万块钱的事。

"你应该告诉我的，"他说，"我还指望着你马上回来呢。"

"我随时可以将这颗牙换给你，还补你十块钱，可以不？"我说，"我们说好了是用一个小时吃饭的，"我说，"当然如果你不喜欢我的做事风格，你知道你能做什么的。"

"我了解你已有些时间了，"他说，"要不是因为你母亲，我早就做决定了。她是一位我非常同情的女士，杰森。遗憾的是我认识的一些其他人还谈不上让我同情。"

"那你就留着好啦，"我说，"当我们需要同情的时候一定会有足够的时间让你知道的。"

"你干的那件事我为你隐瞒了很久，杰森。"他说。

"是吗？"我说，我让他继续说。在我让他闭嘴前倒要听听他会说些什么。

"你的汽车从哪来的，我相信我知道的比她多。"

"你是这么认为的，是吗？"我说，"关于我从母亲那儿偷汽车的消息，你打算什么时候去传播呀？"

"我绝不会说的，"他说，"我知道你有她的委托书。我还知道她仍然相信那一千元还投在我的生意上。"

"好啦，"我说，"既然你知道这么多，我不妨再告诉你一点：我每个月第一天都要存一百六十元，存了十二年，你去查询一下，看存的是谁的账户。"

"我绝不会说出来的，"他说，"我只是提醒你以后要更小心一点。"

我没有再说什么。再说也没什么好处。我发现要是一个人钻了牛角尖，你最好的选择是随他钻。若一个人头脑里产生这样的想法，说为了你好而要告发你，你最好的选择是对他说晚安。我很高兴我还没有这样的良心，像照顾一只生病的小狗一样成天照顾别人。如果我在任何事上都谨小慎微，就像他做他那小生意一样不让盈利超过百分之八，那大可不必。我估计他认为如果他的净利和超过百分之八，他们就会根据重利限制法将他逮捕。一个人被绑在这样的一个小镇上，被绑在这样一桩生意上，哪会有什么发展机会。我要是接管他的生意，只要一年内，他就可以再也不用干活，但他又会把赚来的钱都捐给教堂或什么的。如果有什么让我视为肉中刺的，那就是该死的伪君子。这种人认为他不完全了解的东西便一定是骗人的，并且一有机会便把这想法"义不容辞"地告诉毫不相关的第三方。就像我说的，如果每当有人干了一件我不甚清楚的事情，我便认为他是骗子的话，估计我会毫不费劲地从后面的账本里发现某些东西，我会认为某些人应该知道这些东西，而你会觉得跑去告诉他们是没用的，不过就我所知，他们现在知道的也许比我还多呢，就算他们不知道又关我屁事。他说："我的账本是对任何人都公开的。任何人有需要或者自认为有需要都欢迎到后面去查看。"

"确实，你不会说的，"我说，"你没法说服你的良心那样做。你只会将她带到后面，让她自己去发现。你自己是不会说的。"

"我不想搅和你的事，"他说，"我知道你像昆丁一样在某些事上很失意。可是你的母亲也过得不幸，如果她要来这儿问我你为什么要离开，那我就不得不说出来。那可不是一千元的事情。你知道的。因为如果一个人的账目与实际情况不符，他是绝对不会走得长远的。我对任何人都不会说谎，对自己或是对其他任何人。"

"那好，"我说，"我估计你的良心是一个比我更有价值的职员，它还不用中午回家吃饭。只是不要让它来影响我的胃口。"我怎能干好事情啊，有那样一个可恶的家，她不会做出任何努力去管她或者其他任何一个孩子，就像那次她碰巧看见一个家伙吻了凯蒂，整个第二天啊，她穿着黑色的衣服戴着面纱在屋里走来走去，甚至父亲也不能让她开口说一句话，她只是不停地哭，不停地说她的小女儿死了，当时凯蒂大约只有十五岁。照那种情形，此后三年里她得一直穿着毛织品或是同样价格的砂纸。她和来到镇上的每一个推销员满街跑，你以为我受得了吗？这些推销员还会告诉在公路上来来往往的新推销员到了杰弗逊在哪儿能够找到一个漂亮姑娘。我没有多少尊严可言，我不想白白养活满厨房的黑佬，也不想把一个州立精神病院的一年级优等生留在家里。论血统我祖上出过州长和将军呢。幸好我们家还从未出过国王和总统，否则的话，我们都要去杰弗逊悠闲地追逐蝴蝶了。我说，如果班是我生的那就太糟糕了，至少一开始我就确认他是一个杂种，可是现在即使是上帝可能也不能确定了。

一会儿后，我听见乐队开始演奏，接着他们逐渐走掉了。他们每一个都是为了省一角五分钱去看演出。他们买一根马靴绳还讨价还价，却愿意把钱送给一群北方佬。北方佬来到镇里，花在演出举办权上的钱也许只有十块。我走到了后面。

"哎，"我说，"如果你不小心，螺帽可要长进你手里了。那样我就要取一把斧子来将它削出来。如果你不把那些中耕机装好，象鼻虫没有农作物喂养，你估计它们会吃什么？"我说，"鼠尾草[1]？"

"那些家伙的喇叭吹得不错啊，"他说，"有人跟我讲演出队里有一个男的能在手锯上拉曲子，就像弹班卓琴一样。"

"听着，"我说，"你知道在镇上办场演出花了他们多少钱？大概十块钱，"我说，"那十块钱现在已放进布克·特品[2]的口袋了。"

"为啥子要给布克先生十块钱？"他说。

"为了在这儿的演出举办权，"我说，"你能大概算出他们花的本钱了吧？"

"你意思是说他们得花十块钱才能在这儿演出？"他说。

"这就是所有的费用，"我说，"你以为是多少……"

"天啦，"他说，"你的意思是他向他们收费，才让他们在这儿演出？如果要我付十块钱去看那个人用锯子拉曲子，我也干。

---

1. 一种常见的野草。
2. 可能为当地一个行政长官的名字。

照那样算法，估计明天早上我还欠他们九块七毛五呢。"

然后北方佬喋喋不休地大谈什么黑人进步。我也这么说，让他们进步吧。让他们进步得远远的，以致在路易斯维尔以南你就是牵着寻血猎犬也找不到一个。因为当我告诉他只用一个周六晚上他们就从我们县带走了至少一千块钱时，他说：

"我不嫉妒他们。我能付得起我的二毛五。"

"还二毛五，"我说，"别谈了。这就好像你买该死的二分钱一盒的糖果要花一毛钱或者一毛五分，还有你现在听他们乐队的演出浪费的时间怎么算？"

"倒也是事实，"他说，"哇，如果我今晚还活得好好的，那他们从镇上又要多拿走两毛五，那也没什么。"

"那只能说明你是一个草包。"我说。

"好吧，"他说，"我也不争了。就算蠢是一种犯罪，囚犯也不会都是黑人。"

天哪，就在那个时候，我碰巧抬头朝巷子望去，一眼就看见了她。当我后退几步看我的表时，我没有注意到她旁边的人是谁。因为我正在看表。刚好是两点三十分，她逃学了，比任何人预料的早了四十五分钟，当然除了我。当我的目光朝门口扫来扫去时，我首先看到的是他系的红领带，我在想该死的是什么人啊系一条红领带。但是当她一边偷偷摸摸地穿过巷子，一边盯着店门时，我不再琢磨这个男人，直到他们走了过去。我很奇怪她根本没把我放在眼里，我叫她别逃学，她不仅逃了，还敢从我们店门口经过，竟然不怕我看到她。只是她看不见店里，因为阳光正直射进来，就像要盯着汽车探照灯看一样，所以我可以站在那儿打量着她经过，她的脸涂得像一个该死的小丑，头发喷了胶，绞来绞去的，穿的裙子啊，大腿和屁股都没有遮住，在我年轻的时候如果女人这么穿着出门，即使是在盖约苏街或者比尔街[1]，她也会被抓进监狱的。如果说她们那样穿着不是为了让大街上遇到的每个男人都想伸出手来摸一把，那我就不得好死。

于是我接着想，系一条红领带的是什么样的男人啊，突然我意识到他就是演出队里的一个家伙，对啊，她好像跟我说过。还好，我很能忍；如果我不能忍，我早将陷入地狱般的困境中去了；所以当他们转过街角，我便跳到街上跟踪他们。我没有戴帽子，大白天的，为了我母亲名誉在背街巷子里跑上跑下地追踪他们。像我说的，如果一个女人像那样坏在里面，你是一点办法也没有的。如果是坏在骨子里，你拿她是没办法的。你唯一能做的事是摆脱她，随她去，去让她和臭味相投的人一起过。

我来到街上，可是他们不见了。我站着，没有戴帽子，看起来也像疯了。别人可能会自然地想到：他们家里一个是疯的，另一个跳河自杀，还有一个被她的丈夫赶到大街上，其余的有何理由会不疯呢。我一直清楚他们就像鹰一样观察着我，等着这样一个机会说"瞧，我一点也不诧异，我一直觉得这整个家的人都是疯的"。卖地送他去哈佛 一直缴税支持州立大学 可我除了去看过两次棒球比赛之外再也没有去过别的地方 在家里还不准提她

─────────────

1. 曾是孟菲斯下等娱乐场所密布的两条街。

285

女儿的名字 不久父亲甚至不愿再到镇上去 只是成天抱着盛酒器坐在那儿 我能看见他的睡衣下摆和他赤裸的双腿 能听到盛酒器倒酒时发出的叮咚声 直到最后 T.P. 不得不帮他倒酒 你回忆起父亲时总是不怀敬意 我说我不知道为什么这是不怀敬意 他的事在我这保存得相当好 足以持续下去 除非我也疯掉 上帝知道我将怎么做 只要看一眼那水我就会恶心 我宁愿喝下汽油也不愿喝下一杯威士忌 洛琳告诉大伙儿他也许不能喝[1] 但是如果你不相信他是一个男人 我能告诉你们怎样发现 她说如果我逮到你和这些娼妓中的任何一个在一块儿厮混 你知道我会干什么 她说我会抽她抓住她不放 只要我一发现她就会抽她 她是这样说的 我说我不喝酒那是我的事 可是你曾发现我缺钱过没有 我说我可以给你买啤酒多得足够你用来洗澡 如果你需要的话 因为我历来非常尊重善良诚实的妓女 为了母亲的健康和我不得不维持的职位 她对我为她做的事毫不领情 让她的名字我的名字以及我母亲的名字在镇上成为笑柄。

我看不见她躲到什么地方去了。她看见我来就躲到另一条巷子里去了，带着一个演出队系着红领带的男人在巷子里窜来窜去，每个人看到那个男人都会想该死的是什么男人啊系一条红领带。哦，男孩一直在对我说话，我拿着电报却并不知道我正拿着它。直到我在上面签字时才意识到它是什么东西，不管它里面讲的是什么，我便将它拆开了。我知道里面写的是什么，我想。只

---

1. 回忆起和洛琳的对话。*

会是这样，这是唯一能够发生的事了，还特地拖着，直到我把支票兑了存进存折。

我不明白也就纽约那么大的城市怎么能容纳那么多从我们乡下人身上捞钱的人。每天从早忙到晚，你的钱汇给了他们，只换回一小张纸片：你的账户已按收盘价20.62元估算。一直在逗你，让你积累起一纸的利益，然后梆的一声，你的账户以收盘价20.62元结算。这还不算什么，每个月还得付十块钱给某人让他告诉你如何输钱输得更快，他要么对此一窍不通，要么是与电报公司合谋。行了，我受够他们了。这会是他们最后一次套我了。除了对犹太人的话一味听从的家伙，任何傻子都知道市场行情一直在上涨，因为整个该死的三角洲又要涨洪水了，地里的棉花将像去年一样被冲得精光。尽管农民的庄稼一年又一年地被冲走，而在华盛顿的大人先生们却要每天花五万元在尼加拉瓜还是什么地方驻军。当然三角洲还会涨洪水，棉花也将值三毛钱一磅。呵呵，我就想赢一次，然后将我的钱捞出来。我不想发大财，只有这些小镇上的赌徒才会干得出来，我只是想找回那些被可恶的犹太人用所谓的可靠的内部情报搞走的钱。然后我就不干了，即使他们吻我的脚也甭想再从我这儿拿走一分钱。

我回到店里。差不多三点半了。见鬼了，几乎没时间做任何事了，可是我已经习惯这样了。这种学问我根本用不着去哈佛学习。乐队停止了演奏。观众现在都被骗进场了，他们不用再浪费力气了。

艾尔说："他找到你了吗？他刚刚还拿着电报在这儿。我还以为你在后街的什么地方。"

"是的，"我说，"我拿到了。他们不可能拿着一个下午不给我啊。这么小的一个镇。我得回家去一趟，"我说，"你可以扣我的工资，如果这样做会让你好受一点的话。"

"去吧，"他说，"现在还能对付。我希望不是坏消息。"

"那你得去电报局看看，"我说，"他们有时间告诉你坏消息，我可没有。"

"我只是问问，"他说，"你母亲知道我是可靠的。"

"她会领情的，"我说，"我忙完就回来。"

"不用急，"他说，"我现在能对付，你去吧。"

我开车回家，早上一次，中午两次，现在又回去，就因为她，我不得不追得满镇子跑，不得不乞求他们让我吃一口我结了账的食物，有时我想这一切又有什么用呢？有了那些先例，我还继续这样下去，那我一定是疯了。现在我只能抓紧回家，开一长段路拉一篮西红柿什么的，然后回到镇上，我闻起来就像一座樟脑厂，这样我肩膀上的脑袋才不会炸裂。我一直告诉她阿司匹林是给那些没病找病的人用的，该死的里面除了面粉和水什么东西也没有。我说，您不知道头痛是怎么回事。我说，您以为我会瞎弄那辆讨人厌的车吗？我说，就算没车，我也能活下去，我已经学会了很多东西，就算啥都没有也能活下去，但是如果您情愿冒险乘坐那辆又旧又破的马车，还让一个半大的黑小伙儿驾车，那好，因为就像我说的，上帝照顾班这种人，上帝知道自己必须为他做些什么，但是如果您认为我会将价值千元的娇贵汽车交给一个半大的小黑或者成年的黑佬，那您最好自己给他买一辆，因为正如我所说，您是喜欢坐汽车的，是不是这样您自己清楚。

迪尔西说母亲在屋里。我走到门厅里侧身倾听，可是什么也没听见。我走上楼去，就在经过她的门口时，她叫住了我。

"我正在想是谁来了呢，"她说，"我在这儿清静得任何一点动静都听得见。"

"您不必老待在这儿，"我说，"您可以像其他妇女一样花上一整天出去走走瞧瞧，如果您愿意的话。"她来到门边。

"我以为你也许是病了呢，"她说，"吃饭总是吃得急匆匆的。"

"您猜错了，"我说，"您想要什么吗？"

"出什么事了吗？"她说。

"能出什么事？"我说，"我大下午的回家就惹人烦了吗？"

"你看到昆丁了吗？"她说。

"她在学校里。"我说。

"三点多了，"她说，"至少在半个小时前我就听到敲钟声了。她现在应该回来了。"

"她应该？"我说，"您什么时候见她在天黑前回来过？"

"她应该回家了。"她说，"在我还是一个女孩的时候——"

"您有人教，"我说，"她没有。"

"我是拿她没办法，"她说，"我试过教她，试过的。"

"是您不想让我来教，出于某种原因，"我说，"您现在满意了吧。"我走向我的房间。她在外面，我轻松地转动钥匙，站在那儿直到门把手转动。然后她说：

"杰森。"

"怎么了？"我说。

"我在想是不是出什么事了。"

"我这儿反正没有，"我说，"您来错地儿了。"

"我并不想打扰你。"她说。

"您这么说我很高兴，"我说，"我刚才都不确定，还以为我听错了呢。您想要什么？"

过了一会儿她说"不要，什么也不要"，然后她走开了。我取下盒子，将要的钱数出来，再将盒子藏好，接着打开房门走了出去。我想起要用樟脑油，可是现在已经很迟了，我还得多跑一个来回。她站在门口，等着。

"您想我从镇上给您带点东西回来吗？"我说。

"不需要，"她说，"我并不想干涉你的事。但是我不知道如果你出事了我该怎么办，杰森。"

"我好好的呢，"我说，"只是有点头痛。"

"我希望你能吃些阿司匹林，"她说，"我知道你不可能不用车。"

"开车和头痛有什么关系？"我说，"汽车能给一个人带来头痛？"

"你知道汽油味会让你恶心的，"她说，"你打小就这样。我希望你吃一些阿司匹林。"

"您就继续希望吧，"我说，"反正这对您没什么害处。"

我钻进车里，开车返回镇里。我刚转到街上就看见一辆福特车呼啸而来。它突然停住了。正当我在想这辆车子到底怎么回事时，我听见车轮滑动的声响，接着它突然转向，倒车，然后疾驰而去，我看见红领带了。接着我又认出她从车窗探出的向后看的脸。车飞快地驶进了巷子里。我看见它又拐了一个弯，等我到达后街时它已无影无踪，像逃命似的逃走了。

我又看到了红领带。当我认出那个红领带时，我气得什么都忘了，毕竟我已经警告过她了。直到我来到第一个岔道口，我不得不停下来，这才想起我的头痛。我们一次又一次花钱修路，可是车开在这路上就像开在一个像波浪般起伏的铁皮屋顶上。在这样的路上开车，即使前面是一辆手推车，也别指望任何一个人能追上。我太爱惜我的车了，我不想把它当一辆福特车一样颠散架。他们那辆福特车极有可能是偷来的，所以他们不在乎。正如我说的，血统总是起决定性作用。假如您身上流着那种血统，您什么事都做得出来。我说，无论您认为自己对她承担着什么义务，您都已经尽到了。我说，从现在起您只能责怪自己，因为您知道任何一个有理智的人碰到这种情况会怎么做。我说，如果我不得不花上一半的时间去做一个该死的侦探，至少我要找一个给报酬的地方。

于是我不得不在岔路口停下来。然后我想起头痛的感觉了，就像有人在我脑袋里拿着锤子不停地敲打。我说，我在尽力让您免受她的烦扰。我说，就我而言，我想让她尽快下地狱，越快越好。我说，您还指望什么呢，和她往来的只是一个个走街串巷的推销员和下等演出队的演员，因为连镇上的小油子们现在都不理她了。我说您不知道发生了什么，您没有听到我所听到的那些议论，但您要相信我可以叫他们闭嘴的。我说，当您家还在为那些黑奴都看不上的小破店和农田忙活的时候，我祖上已拥有了很多奴隶了。

要是他们种过地就好了。上帝为这个国家做过一些好事，但住在这片土地上的人什么好事都没做过。星期五下午，就从这儿我能看见三英里的地都没被犁过，而这个县、这个镇上的每一个身强力壮的男子都去看演出了。我如果是一个快要饿死的外乡人，甚至找不到一个人问去镇上的路。她竭力劝我服下阿司匹林。我说，等我在餐桌上吃面包时再吃药。我说，您总在讲您为我们做出了多大牺牲，而您花在专利药上的钱够您一年买十件新衣服了。我需要的不是治疗，而是一个短假。休息好了就不必吃这些药了。可是我不得不一天工作十个小时来养活满厨房好吃懒做的黑佬，还得送他们去和县上所有其他的黑佬一起看演出。只是我前面这个黑佬去迟了，等他赶到那儿演出都要结束了。

过了一会儿他走到了车旁，当我终于让他听明白我在问是否有两个人开一辆福特车从他身边经过时，他说有的。于是我继续往前开，等我来到马车道转弯的地方，我看到了轮胎的印迹。阿伯·罗素[1]在他的地里忙活，但我懒得问他，就在我快离开他的牲口棚时，我看见了那辆福特车。他们想把它藏起来。她干这事

---

1. 当地的一个农民。

就像她干其他所有的事一样。就像我说的，真不是我处处为难她，也许她是情不自禁就那样做了，因为她很少考虑自己的家族。我一直担心在大街中央或者广场上的马车下面撞见他们，像一对狗一样在一起。

我将车停好下了车。我现在不得不绕路走，穿过一片犁过的土地，这是我离开镇子后看到的第一片耕地，我每走一步都好像有人在身后跟着，在用棍子敲我的头。我在想当我穿过这片耕地后总会走上平整的路，不会像现在这样让我每一步都走得摇摇晃晃的，可是当我走进树林，那里却布满灌木，我不得不侧着弯着身子穿过去，然后我走到了荆棘密布的水沟边。我沿着水沟走了一会儿，可是荆棘越来越密，艾尔可能正给我家里打电话，问我在哪，这又要让母亲心烦意乱了。

当我终于穿过荆棘，我不得不休息一下，所以我停下脚步，思考福特车究竟在哪儿。我知道他们不会离它太远，一定就在最近的灌木底下，于是我掉头向大路走去，然而我搞不清楚我离大路究竟有多远，于是我不得不停下来倾听，一停下来血液就不聚集在双腿了，而是全都涌上了我的脑袋，脑袋好像随时要爆炸似的。太阳正在坠落，阳光正好直射进我的眼睛，我的耳朵鸣叫不已，于是我什么也听不见了。我继续走，尽量让走动不发出声音，然后我听到一条狗或什么东西的叫声，我知道它一旦闻到了我的气味就会冲过来狂吠，那样就什么都完了。

我浑身都粘上了"乞丐虱"[1]和小树枝，连衣服里、靴子里都粘上了，这时我环顾左右，碰巧一只手搭在了一根毒橡树的枝条上。我唯一不能理解的是为什么是一棵毒橡树，而不是一条蛇什么的，因此我甚至懒得去拔开它。我只是站在那儿等着那只狗走开。接着我继续往前走。

我不知道那辆福特车现在在哪儿。除了头痛我什么都想不到，我就站在那，有些怀疑我是否真的看到过一辆福特车，我甚至都不在乎是否看到过。就像我说的，由她整日整夜地与镇上那些穿裤子的东西厮混，我没什么好管的。对我不加考虑的人我没什么亏欠的，不至于让我花一下午的时间去找那辆藏起来的福特车。艾尔将她[2]带到后面给她看我的账本，只是因为这个世界对他来说太高尚了。我说你[3]到了天堂会过上地狱般的日子，因为你在那儿没有任何闲事可管。我说，你[4]可不要让我逮住，我睁一只眼闭一只眼是看在你外婆的份上，但是你要是在我母亲住的这个地方干那种勾当，只要被我逮住一次，你试试看会怎么样。那些该死的油头粉面的小混混，以为他们能闹腾，我倒要让他们看看什么是闹腾，包括你。如果他以为他能带我侄女在林子里乱跑的话，我要让他知道那条该死的红领带就是地狱的拴锁带。

阳光钻入我的眼里，我的血液在往上涌，因此我一遍又一遍

---

1. 指刺云实，一种形似虱子的草本植物。
2. 指康普森太太。
3. 指艾尔。
4. 指小昆丁。

地想：我的脑袋越来越痛，就要炸了，炸了算了，让那些抓着我的荆棘一并消失。然后我来到他们来过的沙沟边上，我认出那辆车停靠着的那棵树，正当我走出水沟开始奔跑的时候，我听到了汽车启动的声音。那车很快就开走了，一边按着喇叭。他们一直按着喇叭，仿佛在说"好哇，好哇，好哇哇哇"，一边逐渐消失在视线里。我来到大路上的时候它刚好没了踪影。

当我来到我停车子的地方时已完全看不见他们了，可喇叭还在叫。行了，我除了一直在念叨"快走"，绝没有想到车子会出问题。赶紧跑回镇上去。赶紧跑回家去，竭力让母亲相信我根本没有看见你坐在车上。竭力让她相信我并不知道他是谁。竭力让她相信我并没有差点就在沟里抓住你。竭力让她相信你一直是站着的，可没有躺着。

那辆车的喇叭一直在说"好哇哇哇，好哇哇哇，好哇哇哇"，声音在变得越来越小。然后就听不见了，这时我能听见罗素牛棚里的一头牛在哞哞地叫。当时我仍然没有想到车会有什么问题。我走到车门边将车门打开，抬起脚。我好像感觉到这车子比路面斜得多，尽管路面也有点斜，但是直到我钻进车里发动车子时才发现它出问题了。

这下可好了，我只能坐在那。太阳快落山了，镇子离这还有五英里远。他们竟然没有足够的勇气把轮胎扎穿，在上面戳个洞，只敢把气放掉。我在那儿站了一会儿，想着那满厨房的黑佬竟没有一个有时间将一只车轮胎搬到铁架上，再拧紧两颗螺丝的。真有点可笑，因为她怎么也不可能有那样的先见之明，刻意将打气筒拿走，只有可能是在他放气的时候她才想起来的。但是也有可能是谁取走了它给班当水枪玩，因为如果他想要的话，他们是会依他的意思把整个汽车拆成碎块的。迪尔西说，难道有人碰你的车子不成，我们要你的车子干什么？我说，你是黑人，你很幸运，你知道吗？我说，我随时愿意和你调换，因为作为一个白人得为一个小贱人的所作所为操心，而其他什么事都顾不上。

我走到罗素家，他有一只打气筒。他们还是疏忽了。只是我仍然不能相信她胆子会这么大。我一直在想这个。我不明白我为什么不能长一点记性：女人是什么事都干得出来的。我一直在想，就让我们忘掉这个一会儿吧：我对你的感受和你对我的感受。我其实不愿这样对你。不管你对我做了什么，我也不愿这样对你。因为就像我说的，血缘就是血缘，你绕不过去的。不要开这种玩笑了，任何一个八岁的男孩都能想出来的玩笑，让亲舅舅被一个系红领带的男人笑话。他们来到镇上叫我们乡巴佬，觉得这个镇子太小了容不下他们。天哪，他不知道他有多正确。她也是。如果她也是这么认为的，那她最好继续下去，该死的就远走高飞吧。

我打完气将打气筒还给罗素，开车回镇上。我来到杂货店喝了一瓶可口可乐，然后我来到电报局。收盘时牌价为 12.21 元，下跌了四十个点。四十乘以五，这钱你能买什么就买什么吧。她[1]

---

1. 指小昆丁。

会说，这钱我得要，我非要不可。于是我说，太遗憾了你得找别人去要，我一点钱也没有，我太忙了没工夫去赚钱。

我就盯着他看。

"我告诉你一个消息，"我说，"说来你会很惊讶的，我对棉花市场很感兴趣。你根本没想到吧，是吗？"

"为了给你捎信，我已尽最大努力了，"他说，"我去了店里两次，给你家里打了两次电话，可是他们不知道你在哪里。"他一边说，一边在抽屉里翻找。

"什么东西？"我说。他递给我一份电报。"什么时候来的？"我说。

"大概三点半。"他说。

"可现在是五点过十分。"我说。

"我想拿给你，"他说，"可我找不到你。"

"那可不是我的错，是吧？"我说。我拆开电报，就想看看这次他们要向我扯一个什么样的谎。如果他们大老远地跑到密西西比来就是为了每月骗我十块钱，那他们一定是穷凶极恶的。"卖出，"电报里说，"市场将不稳定，总体看跌。听从政府的报告不要恐慌。"

"发这样一条信息要花多少钱？"我说。他告诉了我价钱。

"他们已付了。"他说。

"那我就欠他们这些钱了。"我说，"这个我已经清楚了。给我发一份，由对方付费的。"我一边说，一边取出一张空白的单子。"买进，"我写道，"行情即将暴涨。有时故意制造一些混乱会让一些还没有来电报局的乡下人上钩。无须恐慌。"

"发出去，对方付费那种。"我说。

他看着这个信息，然后又看看时钟。"一个小时前就收盘了。"他说。

"好啦，"我说，"这又不是我的错。这东西又不是我发明的，我只买进了一点，我还以为电报公司会不断通知我行情涨落呢。"

"报告是随时来随时发布的。"他说。

"是吗？"我说，"可是在孟菲斯他们每十秒钟就在黑板上公布一次，"我说，"今天下午我到的地方就离那儿不到六十七英里。"

他看着我写的信息。"你要发这个出去？"他说。

"我还没改变主意。"我说，我又写了另一张电报并数好了钱，"这个也发出去，如果你有把握写'买进'这个词的话。"

我回到店里。我能听见从街上传来的乐队演奏的声音。禁酒是一件好事。过去他们星期六到镇上来，穿着全家仅有的一双鞋，到快递公司取包裹，现在他们都打着光脚去看演出了，让商人们站在店门口像一排笼子里的老虎，眼睁睁地看着他们经过。

"我希望问题不严重。"

"什么？"我说。他看着他的表。然后他走到门口去瞧法院的钟。"你应该买一块一元钱的表，"我说，"与其每次都相信它在撒谎，还不如干脆买一块便宜的。"

"什么？"他说。

"没什么，"我说，"希望我没有给你添麻烦。"

"我们都不是太忙，"他说，"他们都去看演出了。你才回来这没什么关系的。"

"如果不是没什么关系呢，"我说，"你知道你能做什么。"

"我说了没关系的。"他说。

"我听你的，"我说，"如果不是没关系的话，你知道你能做什么的。"

"你想辞职？"他说。

"这不是我的店，"我说，"我的想法无关紧要，但不要以为你留我是为了照顾我。"

"如果好好干的话你会成为一个不错的生意人，杰森。"他说。

"至少我能管好自己的事而不去管别人的事。"我说。

"我不知道你为什么一直在逼我解雇你。"他说，"你知道你随时都可以辞职不干的，我们之间不会因此有什么芥蒂的。"

"也许这就是我不辞职的原因。只要我干好我的本职工作，你就得给我开薪水。"我走到后面喝了些水，然后走出去到了后门。约伯终于把所有的中耕机安装好了。这儿很安静，不一会儿我的脑袋也觉得轻松了一点。现在我能听见演出的人在唱歌，然后又是乐队的演奏。好吧，就让他们把这个县的每一毛每一分都带走吧，又不是剥我的皮。我已做了我能做的，若一个男人活到我这么大年纪还不知道适可而止，那他就是一个傻子。况且这不关我的事。如果是我自己的女儿情况就会不一样，因为她没有时间去鬼混；她得干些活来养活几个废人、白痴和黑佬。我哪有脸带人来家里呀。我对任何人都非常尊重，我是不会那样做的。

我是一个男人，我能撑得住，那是我的亲骨肉啊，谁要是对任何我熟知的女人出言不逊，我倒要好好看他一眼。就是那些良家妇女喜欢那样说，我倒要看看这些贤淑的、经常去教堂的女人是什么样呢，我看只赶得上洛琳的一半，不管她是不是妓女。就像我说的，如果我结婚了，您会像气球一样飘起来的，您是知道的。她说，我想要你幸福，有自己的家庭，不要再为我们做牛做马。我很快就要走了，那时你就可以娶妻子，但是你绝不可能找到一位配得起你的女人。于是我说，不，我会的。您要是知道我娶了这样的女人，您会从坟里跳起来的。我说，不用了，谢谢您。我有了所有我要照顾的女人，如果我再找来个女人做妻子，她可能又是一个瘾君子什么的，这个家正缺一位这样的。

　　太阳已落在了卫理公会教堂的后面，鸽子在绕着塔尖飞来飞去，当乐队的演奏停歇下来，我能听见它们在咕咕地叫。圣诞节以来还不到四个月，鸽群差不多跟以前一样稠密了。我估计帕森·华特霍尔牧师现在肚子里装满了鸽子。你可能认为我们要枪击人呢，因为他当时在旁边滔滔不绝地发表演说，甚至在鸽子飞来时将人家的枪管抓住。说什么让和平降临，大地善待一切，不许一只麻雀掉在地上。[1] 但他才不管鸽群变得有多密，反正他无所事事，不用管现在是什么时间。他不用缴税，不必看着自己的钱被拿去清洗法院的钟，而这么做只是为了让它继续走。清洗它

1.《圣经·马太福音》第10章第29节："两只麻雀不是卖一个大钱吗？但你们的父若不许可，一只也不会掉在地上。"

得付四十五块钱。我数了数，地上有一百多只刚孵出不久的鸽子。你认为它们会有足够的头脑离开这个镇子吗？我得说，幸好我没有鸽子那么多的三亲六戚把我拴住脱不开身。

乐队又开始演奏了，曲调激越，他们在散场了。我估计他们现在都已心满意足。当他们在黑夜里开车十四五英里地回家，卸下马具然后喂牲口挤奶时，也许他们脑海中有足够多的曲子来自娱自乐。他们所要做的就是用口哨把那曲子吹出来，把笑话说出来给牲口棚里的牲口听，那么他们就能算出来没有带这些牲口去看演出而省了多少钱。他们还能计算出如果一个人有五个孩子和七头骡子，他只花了二毛五就等于带了全家去看了演出。他们就那样算的。艾尔拿着几个包裹来到后面。

"这儿还有几件东西要发出去，"他说，"约伯大叔去哪儿了？"

"去看演出了，我想，"我说，"除非你盯着他。"

"他不会溜的，"他说，"我信任他。"

"你是在说我吧。"我说。

他走到门口向外看去，在倾听着。

"这个乐队不错，"他说，"大概到了他们散场的时间吧，我看。"

"除非他们要在那儿过夜。"我说。燕子在翻飞了，我能听见麻雀开始在法院院子里的树丛中聚集。不时地它们中就会有一群出现在视线里，在屋顶的上方盘旋，然后又飞走了。在我看来，它们和鸽子一样讨厌。就因为它们，你甚至不能坐在法院院子里。你只需要知道那砰的一声落下来的是什么东西，它会刚好掉在你的帽子上。但是射杀它们要五分钱一发的子弹，那得百万富翁才负担得起呢。只要他们在广场上撒一点毒药，一天时间就可以消灭它们。如果一个商人不能管好他的家禽，让它们在广场上乱跑，那他最好去做除了贩卖鸡鸭以外的生意，像贩卖犁呀、洋葱呀，那些不进食的玩意。如果一个人不照看好自己的狗，他要么是不想要它了，要么是根本不该养它。就像我说的，如果镇上所有的生意都像做乡下买卖一样，咱们的镇就真成乡村小镇了。

"即使他们散场了对你也没有什么好处，"我说，"他们看完就套上马车出发，回到家怕也是半夜了。"

"嗯，"他说，"他们喜欢看演出。要让他们时不时地花一点钱看一场演出。山里的农民干活相当辛苦，而得到的回报却少得可怜。"

"并没有法律规定要他们在山里种地啊，"我说，"或其他任何地方种地。"

"如果不是这些农民，你我会在哪儿？"他说。

"那我现在就在家里啊，"我说，"躺着，头上敷着一包冰块。"

"你的头痛太频繁了，"他说，"你为什么不好好检查一下牙齿？他给你检查了一上午？"

"谁？"我说。

"你说你早上去看牙医了呀。"

"你是反对我在上班的时间头痛吗？"我说，"是这样吗？"他们看完演出回来，正横穿过巷子。

"他们过来了，"他说，"我看我最好到前面去。"他走开了。真是奇怪的事，不管你怎样不舒服，总有一个男人叫你去检查牙齿，一个女人叫你结婚。总会有一个一事无成的人来教你如何做生意。就像那些连一双袜子都没有的大学教授，却要教你十年内如何挣一百万，一个女人甚至连丈夫都找不到，却总在教你如何生儿育女。

老头约伯赶着货车回来了。过了好一会儿他终于将缰绳缠绕在鞭鞘上。

"哎，"我说，"演出精彩吗？"

"我还没去呢，"他说，"但是今晚要逮我就得去那个大帐篷里喽。"

"你没去个鬼，"我说，"你从三点钟就离开这儿了。艾尔先生刚才还到这儿来找你呢。"

"我去办自个儿的事去了，"他说，"艾尔先生知道我在哪儿的。"

"你可以骗他，"我说，"我不会告发你的。"

"他是这儿最实诚的人，我骗他干吗？"他说，"我都不在乎星期天晚上我能否看到他，我干吗还要浪费时间去骗他？我不想骗你。"

"你对我来说太精明了。是的，先生，"他一边说，一边将五六个小包裹放进马车里，一副忙得要命的样子，"你对我来说太精明了。这个镇上没有人能赶上你的精明。你愚弄了一个聪明得连自己的思维都跟不上的人。"他一边说，一边钻进马车并解开缰绳。

"这人是谁？"我说。

"他是杰森·康普森先生。"他说，"走啦，丹！"

有一只轮子就要掉了。我看着它走出巷子前是否会掉落。只要把车子交给黑佬用都会这样。我说，那辆嘎吱作响的破旧马车看着就难受，然而你还得把它停在马车房里一百年，就为了让那小子[1]每周一次驾到公墓去。我说，不想干的事也得干，他也不能例外。我要让他像一个文明人一样驾驶汽车，要不就待在家里。他去哪儿，坐什么车，他自己一点也不知道，我们没必要为了他准备好一辆车，一匹马，就为了让他在周日下午出去遛遛。

只要走得不远，还能步行回来，约伯才不会管轮子掉不掉呢。就像我说的，对于他们来说，唯一适合的地方就是田野，在那里他们不得不从日出干到日落。他们不配有钱，也不配有份轻松的工作。让一个黑佬在白人身边多待一会儿，他就会变得一文不值。在工作上，他们会看透你的想法而在你眼皮底下偷奸耍滑，就像罗斯库斯，他唯一犯的错误是一朝疏忽弄死了自己。他们偷懒，爱偷鸡摸狗，嘴巴越来越油，直到有一天你不得不用木棍什么的将他们摆平。得了，这是艾尔的事，可是要我可不愿让一个走路颤颤巍巍的老黑架着一辆马车满镇子地跑，而这辆马车每次转弯时都感觉会散架，让我的生意被这样拿来做广告。

---

1. 指班吉。

这时太阳还高高地悬在空中，屋里已开始暗下来了。我走到店门口。广场上空空荡荡。艾尔在后面锁保险柜，接着钟声敲响了。

"你去锁上后门。"他说，我走到后面将后门锁上然后又走回来。"我估计你今晚要去看演出，"他说，"我昨天给了你几张票，对吧？"

"是的，"我说，"你想要回去吗？"

"不是，不是，"他说，"我只是记不清给没给你。别浪费了。"

他锁上门，跟我说了晚安，然后走了。麻雀还在树丛里叽叽喳喳地叫着，但是广场上除了几辆汽车之外空空如也。杂货店门口停着一辆福特，但是我连瞧都不瞧它一眼。我知道我也有受够了的时候。我不介意帮助她，但是我知道我也有受够了的时候。我想我可以教拉斯特开车，那样的话只要他们愿意，就可以整天开车跟踪她，而我可以待在家里和班玩。

我走进店里买了几支雪茄。我想我运气好的话还可以再得一回头痛。我站着和他们聊了一会儿。

"喂，"麦克说，"我估计你今年把钱押在了洋基队上。"

"因为什么？"我说。

"锦标赛啊，"他说，"联赛中任何球队都不能打败他们。"

"肯定啦，"我说，"他们已是强弩之末，"我说，"但你认为一支球队会永远好运？"

"我不称它为好运。"麦克说。

"鲁斯在哪个队效力我就不押哪个队，"我说，"哪怕我知道这个队会赢。"

"是吗？"麦克说。

"两大联赛中我能数出一打比鲁斯更有价值的球员。"我说。

"是什么让你反感鲁斯？"麦克说。

"没有啊，"我说，"我对他一点也不反感。我甚至都不看他的照片。"我走了出去。灯光逐渐点亮，人们沿着街道往家走。有时麻雀要天完全黑了才安静下来。有个晚上人们把法院四周新安装的灯打开，把它们弄醒了，它们一整夜飞来飞去还往灯光里扑腾。它们如此持续了两三个夜晚，然后在一个早晨它们全飞走了。然而在大约两个月后它们又都飞回来了。

我开车回到家。屋子里还没有亮灯，但是他们应该都在朝窗外看，迪尔西准是在厨房里絮絮叨叨，好像那就是她自家的饭菜。她得在我到之前一直让饭菜热着。你听她的语气会觉得这世上就只有一顿晚餐，就是因为我迟了几分钟而耽搁的这一顿。好呀，至少得有一次我回家时班和那个黑佬不是吊在大门上的吧，像关在同一只笼子里的狗熊和猴子一样，至少得有一次吧。只要一到太阳西沉的时候，他就会前往大门，就像一头牛要回棚里一样，他将脑袋悬挂在大门栅栏上轻轻摇晃着，像在自言自语地咕哝着。像阉了一头公猪一样，这算是对你的惩罚。如果他因在门口胡闹而遭受的那些发生在我身上的话，那我绝不想再看到任何一个人。我经常纳闷，他趴在大门上看着女孩子们从学校回家，竭力地想要某种他甚至不记得、没法看到，也不能再看到的东西时，他在想些什么呢。还有，当他们剥光他的衣服，他刚好看了一眼赤条条的自己，便开始像以往一样哭起来，这时他又在想什么呢。可是就像我说的，他们绝没有做彻底。我说嘛，我知道你需要什么，你需要他们对你做对班做的那事，你就守规矩了。要是你不知道我说的是什么，去问迪尔西，她会告诉你的。

母亲的房间亮着灯。我停好车走进厨房。拉斯特和班在那儿。

"迪尔西在哪儿？"我说，"在上菜？"

"她在楼上和卡洛琳小姐在一起，"拉斯特说，"她们快要打起来了。昆丁小姐一回到家就这样。姥姥上楼去阻拦她们。演出开始了吗，杰森先生？"

"开始了。"我说。

"我觉得我听到乐队演奏的声音了，"他说，"真希望我能去，"他说，"我只要有二毛五我就能去。"

迪尔西走了进来。"你回来了，是吗？"她说，"你这个下午去哪了？你知道我要干多少活，为什么你不按时回来？"

"也许我去看演出了，"我说，"晚餐准备好了吗？"

"真希望我能去，"拉斯特说，"我只要有二毛五我就能去。"

"演出和你没关系，"迪尔西说，"你就继续待在屋里好好坐着，"她说，"你不要上楼去，不要又惹她们吵起来，听见没？"

"怎么回事？"我说。

"刚才昆丁回来说你整个下午都在跟踪她，接着卡洛琳就训斥了她。为什么你不能不管她？你和你的亲外甥女不吵架就没法生活在同一屋檐下了吗？"

"我哪能和她吵啊，"我说，"打早上起我就没看见她。她现在说我做了什么？逼她上学？那太坏了。"我说。

"好啦，你就照管好自己的事吧，别管她，"迪尔西说，"如果卡洛琳小姐和你让我管，我会照看好她的。进来吧，你好好的，我去上晚餐。"

"只要我有二毛五，"拉斯特说，"我就能够去看演出了。"

"要是你有翅膀你怕要飞上天了，"迪尔西说，"我不想再听到一句关于演出的事。"

"这倒是提醒了我，"我说，"我有两张票，他们给我的。"我从外套里将票取了出来。

"你打算用掉？"拉斯特说。

"我不去，"我说，"倒贴给我十块钱我都不去。"

"给我一张吧，杰森先生。"他说。

"我可以卖一张给你，"我说，"怎么样？"

"我没有钱。"他说。

"太糟糕了，"我说。我装着要出去。

"给我一张吧，杰森先生，"他说，"你用不着两张呀。"

"闭上你的嘴，"迪尔西说，"你不知道他是不会白给东西的吗？"

"你想卖多少钱？"他说。

"五分钱。"我说。

"我没那么多。"他说。

"你有多少？"我说。

"我什么也没有。"他说。

"那行。"我说，我继续往外走。

"杰森先生。"他说。

"你为什么还不闭嘴？"迪尔西说，"他只是逗你玩的。他是打算自己用的。走啦，杰森，别逗他了。"

"我不想用。"我说。我回到炉子旁。"我过来是要烧掉它们的。但是如果你想五分钱买一张的话？"我说，一边瞧着他一边打开了炉盖。

"我没有那么多。"他说。

"那好。"我说。我将其中一张丢进了炉子里。

"你，杰森，"迪尔西说，"你不害臊吗？"

"杰森先生，"他说，"求求你，先生。我可以每天给你装轮胎，干一个月。"

"我要的是现金，"我说，"只要五分钱你就能得到它。"

"别说了，拉斯特。"迪尔西说。她一把将他拉过去。"继续，"她说，"丢进去。继续。烧掉它。"

"只要五分钱你就能得到它。"我说。

"继续，"迪尔西说，"他没有五分钱。继续。丢进去呀。"

"那好。"我说。我将票丢了进去，迪尔西关上了炉盖。

"你这样一个大男人，"她说，"滚出我的厨房去。别吵了。"她对拉斯特说："你不要让班吉又开始哭闹。晚上我去弗洛妮那里给你要二毛五，你明晚就可以去看了。现在别吵了，听见没有。"

我走进客厅。我听见楼上有什么动静。我打开报纸。一会儿后班和拉斯特走了进来。班走到以前放镜子的那块黑色的墙边，伸出双手在上面摩挲着，流着口水哼哼着。拉斯特却捅起了火。

"你在干什么？"我说，"我们今晚不需要火了。"

"我想让他安静下来，"他说，"复活节总是很冷。"他说。

"今天又不是复活节，"我说，"别弄它了。"

他把拨火棒放了回去，从母亲的椅子上取出垫子递给班，于是班在壁炉前蹲下，安静下来。

我读着报纸。楼上一点声音也没有。这时迪尔西走进来送班和拉斯特去厨房，说晚餐准备好了。

"好的。"我说。她走了出去。我坐在那儿读着报纸。过了一会儿我感觉到迪尔西在门口朝里看。

"你为什么不过来吃饭？"她说。

"我在等晚饭呢。"我说。

"饭菜已摆在桌子上了，"她说，"我跟你说了的呀。"

"是吗？"我说，"对不起。我没有听见有人下楼来。"

"她们不下来了，"她说，"你去吃吧，我可以给她们端上去。"

"她们生病了吗？"我说，"医生说了是什么病吗？但愿不是天花。"

"快去吧，杰森，"她说，"吃了我好收拾。"

"好吧，"我一边说，一边又将报纸举起来，"我在等你开饭啊。"

我能感觉到她在门口打量着我。我读着报纸。

"你这样做是要干吗？"她说，"你是知道我有多烦的。"

"要是母亲病重得不能下楼来吃晚饭，那就算了，"我说，"但是只要我还在挣钱来养这些比我年轻的人，她们就必须下楼到桌边来吃晚饭。晚饭什么时候准备好了跟我说一声。"我一边说，一边又开始读报纸。我听见她在爬楼梯，一边拖着步子一边在咕哝着喘气，好像楼梯是笔直的，每一级相距三英尺。我听见她到了母亲的门边，接着我听见她在叫昆丁，好像门是锁着的，然后她又返回母亲的房间，然后母亲走出来和昆丁说话。然后她们下楼了。我还在读报纸。

迪尔西又来到门口。"过来吧，"她说，"你是在想新的鬼花招吧。你今晚就是在和自己过不去。"

我走到饭厅。昆丁耷拉着脑袋坐着。她把脸又涂抹了一道。她的鼻子就像瓷质的绝缘体。

"我很高兴您身体好些了，能下来吃饭了。"我对母亲说。

"到桌边来吃饭是我能为你做的力所能及的、微不足道的事，"她说，"不管我身体怎样。我清楚一个男人工作了一整天喜欢一家人围着他坐在餐桌边。我想让你开心。我只希望你和昆丁相处得更好些。这样我就更轻松一些。"

"我们相处得很好呀，"我说，"如果她愿意将自己锁在房间里一整天我也没意见。但是在吃饭的时间又是闹又是生闷气的话，我可受不了。我知道对她来说这要求有点高了，但这是我家的规矩。我的意思是说，您的家。"

"是你的家，"母亲说，"你现在可是一家之主啊。"

昆丁没有抬眼看。我从盘子里取菜，她吃了起来。

"你的那块肉好不好？"我说，"如果不好，我给你找一块好一点的。"

她一言不发。

"我说，你的那块肉好不好？"

"什么？"她说，"好，很好的。"

"你还想加一些米饭吗？"我说。

"不要了。"她说。

"最好让我给你再加点。"我说。

"我不想要了。"她说。

"没关系的，"我说，"你不用客气。"

"你头痛好了？"母亲说。

"头痛？"我说。

"我担心你又头痛了，"她说，"你下午回来的时候。"

"哦，"我说，"没有，没有发作。我们今天下午那么忙，我都忘了头痛了。"

"这就是回来迟的原因？"母亲说。我看得出昆丁在用心地听。我看着她。她的刀叉仍然在动着，但是我瞥到她在看我，然后她又看她的盘子。我说：

"不是的。大概三点钟的时候，我把我的车借给了一个人，我不得不等到他开回来。"我吃了一会儿。

"他是谁呀？"母亲说。

"一个参加演出的人，"我说，"好像是他的妹夫带着镇上的一个女人开车出去了，他去追他们。"

昆丁一动不动地坐着，咀嚼着食物。

"你不应该把车借给那样的人，"母亲说，"你也太大方了。那就是为什么我只要能想到办法，就绝不找你用车。"

"我自己开始也那么想，但没一会儿，"我说，"他回来了，没出事。他说他找到了他要找的人。"

"那女人是谁？"母亲说。

"我过一会儿告诉你，"我说，"我不喜欢在昆丁的面前说这种事。"

昆丁吃好了。她不时地喝一口水，然后坐在那儿在将一块饼干掰碎，她的脸在盘子上方低垂着。

"是啊，"母亲说，"我估计呀，像我这样封闭的女人是不知道镇上发生了什么的。"

"是的，"我说，"是不会知道的。"

"我的生活和别人大不一样，"母亲说，"感谢上帝让我不知道这种不道德的事。我连想知道的欲望都没有。我和大多数人不一样。"

我不再说什么。昆丁坐在那儿，一直在掰着那块饼干直到我不吃了，然后她说："我现在可以走了吗？"她谁也没看。

"什么？"我说，"当然，你当然可以走。你刚才是在等我们吗？"

她盯着我看。她将饼干都掰碎了，但她的两只手还在动，好像还在掰饼干，她的眼睛像被困得走投无路似的匕斜着，然后她开始咬嘴唇，仿佛那嘴唇上的红铅要毒害她似的。

"外婆，"她说，"外婆——"

"你刚才是不是想吃点其他什么？"我说。

"外婆，为什么他要这样对我？"她说，"我从来没有伤害过他。"

"我希望你们彼此相处和睦，"母亲说，"现在留下来的就你们几个了，我希望你们都相处融洽。"

"那是他的错，"她说，"他要干涉我，我不得不这样。如果他不想我留在这儿，那他为什么又不放我回去——"

"够了，"我说，"一句也不要再说了。"

"那他为什么不放过我？"她说，"他——他刚才——"

"他就像你曾经有的那个父亲，"母亲说，"你和我吃的面包都是他挣的。他希望你听他的话肯定是对的。"

"那是他的错，"她说，她跳了起来，"他逼我做的。如果他只是——"她盯着我们，她的眼睛斜睨着，两只胳膊在身体的两侧抽搐着。

"如果我只是什么？"我说。

"无论我做什么，都是你的错。"她说，"如果我坏，是因为我不得不坏。是你逼我的。我希望我死掉。我希望我们都死掉。"然后她跑了。我们听见她跑上楼去。然后门砰的一声关上了。

"这是她说过的第一句通情达理的话。"我说。

"她今天没有去学校。"母亲说。

"你怎么知道？"我说，"你上街了吗？"

"我才知道的，"她说，"我希望你对她宽厚一点。"

"如果我这么做，我得每天多见她几次呢，"我说，"每顿饭你必须叫她回来坐到餐桌边。那样的话我每次可以多给她一块肉。"

"这些小事你是做得到的。"她说。

"就像您叫我看她有没有上学时那样不需太用心？"我说。

"她今天没有去学校，"她说，"我刚刚才知道她没去。她说她这个下午和一个男孩子坐汽车出去了，而你在后面跟着她。"

"怎么可能？"我说，"有人借了我的车一整个下午啊。不管她是否去了学校，今天已经过去了，"我说，"如果您一定要操心的话，那就操心下个星期一吧。"

"我希望你和她彼此相处融洽，"她说，"可是她继承了所有任性的特点。也继承了昆丁[1]的特点。我当时就想，根据她已继承的秉性，就给她取那个名字。有时我想她就是凯蒂和昆丁给予我的惩罚。"

"天呐，"我说，"您太有想象力了。难怪您老是生病。"

"什么？"她说，"我没听明白。"

"我希望您不明白，"我说，"一个好女人不需要明白太多事理，无知则无虑。"

"他们俩一个样，"她说，"当我想纠正他们时，他们挑起你父亲来和我作对。他总是说，他们不需要约束，他们已经知道纯

---

1. 指大昆丁，杰森的哥哥。

洁与诚实是什么，任何人都该学到的也就是这两样东西。现在我希望他满意了。"

"您还有班可以依靠，"我说，"振作起来。"

"他们[1]故意将我排斥在他们的生活之外，"她说，"他俩总是密谋来对付我，也针对你，虽然那时你太年轻，意识不到。他们总是把你和我看作外人，就像看待你毛莱舅舅一样。我一直对你父亲说给他们的自由太多了，让他们待在一块儿的时间也太多了。当昆丁开始上学后，我们不得不在第二年也让她去上学，好让她和他在一起。她不能容忍有什么事是你们能做但她不能做的。这就是她身上的虚荣和自负。然后当她闹出了那麻烦后，我知道昆丁——是会做出些糟糕的事的。但是我没有料到他会如此自私以至于——我做梦也想不到他——"

"也许他知道生出来的是一个女孩，"我说，"又会增加一个那样的女人，他是受不了了。"

"他本来是能管住她的，"她说，"似乎只有他的话她才听得进。不过这也是报应，我认为。"

"是啊，"我说，"遗憾的是走的是他不是我。不然您会好过得多。"

"你说那样的话让我很伤心，"她说，"虽然我是活该。当他们开始卖地送昆丁去哈佛时，我对你父亲说过必须同等对待你。后来当赫伯特提出安排你进银行时，我说，杰森终于得到了补

---

1. 指大昆丁和凯蒂。

偿。当所有的开销越来越大时，我不得不变卖家具和剩余的牧场。我立马写信给她，因为我在信中说了，她该意识到她和昆丁除了分得他们自己的那一份还分了杰森的那一份，现在该她补偿杰森了。我还说，她出于对父亲的尊敬也该那么做。当时我相信她会做到的。但是我就是一个可怜的老女人啊，我从小受的教育让我相信，人为了自己的血亲是会克己奉献的。那是我的错。你责备我是对的。"

"您认为我需要别人的帮助才能活下来吗？"我说，"更不要说那是一个连自己孩子父亲的名字都叫不出来的女人。"

"杰森。"她说。

"好了，"我说，"我不是那个意思。当然不是。"

"在我经历了那么多痛苦之后，我还会相信这是可能的吗？"

"当然不会，"我说，"我不是那个意思。"

"我希望至少你能饶过我。"她说。

"肯定的，"我说，"但她太像他们俩了，这点不用怀疑。"

"我是受不了了。"她说。

"那您别去想了，"我说，"她还在为晚上出门的事纠缠您吗？"

"没有。我让她意识到那是为她自己好，她有一天会为此感谢我的。她会拿出她的书本，我锁上门后，她会开始学习。有些晚上我看见她的灯亮到很晚，十一点都还亮着。"

"您怎么知道她在学习？"我说。

"我不知道她一个人待在里面还能做其他什么，"她说，"她倒是从来不读出声来。"

"不，"我说，"您不会知道的。您要感谢上天。"我说。就算大声说出真相来又有什么用呢？那只会让她又要靠着我大哭一场。

我听见她上了楼。然后她叫昆丁，接着昆丁隔着门回答说"什么"。

"晚安。"母亲说。然后我听见钥匙在锁孔里转动，母亲回到了她的房间。

当我抽完雪茄上楼，昆丁房间的灯还亮着。我能看见空空的锁孔，但是我听不见一点声音。我能听见"了不起的美国太监"鼾声如雷，就像一座刨削加工厂。我在哪儿读到过，他们为了让男人拥有女人的声音，会用那种方式来解决。但是也许他并不知道他们已对他动了手术。我觉得他甚至都不知道他一直想做什么，也不知道伯吉斯用栅栏桩将他打晕是为什么。如果他们趁他还在乙醇麻醉状态下就送他去杰克逊，他绝不会知道有什么不一样。但是这样简单的办法康普森家的人是不会想到的。这能有多复杂呀。还得等到他发作了拼命地在大街上去追一个小女孩并将她扑倒，再恰好被她亲生父亲看见。哎，就像我说的，他们割得太晚，结束得也太快。我知道至少还有两个人需要这么做，其中一个离我还不超过一英里远。

然而，我认为这么做了不会有什么好处。就像我说的，一朝贱终身贱。就让我有个二十四小时清静一下吧，没有那帮该死的纽约犹太人给我提出要做什么的建议。我不想大捞一笔，这个想法只能吸引那些精明的赌棍。我只想找一个公平的机会把我的钱挣回来。等我做到了，他可以把整个比尔街和疯人院搬到这儿，让其中的两位睡我的床，另一个坐我餐桌的位置。

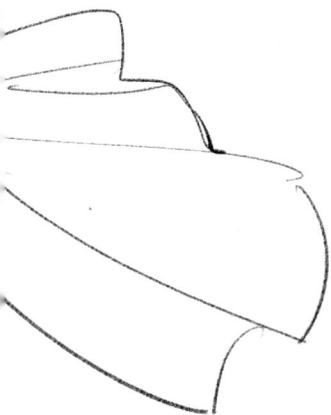

第四部分

1928年4月8日

这些树木刚长出的枝叶犹如九月悲伤和倔强的遗存，
甚至像春天已从这里经过，留下了它们，
让它们靠吸收生长于其间的黑人气味来生存，
这气味是丰富的、独一无二的。

天破晓，荒凉而寒冷，灰色的光像一道墙从东北方移动过来。光没有消融于水汽中，而是分解成了看上去细小的、有毒的微粒，就像尘埃似的。当迪尔西打开小屋子的门，从屋中露出头来时，微粒便横扫过来，像针一样扎进她的皮肤，沉淀成一种物质，与其说是水汽，倒不如说是一种稀薄的还未凝固的油脂。她戴着一顶僵硬的黑色草帽，草帽压在头巾上，披着深紫红色的天鹅绒披肩，披肩周边脏兮兮的，缝着不知名的皮草，搭在紫色的绸缎裙子上。她在门洞里站了一会儿，仰起满是皱纹凹陷的脸对着这天空，并举起一只枯瘦的、手心如鱼肚一般的手，然后将披肩移到一边，检查起她裙子的胸襟。

　　裙子从她的肩膀上憔悴地耷拉下来，越过她下垂的乳房，然后在她大肚子那儿绷得紧紧的，接着又垂下来，在罩着几条裤子的地方又有点儿膨胀起来。在春天结束，天气暖和起来时，她会将裤子一层层地脱掉，裤子的色彩绚烂至极。她曾经是一个大块头的女人，而现在只剩皮包骨头。失去了填充物的皮肤松垮垮地披覆在骨架上，到了胀得像水肿似的腹部又重新绷紧，肌肉与组织好像勇气和毅力般，被日复一日、年复一年地消磨，只留下这不屈不挠的骨架，像废墟或者纪念碑一般屹立在那困倦的、无动于衷的肠胃之上。身子上面那张塌陷的脸让人觉得骨头长到了皮肤外面，这张脸正抬起，伸入到下着倾盆大雨的空气中，刚刚还是一副听天由命的表情，转瞬变成了孩子般的惊讶与失望。接着她转身进入屋子，关上了门。

紧挨着门边的地上是光秃秃的。上面有一层包浆，似乎源于几代人光脚板的踩踏，像古旧的银器，又像墨西哥房屋上抹了灰泥的墙壁。这房屋在夏季被树荫笼罩，屋旁伫立着三棵桑葚树，初长成的树叶日后将长得像手掌似的又宽又平，在气流中波浪般地漂浮着。一对不知来自何处的松鸦在急风中旋飞，犹如鲜艳的布或纸的碎片，最后栖止在桑葚树上。它们聒噪着，身子摇摇晃晃地倾斜着，最后稳住了身子。它们对着风尖叫，风反过来又把它们沙哑的叫声传播开来，就像吹拂那些纸或布的碎片。接着又有三只松鸦加入它们的行列，它们在摇摇晃晃的树枝上摇摇晃晃地倾斜着身子，待了有一会儿，一边尖声叫着。小屋的门打开了，迪尔西又出现了，这次她头戴一顶男士毡帽，身着军大衣，磨损的半裙下面是蓝色格纹裙，下摆鼓鼓囊囊的，当她穿过院子登上通往厨房门的台阶时，裙子在她身子的周围起伏晃动。

　　一会儿后她又出现了，这回带着一把撑开的雨伞，她将雨伞迎风斜撑着，穿过院子来到柴堆边，放下雨伞，雨伞还撑开着。很快她又扑向雨伞，将伞把抓住，紧紧握着，同时打量了一会儿四周。然后她将伞收拢放下，往弯曲着的手臂上堆了些烧炉子的柴火，柴火靠着她的胸脯。她拾起雨伞，终于将雨伞打开，返回台阶。当她设法将雨伞收拢支着放在门后的角落时，她抱着柴火的身体摇摇晃晃，竭力保持着平衡。她将柴火倒在炉子后面的箱子里。然后她脱掉大衣和帽子，从墙上取下一条脏兮兮的围裙系上，开始给炉子生火。她把炉栅捅得嘎嘎直响，把炉盖弄得啪啪直响。正当她这样干着的时候，康普森太太在楼梯顶叫她。

　　康普森太太穿着一件黑色缎面的棉睡袍，用一只手在下巴下面将衣服捏紧，另一只手抓着红色的胶皮热水袋。她站在后面楼梯的顶端，用一种平稳的没有变化的音程叫着"迪尔西"，声音传入寂静的楼梯井，往下沉入了完全的黑暗中，然后碰到了灰色的窗户，它又显现出来。"迪尔西。"她叫道，声音没有变化，没有重音也不着急，好像根本就不在乎回答似的。"迪尔西。"

　　迪尔西应了声停下来，不再将炉子弄得噼啪作响，但是没等她穿过厨房，康普森太太又叫了她，还没等她穿过饭厅喘一口气，将脑袋伸到从窗户倾泻进来的灰色的光中，康普森太太又叫了起来。

　　"好啦，"迪尔西说，"好啦，我在这儿。等我烧了热水就给您灌。"她提起裙子爬楼梯，身体将灰色的光都挡住了。"把热水袋放在那儿，您回床上躺着去吧。"

"我不明白是怎么回事，"康普森太太说，"我醒来躺着至少有一个小时了，没有听到厨房有一丁点儿声音。"

"您把它搁在那儿，回床上去吧。"迪尔西说，她很艰难地爬着楼梯，身子扭来扭去的，喘着粗气，"我过一会儿就会将炉火生起来，然后把水烧热。"

"我已躺了一个小时了，至少，"康普森太太说，"我以为你也许在等我下楼生火呢。"

迪尔西爬到了楼梯顶，接过热水袋。"我一会儿就将它灌好，"她说，"拉斯特今早睡过头了，昨晚看演出看到半夜。我得自己生火。快回去吧，否则我还没做好早餐您就把其他人都吵醒了。"

"如果你允许拉斯特去做影响他工作的事，你是自作自受，"康普森太太说，"如果杰森听到这事会不乐意的。这个你是知道的。"

"拉斯特去看演出又没有花他杰森一分钱，"迪尔西说，"本来就是。"她下了楼梯。康普森太太返回她的房间。当她重新回到床上时，她能听见迪尔西还在下楼梯，她的脚步声沉重缓慢，听起来让人难受，要不是那声音随着食品储藏室的门啪的一声停止，真会让人发疯的。

她走进厨房，生起火，开始准备早餐。其间，她停下来走到窗边朝她的小屋望了望，接着她走到门边将门打开，对着阴雨绵绵的天叫喊。

"拉斯特！"她喊。她站着倾听，侧脸避开风。"你听见没有，拉斯特？"她倾听着，接着她准备再叫的时候，拉斯特在厨房的拐角出现了。

"什么事，姥姥？"他说，一副无辜的样子。太无辜了，以至于迪尔西一动不动地俯看着他好一会儿。她的神情已不仅仅是惊讶了。

"你去哪儿了？"她说。

"没去哪儿，"他说，"就在地窖里呀。"

"你在地窖里干吗？"她说，"别在雨里站着，傻瓜。"

"啥也没干。"他说。他走上台阶。

"你没抱着柴火也敢过来？"她说，"刚才我替你搬了柴火，生了炉子。我不是告诉过你把装柴的箱子装满你才能离开这儿吗？"

"我装了，"拉斯特说，"我装满了的。"

"那么柴火跑哪儿去了？"

"我不知道。我又没碰箱子。"

"行啦，你现在把它装满吧，"她说，"然后上楼去照看班吉。"

她关上了门。拉斯特向柴火堆走去。五只松鸦在木屋顶上方盘旋，尖声叫着，然后又飞回桑树上。他打量着它们。他捡起一块石块扔了过去。"喔，"他说，"回地狱去吧，那才是你们待的地方。星期一还没到呢。"[1]

---

1. 当地民间传说，松鸦星期五去地狱，星期一才回到人间。它们是魔鬼的眼线，负责报告人间的罪恶。

他抱起小山一般高的柴火。他的视线被柴火挡住了，跟跟跄跄地走到台阶边，然后上了台阶，砰砰地撞击着门，又跌跌撞撞地穿过厨房。"你慢点，拉斯特！"她嚷道。但是他已经将柴火轰的一声猛地扔进了箱子。"嗬！"他说。

"你是想把整个屋子的人都吵醒吗？"迪尔西说，她用手掌拍他的后脑勺，"上楼去给班吉穿衣服，快。"

"好的，姥姥。"他说。他向通往院子的门走去。

"你去哪儿？"迪尔西说。

"我觉得我最好还是绕过大房子，从前门进去，这样我就不会吵醒卡洛琳小姐他们。"

"你照我说的，从后面楼梯上去，把班吉的衣服穿好，"迪尔西说，"快去吧。"

"好的，姥姥。"拉斯特说。他返身走回来，从通往饭厅的门出去。过了一会儿，门停止了晃动。迪尔西准备做面包。当她在面包案板上筛动筛子时，她唱起歌来，开始是低声哼唱，没有特定的曲调和歌词，不断反复，悲怆、哀伤、朴素，她筛动的面粉细细的，像雪花似的不停地飘落到面包案板上。炉子使屋子开始暖和起来，并让屋子充斥着火焰的呢喃声。这时她唱得大声起来，仿佛她的声音被不断升高的温度所解冻，康普森太太又在大房子里叫她。迪尔西仰起脸，仿佛她的眼睛能够穿透墙壁和天花板看到这个穿着棉睡袍站在楼梯顶的老女人，在用一种机器般的单调的声音叫她的名字。

"哦，老天爷呀。"迪尔西说。她放下筛子，撩起围裙的边来

擦手，然后将之前她放在椅子上的热水袋抓起来。烧水壶在微
微地喷出热气，她用围裙包住水壶的把手。"等一下，"她喊道，
"水刚刚烧热。"

可是康普森太太要的不是热水袋，迪尔西握着热水袋的颈部
像拎一只死母鸡，她来到楼梯脚向上张望。

"拉斯特没有上楼和他在一块儿？"她说。

"拉斯特一直就没在这栋屋子里。我一直在躺着听他来了没
有。我知道他会来得晚，但是我真的希望他能来得及时一点，免
得让班吉吵到杰森，杰森一星期只有一天能睡个懒觉。"

"天一亮您就站在楼厅里喊这个喊那个，我看您并不希望别
人睡好觉嘛。"迪尔西说，她开始爬楼梯，步履沉重，爬得很艰
难，"半小时前我就派那小子上楼了的呀。"

康普森太太瞧着她，用手在下巴下面揪着睡袍。"你要干什
么？"她说。

"去给班吉穿衣服，然后带他下楼去厨房，去那儿他就吵不
着杰森和昆丁了。"迪尔西说。

"你还没开始做早餐吗？"

"我也在准备，"迪尔西说，"您最好回床上去，等拉斯特给
您生火。今天早上很冷。"

"我知道，"康普森太太说，"我的脚像冰一样把我给冻醒
了。"她瞧着迪尔西爬楼梯。她已爬了半天。"如果早餐做晚了，
你知道杰森会生气的。"康普森太太说。

"我没法同时做两样事啊，"迪尔西说，"您回床上去吧，否

则这一早上我还得照管您。"

"如果你为了给班吉穿衣服将其他所有的事撂下，那不如我下楼去做早餐。你和我一样清楚早餐做晚了杰森会怎么样的。"

"被您弄得乱七八糟的东西谁会吃？"迪尔西说，"您倒是说说，快回去。"她说，吃力地往上爬。康普森太太瞧着她往上爬，一只手扶着墙支撑着身体，另一只手则提着裙子。

"你要叫醒他？就为了给他穿衣服？"她说。

迪尔西停了下来。她站着，一只脚抬到下一级楼梯上，一只手扶着墙，她的身后是从窗户倾泻进来的灰色的光，她的身影模模糊糊的，一动不动。

"那他还没醒咯？"她说。

"我刚才去看的时候他还没醒。但已过了他醒来的时间。他从来不会睡过七点半的。你知道他不会的。"

迪尔西什么也没说。她不再往前移动。虽然康普森太太看不清迪尔西水滴状的身影，可是她知道迪尔西将脸垂了下去，知道她像一头雨中的母牛一样站在那，手里拎着那只空的热水袋。

"你不是要受这份罪的人，"康普森太太说，"这不是你的责任。你可以离开。你不必一天又一天地承受压力。你对他们什么也不亏欠，对死去的康普森先生也一样。我知道你对杰森从来都不体贴。你向来不掩饰这一点。"

迪尔西什么也不说。她慢慢转过身下楼，将她的身体从一级级的楼梯上往下放，就像小孩子那样，手扶着墙。"您回去吧，不要管他，"她说，"不要再进他的房间，听见没有。我一找到拉斯特就会立马叫他上楼来。别管他，听见没有？"

她返回厨房。她朝炉子里看了看，然后将围裙从头上脱下，穿上外套，打开通往院子的门，将院子来回打量了一番。气流扑向她的皮肤，水珠尖利而细微，院子里空荡荡的，没有一样活物。她从台阶上走下来，蹑手蹑脚地，好像怕发出声响，接着她绕过厨房的拐角。这时拉斯特迅速地从地窖门里钻了出来，一脸无辜的样子。

迪尔西停下脚步。"你干啥去了？"她说。

"没干啥，"拉斯特说，"杰森先生叫我去地窖里找找，看是哪里漏水。"

"他是什么时候叫你去看的？"迪尔西说，"去年元旦，是不是？"

"我觉得在他们还在睡觉的时候刚好可以去看看。"拉斯特说。迪尔西走到地窖的门口。他站在一旁，她向里面探望，里面一片晦暗，泥土、霉菌、橡胶的阴湿气味扑面而来，很刺鼻。

"嚯。"迪尔西说。她又看着拉斯特。他迎向她凝视的目光，他的目光显得平静、无辜和坦率。

"我不知道你要干吗，但是这里面的事和你无关。今天早上人家折磨我，你也跟着来，是不是？你上楼去照看班吉，听见没有？"

"好的，姥姥。"拉斯特说。他走向厨房的台阶，速度很快。

"喂，"迪尔西说，"趁我现在逮着你了，你再给我抱一些柴来。"

"好的，姥姥。"他说。他从台阶上下来，从她身旁经过，走向柴堆。他又被手中的木头堆挡住了视线，看不见路。一会儿后他砰砰地撞击着门，迪尔西打开了门，用结实的手引着他穿过厨房。

"不要又扔得震天响，"她说，"不要太大声。"

"我只能这样扔啊，"拉斯特说，喘着粗气，"我没有别的办法放下来啊。"

"那你抱着柴站在那一会儿。"迪尔西说，她一根一根地给他将柴火卸下，"你今天早上是怎么了？平常我叫你去抱柴，为了省力，你每次绝不会抱超过六根。今天怎么不那么做了？你又有什么事要求我？难道那个演出队还没有离开吗？"

"不，姥姥。他们已经走了。"

她将最后一根柴放进箱子里。"现在你上楼去班吉那儿，照我之前说的去做，"她说，"在我摇吃饭铃之前，我不想再有人从楼上喊我。你听到我说的了吗？"

"好的，姥姥。"拉斯特说。他从弹簧门后消失了。迪尔西又放了些柴火进炉子里，然后返回到面包案板边。这时她又开始唱起来。

屋子里是变得暖和了。不一会儿，迪尔西的皮肤显得油浸浸的，富有光泽，方才她和拉斯特的脸上还落满了细微的柴火灰，现在好看多了。她在厨房里跑前跑后，将未加工的食材配好，准备早餐。碗柜上方的墙壁上挂着的柜式时钟在滴滴答答地响着，在夜晚有灯光照着的时候才看得见它，即便那时，它也是高深莫测的样子，因为它只有一根指针。然后随着清嗓子似的启动音，它敲了五下。

“八点钟了。”[1]迪尔西说。她停下来仰起头倾听着。但是除了时钟和炉火的声音之外没有其他的声响。她打开烤箱，看着面包盘，然后弯下腰。当听到有人下楼时她停了片刻。她听到脚步声穿过饭厅，然后弹簧门打开了，拉斯特走了进来，他后面跟着一个体型庞大的男人，这个人好像是由某种物质构成的，这种物质的粒子彼此不凝聚，或者说不粘连在支撑它的框架上。他的皮肤看起来像死人似的浮肿，不长毛。走起路来一摇一晃的，像受过训练的熊。他的头发细软，颜色很淡，梳得平平滑滑地搭在额头上，就像银版照片[2]里的孩子。他的眼睛清澈，是矢车菊那种甜美的淡蓝色，他的厚嘴唇奓着，滴着一点口水。

“他冷不？”迪尔西说。她将双手在围裙上揩了揩，然后去摸他的手。

“他不一定冷，但我很冷。”拉斯特说，“复活节总是这么冷，从来没见它不冷过。卡洛琳小姐说如果你没时间给她灌热水袋，那就算了。”

“噢，老天爷。”迪尔西说。她拖了一把椅子放在柴火箱和炉子之间的角落里。这个男人顺从地坐了上去。“去饭厅找找，看我把热水袋搁哪儿了。”迪尔西说。拉斯特去饭厅找来了热水袋，

---

1. 厨房的钟年久失修，时刻不准，但迪尔西能从钟声推断出正确时间。
2. 法国巴黎布景画家达盖尔于1839年发明的摄影方法，照片颜色黑白。

迪尔西灌满热水后递给他。"快上去，立马，"她说，"看杰森睡醒没有。告诉他们早餐做好了。"

拉斯特走了出去。班坐在炉子旁。他坐得松松垮垮的，身子纹丝不动，用一种愉悦又迷离的目光看着迪尔西走来走去，他脑袋不停地一上一下地动着。拉斯特回来了。

"他起来了，"他说，"卡洛琳小姐叫我把热水袋放在桌上。"他走到炉边，双手停在炉箱上方，手掌对着炉箱。"他也起来了，"他说，"今早是双脚着地的。"[1]

"又出什么事了？"迪尔西说，"让开。你站在那儿偎着炉子，我怎么做事？"

"我冷啊。"拉斯特说。

"你下到地窖里时咋不觉得冷，"迪尔西说，"杰森怎么啦？"

"他说我和班吉打碎了他房间的窗户。"

"窗户碎了吗？"迪尔西说。

"他是这么说的，"拉斯特说，"说是我打碎的。"

"他从早到晚都锁着屋子，你怎么可能进得去啊？"

"他说我扔石块砸碎的。"拉斯特说。

"你扔了没有？"

"我没有。"拉斯特说。

"可不要对我撒谎哦，小子。"迪尔西说。

"我绝不会去做那种事，"拉斯特说，"你问班吉是不是我砸

---

1. 一种迷信，认为某只脚先落地或双脚同时落在地上分别预示着吉或凶。

的，我瞅都没瞅过那窗户。"

"那是谁砸的呢？"迪尔西说，"他就是自己瞎闹，还把昆丁吵醒了。"她一边说，一边将面包盘从烤炉里取出来。

"估计是这样。"拉斯特说。

"我说你呀，黑小子，你的鬼花招和康普森家的人一样多。你真的没砸那个窗户？"

"我砸它干什么呢？"

"你耍花招还要什么理由吗？"迪尔西说，"快看好他，免得我摆饭的时候烫伤他的手。"

她去了饭厅，他们能听见她在饭厅走来走去，接着她回来了，在厨房的桌子上摆上一只盘子，将食物放在上面。班盯着她看，淌着口水，发出微微的、渴求的声音。

"好了，宝贝。"她说，"这是你的早餐。把他的椅子搬过来，拉斯特。"拉斯特将椅子搬了过来，班坐了上去，一边呜咽，一边淌着口水。迪尔西在他的脖子下围了一块布，并用这块布的底端揩他的嘴巴。"看你能不能有一回不弄脏他的衣服。"她一边说，一边递给拉斯特一把勺子。

班停止了呜咽。他看着勺子伸到他嘴边。在他身上饥渴好像也是由肌肉所控制的，而饥渴本身并不能用语言表达，他也不知道那就是饥渴。拉斯特娴熟而心不在焉地喂他。他的注意力不时也会回来片刻，这片刻时间足以让他拿勺子假装喂班，让班咬一个空，可是很明显，拉斯特的心思在别处。他的另一只手放在椅背上，并在那死气沉沉的木板上试探性地、优雅地移动着，仿佛在死寂中弹奏出一支听不见的曲子。他甚至一度忘了用勺子逗弄班，他用手指在死气沉沉的木板上巧妙地弹了一支无声又复杂的琶音[1]，直到班的呜咽声让他回过神来。

迪尔西在饭厅里忙前忙后。这时她摇响了那只声音清脆的小铃，拉斯特在厨房里听见康普森夫人和杰森正下楼来，并听到了杰森的说话声，他翻着白眼倾听着。

"当然，我知道他们不会砸碎它的。"杰森说，"当然，我清楚这一点。也许是天气变化让窗玻璃碎掉的。"

"我看不可能啊，"康普森夫人说，"你待在你的房间里，门成天锁着，只有你要去镇上才离开。除了星期天要打扫卫生，我们没有谁进你的房间。我不希望你认为我会去我不想去的地方，或者我会允许其他人去。"

"我从来没有说是您打碎的，我说了吗？"杰森说。

"我不想进你的房间，"康普森夫人说，"我尊重任何人的隐私。我不会跨进你房间门槛一步的，哪怕我有钥匙。"

"没错，"杰森说，"我知道您的钥匙打不开。那就是我之前换锁的原因。我想知道的是窗玻璃怎么会碎。"

"拉斯特说不是他打碎的。"迪尔西说。

"不用问他我就知道不是他干的。"杰森说，"昆丁人呢？"他说。

"每个星期天早晨她在哪儿，她现在就在哪儿。"迪尔西说，

---

1. 音乐术语，指一串和弦音从低到高或从高到低依次连续奏出。

"这几天你究竟遇到了什么烦心事？"

"那好，所有老规矩都得变，上楼去跟她说早餐准备好了。"

"你现在别管她，杰森，"迪尔西说，"除了星期天，她每天早上都起来吃早餐，卡洛琳小姐允许她星期天早上睡懒觉的。这你是知道的。"

"我不能就为了她舒服，让满厨房的黑佬等啊，即便我也乐意这么做，"杰森说，"快上楼去叫她下来吃早餐。"

"没有谁在等她，"迪尔西说，"我将她的早餐放在保温箱里，等她——"

"你听见我说话了吗？"杰森说。

"我听见你说的了，"迪尔西说，"你只要待在屋里就一直在骂骂咧咧的，我都听得见。不是冲着昆丁和你妈妈，就是冲着拉斯特和班吉。您干吗由着他这样，卡洛琳小姐？"

"你最好按他说的去做。"康普森夫人说，"他现在是一家之主，要求我们尊重他的意愿，这是他的权利。我会尽力做到，如果我做得到，你也能做到。"

"他发这么大的脾气就是为了能让昆丁起床，好顺他的意，这没道理，"迪尔西说，"也许你还认为是她打碎的窗户。"

"如果她突发奇想，是会这么干的，"杰森说，"你去按我说的做。"

"就算是她干的我也不会责备她，"迪尔西一边说，一边朝楼梯走去，"谁叫你在家里一直数落她。"

"别说了，迪尔西，"康普森夫人说，"我和你都没资格教杰森做事。有时我也觉得他不对，但是为了大家的缘故，我尽量顺从他的意愿。如果我都能撑着来到餐桌边，昆丁也应该可以。"

迪尔西走了出去。他们听到她在爬楼梯。他们听见她爬了很久。

"您用过那么多用人，"杰森边说边往母亲和他自己的餐盘里盛食物，"曾经有过个把还不错的用人没有？在我记事之前您肯定有过几个的吧。"

"我不得不迁就他们，"康普森太太说，"我什么事情都得靠他们。要是我身体硬朗，情况就不一样了。我真希望自己的身体好一些。我希望所有的家务我都能自己做。至少我能在这方面减轻你一些负担。"

"我们住的都快成猪圈啦。"杰森说，"快点，迪尔西。"他吼叫道。

"我知道你又要责怪我，"康普森太太说，"因为今天我放他们去教堂。"

"去哪儿？"杰森说，"那个该死的演出队还没有离开吗？"

"去教堂，"康普森太太说，"黑人要举行一场特别的复活节礼拜。我两星期前就答应迪尔西让他们出去。"

"那就意味着晚餐得吃冷菜冷饭了，"杰森说，"甚至什么吃的也没有。"

"我知道这是我的错，"康普森太太说，"我知道你会责怪我。"

"为哪样？"杰森说，"又不是您让基督复活的，对吗？"

他们听见迪尔西爬上最后一级楼梯，然后听见她在上头挪动着迟缓的步子。

"昆丁。"她说。她叫第一声的时候，杰森正将他的刀叉放下，他和母亲在桌子的两端面对面地坐着，用同样的神态在等待着；一位冷酷、精明，压得紧实的褐色头发弯曲成两只倔强的钩，分别贴在额头的两侧，就像漫画里的酒保，淡褐色眼睛里的黑色虹膜像玻璃弹珠一样，而另一位冷酷、爱抱怨，满头白发，眼神困惑，眼袋松垂的眼睛是如此的黑，以至显得像全是瞳孔或者全是虹膜。

"昆丁，"迪尔西说，"起来啦，宝贝。他们在等着你吃早餐呢。"

"我真不明白那窗户怎么会碎，"康普森太太说，"你确定是昨天碎的？可能已经碎了很长一段时间了，因为天气变暖的缘故。而且又是上面那一块，挡在窗帘后面没被发现。"

"我最后跟您说一遍，是昨天打碎的，"杰森说，"难道您认为我连自己住的房间都不了解？您以为我能住在那窗户破了一个洞手都伸得进去的房间里一个星期……"他的声音停住了，消失了，只剩他的双眼盯着母亲看，那双眼睛有一瞬间空无一物，好像他的眼睛屏住了呼吸。他的母亲也看着他，她的脸显得蔫软，爱抱怨，敏锐而又迟钝。他们这样坐着的时候，迪尔西又说了："昆丁。别捉弄我了，宝贝。快去吃早餐，宝贝。他们在等着你呢。"

"我真的搞不懂，"康普森太太说，"就好像有人想闯进屋子来——"杰森跳了起来。他的椅子哗啦一声向后翻倒。"咋啦——"康普森太太说，盯着他看。他从她身边跑过，跳上楼梯，在楼梯上遇到了迪尔西。此时他的脸隐在阴影里，迪尔西说："她在怄气。你妈妈还没有打开锁——"但是杰森还是从她身旁经过往上冲，沿着走廊来到一扇门边。他没有喊人来开门。他抓住门把手试了试，然后他一只手握着门把手站着，他的头下垂了一点，好像在倾听某种比这个门后的方形房间遥远得多的东西，而且已经听见。他的神态就像一个人通过倾听的动作来自欺欺人，好像他已经听到了答案似的。康普森太太一边在后面跟着他爬楼梯，一边叫着他的名字。接着她看见了迪尔西，她便不再叫杰森了，转而开始叫迪尔西。

"我跟你说了，她还没打开那道门的锁呢。"迪尔西说。

当她这么说时，他调转身向她跑来，不过他的声音是平静的，就事论事的。"她钥匙带在身上吗？"他说，"她现在带着钥匙吗，我意思是，她会不会——"

"迪尔西。"康普森夫人在楼梯上说。

"哪样？"迪尔西说，"为什么你不让——"

"钥匙，"杰森说，"那个房间的。她一直带在身上吗，母亲？"接着他看到了康普森夫人便下到楼梯上迎她。"给我钥匙。"他说。他躬身去掏她锈黑色宽大上衣上的几只口袋。她反抗着。

"杰森，"她说，"杰森！你和迪尔西是想让我再病倒吗？"她一边说，一边竭力将他推开，"你连礼拜天都不让我过得安宁吗？"

"钥匙，"杰森一边说，一边还在掏，"拿出来。"他回过头去看那扇门，他好像在期盼自己拿到钥匙前门会突然打开。

"你过来呀，迪尔西！"康普森夫人一边说，一边将她宽大的上衣抱紧。

"你给我钥匙，你这个老傻瓜！"杰森突然咆哮道。他从她的口袋里拽出了一大串锈迹斑斑的钥匙，这些钥匙挂在一只铁环上，就像中世纪狱卒用的。他跑回走廊，两个女人跟在他后面。

"喂，杰森！"康普森太太说，"他绝对找不到对的那把，"她说，"你知道我从来不让别人拿我的钥匙，迪尔西。"她开始号啕大哭。

"别哭了，"迪尔西，"他不会对她做什么的。我不会让他乱来的。"

"可是在这个礼拜天的早上，在我自己的屋里，"康普森太太说，"我还辛辛苦苦地将他们培养成基督徒。让我来找那把钥匙，杰森。"她说。她将一只手搭在他的胳膊上，然后她开始和他争夺起来。可是他用胳膊肘一拐就将她甩到了一边，然后打量了她片刻，他的眼睛是冰冷又焦急的，然后他又转身向那扇门走去，带着那串笨重的钥匙。

"别哭了。"迪尔西说，"喂，杰森！"

"出大事了，"康普森太太说，又号哭起来，"我就知道要出事。喂，杰森，"她一边说，一边又去抓住他，"在我自己家里，他连一把钥匙都不让我去找！"

"好了，好了，"迪尔西说，"能出什么事？我在这儿呢。我不会让他伤害她的。昆丁，"她提高了嗓门说，"你不用害怕，宝贝，有我在呢。"

门打开了，朝里转过去。他在门口站了一会儿，挡住了房间，然后他移动一下步子让到旁边。"进去吧。"他用低沉的声音轻轻地说。她们走了进去。这简直不是一个女孩子的房间，也不像其他什么人的房间。廉价化妆品淡淡的香味、几件女性用品，以及为使这个房间显得女性化所作的粗糙的、徒劳的努力，都只是让它显得更加不伦不类，像妓院里那些用于短暂幽会的、死气沉沉的、千篇一律的房间。床没有被动过，地板上躺着一件弄脏了的廉价丝质内衣，有点太粉了，半拉开的衣柜抽屉上悬挂着一只长筒袜。窗户是打开的。窗外长着一棵梨树，紧靠着房子。梨树正在开花，树枝擦着房子发出沙沙的声响，大量的空气不断涌入窗户，将花朵孤独的香气带进了房间。

"瞧，"迪尔西说，"我说她没事吧？"

"没事？"康普森夫人说。迪尔西跟着她进了房间，并拉了拉她。

"您快回去躺下吧，"她说，"不要十分钟我就会找到她。"

康普森夫人甩开了她。"快找字条，"她说，"昆丁[1]那次是留下字条的。"

"好的，"迪尔西说，"我会找的，您快回您的房间吧。"

---

1. 指大昆丁。

"他们给她取名为昆丁的那一刻，我就知道会有这样的事情发生。"康普森夫人说。她走到衣柜边开始翻找里面那些散乱的物品——几只香水瓶，一盒粉，一支被咬过的眉笔，一把一边刃口残缺的剪刀，剪刀搁在一条缝补过的围巾上，围巾沾满了粉和口红印。"快找那字条。"她说。

"我在找，"迪尔西说，"您回去吧，快。我和杰森会找到字条的。您回您的房间去吧。"

"杰森，"康普森夫人说，"他在哪儿？"她朝门边走去。迪尔西跟着她走到走廊上，到了另外一扇门前。门关着。"杰森。"她隔着门喊。没有应答。她转了一下门把手，接着又叫了他一声。还是没有应答。因为此时他正在把壁橱里的东西扯出来扔到身后：衣服、鞋子、一只箱子。然后他拿着一块锯过的榫槽接合板从壁橱里钻了出来，把它放在了地上，接着又进入壁橱拿出一只金属盒，把它放在床上。他站着瞧盒子被撬坏的锁，他从口袋里掏出钥匙环，从中找出一把。他拿着这把钥匙站了很长一段时间，瞧着被撬坏的锁，然后他又把那串钥匙放回口袋里，接着小心翼翼地将盒子里的东西倒在床上，又小心翼翼地将倒出来的纸条分类，每次拿起一张，抖一抖。然后他又把盒子竖起来，抖了抖，又慢慢地将纸条放回去。他还是站着，头低垂着，双手捧着盒子，瞧着被撬坏的锁。他听见窗外有几只松鸦尖叫着掠过飞远了，它们像抽鞭子似的叫声随风飘散，不知哪儿有一辆汽车驶过，声音也逐渐消失。门外他的母亲又在叫他的名字，可是他一动不动。他听见迪尔西将母亲引向廊厅，接着一扇门关上了。他重新把盒子放回壁橱里，再将衣服重新扔进壁橱，然后他走下楼梯到电话机旁。当他站在那儿将电话的听筒贴着耳朵等待时，迪尔西在下楼梯。她看到了他，并没有停下脚步，继续走。

电话通了。"我是杰森·康普森。"他说。他的声音是如此沙哑和低沉以至于他不得不重复一遍。"杰森·康普森。"他控制着自己的声音，"准备好一辆车，一位副警长，如果你不能去的话。我十分钟内到。我会去那儿——什么？——抢劫。我家里。我知道是谁干的——抢劫，我说了。准备好一辆车——什么？难道你不是拿政府薪水的执法人员——好吧。我五分钟之内到。车子准备好，马上出发。要是你不干，我会向州长报告。"

他啪地放下电话，穿过饭厅，饭厅餐桌上几乎没动过的饭菜已经冷了，他走进厨房。迪尔西正在灌热水袋。班坐着，安静而茫然。而他旁边的拉斯特看起来像一只杂种小狗，机灵而警觉，正在吃着什么东西。杰森穿过厨房继续走着。

"早餐你一点不吃吗？"迪尔西说，他没理她。"你去吃早餐吧，杰森。"他继续走，外面的那扇门在他身后砰的一声关上了。拉斯特站起身，走到窗边往外看。

"噢，"他说，"上面发生了什么事？他打了昆丁吗？"

"闭上你的嘴，"迪尔西说，"你现在要是把班吉惹哭，我会敲掉你的脑袋。在我回来前尽量让他保持安静。你听到没有？"她拧紧热水袋的塞子后走了出去。他们听见她走上楼梯。接着他们听见杰森坐着他的汽车从屋子旁经过。然后除了时钟滴答的声音和水壶咝咝的声音之外，厨房里再没有其他的声音了。

"你知道我赌什么吗？"拉斯特说，"我赌他打了她。我赌他打破了她的头，现在去找医生。这就是我赌的。"时钟在滴答滴答地走着，庄严而深沉。它也许是这栋正在衰败的房子本身不动声色地跳动着的脉搏。时钟发出了嘎嘎声，清嗓似的，一会儿后它敲了六下。班吉抬头看了看时钟，然后又看着窗前拉斯特子弹状脑袋的剪影。他的脑袋又开始一上一下地晃动，淌着口水。他呜咽起来。

"闭嘴，大傻瓜，"拉斯特说，没有回头，"看来我们今天去不成教堂了。"但是班坐在椅子上，他那双柔软的大手在双膝之间晃动着。突然他哭了起来，发出缓慢的吼叫声。这叫声让人不明就里而又持续不断。"闭嘴，"拉斯特说，他转过身扬起一只手，"你想让我抽你吗？"但是班看着他，随着每一次呼气仍然缓慢地发出吼叫声。拉斯特走了过来，摇晃着他。"你马上给我闭嘴！"他吼道，"过来。"他一把将班从椅子上拽下来，将椅子拖到炉子边上，对着炉子。他打开炉子门，然后将班推到椅子上。他们俩看起来就像狭窄的船坞里的一只拖船和一艘被拖船推动着的笨重油轮。

班又坐了下来，面对着彤红的炉门，他安静下来，然后他们又听到时钟的滴答声了，以及迪尔西缓慢下楼的声音。当她一出现，他又开始呜咽起来，接着还提高了嗓门。

"你对他做了什么？"迪尔西说，"你今天早上为什么就不能不惹他，别让他一直在闹？"

"我没对他做什么，"拉斯特说，"是杰森先生吓着他了，事实就是这样。他没有杀死昆丁小姐吧，是不是？"

"别叫了，班吉。"迪尔西说。他不出声了。她走到窗前，朝外面看。"雨停了？"她说。

"停了，姥姥，"拉斯特说，"停了很久了。"

"那你俩出去待一会儿，"她说，"我刚才才让卡洛琳小姐安静下来。"

"我们还去教堂吗？"拉斯特说。

"到时候我会让你知道的，我不叫你，你就不要让他进屋。"

"我们能去牧场吗？"拉斯特说。

"可以的，只要你不让他进屋。我受够了。"

"好的，姥姥，"拉斯特说，"杰森先生去哪儿了，姥姥？"

"那不关你的事，是不是？"迪尔西说，她开始收拾餐桌，"别闹了，班吉。拉斯特带你出去玩。"

"他把昆丁小姐怎么了，姥姥？"拉斯特说。

"没把她怎么样，你俩出去吧。"

"我打赌她不在这儿。"拉斯特说。

迪尔西瞧着他："你怎么知道她不在？"

"我和班吉昨天晚上看着她从那扇窗户爬下来的。是不是，班吉？"

"你看见了？"迪尔西说，盯着他看。

"每个晚上都能看到，就顺着梨树爬下来。"

"你没有骗我吧，黑小子？"迪尔西说。

"我没有骗你，你问班吉我是不是骗你了。"

"那你为什么不早说呢？"

"这又不关我的事，"拉斯特说，"我不愿搅和白人的事。过来，班吉，我们出去。"

他们走了出去。迪尔西在桌子边站了一会儿，接着她走进饭厅去收拾早餐的那些东西。她吃过早餐，接着打扫厨房。然后她解下围裙将它挂起来，接着走到楼梯脚倾听了一会儿。没听到什么动静。她穿上外套，戴上帽子，穿过院子到了自己的小屋。

雨已经停了，气流从东南方涌过来，使头顶上空露出一小块一小块的蓝天。越过小镇的树木、屋顶和尖塔，可看见小山顶上洒落着的阳光像一块淡色的布片正在消隐。空中传来一声钟声，就像信号似的，其他的钟声随着应声而起，重复着它的响声。

小屋的门打开，迪尔西走了出来，还是系着褐红色的披巾，穿着紫色的裙子，戴着一双脏兮兮的、长及肘弯的白手套，这次没戴头巾。她走进院子，叫着拉斯特。她等了一会儿，然后她走向大房子，绕过它走到地窖门口。她挨着墙移动着步伐，朝门里望去。

班坐在台阶上。在他前面，拉斯特蹲在潮湿的地上。他左手拿着一把锯子，锯片在他手的压力下有点弯曲，他正在用一把旧木槌捶打锯片，迪尔西用这木槌做泡沫松饼都有三十多年了。每敲一下，锯子便发出迟钝的砰的一声响，随之在死气沉沉的颤抖中结束。锯片在拉斯特和地面之间形成了一条单薄而清晰的弧线，静谧而神秘地鼓着腹部。

"他就是这么弄的[1]，"拉斯特说，"我只是没有找到合适的东西来弄。"

"这就是你做的事，是吗？"迪尔西说，"把那槌子给我。"她说。

"我不会弄坏它的。"拉斯特说。

"拿过来，"迪尔西说，"那锯子你从哪儿拿的就放回哪儿。"

他放下锯子，将槌子拿给了她。然后班又开始嚎叫起来，那声音是绝望的，拖得很长。它什么也不是，只是声音而已，就像一直存在着的所有的时间、不公和悲伤在行星交会的瞬间化作了声音。

"听听，"拉斯特说，"从你叫我们出来开始，他就一直这样。我不知道他今早是咋的了。"

"带他过来。"迪尔西说。

"过来，班吉。"拉斯特说。他返身走下台阶去拉班的胳膊。他顺从地过来了，号叫着，这缓慢沙哑的声音就像船发出的。似乎在声音本身发出之前已开始，似乎在声音本身停止之前已结束。

"跑去把他的帽子拿来，"迪尔西说，"别弄出声音来让卡洛琳小姐听见了。快去，快。我们已经迟了。"

"如果你不让他停下来，她无论如何也会听到的。"拉斯特说。

---

1. 拉斯特在演出上看到了一个人用锯片演奏乐曲，他试图模仿。

"我们离开这个地方他就会停下来的，"迪尔西说，"他闻到了。情况就是这样。"

"闻到了什么，姥姥？"拉斯特说。

"你去把那帽子拿来。"迪尔西说。拉斯特去了。他们站在地窖门口，班站在她下面一级的台阶上。天空现在已分裂为一片片疾行的云朵，云朵飞快地拖着它们的阴影离开破旧的花园，掠过破损的栅栏，再穿过院子。迪尔西轻轻地抚摸着班的脑袋，动作缓慢而平稳，然后又捋顺他前额的刘海。他静静地、不慌不忙地哭号着。"住口，"迪尔西说，"快住口，我们马上就走。快住口。"他静静地、平稳地哭着。

拉斯特回来了，戴着一顶崭新又挺括的草帽，草帽上扎着一条彩带，他手里拿着一顶布帽子。草帽那独特的面和角将拉斯特的脑袋凸显出来，在旁人眼里就像打上了聚光灯，如此特别以至乍一看还以为这顶草帽是戴在紧跟在拉斯特身后的另一个人的头上呢。迪尔西看着这顶草帽。

"你为什么不戴旧的那顶？"她说。

"没有找到。"拉斯特说。

"我敢肯定你才不是找不到。我敢肯定是你昨晚藏好了的，好让自己找不到。你是想毁掉这顶帽子。"

"噢，姥姥，"拉斯特说，"又不会下雨。"

"你怎么知道？你去拿那顶旧帽子，把这顶新的放着。"

"噢，姥姥。"

"或者你去拿把伞。"

"噢，姥姥。"

"你自己选择，"迪尔西说，"拿旧草帽或者拿伞。我不管你选哪样。"

拉斯特向小屋走去。班在静静地嚎着。

"走啦，"迪尔西说，"他们会赶上我们的。我们要去听唱诗呢。"他们绕过大房子向大门走去。当他们走在车道上时，迪尔西不时地说"不要嚎了"。他们到了大门边。迪尔西将门打开。拉斯特在他们身后正沿着车道走过来，手里拿着伞。一个妇人和他一块儿。"他们过来了。"迪尔西说。他们走出大门。"好了，别嚎了。"她说。班止住了声。拉斯特和他妈妈赶上了他们。弗洛妮穿着一件亮蓝色的绸子衣服，戴着一顶插着花的帽子。她是一个长得很瘦的女人，有一张扁平的、讨人喜欢的脸。

"你把六个星期的工资穿在身上了，"迪尔西说，"如果下雨了你怎么办？"

"得淋湿，我估计，"弗洛妮说，"我还从来没有能让雨不下过。"

"姥姥老是念叨要下雨。"拉斯特说。

"要是我不操心你们，我不知道谁会来操心。"迪尔西说，"快走吧，我们已经迟了。"

"今天是希古克牧师布道。"弗洛妮说。

"是吗？"迪尔西说，"那是谁？"

"他是从圣路易来的，"弗洛妮说，"是个大牧师。"

"嚄，"迪尔西说，"他们是需要一个人让这些轻浮的黑小伙儿对上帝心生敬畏。"

"希古克牧师定能做到，"弗洛妮说，"他们是这么说的。"

他们沿着街道走。在这安静的街道上，穿着光鲜的白人三五成群地向教堂走去，走在飘荡着钟声的风中，走在时隐时现的阳光中，阳光显得随意而又像在试探。从东南方刮来的风，一阵一阵的，这在几个暖日之后，显得凛冽而阴冷。

"我希望你不要老把他带去教堂，妈妈，"弗洛妮说，"大伙儿会说的。"

"谁会说？"迪尔西说。

"我听到他们在说。"弗洛妮说。

"我知道是哪些人，"迪尔西说，"那些垃圾白人。就是他们。觉得他去白人教堂不够格，而黑人教堂又配不上他。"

"他们就是这么说的。"弗洛妮说。

"那你把他们叫到我面前来，"迪尔西说，"我要告诉他们慈悲的上帝不在乎他是否聪明。除了那些垃圾白人，没有谁在乎这个。"

街道转了一个九十度的弯，往下降，变成了一条土路。路两旁的地下降得更厉害，出现了一块分布着小屋子的宽阔平坦的地带，历经风雨的屋顶和公路的路面持平。这些小屋建在小块小块的没有草坪的土地上，这些地块上到处是破烂的东西，像砖头、木板、瓦罐啊，这是些曾经有使用价值的东西。那里生长着一丛丛杂草和桑葚树、刺槐、悬铃木之类的树木——这些树木也为这屋子周围的污秽和干燥做出了贡献；这些树木刚长出的枝叶犹如九月悲伤和倔强的遗存，甚至像春天已从这里经过，留下了它们，让它们靠吸收生长于其间的黑人气味来生存，这气味是丰富的、独一无二的。

当他们经过时，黑人们会在门口向他们打招呼，对迪尔西通常是这样的：

"吉布森大姐！您今早上怎么样？"

"我好着呢。你还好吧？"

"我很好，谢谢您。"

他们从小屋子走出来，用力地爬上阴影中的路堤来到公路上——男人们穿着古板的、粗糙的、褐色或黑色的衣服，戴着金表链，有时还拿着一根棍子；年轻的男子穿着廉价的、刺眼的蓝色或条纹的衣服，戴着神气活现的帽子；女人们穿着的衣服浆得有点硬，动起来沙沙作响；而孩子们穿的衣服是从白人那里买来的二手货，他们看着班的眼神就像夜行动物那样诡异。

"我打赌你不敢去碰他。"

"我怎么不敢？"

"我赌你不敢，我肯定你是怕的。"

"他不会伤人。他是一个傻子。"

"傻子怎么就不伤人了？"

"不会的。我碰过他。"

"我赌你现在不敢去碰他。"

"因为有迪尔西小姐看着呢。"

"你怎么都不敢的。"

"他不伤人的。他是一个傻子。"

不断有上了年纪的人前来跟迪尔西搭话，除了年纪很大的，迪尔西都让弗洛妮去回应。

"妈妈今早不太舒服。"

"那太糟糕了，但希古克牧师会给她治好的。他会给她安慰，给她解除包袱的。"

公路又往上升了，前面呈现出画布似的景致。公路楔入一个红色黏土的缺口，黏土顶上长着橡树，公路似乎戛然而止，就像一条剪断的丝带。路旁有一座饱经风霜的教堂，就像画里的教堂一样，高耸着疯狂的尖顶，整个景致是平面化的，没有透视，就像画在纸板上，而这纸板立在平坦大地上最边缘的位置。它贴着风中的阳光，这是洒满长空的阳光，是四月的阳光，是钟声回荡的早晨十点左右的阳光。他们向教堂走去，满是安息日的从容。妇女和孩子先进去了，男人们在外面停了下来，三五成群安静地交谈着，直到钟声停止，然后他们也进去了。

教堂已做了装饰，几束花是从家庭菜园和灌木篱墙上采摘来的，还有几条绉纸做的彩带。讲坛上方挂着一只破旧的圣诞纸钟，是像手风琴一样可折叠的样式，现在已经坍塌了。虽然唱诗班已经各就各位，讲台上还空无一人。尽管天气还不热，他们都在朝自己扇扇子。

大部分的妇女聚集在房子的一侧，交谈着。接着钟声敲响了一下，她们便散开来，各自坐到自己的座位上，会众们坐了片刻，期待着。钟声又敲响了一下。唱诗班起身站立，开始唱了起来，会众整齐如一地转过头来，有六个小孩——四个女孩，扎着紧紧的辫子，辫子上束着蝴蝶样的小布头，还有两个满头茂密短发的男孩——走进屋子，从过道里步伐一致地走了过来，白色的丝带和花朵将他们连成一体，后面一前一后跟着两个男人。第二个男人身材高大，淡咖啡色的皮肤，穿着长礼服，系着白领带，显得仪表堂堂。他的头部显得威严而深邃，他的颈部在衣领上方垒了几重肉。会众们对他很熟悉，所以他走过去后，大家的脑袋还在扭着，唱诗班停止歌唱时，他们才意识到特邀牧师已经进来了。当他们看见刚才走在他们牧师前头的人上了讲坛后仍然站在前头，一阵难以描述的声音爆发出来，是感叹、惊讶和失望的声音。

特邀牧师身材矮小，穿着破旧的羊驼呢外套。他长着一张干瘪的满是皱纹的黑脸，像一只瘦小的上了年纪的猴子。唱诗班又唱了起来，那六个孩子站了起来，用单薄的、胆怯的、走调的低声唱着，他们有些惊愕地打量着这个其貌不扬的男人坐在那儿，在他们高大威严的牧师的衬托下，显得像个侏儒，土里土气的。当他们的牧师站起来用抑扬顿挫、慷慨激昂的语调介绍他时，他们仍然用错愕的、不信任的目光打量着他，他们牧师的热情洋溢更增加了这位特邀牧师的猥琐。

"他们还大老远地把他从圣路易请来。"弗洛妮低声说。

"我还知道主使用过比这更古怪的工具呢，"迪尔西说，"住口，听见没有，"她对班说，"他们马上又要唱了。"

当特邀牧师站起来说话时，他的声音听起来像个白人。他的嗓音没有起伏，很冷静。声音很大，不像他发出来的。他们开始听的时候充满好奇，就像在听一只猴子说话。他们开始像看一个人走钢丝绳般打量他。在他那冷静的、没有变化的声音之绳上，他以精湛的技艺奔跑、平衡、俯冲，以至到最后，他以一种俯冲滑翔来结束，然后再次靠着读经桌休息，一只胳膊搭在桌上，桌子齐肩高，他那猴子般的身体像木乃伊似的丧失了所有的活力，像一只空船。会众们一声叹息，仿佛从一场集体做的梦中醒来，在自己的座位上稍稍动了动。在讲坛后面，唱诗班不停地扇风。迪尔西低声说："住口，听见没有。他们马上就要唱了。"

接着一个声音说：

"兄弟们。"

特邀牧师还是一动不动。他的胳膊仍然搭在桌子上，保持着原来的姿势，那回响在四壁之间的洪亮声音消失了。这声音和他之前的声调差别如昼夜，像中音喇叭般忧伤、低沉，深深沉入他们的心间，在它反复的回音逐渐减弱之际，又在他们的心间响起。

"兄弟们，姐妹们。"这声音又开始说。牧师收回手臂，他开始在读经桌前来回走动，双手相扣背在后面，瘦弱的形体弓了起来，像一个被长期囚禁的人正与不可和解的地面搏斗着。"我有记忆和羔羊的血[1]！"他在扭扭曲曲的彩带和圣诞纸钟下面步履

----

1. 羔羊指耶稣，羔羊的血可洗涤人的罪恶。《圣经·启示录》第7章第14节："他向我说：'这些人是从大患难中出来的，曾用羔羊的血把衣裳洗白净了。'"

沉重地来回走着，佝偻着身子，双手相扣背在后面。他像淹没在自己连续不断的声浪中的备受磨损的小石块。他用身体喂养着这声音，这声音如同女妖似的，用牙齿噬咬着他。会众们似乎亲眼看见声音吞噬他时，他消失了，他们消失了，甚至连一点声音也不存在，只有他们的心在以吟诵的方式交谈着，无须言辞，当他终于靠着读经桌歇息时，他那张猴脸抬了起来，完全是一副安详的、备受折磨的、耶稣受难时的神态，超越了自身的猥琐和卑微，使其显得无关紧要。会众们呼出一声长长的呻吟，一个妇女高声喊道："是的，耶稣！"

白昼的光在头顶上疾驰而过，昏暗的窗户亮了一下又消隐在昏暗之中。一辆汽车在外面的公路上驶过，在沙子路面上吃力地行驶着，声音逐渐消失。迪尔西坐直身子，一只手搭在班的膝盖上。两滴眼泪从她那凹陷的双颊滑落，闪亮地出没于那无数的由时间、克制、牺牲带来的皱纹里。

"兄弟们。"牧师用沙哑的嗓子低声说，身子没有动。

"是的，耶稣！"那个妇女说，不过声音小了一些。

"兄弟们，姐妹们！"他的声音又高昂起来，用的是男中音。他抽回手臂，笔直地站起来，扬起双手："我有记忆和羔羊的血！"他们没有注意到他的语调和发音是从什么时候变成黑人腔的，这声音将他们慑住，他们只能坐在座位上轻微地晃动。

"当这漫长的、寒冷的——哦，我告诉你们，兄弟们，当这漫长的、寒冷的——我看见了光，我看见了道，可怜的罪人啊！他们在埃及逝去，这些摇摇晃晃的马车；一代又一代地逝去。曾经的富人，现在在哪儿，啊，兄弟们？曾经的穷人，现在在哪儿，啊，姐妹们？啊，我告诉你们，当这漫长的、寒冷的岁月流逝，如果你们还没有获得那古老救赎的牛奶和甘露，那将如何呢！"

"是的，耶稣！"

"我告诉你们，兄弟们，我告诉你们，姐妹们，这一天总会到来的。可怜的罪人说，让我和主一起躺下吧，让我卸下我的负重。那耶稣会怎么说，啊，兄弟们？啊，姐妹们？你们获得记忆和羔羊的血了吗？因为我不想给天堂增加负重！"

他在他的外套里摸索着，掏出一块手帕来擦脸。会众们响起了一阵低沉的、协调一致的声音："嗯——"那个女人的声音又在说："是的，耶稣！耶稣！"

"兄弟们！看看坐在那儿的那些小孩子。耶稣曾经也是那样。他的妈妈经受了荣耀和苦痛。夜幕降临，她抱着他，天使们唱着歌催他入眠；也许她向门外张望便会看见罗马警察经过。"他一边步子重重地来回走动着，一边擦着他的脸，"听着，兄弟们！我看见了那一天。玛利亚坐在门口，将耶稣抱在膝上，就是小耶稣。就像那儿的那些孩子，就是小耶稣。我听见天使们在歌颂和平，歌颂荣耀；我看见正在闭上的眼睛；看见玛利亚跳起身来，看见了士兵的脸：我们要杀！我们要杀！我们要杀死你的小耶稣！可怜的妈妈得不到主的拯救和神谕，我听见她在哭泣和悲叹！"

"嗯——耶稣！小耶稣！"另一个声音也响了起来：

"我看见，啊，耶稣！哦，我看见了！"然后又是另一个声音，但没有言辞，就像水里冒出的泡泡。

"我看到了，兄弟们！我看到了！看到那令人震惊的、目瞪口呆的场景！我看到了骷髅地[1]，那儿有圣树，看到了小偷、谋杀犯和最卑劣无耻之徒；我听见了那些自夸和狂言：如果你是耶稣，就背起你的树木行走[2]啊！我听见了妇人的哀号和夜晚的悲叹；我听到了啜泣和恸哭，听见上帝把脸转过去说：'他们真的杀死了耶稣；他们真的杀死了我的儿子！'"

"嗯——耶稣！我看到了，啊，耶稣！"

"啊，失败的罪人！兄弟们，我告诉你们；姐妹们，我告诉你们，当主真的调转他那强大的脸，说，我不想让天堂承受过重的负荷！我能够看见鳏居的上帝关上了他的门；我看见泛滥的洪水在天地间翻腾；我看见黑暗和死亡不断地降临在一代又一代人的头上。然后，看吧！兄弟们！是的，兄弟们！我看见了什么？我看见了什么，啊，罪人们？我看见了复活和光；看见了温顺的耶稣说他们杀死了我才使你们得以重生；我的死使得他们看见并相信他们所看见的，因此他们永远不会死。兄弟们，啊，兄弟们！我看见了末日的裂缝，我听见了金色的号角吹响，荣耀降临，那些获得羔羊的血并铭记羔羊事迹的人纷纷死而复生。"

---

1. 指耶稣被钉死在十字架上的地方。
2. 指耶稣死前被迫背负十字架行走。

班在各种声音和不同人的手的中间坐着，蓝色的眼睛乐滋滋地、全神贯注地凝视着。迪尔西笔直地坐在旁边，在坚韧中，在铭记着的羔羊的血液中，克制地、静静地哭泣着。

直到他们和会众穿行于明亮的中午，走在沙子路面的公路上，散开来的会众又三五成群地交谈起来，迪尔西还在哭，对他们的谈话毫无兴趣。

"妈呀，他还真是一个了不得的牧师！开始看起来还不咋的，可是突然就发力了！"

"他看见了权利和荣耀。"

"是啊，就是。他看见过。他面对面地见过。"

迪尔西一声不吭，当泪水从凹陷的、皱纹纵横的脸颊流过时，她的脸没有颤抖。她昂首走着，甚至懒得去将泪水擦干。

"你怎么还在哭，妈妈？"弗洛妮说，"大伙儿都在看着您。我们很快就要从白人身边经过了。"

"我看见了初，也看见了终[1]，"迪尔西说，"你别管我。"

"什么初什么终的？"弗洛妮说。

"你别管，"迪尔西说，"我原先看见了初，现在我看见了终。"

然而，在他们到达大街之前，她还是停下来撩起她的裙子，用最外边的衬裙裙边擦干了眼睛。然后他们继续往前走。班跟在迪尔西的身旁跟跟跄跄地走着，拉斯特走在前面做着怪样，他

1.《圣经·启示录》第22章第13节："我是首先的，我是末后的，我是初，我是终。"

手里拿着伞，新草帽歪斜地戴着，在阳光下流里流气的，班瞧着他，就像一只蠢笨的大狗瞧着一只聪明伶俐的小狗。他们到了大门口，走了进去。班立刻又开始呜咽起来，一时间他们都朝车道那头看去，看着方方正正的、很久没有刷漆的大房子，它的门廊正在朽烂。

"今天那儿出啥事了？"弗洛妮说，"一定出什么事了。"

"不会的，"迪尔西说，"你管好自己的事，白人会管好他们的事的。"

"一定出什么事了，"弗洛妮说，"今天一大早我就听见他在叫了。虽然这不关我的事。"

"我知道是什么事。"拉斯特说。

"你知道得太多了，"迪尔西说，"刚才你没听见弗洛妮说吗？这不关你们的事。你带班吉到后面去，别让他闹，等我把晚餐做好。"

"我知道昆丁小姐在哪儿。"拉斯特说。

"那你就要管好你的嘴巴，"迪尔西说，"哪天昆丁需要你的忠告时，我会立马告诉你的。你们去后面玩去，快去。"

"一旦他们在那边开始打球了，您知道会发生什么的。"拉斯特说。

"他们一时半刻还不会开始。到那时 T.P. 会回来带他去坐马车。来，把你的新草帽给我。"

拉斯特将草帽递给了她，他和班穿过后院走了。班仍然在呜咽，虽然声音不大。迪尔西和弗洛妮向小屋子走去。一会儿后迪尔西从屋子里出来，又穿上了那件褪色的印花棉布裙子，她向厨房走去。炉火已经熄灭了。大房子鸦雀无声。她系上围裙，爬上楼梯。到处是一片寂静。昆丁的房间还是他们离开时的样子。她走了进去，将内衣捡起，把长筒袜塞回抽屉并关上抽屉。康普森太太房间的门是关着的。迪尔西在门边站了一会儿倾听着。然后她将门打开，走了进去，走进了四处弥漫的樟脑味中。百叶窗拉上了，房间是半明半暗的，床也是，因此起初她还以为康普森太太睡着了，她正要关上门，这时对方说话了。

"嗯？"她说，"谁呀？"

"是我，"迪尔西说，"您需要什么吗？"

康普森太太没有回答。她头一动不动了好一会儿，说："杰森在哪儿？"

"他还没回来，"迪尔西说，"您想要什么？"

康普森太太没说什么。像许多冷漠、虚弱的人，当终于面临一场无可争议的灾难时，她会从某个地方发掘出一种坚韧的意志和力量。具体到她身上，就是对未曾探明真相的事件持有不可动摇的确信。"哎，"她立马说，"你找到了？"

"找到什么？您在说啥？"

"字条。至少她会考虑到留一张字条吧。昆丁都有留的。"

"您在说啥？"迪尔西说，"您不知道她没事吗？我打赌天黑前她就会走进这道门。"

"胡说，"康普森太太说，"这是遗传。舅舅像什么，外甥女就像什么。或者是母亲像什么，女儿就像什么。我不知道哪种情况更糟。我好像也不在乎了。"

"您老是这么说干吗？"迪尔西说，"她干吗要那么做呢？"

"我不知道。昆丁又有什么理由呢？在上帝的保佑下他有什么理由？不可能只是为了藐视和伤害我。无论上帝是谁，他是不被允许那样做的。我是一位大家闺秀。看我的子孙那个样你可能不相信，但我确实是。"

"您等着瞧吧，"迪尔西说，"她到了晚上就会回来，就躺在她的床上。"康普森太太不再说什么。樟脑浸过的布搭在她的额头上。黑色的睡袍横撂在床脚。迪尔西站着，一只手搭在门把手上。

"好了，"康普森太太说，"你要做什么？你要去给杰森和班吉明弄点正餐吗，还是算了？"

"杰森还没回来，"迪尔西说，"我会去弄的。您确定您什么也不需要？您的热水袋还够暖和吗？"

"你可以把我的《圣经》递给我。"

"我今早给了您的，在我离开前。"

"你把它放在了床沿上。你指望它能够在那儿待多久？"

迪尔西穿过房间，到了床边，在床沿下的阴影里摸索了一阵，找到了《圣经》，它正封面朝下躺着。她将折卷的书页抚平，又将书放到床上。康普森太太没有睁开眼睛。她的头发和枕头是一样的颜色，她额头上铺着浸了药的布，像戴着温帕尔头巾[1]，看起来像一个在祈祷的老修女。"不要再把它放在那儿，"

---

1. 一种修女戴的头巾。

她说，她还是未睁开眼睛，"你之前就是放在那儿的。你是想让我下床去捡它吗？"

迪尔西拿着书越过她的身体，将它放到另一边宽一些的床沿上。"您看不清，没法读啊，"她说，"需要我将百叶窗拉开一点吗？"

"不用。就让它那样。给杰森弄吃的东西去吧。"

迪尔西走了出去。她拉上门，回到厨房。炉子几乎是冰冷的。她站在那儿的时候，厨柜上方的钟敲了十下。"一点钟了，"她大声地说，"杰森是不会回家了。我看见了初和终，"她看着冰冷的炉子，"看见了初和终。"她拿出一些冷食放到桌子上。她唱着一支圣歌走来走去。她翻来覆去唱着整个曲调的前两句。她摆好饭菜，走到门口去叫拉斯特，一会儿后拉斯特和班吉走了进来。班吉还在轻声哼着，像是对着自己哼的。

"他一直不消停。"拉斯特说。

"你们都过来吃吧，"迪尔西说，"杰森不回来吃中饭了。"他们在餐桌边坐下。班拿固体食物吃是相当熟练的，可是即使现在他面前摆的是冷食，迪尔西还是在他的脖子上系上了一块布。他和拉斯特吃着。迪尔西在厨房里走来走去，唱着她记得的那支圣歌的前两句。"你们尽管吃吧，"她说，"杰森不会回家来了。"

此时他正在十二英里之外。他一离开家，便飞快地驶向镇上，一路上越过了一群群去做礼拜的缓慢行走的人，以及断断续续的风中的一阵阵专横的钟声。他穿过空荡荡的广场，转弯进入一条狭窄的街道，街道上突然变得很安静，他在一栋木框架的房子前停了下来，沿着两旁种着鲜花的小路向门廊走去。

纱门里有人在说话。他正要举手敲门时听到了脚步声，于是他把手缩了回来，一个穿着黑色绒面呢裤子和无领硬胸白衬衫的男子打开了门。他有一头茂盛的、乱蓬蓬的铁灰色头发，有一双灰色的眼睛，又圆又亮，像小男孩的眼睛。他握着杰森的手，将他拉进屋里，手一直没有松。

"快进来，"他说，"快进来。"

"你准备好出发了吗？"杰森说。

"进来啊。"另一个人说，用胳膊肘推着杰森进入另一间屋子，里面坐着一个男人和一个女人。"你认识迈特尔的丈夫，对吧？这位是杰森·康普森，这位是维农。"

"认识的。"杰森说。他连看都不看那个男人一眼，警长从屋子的另一边拉过来一把椅子，那个男人说：

"我们出去吧，好让你们谈话。走啦，迈特尔。"

"不用，不用，"警长说，"你们坐着吧，我估计事情没那么严重吧，杰森？你坐。"

"我们一边走我一边告诉你，"杰森说，"戴上你的帽子，穿上你的外套。"

"我们出去。"那个男人说，站起身来。

"你坐着，"警官说，"我和杰森出去到门廊那儿说。"

"你戴上帽子，穿上外套，"杰森说，"他们已经走了十二个小时了。"警长带他回到门廊。一个男子和女子路过，和警长说了几句话。警长用热情而夸张的姿势予以回应。钟声还在响，是从一个叫"黑佬山谷"的方向传来的。"戴上你的帽子，警官。"杰森说。警长拖来两把椅子。

"坐下来告诉我遇到什么麻烦了。"

"我电话上告诉过你，"杰森说着，站了起来，"我那样做是想节省时间。难道我要诉诸法律迫使你执行你宣誓过要履行的职责吗？"

"你坐下来告诉我是怎么回事，"警官说，"我会照应好你的。"

"照应，鬼扯，"杰森说，"这就是所谓的你对我的照应？"

"妨碍我们履行职责的是你，"警官说，"你坐下来告诉我是怎么回事。"

杰森给他说了一遍事情的经过，他的受伤和无力感让他的嗓门越来越大，因此一会儿后他在陡增的义愤中忘了他的当务之急。警官用冷峻的、闪着光的眼睛定定地打量着他。

"但是你并不知道是他们干的，"他说，"你只是想当然。"

"不知道？"杰森说，"我花了整整两天走街串巷跟踪她，想把她和他拆开，我告诉她假如我逮着她和他在一块儿我会做什么，你说我不知道那个小婊——"

"好了，行了，"警官说，"够了。说这么多就够了。"他扭头朝街那边看去，两只手插在口袋里。

"而当我来找你，你这个正式委任的执法官却——"杰森说。

"这个星期在莫特森有演出。"警官说。

"是的，"杰森说，"如果我能找到一位对选举他上台的人民给予一点保护的执法官，我现在就在莫特森了。"他又把他的故事严厉地、简要地复述了一遍，仿佛能从自己的愤怒和无力感中获取实实在在的快乐。警官似乎根本没在听。

"杰森，"他说，"你把三千块钱藏在屋里干什么？"

"什么？"杰森说，"我把钱放哪儿是我的事。你的任务是帮我把钱找回来。"

"你母亲知道你存了那么多钱在屋里吗？"

"听着，"杰森说，"我屋里被抢劫了。我知道是谁干的，我知道他们在哪儿。我来找你，因为你是被正式委任的执法官。我再问你一遍，你是要尽力将我的财产追回来呢，还是什么都不管？"

"如果你抓到了他们，你打算怎样处置那个姑娘？"

"不会处置的，"杰森说，"什么都不会做的。我碰都不会碰她一下的。这个婊子毁掉了我的一份差事，一次我出人头地的机会，害死了我的父亲，每天在缩短我母亲的寿命，让我的名字在镇上成为笑柄。我不会对她做什么的，"他说，"什么也不会。"

"是你将那个姑娘逼跑的，杰森。"警官说。

"我怎么处理我的家事不关你的事，"杰森说，"你是帮我还是不帮？"

"是你将她逼出家门的，"警官说，"另外我还有些怀疑那笔钱是属于谁的，对此我估计我永远也不会确切地知道。"

杰森站着，双手慢慢地拧着他的帽子边沿。他平静地说："你是不想为我出力，帮我将他们抓起来吗？"

"那根本不关我的事，杰森。如果你有一点确凿的证据，我肯定得行动。如果没有，我估摸这事和我无关。"

"这就是你的回答，是吗？"杰森说，"好好想想，趁现在还来得及。"

"没什么好想的，杰森。"

"好吧，"杰森说，他戴上帽子，"你会后悔的。我不会孤立无援的。这不是在俄国，在那儿一个人只要戴上一小块金属徽章，就不受法律约束。"他走下台阶，钻进他的汽车，发动引擎。警长注视着他开走，转弯，从这幢房子旁飞奔而去，驶向镇上。

钟声又响了起来，明亮，无序，破碎，高高地回荡在飞掠而过的阳光中。他将车停在加油站，让人检查他的汽车轮胎，并将油箱加满。

"你是要去旅游吗？"加油站的黑佬问他。他不作回答。"看起来天总算要晴了。"黑佬说。

"转晴？鬼扯，"杰森说，"到十二点钟会下瓢泼大雨的。"他看着天空，想象着下大雨的情景，想象着湿滑的黏土公路，想到自己的车在离镇上还有几英里的地方熄火了。他甚至庆幸地想着，他会自然地错过午餐，因为他即使现在动身，顺其性急的冲动，他也可能在中午来临时处在离前后两个镇都是最远距离的地方，这种处境似乎是给他一个稍事休息的机会，于是他对黑佬说：

"你到底在干什么？有人给你钱叫你尽可能让这车停在这儿不动？"

"这只轮胎根本就没气了。"黑佬说。

"那就快滚开，把气筒给我。"杰森说。

"鼓起来了,"黑佬一边说,一边站了起来,"你现在可以开了。"

杰森钻进车里,发动引擎,将车开走了。他推到二挡,引擎噼啪作响地喘息着,他将引擎开到最大限度,将油门踩到底,粗野地将气门啪啪地一开一关。"要下雨了,"他说,"开到半路肯定要下瓢泼大雨。"他驶离了钟声,驶离了小镇,一边想象着自己在泥泞中艰难地前行,寻找着两匹马来拖车。"而那些马儿都在教堂。"他想着如何最终找到了一所教堂,正要牵走两匹马,马儿的主人从教堂里出来,对着他大喊大叫,自己走上去将他击倒。"我是杰森·康普森。看你能不能阻拦我,看你能不能选举一个官吏来阻拦我。"他说,一边想着一边带着一列士兵走进法院,将那个警官押了出来。"他妄想叉着手坐在那儿,看我丢了工作。我要让他看看什么是工作。"他根本就没在想他的侄女,也没想关于那笔钱武断的判断。对于他来说,十年来,二者都非实体,也无个性;二者相加仅仅象征着他那还未获得便被剥夺的银行差事。

天空变得明亮起来,疾驰而过的一块块云影不再占主导,这仿佛是敌人对他狡猾的一击,而他正带着古老的伤口迎向新的战斗。他不时地经过教堂,教堂都是一些未刷漆的、带着铁皮尖顶的框架建筑,建筑周围系着马匹,停着破旧的汽车。对他来说,每一个教堂仿佛就是一个岗哨,岗哨里站着命运的后卫,悄悄地回头,快速地打量他。"也去你妈的,"他说,"看你能不能阻挡我。"他想象着自己所带的一列士兵押着戴手铐的警官跟在身后,如果有必要的话,他可以把万能的神从宝座上拉下来，在严阵以待的天堂和地狱间撕开一条道路，最终亲手将正在逃跑的外甥女抓获。

风从东南方吹来，不断地吹拂着他的面颊。他仿佛感觉到这持续的风渗入了他的脑壳，突然，一种古老的、不祥的预感让他猛地踩了下刹车将车停了下来，他一动不动地坐着。接着他抬起一只手贴着脖子，用沙哑的低声诅咒起来。无论他开车出行的时间长短，当他离开镇上时都会带一张浸过的手帕保护自己，这对他来说是必须的，他离开镇上时会将手帕围在脖子上，这样可以吸入樟脑味。于是他下了车，掀开坐垫，希望兴许有一块忘了拿的手帕落在那儿。他在两个座位下找了找，站了一会儿，咒骂着，看着自己被自以为在握的胜利所嘲笑。他闭上眼睛，靠着车门。他要么返回去取忘了带的樟脑，要么继续往前走。不管哪种情况，他都会头痛欲裂，但是回家的话，今天是星期天，他肯定能找到樟脑，而如果继续赶路的话，就说不准了。但是他如果要回家的话，他到达莫特森将会延迟半个小时。"或许我可以开慢些，"他说，"或许我可以开慢些，"他说，"或许我可以开慢些，想想其他的事情……"

他坐进车里，将车子发动。"我想想其他的事情。"他说。于是他想到了洛琳。他想象着和她在床上，他只是躺在她的身旁，恳求着她帮助他，接着他又想到了那笔钱，他被一个女人给耍了，还是一个女孩子。如果他相信抢劫他的是一个男子就好了。可是被抢的那笔钱是对他失去的工作的补偿，这补偿是通过许多努力并冒着风险获得的，抢走钱的人正是让他失去工作的象征本身，最糟糕的是，是被一个还是女孩的婊子抢的。他继续开车，他用外套的一角来挡着脸部，以抵御不断吹来的风。

他能看见他的命运和他的意志这两种对立的力量正被迅速地拽到一块儿，走向一个不可逆转的连接点；他正变得狡猾。我不能再犯愚蠢的错误了，他告诉自己。正确的做法只有一种，别无选择：他必须那样做。他相信这两人一看见他便能认出他来，但他得靠运气才能先看到她，除非那个男的还打着红领带。他必须依靠红领带这一事实似乎是即将到来的灾难的总和；他几乎能闻到灾难的气息，感觉到它就悬于他难受的头顶。

他爬上最后一座山的山顶。烟雾躺在山谷里，树丛中露出一两座尖塔。他开车下山，进入镇里。他开得很慢，他一再告诉自己，一定要小心，首先要找到帐篷安扎的地点。他现在看得不太清楚，他知道灾难一直在告诉他径直前往，获取治愈自己头痛的东西。在一处加油站，他们告诉他，帐篷还未支起来，但是演出队乘的火车正停在车站的旁轨上。他向那儿驶去。

两节涂得花里胡哨的卧铺车停在铁轨上。他在下车前对它们侦察了一番。他尽力浅浅地呼吸，免得血液在自己的脑壳里翻腾。他下了车，沿着车站的墙一边走一边注视着那两节车厢。从车窗里悬挂出来的几件外套，软塌塌的、皱巴巴的，好像刚刚才洗过。一节车厢的梯子旁的地上摆放着三只帆布椅子。但是他看不见一个人影，直到有一个系着脏围裙的男子走出车门，动作幅度很大地将一锅洗碗水倒掉，阳光在金属的锅肚子上闪耀着，接着这人又进入了车厢。

我得出其不意地将他控制住，赶在他向他们发出警报之前，他想。他从来没有想过他们或许并不在这里，并不在这车厢里。他也没想过他们不应该在这里，整件事的结果并不取决于他先看到他们还是他们先看到他。在他看来，这样想会有违常理和整个事件的节奏。对他来说更为重要的是他必须先看到他们，把钱拿回来，至于他们做了什么对他来说一点也不重要，否则，整个世界都将知道他——杰森·康普森，被昆丁抢劫了，被他的侄女，被一个婊子抢劫了。

他再一次进行侦察。然后他向车厢走去，快速地、静悄悄地登上梯子，在门边停了片刻。车厢里的厨房一片漆黑，散发出馊了的食物的恶臭，那个男子是一个模糊的白影，正在用嘶哑颤抖的男高音唱着歌。是一个老头儿，他想，还没有我的块头大。当他抬起眼睛看他时，他正好走进车厢。

"哎？"那个男子说，停止了唱歌。

"他们在哪儿？"杰森说，"快说。是在这节卧铺车厢吗？"

"谁在哪儿？"那个男子说。

"别骗我。"杰森说，他在凌乱和昏暗之中跌跌撞撞地走。

"什么意思？"那人说，"你叫谁是骗子？"当杰森抓住他的肩膀时，他叫喊起来："当心点，伙计！"

"别装了，"杰森说，"他们在哪儿？"

"干吗，你这个杂种。"那个男子说。他被杰森抓着的手臂很瘦弱。他想挣脱，接着他转过去，倒向身后堆满杂物的桌子，在上面摸索着。

"说吧，"杰森说，"他们在哪儿？"

"我会告诉你他们在哪儿的，"那人尖声叫道，"先让我找到我的宰刀。"

"得了，"杰森说，想抱住对方，"我只是问你一个问题。"

"你这个杂种。"那人尖声叫道，在桌子上不停地摸索着。杰森想将他的两只手臂都抓住，不让他那微不足道的愤怒发作出来。他感到那人的身体是如此的苍老，如此的孱弱，还如此要命的一根筋，他第一次明白地看清楚了自己正闯向灾难。

杰森抱着那个人，瞪大眼睛狂乱地看着四周。车厢外现在是晴朗的，阳光灿烂，风急，清朗，寥廓，他想到人们很快就要平静地回到家中享用周日的午餐，那庄重的节日盛宴，想到自己却在竭力抱住这个不要命的、愤怒的小老头，他都不敢松开一下好让自己得以转身跑掉。

"你可不可以停一会儿，让我走出去？"他说，"可以吗？"可是那个人还在挣扎，杰森腾出一只手，给他头上一击。这一拳打得笨拙而又匆忙，没怎么使上劲，但是那个人立刻重重地倒下，在锅碗瓢盆的噼啪啦声中滑倒在地板上。杰森站在他的身边喘着气，聆听着。然后他转过身朝车厢外跑。到了车厢门口，他抑制住自己，慢慢地走下梯子，又在那里站住。他的呼吸发出哈哧哈哧的声音，他站在那儿，一边在努力把这声音抑制下去，一边目光瞧瞧这边又瞧瞧那边。他听见身后有拖着走的脚步声，他赶紧回头，看见那个小老头怒不可遏地从车厢过道口步履蹒跚地走来，一只手里高举着一把生锈的斧头。

他抓住斧头，并没有感到敲击，但他知道他正在倒下，想到这下完了，他相信自己要死了，当有个什么东西撞击他的后脑勺时，他在想怎么就打在我那儿呢？只不过他也许早就打了我，他想，我现在才感觉到，他想，快点吧，结束吧。接着强烈的求生欲望攫住了他，他挣扎着，同时听到那个老头在用他那沙哑的声音号叫和咒骂。

当他们将他拖着站起来时，他还在挣扎，但他们紧紧抱住了他，他不再挣扎。

"我流了很多血吗？"他说，"我的后脑勺。我流血了？"当他感到自己被迅速地推走时，他还在说，他听到那老头微弱而愤怒的声音在他身后逐渐消失。"快看看我的脑袋，"他说，"等一等，我——"

"等个鬼，"抱着他的那个人说，"那个该死的小马蜂会弄死你的。走吧。你没受伤。"

"他打了我，"杰森说，"我是不是在流血？"

"赶紧走。"那个人说。他领着杰森绕过车站的拐角，到了空荡荡的月台上，那儿停着一辆快运公司的卡车，月台旁的一块空地上长着僵硬的野草，空地的边缘长着僵硬的花朵，一块灯箱广告牌上写着："用你的 ●●● 看看莫特森"，并在文字的空隙处用一只电灯泡充当人的眼睛。那个人放开了他。

"听着，"他说，"你赶紧离开这儿，不要来了。你到底想干什么？自杀吗？"

"我在找两个人，"杰森说，"我只不过问问他他们在哪儿。"

"你在找谁？"

"一个女孩子，"杰森说，"和一个男的。昨天在杰弗逊他打着红色的领带。是这个演出队的人。他俩抢了我的钱。"

"哦，"那个人说，"就是你啊，可不。不过他俩不在这儿。"

"我也是这么想的。"杰森说。他靠在墙上，用手去摸了一下自己的后脑勺，然后看看自己的掌心。"我还以为我流血了呢，"他说，"我还以为他拿斧头打到我了呢。"

"你是将脑袋磕在了铁轨上，"那个人说，"你该走了。他俩不在这儿。"

"是的，他也说了他们不在这儿。我还以为他在撒谎呢。"

"你是不是认为我也在撒谎啊？"

"没有，"杰森说，"我知道他俩不在这儿。"

"我叫他滚远点，两个都滚。"那个人说，"我不允许我的演出队有这样的事。我掌管的是一支受人尊敬的演出队，受人尊敬的团队。"

"那是，"杰森说，"你不知道他俩去哪儿了？"

"不知道。我也想知道。我的演出队里没有谁会那种绝活。你是她——哥哥？"

"不是，"杰森说，"是不是没关系。我只想找到他们。你确定他没打中我？我的意思是，没有出血？"

"要不是我及时赶到，你肯定要流血。你快离开这儿。否则那个小个子杂种会杀了你的。那边那个是你的车？"

"是的。"

"好啦，你上车吧，回杰弗逊。就算你真找到他俩，也不会是在我的演出队里找到的。我掌管的是一支受人尊敬的演出队。你说他俩抢了你的钱？"

"没有，"杰森说，"现在无所谓了。"他走到车子那儿钻了进去。我该干什么呢？他想。接着他记起来了。他发动引擎，在街道上缓缓地开着，直到他发现一家药店。店门是锁着的。他站了一会儿，一只手放在门把手上，头微微地低垂。接着他转身离开，一会儿后走来一个人，他问那人附近是否有开门的药店，可是这附近并没有。接着他又问往北的火车什么时候开，那人告诉他是两点三十。他穿过人行道，又回到车里坐着。一会儿后，有两个黑人小伙儿经过。他叫住他们：

"你们两个小子有会开车的吧？"

"有的，先生。"

"现在开车送我去杰弗逊，你们要多少钱？"

他们相互看着，嘀咕着。

"我付一块钱。"杰森说。

他们又嘀咕了一阵。"给这点钱不能去。"其中一个说。

"那你要多少？"

"你能去？"那一个小伙儿说。

"我走不了，"另一个小伙儿说，"你为什么不送他去？你又没事干。"

"不，我有事。"

"你有什么事呀？"

他们又嘀咕起来，还一边在笑。

"我给你们两块钱，"杰森说，"谁去都可以。"

"我也走不开。"第一个开口的说。

"行了，"杰森说，"你们走吧。"

他坐了一阵。他听见敲半点的钟声，接着人们开始经过，身着星期日和复活节的服装。其中一些经过时还打量着他，瞧着这个静静地坐在小汽车方向盘后的男人，他那看不见的生活正如一只破袜子一样被拆散。一会儿后，一个身着工装的黑人走了过来。

"是你要去杰弗逊吗？"他说。

"是的，"杰森说，"你要收多少钱？"

"四块钱。"

"给你两块。"

"少于四块不去。"车里的人静静地坐着。他甚至看都不看那个人一眼。那个黑人说："你要不要我送？"

"好吧，"杰森说，"上车。"

他挪开，黑人握住方向盘。杰森闭上双眼。到了杰弗逊，我可以弄到治头痛的东西，他告诉自己，一边让自己适应汽车的颠簸，到了那儿我可以弄到。他们行驶着，经过的街道上人们正静静地返回屋里安享星期天的午餐，他们开出了小镇。他想着这些。他没有想家里的事，在家里，班和拉斯特在厨房的桌子上正吃着冰冷的午餐。某种东西——在任何持续的邪恶中，灾难与威胁都是缺席的——允许他忘记杰弗逊，杰弗逊就像是他曾经见过的任何一个地方，在那里，他的生活必须重新开始。

当班和拉斯特吃完饭，迪尔西将他俩打发到屋外。"看你能不能让他自个儿待到四点。那时 T.P. 就回来了。"

"好的，姥姥。"拉斯特说。他们走了出去。迪尔西吃完她的午餐，把厨房打扫干净。她走到楼梯脚倾听着，什么声音也没有。她穿过厨房走了回来，走出通向院子的门，在台阶上停了下来。她不见班和拉斯特，可是站在那儿时，她听见从地窖门的方向再一次传来迟钝的梆梆声。她走到地窖门口，向下看去，又看到了早上那一幕的重演。

"他就是这样弄的，"拉斯特说，他带着一种希望满怀的沮丧注视着那静止的锯子，"我还是找不到合适的东西来弹它。"

"你在这儿是找不到的，你俩谁也找不到。"迪尔西说，"你将他带出来到太阳底下来。待在这个潮湿的地下，你们会得肺炎的。"

她等着看他们穿过院子，走向栅栏附近的雪松丛，然后她才往自己的小屋走去。

"听着，你别又开始了，"拉斯特说，"今天你给我带来的麻烦够多的了。"这儿有一张吊床，是用木桶的板条安插在编织的绳网中做成的。拉斯特躺倒在吊床上，而班在茫然地、漫无目的地走着。他又开始呜咽起来。"住嘴，听见没有，"拉斯特说，"我要抽你了。"他背朝下地躺在吊床上。班停止走动，但是拉斯特还能听见他在呜咽。"你到底住不住嘴？"拉斯特说。他起身，循声来到班的跟前，看见班蹲在一个小土堆前。土堆两边的地里分别埋着一只蓝色玻璃的空瓶子，曾经是装毒药的。一只瓶子里插着一根枯萎的古姆森草。班蹲在土堆前面呻吟着，发出缓慢的、不知所云的声音。他一边呻吟着，一边茫然地环顾四周，他找到了一根树枝，将它插进另一只瓶子里。"你为啥不住嘴？"拉斯特说，"你想让我给你点什么你才住嘴？我给你来点真格的。"他跪下来，一把将瓶子抓起来藏在身后。班停止了呻吟。他蹲着，盯着刚才放瓶子的小坑，一下子气鼓鼓的，拉斯特又将瓶子拿了出来。"别吵！"他嘘了一声，"你敢喊！你敢。瓶子在这儿。看到啦？给。你如果还待在这儿就一定会叫。走吧，咱们去看看他们开始打球没有。"他抓住班的胳膊，将他拽起来，他们走到栅栏旁并排站着，透过缠绕着忍冬的缝隙望过去，忍冬还未开花。

"那儿，"拉斯特说，"那儿过来了几个人，看见他们了吧？"

他们观看着四人组将球打到果岭[1]入洞，接着回到发球台挥杆击球。班看着，呜咽着，流着口水。四人组往前走，他便沿着栅栏跟随，一边摇晃着脑袋，哼哼着。

其中一个打球的说：

"过来，球童。把球袋拿来。"

"住口，班吉。"拉斯特说，可是班继续摇摇晃晃地小跑着，一边用他那沙哑的、无望的声音号叫着。那人打着球不停地往前走，班也跟着走，直到栅栏拐了一个直角，他贴着栅栏看着那人走动着直到消失。

---

1. 高尔夫球场中球洞周围平整的草坪。

"你马上住口行不？"拉斯特说，"你马上住口行不？"他摇着班的胳膊。班抓着栅栏，不停地号叫，声音沙哑。"你停不下来是吗？"拉斯特说，"你是不是停不下来？"班透过栅栏凝望着。"那好，"拉斯特说，"你是想找个由头叫对吧？"他扭头朝大房子看去。接着他低声念道："凯蒂！你就叫吧。凯蒂！凯蒂！凯蒂！"

一会儿后，在班缓慢的叫声间歇，拉斯特听到迪尔西在叫唤。他拉着班的胳膊，穿过院子，向她走去。

"我跟您说了，他不会安静地待着的。"拉斯特说。

"你这个浑蛋！"迪尔西说，"你对他做了些什么？"

"我没做什么。我跟您说过，那些家伙一开始打球，他就会开始哼哼的。"

"你们过来，"迪尔西说，"别哭了，班吉。别哭了，听见没有。"但是他没有停止。他们迅速地穿过院子，走向小屋，进了屋。"跑去把那只鞋拿来，"迪尔西说，"不要吵到卡洛琳小姐。如果她说什么，就跟她说我在照看他。快去吧，我估计这事你能做好的。"拉斯特走出屋子。迪尔西把班带到床上，将他放躺在她身边，她抱着他，前后地摇晃着他，用她的裙边揩着他淌口水的嘴巴。"别哭了，听见没，"她说，一边拍着他的脑袋，"别哭了，迪尔西照看着你呢。"但是他依旧缓慢地、悲哀地号着，没有眼泪，这是太阳底下所有无声的痛苦中最严肃、最无望的声音。拉斯特回来了，带来了一只白缎子的布鞋。鞋子已变黄，皲裂，而且脏兮兮的，当他们将它递到班的手里时，他消停了片刻。但他还在呜咽着，一会儿声音又大起来了。

"你觉得你能找到 T.P. 吗？"迪尔西说。

"昨天他说今天去圣约翰。四点钟回来。"

迪尔西前后摇晃着班，拍着他的脑袋。

"要这么长时间，噢，天哪，"她说，"这么长时间。"

"我能赶那辆马车，姥姥。"拉斯特说。

"你会摔死你俩的，"迪尔西说，"你是想捣蛋。我知道你很机灵，但是我信不过你。别哭了，听见没有，"她说，"别哭了。别哭了。"

"不，我不会的，"拉斯特说，"我和 T.P. 赶过。"迪尔西抱着班，前后摇晃着他。"卡洛琳小姐说，如果你不能让他安静下来，她会起床下楼来亲自照顾他。"

"别哭了，宝贝。"迪尔西说，一边拍着班的脑袋。"拉斯特，宝贝，"她说，"你能不能就听你姥姥的话，好好赶那辆马车？"

"会的，姥姥，"拉斯特说，"我赶得和 T.P. 一样好。"

迪尔西拍着班的脑袋，一边前后摇晃着他。"我已经尽力了，"她说，"老天知道。那你就去套车吧。"她说，一边站起身。拉斯特一溜烟跑了出去。班拿着拖鞋，哭叫着。"别哭了，听见没。拉斯特套马车去了，要带你去墓园。咱们也就犯不着冒险去拿你的帽子了。"她说。她走向衣橱，衣橱是用印花布帘在屋角隔成的，她取出她戴过的毡帽。"我们过过更糟糕的日子，谁都知道，"她说，"再怎么着，你是主的孩子。我终将也是他的孩子，赞美耶稣吧。给。"她将帽子戴在他的头上，把他外套的扣子系上。他还在一个劲地哭号。她将他手里的拖鞋拿掉，放到一旁，他俩走出屋来。拉斯特过来了，赶着一匹老迈的白马，马儿拖着一辆破破烂烂、歪歪扭扭的马车。

"你会小心的吧，拉斯特？"她说。

"会的，姥姥。"拉斯特说。她扶着班坐进马车后座。他刚刚停止了哭叫，可是现在他又开始呜咽起来。

"他要他的花，"拉斯特说，"等等，我去给他摘一枝。"

"你先坐着。"迪尔西说，她上前去抓住马的颊革，"好啦，快去给他摘一枝来。"拉斯特跑着绕过大房子，奔向花园。他返回时带着一枝水仙花。

"这枝是折的，"迪尔西说，"为啥你不给他摘一枝好的？"

"我只能找到这一枝，"拉斯特说，"你们星期五都把花摘光，拿去装扮教堂了。等下，我会将它固定好。"于是迪尔西拉住马，拉斯特找来一根小树枝和两截细绳，给花茎绑了一副夹板，然后递给班。接着他登上马车，拿起缰绳。迪尔西仍然抓着马勒。

"你知道路的吧？"她说，"上街道，绕过广场，到达墓园，然后直接返回家。"

"好的，姥姥。"拉斯特说，"跑起来，'女王'。"

"你要小心啊，听到没？"

"听到了，姥姥。"迪尔西松开了马勒。

"走啦，'女王'。"拉斯特说。

"给我，"迪尔西说，"你把鞭子给我。"

"哦，姥姥。"拉斯特说。

"拿给我。"迪尔西说，一边朝车轮走去。拉斯特很不情愿地把鞭子递给她。

"这样我没法让'女王'起步啊。"

"根本不要你操心，"迪尔西说，"去哪儿'女王'比你清楚。你要做的是坐在那儿抓住缰绳。你知道路的吧？"

"知道，姥姥。就是每个星期天 T.P. 走的路嘛。"

"那你这个星期天就这样走。"

"当然啦。我帮 T.P. 赶过不止一百次车。"

"那你就再这样赶一次，"迪尔西说，"快走吧。如果你伤到班吉，小黑佬，我不知道我会做出什么。你肯定要去做苦役犯，即使他们不让你去，我也要送你去做。"

"好的，姥姥，"拉斯特说，"跑起来，'女王'。"

他在"女王"宽阔的脊背上甩打着缰绳，马车猛然动了起来。

"小心呐，拉斯特！"迪尔西说。

"走啦，驾！"拉斯特说。他再次甩打着缰绳。在隐隐的辚辚声中，"女王"慢跑着进入车道，拐进街道，拉斯特训导着它，让它以一种缓慢的、一停下来就像要向前倾倒的步态前行。

班不再呜咽。他坐在座位的中间，拳头紧紧地攥着那枝绑直的花，眼睛宁静而不可言喻。在他的正前方，拉斯特子弹状的脑袋不停地扭向后头，直到大房子在他视野里消失，然后他将马车停在街边，班瞧着他，他下了马车，从树篱上折下一根枝条。"女王"垂下脑袋，啃啮着地上的青草，直到拉斯特又爬上马车将它的脑袋拉起来，赶着它再次前行。他双肘抬起成直角，枝条

381

和缰绳也随之高高举起，一副趾高气扬的样子，与"女王"沉着的蹄声和她低音风琴般的内在节奏完全不搭。汽车从他们身边经过，还有行人；路上还遇到一群黑人少年：

"这不是拉斯特吗。你要去哪儿，拉斯特，去墓园吗？"

"嗨，"拉斯特说，"你们不也都是去同一个墓园吗？跑起来，大象。"

他们来到广场，南方联盟的士兵在用他大理石手掌下的那双空洞的眼睛凝视着前方，那只手历经了风雨。拉斯特更加自以为是，用枝条给无动于衷的"女王"抽了一下，向广场扫视了一番。"杰森的车子在那儿。"他说，接着他又看见另一群黑人。"咱们让他们瞧瞧什么是气派，班吉，"他说，"你看怎么样？"他回头看了一下。班坐着，拳头里攥着那枝花，他的目光空洞而宁静。拉斯特又打了一下"女王"，到了纪念碑那儿将她往左边拽。

班坐着，消停了那么一会儿。接着他吼叫起来。一声接一声地吼叫，他的声音越来越大，几乎不留喘息的间隙。声音里不仅有惊诧，还有恐惧、震惊，以及看不见说不出的痛苦，就只是一种声音。拉斯特翻了一下白眼。"伟大的上帝呀！"他说，"别叫了！别叫了！伟大的上帝呀！"他又翻了一下白眼，用枝条抽了一下"女王"。枝条折了，他扔掉了它，班的声调已升到难以置信的高度，拉斯特抓起缰绳的末端，身体前倾，就在这时，杰森从广场那边冲过来，跳上马车的登梯。

他反手一击，将拉斯特推到一边，抓起缰绳，一拉一放，又将缰绳回收折成两段，抽打着"女王"的屁股。他抽了一下又一下，使它奔跑起来，同时班沙哑又痛苦的咆哮包围着他们，他拽着它转向了纪念碑的右边，接着他用拳头打了一下拉斯特的脑袋。

"你咋不动动脑子，竟带他从左边走？"他说。他转过身去打班，又将花茎折断。"住嘴！"他说，"住嘴！"他将"女王"向后猛地一拉，跳下马车。"快带他回家。如果你再带他出门，我会宰了你！"

"知道了，先生！"拉斯特说。他抓起缰绳，用缰绳的末端抽打着"女王"。"走啦！走啦！班吉，看在上帝的分上，你就别嚷了！"

班的声音在咆哮着，咆哮着。"女王"又动了起来，它的蹄子又开始发出均匀的嘚嘚声，班立马噤声。拉斯特快速地扭过头看了一眼，接着继续往前赶。折断的花朵耷拉在班的拳头上，他的眼睛又恢复到空洞、湛蓝和宁静的样子。房屋的飞檐和立面再一次从左到右平滑地掠过。电杆、树木、窗户和门廊，以及招牌，各在其位，井然有序。

纽约城，纽约州
1928 年 10 月

附录一[1]

康普森家族

1699—1945年

伊克莫托比

一个被废黜的亚美利加国王。被他的义兄称为
"l'Homme"[2]（有时称为"de l'homme"[3]），这位义兄是位法兰
西骑士，如果不是生得太晚，他一定会成为那由骑士般的恶棍
组成的璀璨星系中最为耀眼的一颗，那些恶棍就是拿破仑的元
帅们。这位义兄把契卡索族[4]的头衔译成"人"；而伊克莫托比

---

1. 本书原著于1929年首次出版，此附录于1945年由福克纳本人撰写并添
   加至书中。
2. 法语，人。
3. 法语，人的。
4. 印第安部落名，原居住于今密西西比州北部，后迁至印第安人居留地，
   今俄克拉荷马州。

自己不仅是一个机智的、有想象力的人，而且对人的性格，包括他自己的性格，都有精准的判断，他更进一步将这称呼英语化为"Doom"[1]。

他从自己过去的广袤疆域中分出密西西比北部整整一平方英里[2]的处女地，授予一个苏格兰难民的孙子，此人将命运押在这位国王身上——而这个国王却被废黜了，因此他失去了自己的继承权。

分出的这块地就像一张牌桌的桌面一样四四方方的（这块地那时是森林，因为那还是1833年前命运之星尚未陨落的旧时光，而密西西比的杰弗逊镇还是一栋栋杂乱无章的、单层的、泥巴糊缝的圆木建筑，建筑里住着契卡索人的代理商，他们在其中开设贸易货栈）。

卖地得到的部分回报使他们有权利以和平的方式向蛮荒的西部进发，无论何种方式，只要他和他的族人认为合适就行，步行或者骑马都可以，只是如果骑马的话得骑契卡索马。那片西部的土地现在叫作俄克拉荷马州：当时还不知道地下有石油。

杰克逊[3]

一个带剑的"伟大的白人父亲"。（这是一个老决斗者，一头

---

1. 英语，厄运。
2. 1平方英里 = 2.58998811平方公里。
3. 安德鲁·杰克逊（Andrew Jackson, 1767—1845），美国第七届总统。他曾因维护妻子的荣誉与人决斗多次。

爱争吵的、凶狠、邋遢、坚强、不朽的老狮子。他将国家安康置于白宫之上，将他新政党的健全置于这二者之上，而置于这三者之上的，不是他妻子的荣誉，而是"荣誉必须得到捍卫"的原则，无论这是否是荣誉，因为捍卫无须论其是与否）。他在华西镇[1]的金色印第安帐篷里亲笔签署了一份授予文件，并用火漆封印，当时他也不知道那里有石油：结果是日后某一天，那些被剥夺土地的无家可归者的后裔因醉酒仰卧在漆着红漆的灵车和消防车上，昏昏沉沉地行驶在专门修建来安埋他们尸骨的土地上。

下面是康普森家的人：

昆丁·麦克拉昌

一个格拉斯哥印刷工人的儿子，孤儿，由他住在普斯高地的娘家人抚养成人。他从库洛敦荒原逃到卡罗来纳，就带着一把苏格兰宽刃剑和一条苏格兰花格呢裙子，此外几乎什么也没有，裙子他白天穿着，晚上睡觉时盖在身上。八十岁时，鉴于曾经在和一位英格兰国王的斗争中失败，他不想同一个错误犯两次，于是在 1779 年的一个夜晚再次出逃，带着他还在襁褓里的孙子和那条裙子（那把苏格兰剑消失了，和它一起消失的还有他儿子，也就是孙子的父亲，是在大约一年前从佐治亚战场的塔尔顿军团消失的）逃到肯塔基，在那里一位名叫布恩还是布尼的邻居已建立了殖民点。

---

1. 印第安人对华盛顿哥伦比亚特区的别称。

386

查尔斯·斯图亚特

在他服役的英国军团曾取得军衔，后被取消并除名。他所属的那支撤退的军队以及随后攻进来的美国军队都以为他死了，把他留在了佐治亚的沼泽地里，但两支军队都错了。四年后他靠着自制的木头腿终于在哈洛兹堡撵上他的父亲和儿子，那时他仍然带着那把苏格兰剑，可是他刚好赶上的是父亲的葬礼。接着他便进入了一个漫长的人格分裂期，一直竭力想做好学校的老师，他相信自己是希望成为老师的，可最后他放弃了这个想法而变成了一个赌徒，而他其实就是一个赌徒，似乎没有一个康普森家的人意识到他们都是赌徒，他们在赌法上孤注一掷而胜算又极其之小。

而他最后承受的风险不仅是押上自己的脑袋，还有他家人的安全，以及他留在身后的正直的名声。这一切是因为他加入了一个同盟，领导者是一个熟人，名叫威金森（他具有相当的天赋、影响、才智和能力），他们谋划将整个密西西比河流域从美国分割出去，并入西班牙。当幻想的泡沫破灭（除了这个姓康普森的学校老师之外，谁都知道会这样的），又轮到他逃跑了，与众不同的是，他是密谋者中唯一一个不得不逃出国的人：这并不是因为他企图分裂的政府要对他进行报复和惩罚，而是因为他的前同盟现在拼命求自保而和他不共戴天。

不是美国驱逐了他，他说自己是没有国家的，他被驱逐不是因为叛国罪，而是因为他在执行计划时的直言不讳和大肆张扬，在他甚至还没有到达下一个搭桥的地方前，便因为大嘴巴烧毁了之前走的每一座桥：所以不是宪兵司令，甚至也不是民政机构，而是他的前同谋使了伎俩将他驱逐出肯塔基，逐出美国，如果他们能逮住他，还可能将他逐出这个世界。他连夜出逃，遵循家族那条传统，带着儿子和那把老苏格兰剑以及那条苏格兰格子裙。

杰森·利库格斯

他那喜欢冷嘲热讽、满怀怨恨、安装着木腿、百折不挠的父亲，也许还由衷地相信他想做的是一位教古典学的学校老师，可能受父亲给他取的那显赫的名字[1]的驱使，在1811年的一天，他带着一对精致的手枪，骑着一匹带着粗劣鞍套的、腰细腿粗的母马，行走在纳齐兹古道[2]上，这匹马跑前两个弗隆[3]肯定在半分钟之内，接着再跑两弗隆也不会多于这个时间，但距离再长点就不好说了。

不过这已够了：他到达奥卡托巴（在1860年仍然叫老杰弗逊）的契卡索人管理处就不再往前走了。不到六个月他就成了主管文员，不到十二个月他就成了主管合伙人，虽然名义上还是文员，但实际上也是这个相当大的货栈的半个老板。他用那匹母马和伊克莫托比手下的年轻人赛马赢得的东西堆满了货栈，他总是小心翼翼地将赛程限定在四分之一英里以内，最多也不超过三弗隆。

---

1. 古典学主要研究古希腊文化，"杰森"在古希腊神话中被译为"伊阿宋"，是寻找金毛羊的英雄。利库格斯，则是希腊法律的制定者。
2. 所经之处多为契卡索人的聚居地。
3. 一弗隆为 1/8 英里，或 201.168 米。

第二年，伊克莫托比拥有了那匹小母马，而康普森则拥有了整整一平方英里的土地，日后这里几乎成了杰弗逊镇的中心。当时那里覆盖着森林，只不过后来与其说它是森林倒不如说是公园，那里已有奴隶居住区、马厩、菜园子、规整的草坪、步道和亭阁，亭阁的建筑师还建造了旁边那座有圆柱和门廊的大房子，建造那座大房子所用的建材是用轮船从法国和新奥尔良运来的，这块土地直到1840年都还是完整无损的（这时它不仅被一个叫作杰弗逊的白人小村落包围，另一个完全由白人组成的县也即将将它合围。因为几年内，伊克莫托比的子孙和族人将离开这儿，那些留下来的不再过勇士和猎人的生活，而是像白人一样生活——做不思进取的农民，或者在各处做他们口中的庄园主，做那些没志气的奴隶的主子。他们要比白人脏一点，懒一点，残忍一点——直到最后连那一点野性血统也消失殆尽，只能偶尔在棉花车上的黑人、锯木厂白人、工人、设套猎人或者机车司炉工的鼻形上还可看到一点）。

当时这块地被称作康普森领地，自从这里培养出王子、政治家、将军和主教后，它便为散落在卡洛登、卡罗来纳和肯塔基的康普森们一洗被剥削的耻辱。后来这地又被叫作老州长宅子，因为它的确及时地生产出或者说孕育出一位州长——也叫昆丁·麦克拉昌，是根据卡洛登祖父的名字取的——即使后来（1861年）孕育出一位将军，这里仍然被叫作老州长宅子（全镇乃至全县事先一致决定和赞成这样的称谓，好像在那时，他们便已事先知道这位老州长是康普森家族最后一位做啥都不会失败的人，除了无法做到长寿和最终选择自杀）。

1892 年陆军准将杰森·利克格斯二世在希罗打了败仗，1864
年在雷萨卡又败了一场，虽然输得没有上回惨，1866 年他把尚
且完好的那一平方英里的土地押给了一个新英格兰的投机商，当
时老镇区已被联邦军队的史密斯将军烧毁，而新的小镇区很快增
加起来的人口主要是斯诺普斯家族的，而不是康普森家族的。新
的镇区开始一点点侵占蚕食那块土地，常败将军将其余下的四十
年光阴用来零零碎碎地出售这块土地，确保还有剩余的土地可以
用来抵押：直到 1900 年的一天，准将在渔猎营地的一张行军床
上悄然长逝，这个营地建在塔拉哈奇河床上，他在这里度过了他
生命最后的大部分时光。

现在连老州长都被遗忘了；过去的那一平方英里剩下的仅仅
是被称作康普森家——荒废的草坪和步道杂草丛生，大房子已经
很久没上漆了，门廊的柱子皮已经剥落，在这里，杰森三世（他
被当作律师来培养，他的确在广场上的一幢楼里有一间律师事务
所，里面尘封的文件柜里埋藏着这个县最古老的姓氏——霍尔斯
顿、萨特潘、格林尼尔、毕钱普和科尔菲德——在这深不可测的
档案迷宫里一年年地褪色：他知道他父亲的心里一直盘桓着什么
样的梦想，如今他正在完成三种身份中的第三个——第一个是成
为一个精明强干的政治家的儿子，第二个是成为骁勇善战之师的
统帅，第三个是成为享有特权式的假冒的——丹尼尔·布恩[1]——

---

1. 丹尼尔·布恩（Daniel Boone，1734—1820），美国拓荒英雄，探险家。

鲁滨孙·克鲁索式的人物。他并没有重返年少，因为他实际上从没有长大——他想着律师事务所也许会再次成为通往州长官邸与往日辉煌的前厅）成天坐在那儿，长时间地和一壶威士忌酒以及一堆散放着的、翻旧了的贺拉斯还有李维和卡图卢斯的著作相伴，为他已故的和还活着的镇民创作了（据说是）刻薄讽刺的颂诗。

除了那一小块地——这块地上还有那栋大房子、菜园子、倾圮的马厩和一间用人的小屋，小屋是由迪尔西一家住着，他将最后一份地产卖给了一家高尔夫俱乐部，筹得的钱让他的女儿凯蒂丝在四月举行了体面的婚礼，让他的儿子昆丁在哈佛完成了一年的学业，随后昆丁在 1910 年的六月自杀。

在康普森一家还住在这一小块地上的时候，这块地已被叫作康普森老宅了。在 1928 年一个春天的薄暮里，老州长那个命中注定要迷失的、没有父姓的十七岁玄外孙女盗走了她最后一个神志正常的男性亲戚（她的舅舅杰森四世）密藏的钱，顺着雨水管爬下楼去，和一个旅行剧团的小摊贩逃走了，即使康普森家人在这小块地上踪迹全无之后很久，这儿仍然被叫作康普森老宅。寡母死后，杰森四世这个时候已不再害怕迪尔西，他将他的白痴弟弟班吉明送进了杰克逊精神病院，并将大房子卖给了一个乡下人，这个人将它开成了一个接待陪审员和骡马贩子的膳宿公寓，即使在这个公寓消失（现在那高尔夫球场也消失了）后，即使那块一平方英里的地再次变得完整，上面布满了一排排小小的、拥挤的、偷工减料的、私人的、半城市化的平房，这地方仍然被叫作康普森老宅。

还有这些人：

昆丁三世

他爱的不是妹妹的身体，而是康普森家的荣誉观。这荣誉摇摇欲坠，而且（他很清楚）是被她的童贞，被她那一层微小的、脆弱的膜暂时支撑着的，就像一只巨大地球的微小仿制品被顶在受过训练的海豹的鼻子上。他爱的不是乱伦的意念——他也不会去犯，而是长老会[1]持有的"永恒的惩罚"的观念：他不依靠上帝就能通过这种方式将自己和他妹妹一同打入地狱，在那儿他能够永远地保护她，让她在永恒的火焰中永远完好无损。

不过，他对死亡的热爱甚于一切，他只爱死亡，他对死亡的期待和深思熟虑近乎变态，他在这种期待中活着爱着，就像一个恋人般热爱着它，却又故意疏远恋人那等候着的、心甘情愿的、亲切的、温柔的、不可思议的肉体，直到他不能再忍受——之前那不是疏远，而是克制。于是他不顾一切地纵身一跃，沉入水中。他在马萨诸塞州的康桥自杀，是在 1910 年 6 月，他妹妹举行婚礼的两个月后。他等到完成本学年的学业才自杀，是为了完全实现他预付的那笔学费的价值。这倒不是因为在他身上流淌着卡洛登·卡罗来纳肯塔基先祖们的血液，而是因为康普森家为了给他妹妹举办婚礼并支付他在哈佛的学费，把剩下的最后一块一平方英里的老地卖掉了，这是他那最小的

----

1. 基督教新教加尔文宗教会之一。

弟弟，一个天生的白痴，最心爱的东西，除此之外，他最爱的还有她的姐姐和炉火。

凯蒂丝（凯蒂）

她清楚自己的命运注定是在劫难逃的，她接受这样的命运，既不去争取也不逃离。她爱她的哥哥，尽管他是这样一个人，她不仅爱他这个人，还爱他在考量家族的荣誉及其厄运时化身成的痛苦先知和刚直不阿的法官，正如他在考量自己并不爱她而是恨她时的那副模样，他恨她是在于他觉得她是家族骄傲又脆弱、注定在劫难逃的器皿，是使家族蒙羞的肮脏工具。不仅如此，她爱他还是因为这样的事实——他并没有爱的能力，她接受了这样的事实——他最看重的不是她，而是她保管的贞操，而她把它看得一文不值：对她来说，那一片脆弱的、窄窄的生理组织与手指头上的倒刺并无两样。她尽管知道哥哥对死亡的爱超过了一切，但并不嫉妒，还送给了他"毒堇"[1]（很可能她精心谋划的婚礼起到了这个作用）。

在她有两个月身孕时——怀的是另一个男人的孩子，不管怀的孩子的性别是什么，她便用哥哥的名字昆丁为其起名，他俩（她和她哥哥）都明白他已经与死人没什么区别。她和一个条件非常适合的印第安纳州的年轻人结了婚（1910 年），是她

---

1. 欧美常见的有毒香草，相传古希腊著名哲学家苏格拉底就是喝了这种植物的汁液自杀而死。

和母亲头一年在弗伦奇利克度假时遇到的。1911 年他提出离婚。1920 年，她嫁给了加利福尼亚州好莱坞的一个电影小巨头。1925 年，双方在墨西哥协议离婚。1940 年，德军占领巴黎，她随之消失，她风韵犹存，可能也还富有。她当时四十八岁，却看起来比她的实际年龄起码小了十五岁，从此无人知其音信。

　　只有杰弗逊的一个妇女知道，她是一个县图书馆的管理员。她像老鼠般大小，老鼠般的肤色，终身未嫁。她和凯蒂丝·康普森曾是同班同学，毕业于城市学校，然后将自己的余生致力于将《琥珀》[1] 包上齐整的封皮，将《朱根》[2] 与《汤姆·琼斯》[3] 放到背后的书架上，避免高中三四年级的学生拿到，其实他们不用踮脚尖也能够到，而她却不得不站在一只盒子上藏这些书。1943 年的一天，在经历了心烦意乱、精神濒于崩溃的一周之后——在这一周里，走进图书馆的人在她急匆匆地关闭桌子抽屉并转动钥匙的动作中都发现了这一点（那些家庭主妇，那些银行家、医生和律师的夫人们，有的是她的高中同班同学，她们下午进出图书馆，带着用孟菲斯和杰克逊的报纸仔细

---

1. 美国作家凯瑟琳·温莎（Kathleen Winsor, 1919—2003）的言情小说，书中有不少色情描写。
2. 美国作家詹姆斯·布朗奇·卡贝尔（James Branch Cabell, 1879—1958）的奇幻小说，含有色情描写。
3. 英国作家亨利·菲尔丁（Henry Fielding, 1707—1754）所著小说，也有色情内容。

包裹的一册册的《琥珀》和一卷卷索恩·史密斯[1]的作品，以免被人看见。她们都觉得她正处于病倒的边缘或者甚至可能已经精神失常）。

大下午的她关闭并锁上了图书馆的门，把手提袋紧紧地夹在胳膊下，在她通常没有血色的脸颊上浮现出两块意志坚定的红斑。她走进农民物资供应商店，杰森四世曾在这里当文员，如今他在这儿已拥有自己的生意，当上了棉花的经销商。她跨入那个灰暗的洞窟，那儿平常只有男人进入——这个洞窟里杂乱地散放着、如山般堆积着、石笋似的悬挂着犁铧、耙盘、缰绳圈、车横木、颈轭、咸肉、廉价的鞋子、马用韧带、面粉和糖浆，这里黑黢黢的，因为这里的货物与其说是用来展示的倒不如说是拿出来贮藏的，那些为了从收成中获益而向密西西比的农民——至少是密西西比的黑人农民——供货的人，他们在收成时节能估价之前是不会提示农民他们需要什么的，只提供给他们不可或缺的东西。

她走向后面，那是杰森的专属领地：一个用栅栏围起来的地方，杂乱地摆放着货架和格子柜，里面放着插在铁签上的轧花机收据、账簿和棉花样品，上面落满了灰尘并覆着一层绒毛，屋里散发出混合了奶酪、煤油、马具润滑油和大铁炉子的刺鼻气味，铁炉子上粘着咀嚼过的烟草渣，差不多有一百年历史了。

她走到了又长又高、台面倾斜的柜台前，杰森站在柜台的

---

1. 索恩·史密斯（Thorne Smith, 1892–1934），美国幽默作家，擅写色情故事。

后面，她不再看那些穿工装的男人——当她进来时，他们便悄悄地停止了交谈，甚至不再咀嚼烟草，她带着几乎令自己昏厥的、不顾一切的决心从手提袋里摸出一样东西，将它摊开，放到柜台上，当杰森低头看它时，她站在那儿颤抖着，呼吸急促——那是一张图片，一张彩色照片，显然是从一本时尚杂志上裁剪下来的——是一张充溢着奢华、财富和阳光的图片——背景是加纳比耶尔[1]式的，由山峦、棕榈、柏树和大海构成，图片中有一辆大马力的镀铬镶边的豪华敞篷跑车，图片中的女人没有戴帽子，处在昂贵的头巾和海豹皮大衣之间的脸看不出年龄，她很漂亮，一副冷漠、平静且令人厌恶的表情；在她身旁的是一位瘦削的中年男子，身着的军服上披挂着德国总参谋部授予的绶带——这个老鼠般大小的、老鼠般肤色的老处女为自己的莽撞在颤抖，在惊恐。

她的目光越过图片盯着这个没有孩子的单身汉，在他身上，一个古老的家族将终结，这个家族的男人身上一直保持着体面和骄傲，即使在他们已没法保证正直的品性时，他们仍在坚持，但那时，骄傲却变成了虚荣和顾影自怜：从那位流亡者开始，他逃离故土，除了生命之外几乎一无所有，却还拒绝承认失败；到那个将自己的生命和名声作为赌注，赌了两次输了两次，却一次也不肯承认输了的人；再到那个将一匹聪明的、只能跑四分之一英里的小马做工具的人，他做这些就为了给丧失了一切

---

1. 法国马赛的一条主街。

的父亲和祖父报仇雪恨，并从中赢得一片土地；又再到才华横溢的州长和英勇无畏的将军，将军认为自己率领的骁勇之师虽然吃了败仗，但自己至少也豁出了性命；再往后便是那位有教养的嗜酒狂，他卖掉最后的祖产不是为了买醉，而是为了给自己的子嗣提供他能想到的最好的人生机会。

"她是凯蒂！"图书管理员低声说，"我们一定要救她！"

"她是凯，没错。"杰森说。接着他开始大笑起来。他站在那儿，在那张图片之上，在那张冷艳的脸之上——那张脸因为在过去一周旅居于办公室抽屉和手提袋中而有了折痕，他大笑不止，图书管理员知道他为什么大笑。1911年的一天，被丈夫抛弃的凯蒂丝带着她的女婴回家，她将孩子留下，接着自己坐下一趟火车离开了，自此就再也没有回来过，不仅黑人厨子迪尔西，还有图书管理员也能凭简单的直觉预测到，杰森在动脑筋利用孩子的生命及其私生女的身份对孩子的母亲进行敲诈，不仅让她余生远离杰弗逊，而且还迫使她指定他为唯一的、不可改变的托管人，负责保管她给孩子寄的抚养费。1928年的一天，当凯蒂的女儿顺着雨水管爬下楼，跟随一个摊贩逃跑后，凯蒂就与杰森彻底断绝了来往。

"杰森！"她哭喊道，"我们一定得救她！杰森！杰森！"——当杰森用拇指和食指捏着图片扔给柜台外的她时，她仍然在哭。

"那是凯蒂丝？"他说，"不要逗我了。这婊子还不到三十，咱们那位现在都有五十了。"

第二天图书馆一整天没开门，在下午三点的时候，尽管脚疼，尽管精疲力竭，图书管理员仍然不屈不挠地将手提袋紧紧地夹在胳膊下，踅进孟菲斯黑人居住区中的一个整洁的小院子，登上通往一栋整洁的小屋子的台阶。她摁响门铃，门打开了，一个年龄和她相仿的黑人妇女静静地瞧着门外的她。

"你是弗洛妮吧，是不是？"图书管理员说，"你不记得我啦——梅丽莎·米克，从杰弗逊——""记得，"黑人女人说，"进来吧。你是要见妈妈吧？"于是她走进屋子，这是一间黑人老人的卧室，整洁但堆满了东西，散发出老人、老妇人、老黑人的刺鼻的味道。那个老妇人本人就坐在壁炉旁的摇椅上，虽然是六月份，壁炉里却闷烧着火——这是一个曾经块头很大的女人，她穿着褪了色的、干净的印花棉布衣服，头上包裹着一尘不染的头巾，头巾下是一双很明显快要失明的眼睛——图书管理员将卷角的图片递到那双黑色的手里，和同种族的其他妇女一样，她的手仍然是柔软的，形态精致，和她三十岁或者二十岁甚至十七岁时一模一样。

"她是凯蒂！"图书管理员说，"是她！迪尔西！迪尔西！"

"他说啥了？"这个年老的黑人妇人说。图书管理员知道她说的"他"指的是谁，不但图书管理员不感到惊奇，而且这个年迈的黑人妇女也不感到惊奇，她知道图书管理员明白自己说的"他"指的是谁，而且这个年迈的黑人妇人立马知道图书管理员已经把图片拿给杰森看了。

"你猜不到他说了什么吗？"她哭着说，"当他意识到她身处危险时，他便说那是她，即使我不曾拿照片给他看。可是一旦他意识到有人，不管是谁，即使只是我，想去救她，尝试去救她，他便说那个不是她。但是这个人就是！瞧瞧！"

"看我的眼睛，"年迈的黑人妇人说，"我咋能看见图片啊？"

"叫弗洛妮！"图书管理员喊道，"她会认出她来的！"但是年迈的黑人妇人已经在把图片按照旧的折痕仔细地折起来，递还给她。

"我的眼睛不管用了，"她说，"我看不见它了。"

事情到此结束。六点钟的时候，她从拥挤的公交车终点站挤过去，那只包被夹在一只胳膊下，另一只手拿着返程票的收据，她被昼行性的人流带到了喧闹的站台，这人流中除了几个中年平民大部分是士兵和水手，他们要么即将离开，要么很快便会死去，另外还有他们的伴侣，这些无家可归的年轻女人们在接下来的两年里将在卧铺车和旅馆里生活，这还是运气好的情况；如果运气不好，她们就会在普通客车、公交车、车站、会客室和公厕过日子，只有在慈善机构病房或者警察局，她们才会待上足够长的时间好让她们的"小马驹"呱呱坠地，然后她们又开始流动。

图书管理员奋力挤上了公交车，因为个子比其他任何人都小，所以她的双脚只能偶尔沾地，直到有一个人影（一个穿卡其布衣服的男子；她根本看不清他，因为她一直在哭）站起身，将她整个身体抱了起来，放到靠窗的座位上。她坐在那儿仍然在悄悄地哭泣，她能看见窗外疾驰而过的城市正在消失，然后被抛在了身后，现在她又回到了家，杰弗逊是安全的，尽管在那里的生活也有不可理喻的热情、骚动、痛苦、愤怒和绝望，但是在这里，六点钟时，你可以用封面将其合上，即使是孩子很轻的手也能将其放到那安静的、永恒的书架上去，放回到它那毫无特征的同类中去，为了一夜的完整和无梦而拧上钥匙。是的，她一边悄悄地哭着，一边想，情况应该是这样，她知道她不想看那张图片，不管图片上那人是不是凯蒂，因为她知道凯蒂不想被拯救。她再也没有什么值得被拯救的了，她能失去的东西中再也没有什么值得失去了。

杰森五世

从卡洛登之前的祖辈算起，杰森是康普森家族第一个神志健全的人，因为是个无儿无女的单身汉，因此他也是家族最后一名男性。逻辑性强、理性、克制，甚至像一位传统的老斯多葛派[1]的哲学家：他压根都不会思考半点有关上帝的内容，只会顾及警察，害怕和敬重一个黑人妇女，这个黑人妇女是给他做饭吃的。从他生下来起，她就是他的死敌。1911年的一天，当她凭借简单的洞察力预料到他正设法利用他还是婴儿的外甥女敲诈孩子的妈妈时起，她就成了他不共戴天的敌人。

他不仅与康普森家划清界限，独来独往，并成为家族的终结者，而且还与斯诺普斯家族对抗，不相往来。在世纪之交，随着康普森家族和萨多雷斯家族以及他们的同类在镇上的衰落，斯诺

---

1. 古希腊思想流派，相信美德是幸福的根源，而美德出自自我节制和理性。

普斯家族掌控了小镇（这并不是因为斯诺普斯家族厉害，而是杰森·康普森在他的母亲死后自己一手造成的——此前外甥女已经沿着雨水管爬下去逃走，于是迪尔西不再拥有威胁他的两根大棒[1]——他将他的白痴弟弟交托给州立精神病院，将老宅子腾空，将这些曾经一度辉煌的房间劈开，变成他称为公寓的房间，然后整个儿卖给了一个乡下人，而这个乡下人则在里面开起了膳食公寓），尽管这么做并不困难，因为对他来说，除了他自己之外，全镇、全世界以及全人类也都和康普森家的人一样不可理喻，却又都意料之中的绝不可信赖。家中变卖牧场所获得的所有钱都花在了他妹妹的婚礼和他哥哥在哈佛的学业上，他用自己当商店伙计赚来的微薄的薪水，省吃俭用后剩下的钱，送自己去孟菲斯的学校学习棉花的分类分级，从而建立起了自己的生意。

在他那嗜酒狂父亲去世之后，他在这个正在腐朽的大宅子里承担起这个正在腐朽的家庭的所有重负，因为他们母亲的缘故，他用做生意赚的钱供养他的白痴弟弟，牺牲了一个三十岁单身汉有权利拥有、也应该获得的、必需的快乐，使得母亲的生活尽可能地像过去那样继续。这并不是因为他爱她，仅仅是（一个心智健全的人都是这样）因为他害怕那个黑人厨子，即使他尝试停发她的周薪也不能迫使她离开。尽管如此，他还是想方设法省下了差不多三千块钱（2840.50 元），他的外甥女偷走这笔钱的那个晚上，他报警声称被偷的就是这个数字，都是些可怜巴巴的、令人

---

1. 指外甥女和母亲。

烦恼的十分的、二十五分的、五十分的硬币。他没有把这些钱存进银行,因为对他来说,银行家就是另一个康普森,他将钱藏在卧室上锁的橱柜的抽屉里,卧室里的床都是他自己铺的,被单也是他自己换,房门除了自己进出之外,其他时间都锁着。有一次他的白痴弟弟想去摸一个门口过路的女孩子,他未让他们的母亲知道便自命为这个白痴的监护人,在母亲知道情况之前就将这个白痴给阉了。

在 1933 年母亲去世之后,他不仅永远摆脱了白痴弟弟和这栋宅子,而且永远摆脱了那个黑人妇女。他搬进了一间办公室,位于他的农资店之上,两层间有一段楼梯,店中放着棉花样品和收据,他将这套办公室改造成了卧室、厨房、浴室一体化的居所,周末总会看到一个女人从这里进进出出。她大块头,相貌平平,样子友善,黄铜色的头发,有一张讨人喜欢的脸,她并不年轻,戴着印有图案的圆形帽,(在适宜的时节)穿着一件仿皮大衣。中年的棉花贩子和这个女人——镇上的人直接称其为“他的孟菲斯朋友”——星期六的晚上被看见出没于当地的电影院,星期天的早晨被看见正登上公寓的楼梯,带着一纸袋从杂货店买来的面包、鸡蛋、橙子和几罐子汤,一派居家过日子、妻子受宠有加、夫唱妇随的情景,直到下午晚些时候,公交汽车再将她带回孟斯。他现在解放了。他自由了。“在 1865 年,”他总是说,“亚伯拉罕·林肯从康普森家解放了黑奴。在 1933 年,杰森·康普森从黑奴手中解放了康普森家族”。

班吉明

他生下来时叫毛莱,这名字是根据他母亲唯一的兄弟来取的:这兄弟是一个长相英俊、作风轻浮、爱夸夸其谈、没有工作的单身汉,他跟几乎所有的人都借过钱,甚至包括迪尔西,尽管她是一个黑人。当他将手从口袋里抽出来时,他对她解释说,在他眼里她不仅是他姐姐家庭中的一员,而且在任何地方,任何人的眼里她都是一位天生的贵妇人。至于毛莱,最后连他的母亲都意识到他的问题,哭着坚持说他的名字一定得改,于是他的哥哥昆丁将他的名字改作班吉明(班吉明,我们最小的孩子,被卖到了埃及[1])。

他爱三样东西:为了举办凯蒂丝的婚礼和送昆丁去哈佛而变卖的牧场、他的姐姐凯蒂丝、火光。他什么也没失去,因为他已记不得他的姐姐,只记得失去了她;火光仍然是他昏昏欲睡时那片明亮的形状;而牧场呢,比变卖前更好了,因为现在,当那些和他毫不相干的人挥动着高尔夫球杆时,他和 T.P. 不仅能够没完没了地在栅栏边跟着跑,T.P. 还可以带他去草坪上或草丛中,在这些地方,T.P. 的手中会突然出现白色的小球,当这小球离开这手奔向地板、熏制屋的墙壁,或者水泥人行道时,它是在抗衡,甚至是在征服那班吉并不知道的重力和永恒不变的定律。1913 年,他被阉割。1933 年,他被送入位于杰克逊的州立精神病院。那两样他都没失去过,他记不得牧场,只记得失去了

----

1. 取自《圣经》。

牧场，就和他的姐姐一样，而火光仍然是睡觉时那明亮的形状。

昆丁

最后一位，凯蒂丝的女儿。她在出生前的第九个月时就没有了父亲，出生时没有名字，从卵子分裂决定性别的那一刻起，她便注定结不了婚。她十七岁那年，在我们的主复活一千八百九十五周年的前一天的中午，她从被舅舅反锁的房间里爬出来，抓着雨水管将自己荡到舅舅卧室关着的窗户边，这卧室是锁着的，没有人，她打碎窗玻璃钻过窗户，用舅舅的撬火棍撬开锁着的橱柜抽屉，将钱拿走（这笔钱并不是2840.50元，而是将近七千元，杰森愤愤不已，怒不可遏，不仅那天晚上，就是此后的五年每当想起这件事时，情绪都是如此，不曾消减，这让他深信，在某个毫无预警的瞬间，这愤怒会毁了他，就像一颗子弹或者闪电瞬间让他毙命：虽然他被盗走的不仅仅是三千元，而是差不多七千元，他却不能告诉任何人；因为如果他被盗走的是七千元而不仅是三千元，他不仅不能听到一句公道话——他不需要同情——那些不幸拥有婊子姐姐外加婊子外甥女的男人是说不出公道话的，而且还不能去报警，因为他失去了不属于他的四千元，甚至另外那三千元也追不回来，那四千元不仅是他外甥女的合法财产，是她母亲十六年来给她的资助和抚养费的一部分，而且这笔钱在名义上根本不存在，按照保证人对监护人和托管人的要求，他要向地区首席法官递交年度报告，在报告里正式记录着这些钱已被消费，所以他被盗走的钱不仅有他窃取的，也有他节省存下来的；他被盗走的不仅有他冒着进监狱的危险获取的四千元，还有他付出牺牲和克制的代价存下来的三千元，几乎是一分一毛地存了差不多二十年：一举盗走钱的不仅是他的受害者，还是一个丫头，她没有预谋和计划，甚至不知道或者不在乎在她撬开抽屉时能发现有多少钱；现在他甚至不能去警察局求助：总为警察着想的他从不给他们添麻烦，一年又一年地缴税，资助他们过着寄生虫般、类似施虐狂的懒散日子；不仅如此，他自己也不能去追那个女孩子，因为也许他抓住她时，她会说出真相，所以他唯一能做到的追索就是做徒劳的梦，在那件事情发生后的两三年，甚至四年的很多个夜晚里——这个时候他本应该忘记这件事的，他在梦中辗转反侧，大汗淋漓，他梦见她的钱还没花光，自己从暗处跳出来，扑到她身上，在她还来不及开口时便将她杀害）在黑暗中她仍然沿着那根雨水管爬到地面，和那个小摊贩逃走了，小摊贩此前因为重婚罪被判过刑。她就这样消失了；无论她从事什么职业，她不会坐着镀铬的梅赛德斯到来；她拍的任何照片里也不会有参谋部将军。

就是这些人。剩下这些不来自康普森家族。他们是黑人：

T.P.

他走在孟菲斯的比尔街上，穿着漂亮又鲜艳、低廉又招摇的衣服，这是芝加哥和纽约的血汗工厂的老板专门为他这种人制作的。

弗洛妮

她嫁给了一个卧铺车厢的行李员，搬到了圣路易斯去住，后来又搬回了孟菲斯，她为她母亲安了个家，因为迪尔西拒绝搬去更远的地方。

拉斯特

一个十四岁的男人。他不仅能够完全照顾和保护一个年龄是他两倍、块头是他三倍的白痴，还能让他开心。

迪尔西

他们在经受。

诺贝尔文学奖授奖辞[1]

（1950年12月10日，由瑞典学院院士古斯塔法·赫尔斯特朗宣读）

　　威廉·福克纳基本上是一个地域性的作家，因而他让瑞典的读者不时想起我们最为重要的两位小说家，塞尔玛·拉格洛夫[2]和贝里曼，H.F.E.[3]。福克纳的"韦姆兰"就是密西西比州的北部，他的"瓦德雪平"叫作杰弗逊。他和我们两位同胞的相似性是可以展开深入探讨的。可是此刻时间不允许我们这样偏离主题。

　　他和他们之间的区别——重大的区别——在于福克纳作品中的故事背景较之于拉格洛夫笔下的骑士和贝里曼笔下的变异

---

1. 福克纳获得的是1949年度的诺贝尔文学奖，颁奖典礼在1950年举行。

2. 塞尔玛·拉格洛夫（Selma Lagerlöf, 1858—1940），瑞典女作家，出生于瑞典的韦姆兰省，代表作有童话《尼尔斯骑鹅历险记》。

3. 贝里曼，H.F.E.（Hjalmar Fredrik Elgérus Bergman, 1883—1931），瑞典作家，代表作有《陛下的遗言》《瓦德雪平的马库雷尔一家》。"瓦德雪平"是后者故事的发生地点。

人物所反抗的环境要黑暗得多，也更加血腥。福克纳是描述美国南方各州及其背景的伟大的史诗级的作家。建立在廉价黑人奴隶劳动之上的辉煌成为过去；内战及内战中的失败摧毁了当时的社会结构所依赖的经济基础；漫长而痛苦的愤恨；还有，在最后，工业化和商业化的社会前景——在这样的社会里，生活是机械化和标准化的，对于南方人来说是陌生和不利的，他只能逐渐去适应，并主动调整自己去适应。福克纳的小说就是持续而极其深入地描绘这个痛苦的过程，这个过程是他所熟知的并有强烈体会的，就如同他从一个家庭那里了解和体会到的，这个家庭被迫咽下那些失败的苦果，连被虫噬的果核也将咽下：各种形式的贫穷、衰败和堕落。他被称为保守派。即使这个称谓在某种程度上是正确的，却被内疚感所平衡，这种内疚感在他以不知疲倦的劳作所编撰的黑暗世界中变得越发清晰和珍贵。人人都有绅士气度的环境、骑士的精神、勇气、经常性的极端个人主义，这些东西的代价就是非人道。简言之，福克纳的两难处境也许可以这样表述：他哀悼一种生活方式，作为一个作家，他夸张了这种生活方式，而他自己出于正义感和人道主义绝不能忍受这种生活方式。正是这一点使得他的地域性具有了世界性。四年的流血战争让欧洲人（除了俄国人）经受了一个半世纪的社会结构的变迁。

五十二岁的作家将他更为重要的小说设置在战争和暴力的背景下。他的祖父在内战中身居高位。他自己成长于这种氛围，好战喜功，从不承认战败导致的贫穷和痛苦。他年仅二十就加入了加拿大皇家空军，曾经历两次坠机，他不是作为一个战斗英雄回到家乡的，而是作为一个生理上和心理上都经受过战争创伤又前途渺茫的青年，有好些年他所面临的生存状况都是不稳定的。他参加战争的原因正如他的另一个自我在其早期的一部小说中所表达的：他是"一个不想浪费任何一场战争的人"。可是从一度渴望轰轰烈烈和战争的年轻时代走来，他逐渐变成了一个厌恶暴力的人，类似的表达在他的作品中表现得越来越强烈，用基督十诫的第五条来概括也许很适合：你不得杀人。另一方面，有些东西，人们必须总是表现出自己不愿忍受。"有些东西"，他最新塑造的一个人物说："你一定不能一直忍受。不公正、暴行、侮辱和羞耻。不是为了荣誉和现钞——仅是拒绝忍受它们。"[1]一个人也许会问，这样两种准则该如何调和，或者福克纳本人正处于无法无天的时代里会如何考虑调和这二者。这是他留给世人的一个问题。

事实上，作为一位作家，他既对有关南方各州经济地位变化的社会学评论没有兴趣，对解决相关问题也没有兴趣。战败以及战败的后果仅仅是他的著作生长的土壤。他对"作为集体的人"不着迷，他着迷的是集体中的人，那些如他般有整体性的个体，很奇怪地还不受外部条件所影响的个体。这些个体的悲剧与希腊神话中的悲剧没有共通之处：他们被家族传承、传统和环境所引发的激愤带向不可改变的结局，这种激愤要么是突然爆发的，

---

1. 出自福克纳 1948 年发表的长篇小说《坟墓的闯入者》。

要么是从世代的禁锢中缓慢地释放出来的。在几乎每一部新作品的创作中，福克纳越来越深入地探索人的灵魂，人的伟大和自我牺牲的能力、对权力的渴望、贪婪、精神的贫困、狭隘的心胸、滑稽的固执、痛苦、恐惧，以及堕落的畸变。作为一个好探索的心理学家，在所有在世的英美小说家中，他是无人能敌的大师。他的同行中没有谁拥有他那样神奇的想象力以及创造人物的能力。他笔下的非人般的人物和超越人类本身的人物，以令人毛骨悚然的方式呈现出的悲剧和喜剧，这些人物和故事从他的脑海里浮现出来，给我们带来一种真实，这种真实是离我们很近的人都无法带给我们的。这些人物活动在这样一种环境中，这种环境里充溢着亚热带植物、女士的香水、黑人汗水的味道，以及骡马的臭味，这些气味甚至能够立马渗入斯堪的那维亚人温暖舒适的小屋。作为一位风景画家，他具有如同猎人对自己猎场般的熟知，具有地形测量员的精准，和印象派艺术家的敏感。

而且——福克纳可与乔伊斯比肩，甚至可能更甚——他是二十世纪的小说家中最伟大的实验主义者。他鲜有两部小说在技艺上是类似的。仿佛通过这种不断的创新，他想达到拓展宽度的目的，这种宽度既是地理上的也是主题上的。这个宽度是他所在的有限的世界不能给予他的。他对实验的欲望也体现在对英语语言丰富性的掌握上，这在现代英美小说家中是无人能敌的。这种丰富性体现在不同的语言元素上和风格的周期性改变上——从伊丽莎白时代的精神到南方各州黑人贫乏而富有表现力的词汇。自梅瑞狄斯[1]以来，没有任何作家——可能除了乔伊斯——成功构造出像大西洋翻滚的巨浪般、无穷无尽而又强有力的句子。同时，用一系列的短句来表达一连串的事件，是他同时代的作家中少有能与他匹敌的，每个短句都像一记锤击，将钉子钉进木板，并确保其牢固。他对语言资源完美的掌握让他能够——常常如此——堆砌辞藻和联想，这对于习惯阅读令人兴奋的故事的读者，或者是习惯阅读复杂故事的读者来说，都是对他们耐心的考验。但是这种丰富性不同于文学的炫技，它也不仅仅为他丰富又敏捷的想象力提供了证明；在这种丰富性中，每一种新的标志、新的联想都是用于更深地开掘现实，那由其想象力创造的现实。

福克纳经常被描述为一个宿命论者。然而他自己从未声称坚执任何独有的人生哲学。简言之，他的人生观可用他的话来概括："一切事物（也许？）毫无意义。如果并非如此，建立了整个社会结构的他或他们对待事物的态度应有所不同。但一切事物都应该具有意义，因为人类在持续奋斗，并且必须持续奋斗，直到有一天不能奋斗为止。"但是福克纳有一个信念，或者毋宁说是一个希望：每个人迟早都会受到他应得的惩罚，自我牺牲不仅会带来个人的幸福，而且也是对人类善行总和的奉献。这就是一个希望，此话的后面部分，让我们想起瑞典诗人维克多·雷德

---

1. 即乔治·梅瑞狄斯（George Meredith，1828—1909），英国作家，代表作有诗集《现代的爱情》，小说《利己主义者》。

贝里表达过的坚定信念，这是诗人在 1877 年乌普萨拉 [1] 学位授予周年纪念会的演出中创作的朗诵词所表达的。

福克纳先生——您出生所在的、养育您的那个南方州对于我们瑞典人来说早已耳熟能详，这要感谢您童年时的两个亲密伙伴，汤姆·索亚和哈克贝利·费恩。马克·吐温将密西西比绘入了文学的地图。五十年后您用它开始了您一系列小说的创作，并将密西西比州塑造成了一个二十世纪世界文学的地标。您的小说以不断变化的形式，越加深刻和敏锐的心理洞察力及不朽的人物形象——既有善良也有邪恶——在英美小说中占据着一个独特的位置。

福克纳先生——现在我荣幸地邀请您从国王陛下的手中接受瑞典学院授予您的诺贝尔文学奖。

---

1. 瑞典东部城市。

附录三

诺贝尔文学奖获奖演说

福克纳

　　我感到这份奖并不是授予我个人的，而是授予我的工作——一份终身的工作，它关乎人类精神中的痛苦与艰辛。这份工作不是为了荣誉，尤其不是为了利润，而是想从人类精神的材料中创造出某种过去不存在的东西。所以这份奖只是托我保管而已。为这笔钱找到一个与奖项本身意义相称的用途并不难，但我还想看到更多值得这份荣誉的人。通过将此刻当作一座山巅，在这山巅上我也许能被青年男女所听见，他们已经献身于这相同的痛苦和艰苦劳作中，他们中已有这样的一个人，在某一天会站在现在我所站的地方。

　　我们今天的悲剧是普遍意义上身体的恐惧，至今已持续如此之久以至于我们甚至能够容忍它的存在。有关精神的讨论不复存在。唯一的疑问是：我们什么时候被炸毁？因为这个，今天从事写作的青年男女已经忘记了探讨人类内心的冲突，但唯有这个能造就优秀的写作，因为只有这个才值得书写，值得为之痛苦，为之付出汗水。

写作者必须重新学习它们。他必须教自己明白，所有的感情中最卑劣的是恐惧，还有，他必须教自己永远忘却恐惧，在他的工作室里，除了古老的真理和内心的真实之外，不给其他任何东西留下空间，任何缺乏古老普遍真理的故事都会转瞬即逝，注定走向失败——这真理就是爱、荣誉、怜悯、骄傲、同情和牺牲。如果他不这样做，那他就是在诅咒下劳作。他写的不是爱，而是情欲；写的是失败，却没有人失去任何有价值的东西；写的是胜利，却没有希望。最糟糕的是，没有怜悯或者同情。他的悲伤不是普遍意义上的悲伤，所以就不会留下伤痕。他写的不是心灵，而是内分泌。

除非他重新学到这些，否则他的写作就像站在人类的末日之中观望着人类走向消亡。我拒绝接受人类末日的说法。这么说是很容易的，说什么人类不朽仅仅是因为他将会忍受一切：即使当世界末日钟声敲响，这钟声逐渐从消逝的黄昏和最后一抹余晖中的一块微不足道的礁石上消失。礁石孤悬于波平浪静中，即使到了这个时候，仍然还有一个声音——用他那微弱的却不会衰竭的声音——在交谈。我拒绝接受这样的说法。我相信人类不仅仅会忍耐。他还会强盛。他是不朽的，并不是因为他在生物中独自拥有不会衰竭的声音，而是因为他有灵魂，有能够同情、牺牲和忍耐的精神。

诗人和作家的职责是写这些东西，这是他的特殊权利：通过鼓舞人心，通过提醒人类记住勇气、荣誉、希望、骄傲、同情、怜悯和牺牲——这些人类过去的荣耀，以帮助人类忍耐和坚持。诗人的声音不仅是人类的记录，它还可以成为一种支柱，帮助人类忍耐、坚持并且强盛的支柱。

below the clean flame

The 3/4 began. The chimes ceased, flowed and blended across the twilight and the hollow silence. One by one the notes rang, slow and clear, as he moved evenly along the blended chimes not yet escaped [illegible handwritten manuscript text]

Then the last note. It stopped vibrantly after a while, and the darkness was still again about the hollow silence and the [illegible handwritten manuscript text]

WILLIAM FAULKNER

1897 — 1962

附录四：

福克纳
大事记

1897年－1913年

出生－16岁

9月25日生于密西西比州新奥尔巴尼。因为身材矮小，福克纳与学校里的同学们不大合得来，时常旷课。与此同时开始阅读莎士比亚、狄更斯、巴尔扎克、康拉德等人作品。跟青梅竹马的艾斯苔尔交往密切，经常把自己写的诗歌给她看。

1915年

18岁

福克纳从高中辍学。祖父为他在银行谋得一份工作，但他并不专心，经常参与密西西比大学的社交活动。

新奥尔巴尼的地标建筑——联合县法院

婴儿时期的福克纳

高中时期的福克纳

1918 年

21岁

福克纳打算加入美国陆军航空队，却因身高和年龄遭到拒绝。后假扮成英国人加入英国皇家空军，赴加拿大接受军事训练，但由于第一次世界大战结束，于12月退伍，返回密西西比州的奥克斯福市。

英国皇家空军

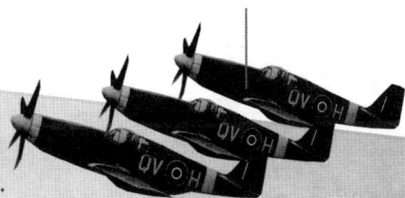

1925 年

28岁

赴新奥尔良，为《两面人》《时代花絮报》写稿，认识了舍伍德·安德森等作家和艺术家。7月初，远赴欧洲，去了巴黎和伦敦。据说在巴黎期间遇见了詹姆斯·乔伊斯，但福克纳并没有打招呼。

《时代花絮报》

入伍时期的福克纳

1926年-1928年

29岁-31岁

《士兵的报酬》《蚊群》相继出版。这期间他酗酒，物质上依赖着家人和朋友的资助。1928年开始《喧哗与骚动》的写作。

1929年

32岁

6月，与青梅竹马的艾斯苔尔结婚，之后到帕斯卡古拉的海滩度了蜜月。

10月，《喧哗与骚动》出版。

《蚊群》1959年版封面

《士兵的报酬》首版封面

福克纳的书桌

艾斯苔尔

《喧哗与骚动》首版封面

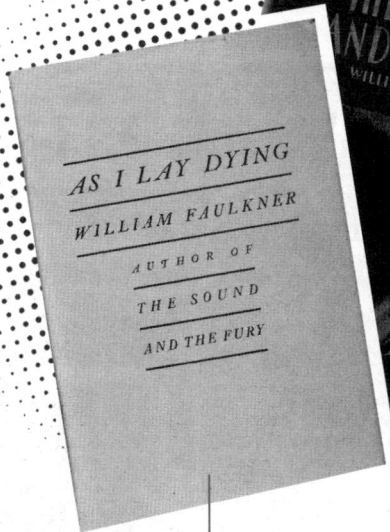

《我弥留之际》首版封面

福克纳爱抽的烟

1930年

33岁

4月，福克纳在密西西比州的奥克斯福市买下了名为"罗温橡树别业"的别墅，这座房子是内战时期的产物，在以后的岁月中成为福克纳的安身立命之所。

福克纳住在"罗温橡树别业"时，常常在凌晨四点多起来，用完早餐之后，会在关门时顺便把书房的门球取下来，以免被打扰。

10月，《我弥留之际》出版。

1931年

34岁

出版《圣殿》和第一部短篇小说集《这十三篇》。

《喧哗与骚动》《我弥留之际》引起国外评论界的注意。

《押沙龙，押沙龙！》首版封面

米高梅电影公司

霍华德·霍克斯（左）和福克纳（右）

1932年

35岁

5月，第一次去好莱坞为米高梅电影公司写剧本，认识了导演霍华德·霍克斯，以自己的短篇小说《调换位置》为基础写脚本，拍摄后影片起名为《今天我们活着》。

1933年-1934年

36岁-37岁

2月，开始学习驾驶飞机。4月，独自驾驶。5月，买了一架自己的飞机。6月，女儿吉尔诞生，得到了福克纳百般的宠爱。赴新奥尔良观看了多次飞行表演，甚至自己参与，结识了不少飞行艺人，这些都成为后来的长篇小说《标塔》的素材。

福克纳和情人米塔·卡彭特

1935年

38岁

3月25日，《标塔》出版。
11月10日，弟弟迪安在驾驶福克纳送他的飞机时失事身亡。12月，赴好莱坞，在霍华德·霍克斯办公室遇上米塔·卡彭特，开始十余年断断续续的婚外恋。

1936年

39岁

2月及7月，两度去好莱坞，第二次是带着妻子和女儿一起去的。跟卡彭特的关系更加密切。10月，创作了两年的《押沙龙，押沙龙！》出版。

1938年

41岁

买下离奥克斯福市17英里外一块320英亩的土地，起名"绿野农场"，虽然让家人管理，但坚持养不赚钱的骡子。

1942年－1945年

45岁－48岁

7月末，与华纳公司签署长达7年的合约，但报酬微薄，缺少创作自由。接下来的3年是他在好莱坞最痛苦的日子。
1945年9月，他带着为女儿吉尔买的母马离开好莱坞，不辞而别。

20世纪30年代的好莱坞

福克纳与女儿在好莱坞

1946年-1947年

49岁-50岁

3月，兰登书屋的哈斯和奥伯帮助福克纳解除跟华纳公司的合约，他终于可以专心写作。翌年在密西西比大学英语系做讲座，要求听众不许记笔记。在谈到最优秀的5位美国作家时提到海明威，但说他没有勇气。这话见报后，海明威大怒，福克纳写信道歉。

1950年

53岁

11月10日，接到通知，他获得了1949年度的诺贝尔文学奖。12月8日，在女儿吉尔的陪同下，去斯德哥尔摩领奖。

福克纳出席诺贝尔奖颁奖仪式

密西西比大学

海明威

1951年

54岁

4月，前往英国和法国旅行，为了《寓言》的写作参观了第一次世界大战破坏性最大的战役发生地——法国的凡尔登。

1953年-1954年

56岁-57岁

11月，《寓言》完稿，献给女儿吉尔。翌年8月，《寓言》出版。

五十岁的福克纳

《寓言》首版封面

WILLIAM FAULKNER
A FABLE

斯德哥尔摩市政厅

书桌前的福克纳

20 世纪 60 年代美国街头反种族歧视运动

1955年

58岁

1月25日，《寓言》获"美国国家图书奖"中的小说奖。5月初，《寓言》获普利策小说奖。

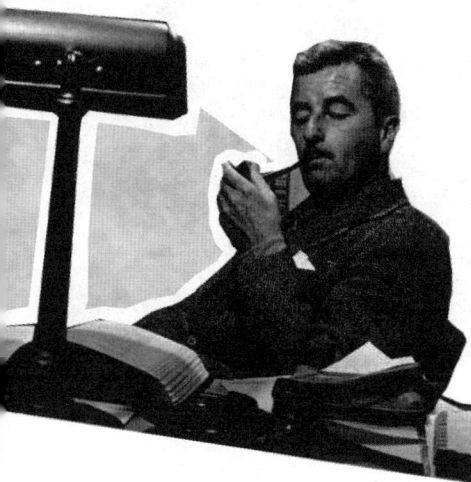

1956年

59岁

2月至9月，往返于纽约和奥克斯福之间，也去弗吉尼亚州的夏洛茨维尔探望女儿和女婿。

4月15日，外孙保罗·D·萨默斯三世出生。

9月11日，去华盛顿出席为期4天的"人际计划"活动，担任"作家小组"主席。多次谈论种族歧视问题，他反对种族隔离，反对暴力，但观点受到黑人领袖和持种族主义观点的白人的抨击。

1960年

63岁

继续在夏洛茨维尔和奥克斯福两地交替居住。

8月25日，接受弗吉尼亚大学任教聘书。

秋天，成为弗吉尼亚州法明顿打猎俱乐部正式会员。

12月18日，创立"福克纳基金会"，为密西西比州的黑人提供奖学金并且为优秀的处女作小说提供奖励。

福克纳和他的马贝特曼

《掠夺者》首版封面

福克纳吹猎号

20世纪50年代的纽约

1961年

64岁

8月21日，在奥克斯福完成他最后一部小说《掠夺者》的打字稿。

位于奥克斯福的福克纳墓碑

1962年

65岁

1月3日，在夏洛茨维尔从马背堕下，受伤。6月4日，《掠夺者》出版。6月17日，在奥克斯福又从马背堕下而且受伤。7月5日，被送进医院。7月6日，突发心脏病，于凌晨1点30分去世。7月7日，在奥克斯福圣彼得墓园下葬。

FAULKNER

FARMINGTON HUNT CLUB

法明顿打猎俱乐部的 logo

福克纳晚年时期

附录五：福克纳长篇小说年表

1926 年　《士兵的报酬》

1927 年　《蚊群》

1929 年　《沙多里斯》

1929 年　《喧哗与骚动》

1930 年　《我弥留之际》

1931 年　《圣殿》

1932 年　《八月之光》

1935 年　《标塔》

1936 年　《押沙龙，押沙龙！》

1938 年　《没有被征服的》

1939 年　《野棕榈》

1940 年　《村子》

1942 年　《去吧，摩西》

1948 年　《坟墓的闯入者》

1951 年　《修女安魂曲》

1954 年　《寓言》

1957 年　《小镇》

1959 年　《大宅》

1962 年　《掠夺者》

译者｜李寂荡

李寂荡，诗人、作家。

生于 1970 年，贵州福泉人。

曾就读于长春师范学院历史系和西南师大中国现当代文学专业。现为贵州省作协副主席，《山花》杂志主编，贵州省期刊协会副会长，中国作协会员，贵州省美协会员。

诗作入选多种选本。著有诗集《直了集》；主编有《新世纪贵州 12 诗人诗选》《在写作中寻找方向》等。

获第七届贵州省文艺奖、贵州省青年作家突出贡献奖、百花文学奖·编辑奖、第三届尹珍诗歌奖、第二届海内外华文文学期刊"人和青年编辑奖"等。第三届贵州省德艺双馨文艺工作者。

翻译作品《喧哗与骚动》以其生动、准确、先锋的译文风格，入选"作家榜经典名著"。

作家榜®经典名著

★ ★ ★ ★ ★ ★ ★ ★ ★

读经典名著，认准作家榜

　　作家榜，创立于 2006 年的知名文化品牌，致力于促进全民阅读，推广全球经典，连续 13 年发布作家富豪榜系列榜单，引发各大媒体关注华语作家，努力打造"中国文化界奥斯卡"。

　　旗下图书品牌"作家榜经典名著"系列，精选经典中的经典，凭借好译本、优品质、高颜值的精品经典图书，成为全网常年热销的国民阅读品牌，在新一代读者中享有盛誉。

经典就读作家榜
京东官方旗舰店

经典就读作家榜
天猫官方旗舰店

经典就读作家榜
当当官方旗舰店

经典就读作家榜
拼多多旗舰店

策 划 ｜ **作家榜**
出 品 ｜

出 品 人 ｜ 吴怀尧

总 编 辑 ｜ 周公度

产品经理 ｜ 曹晓婕　王涵越

美术编辑 ｜ 金雨婷

内文插图 ｜ 目　垂

封面设计 ｜ 李梦琳

产品监制 ｜ 陈　俊

特约印制 ｜ 朱　毓

版权所有 ｜ 大星文化

官方电话 ｜ 021-60839180

图书在版编目（CIP）数据

喧哗与骚动 / (美) 威廉·福克纳著；李寂荡译
. —— 杭州：浙江文艺出版社，2023.9
（作家榜经典名著）
ISBN 978-7-5339-7105-2

Ⅰ. ①喧… Ⅱ. ①威… ②李… Ⅲ. ①长篇小说—美
国—现代 Ⅳ. ①I712.45

中国版本图书馆CIP数据核字（2023）第018258号

责任编辑：汪心怡

作家榜®经典名著

★ ★ ★ ★ ★ ★ ★

读 经 典 名 著 ，认 准 作 家 榜

喧哗与骚动

［美］威廉·福克纳 著 李寂荡 译

全案策划

大星（上海）文化传媒有限公司

出版发行

浙江文艺出版社

杭州市体育场路347号　邮编 310006

浙江省新华书店集团有限公司 经销

浙江新华数码印务有限公司 印刷

2023年9月第1版　2023年9月第1次印刷
889毫米×1194毫米　32开本　14.125印张　12插页
印数：1—10000　字数：240千字
书号：ISBN 978-7-5339-7105-2
定价：79.90元